A ESTRELA
MAIS ESCURA

TRILOGIA

ESTRELAS NEGRAS

LIVRO 1

JENNIFER L. ARMENTROUT

A ESTRELA
MAIS ESCURA

O LIVRO DE LUC

Tradução
Bruna Hartstein

valentina
Rio de Janeiro, 2020
1ª edição

Copyright © 2018 *by* Jennifer L. Armentrout
Publicado mediante contrato com Taryn Fagerness Agency e Sandra Bruna Agencia Literaria, S.L.

TÍTULO ORIGINAL
The Darkest Star

CAPA E ILUSTRAÇÃO
Luis Tinoco

ADAPTAÇÃO
Sérgio Campante

FOTO DA AUTORA
Franggy Yanes Photography

DIAGRAMAÇÃO
FQuatro Diagramação

Impresso no Brasil
Printed in Brazil
2020

DADOS INTERNACIONAIS DE CATALOGAÇÃO NA PUBLICAÇÃO (CIP)
(CÂMARA BRASILEIRA DO LIVRO, SP, BRASIL)
ALINE GRAZIELE BENITEZ - BIBLIOTECÁRIA - CRB-1/3129

Armentrout, Jennifer L.
    A estrela mais escura / Jennifer L. Armentrout. - 1. ed. - Rio de Janeiro: Editora Valentina,
2020.
    356 p. (Trilogia estrelas negras; 1)

    ISBN 978-65-88490-05-1

    1. Ficção norte-americana I. Título II. Série.

20-48004   CDD: 813

Índices para catálogo sistemático:
1. Ficção: Literatura norte-americana 813

Todos os livros da Editora Valentina estão em conformidade com
o novo Acordo Ortográfico da Língua Portuguesa.

Todos os direitos desta edição reservados à

EDITORA VALENTINA
Rua Santa Clara 50/1107 – Copacabana
Rio de Janeiro – 22041-012
Tel/Fax: (21) 3208-8777
www.editoravalentina.com.br

*Para todos os fãs da
Saga Lux
que desejavam mais.
Amo vocês.*

AGRADECIMENTOS

Nada disso seria possível se não fossem vocês, leitores. Sem seu apoio, a história do Luc jamais teria terminado em suas mãos. Obrigada do fundo do coração; espero que ela esteja à altura do seu apoio.

Obrigada a minha agente, Kevan Lyon, que é simplesmente maravilhosa, e a minha representante de direitos autorais no exterior, Taryn Fagerness, que fez com que meus livros chegassem ao maior número possível de países. Essas duas mulheres formam minha equipe dos sonhos. Sério.

A Estrela Mais Escura, primeiro livro da Trilogia Estrelas Negras, é fruto de um trabalho de equipe que encontrou um lar na Tor Teen, nas mãos de minha incrível editora, Melissa Frain, que acho que desejava tanto quanto alguns leitores ver uma história do Luc. Agradeço a você, Melissa, e a sua fantástica equipe da Tor por sua fé e apoio.

Jen Fisher. Garota, você me ajudou a montar este livro e a criar, você sabe, uma trama. Portanto, obrigada.

Obrigada a minha assistente e amiga, Stephanie Brown, por estar sempre comigo e encontrar para mim tantas coisas referentes a lhamas quanto humanamente possível. Escrever um livro pode ser uma experiência muito solitária, portanto não posso agradecer o bastante a minha família e amigos — Andrea Joan, Hannah McBride, Laura Kaye, Sarah Maas, Stacey Morgan, K. A. Tucker, Jay Crownover, Cora Carmack, Drew e muitos, muitos outros.

e minha mãe soubesse que eu estava sentada do lado de fora da Foretoken, ela me mataria. Tipo, matar-e-esconder-meu--corpo-numa-cova-escura-a--sete-palmos-de-profundidade, literalmente. E mamãe tinha todos os meios para fazer uma coisa dessas.

Quando deixava de ser a mãe que prepara brownies no aconchego da cozinha para se tornar a *coronel* Sylvia Dasher, era pior do que enfrentar a fúria divina.

Mas saber o tamanho da enrascada em que estaria me metendo se fosse pega com certeza não havia me impedido, porque aqui estava eu, sentada no carro da Heidi, aplicando mais uma camada de batom com a mão trêmula. Enquanto guardava o bastão de volta no tubo, observei as gotas grossas de chuva que batiam contra o para-brisa. Meu coração martelava de encontro às costelas como se quisesse abrir caminho por entre elas.

Não podia acreditar que eu estava aqui.

Preferia estar em casa, procurando coisas aleatórias para fotografar e depois postar no Instagram. Coisas como os novos castiçais vintage cinza e brancos que mamãe havia comprado. Eles ficariam incríveis ao lado das almofadas azuis e rosa clarinhas do meu quarto.

Sentada ao volante, Heidi Stein soltou um forte suspiro.

— Você está querendo amarelar.

— Nã-não. — Dei uma última conferida no resultado pelo espelhinho do quebra-sol. Meus lábios estavam tão vermelhos que parecia que eu havia beijado com vontade um morango extramaduro.

Legal.

JENNIFER L. ARMENTROUT

Meus olhos castanhos eram grandes demais para meu rosto redondo e cheio de sardas. Eu parecia assustada, como se estivesse prestes a entrar nua em sala vinte minutos após as aulas começarem.

— Está sim, Evie. Dá pra ver nas quinhentas camadas de batom que você acabou de passar.

Encolhendo-me, olhei de relance para ela. Heidi parecia totalmente à vontade num vestido preto tomara que caia e maquiagem escura em torno dos olhos. Ela havia criado aquele efeito "olho de gatinha", algo que eu não conseguia fazer sem ficar parecendo um guaxinim ensandecido. Heidi, porém, tinha feito um trabalho fantástico em meus olhos antes de sairmos de casa, dando a eles um aspecto esfumado e misterioso. A meu ver, tinha ficado ótimo. Bem, exceto pela minha cara de assustada, mas...

— Exagerei no batom vermelho? — perguntei. — Tá feio?

— Eu daria em cima de você se gostasse de louras. — Ela riu ao me ver revirar os olhos. — Tem certeza de que quer fazer isso?

Olhei pelo vidro para o prédio escuro e sem janelas espremido entre uma loja de roupas fechada e uma tabacaria. Minha respiração ficou presa na garganta.

FORETOKEN estava escrito com tinta preta acima das portas duplas vermelhas. Apertei os olhos. Pensando bem, o nome da boate parecia ter sido pichado com spray sobre o cimento cinzento. Muito elegante.

Todo mundo que estudava na Centennial High conhecia a Foretoken, uma boate que lotava todas as noites, até mesmo aos domingos, e era famosa por aceitar identidades falsas.

Heidi e eu tínhamos apenas 17 anos e portávamos carteiras de motorista totalmente falsas que ninguém em seu juízo perfeito acreditaria serem legítimas.

— Estou com medo de que você não se divirta. — Ela cutucou meu braço para chamar a minha atenção. — Que acabe surtando e ligando para a Zoe. E você sabe que não pode pedir para a April vir pegá-la. Ela não tem permissão para chegar a menos de dez quarteirões deste lugar.

Inspirei com força, mas o ar não chegou a meus pulmões.

— Vou me divertir, juro. É só que... nunca fiz isso antes.

— Fez o quê? Foi a algum lugar que não deveria? Porque sei que não é verdade. — Ela ergueu um dedo, cuja unha parecia ter sido mergulhada em tinta preta. — Você não vê problema algum em invadir prédios abandonados para fotografar.

— É diferente. — Guardei o batom em minha clutch. — Tem certeza de que essas identidades vão colar?

Ela me fitou sem expressão.

ESTRELAS NEGRAS **1** A ESTRELA MAIS ESCURA

— Faz ideia de quantas vezes já usei a minha para vir aqui? Claro que você sabe. Está só enrolando.

Verdade, eu estava enrolando.

Olhei mais uma vez pela janela, mal conseguindo reprimir o calafrio que desceu por minha espinha. Poças de água se espalhavam pela rua deserta, e não havia ninguém nas calçadas. Era como se, assim que o sol se punha e a Foretoken abria as portas, as ruas se esvaziassem de toda e qualquer pessoa com um pingo de juízo.

Não era só a falta de atenção às identidades que tornava a Foretoken famosa.

E sim os alienígenas.

Tipo, seres extraterrestres de verdade que tinham vindo de trilhões de anos-luz de distância. Eles se autodenominavam Luxen, e pareciam com a gente — bom, uma versão melhorada da maioria de nós. Sua estrutura óssea era geralmente perfeita, a pele macia como pêssego, e os olhos tinham um tom que os humanos só conseguiam com lentes de contato.

E nem todos tinham vindo em paz.

Quatro anos antes a Terra havia sido invadida, uma invasão digna de um filme hollywoodiano, e a gente quase perdera a guerra — quase perdera o planeta inteiro para eles. Jamais me esqueceria da estatística citada pelos noticiários assim que as transmissões foram restauradas: três por cento da população mundial. Isso significava 220 milhões de vidas perdidas para a guerra, e meu pai foi uma delas.

Contudo, nos últimos quatro anos, os Luxen que não haviam feito parte do time Vamos Matar Todos os Humanos e que haviam ajudado a lutar contra sua própria espécie tinham sido pouco a pouco integrados em nosso mundo — em nossas escolas e empregos, governos e forças armadas. Eles agora estavam por todos os lados. Eu já havia encontrado vários, de modo que não sabia por que vir a esta boate me deixava tão assustada.

A Foretoken, porém, não era como uma escola ou um prédio comercial, onde os Luxen eram em menor número e amplamente monitorados. Eu tinha uma forte suspeita de que atrás daquelas paredes os humanos eram a minoria.

Heidi me deu outro cutucão no braço.

— Não precisamos fazer isso se você não quiser.

Virei-me para ela. Um simples olhar em sua direção me disse que ela estava sendo sincera. Heidi ligaria o carro e nós voltaríamos para a casa dela se eu pedisse. Provavelmente terminaríamos a noite devorando os bolinhos que sua mãe comprara na padaria. Assistiríamos a comédias românticas de gosto duvidoso até começarmos a passar mal de tanta ingestão de açúcar branco, e isso soava... uma excelente ideia.

Mas eu não queria deixá-la na mão.

Vir à boate significava muito para ela. Heidi podia ser ela mesma sem ter que se preocupar com as fofocas a respeito de com quem ela dançava ou flertava, quer fosse garoto ou garota.

Havia um motivo para os Luxen se sentirem à vontade naquele lugar. Na Foretoken, todos eram bem-vindos, qualquer que fosse sua opção sexual, gênero, raça ou... *espécie*. Não era um estabelecimento que aceitava somente humanos, o que hoje em dia era raro quando se tratava de um negócio privado.

E essa noite era especial. Heidi queria me apresentar a uma garota que ela havia conhecido. Eu também desejava conhecê-la, de modo que precisava parar de agir feito uma nerd que jamais fora a uma boate na vida.

Eu definitivamente podia fazer isso.

Sorrindo, a cutuquei de volta.

— Não, estou bem. Só estou sendo idiota.

Ela me fitou por um momento, cautelosa.

— Tem certeza?

— Tenho. — Assenti com um enfático menear de cabeça. — Vamos lá.

Após mais um momento de silêncio, Heidi abriu um sorriso de orelha a orelha. Inclinando-se, jogou os braços em volta de mim.

— Você é demais! — Ela me apertou com força, me fazendo rir. — Sério.

— Eu sei. — Dei um tapinha em seu braço. — Eu sou a *inspiração* para o adjetivo *maravilhosa*.

Ela soltou uma risada junto ao meu ouvido.

— Você é tão esquisita.

— Eu te avisei. — Desvencilhei-me do abraço e puxei a maçaneta antes que perdesse a coragem. — Pronta?

— Vamos lá. — Alegrou-se ela.

Saltei do carro e imediatamente comecei a tremer de frio ao sentir a chuva gelada sobre meus braços desnudos. Bati a porta e atravessei correndo a rua escura, as mãos entrelaçadas sobre a cabeça formando um precário escudo para proteger meu cabelo. Eu havia passado um tempão cacheando minhas longas madeixas para deixar que a chuva arruinasse o trabalho.

Meus saltos chapinhavam nas poças e, quando finalmente alcancei a calçada, estava surpresa por não ter escorregado e caído de cara no asfalto.

ESTRELAS NEGRAS · 1 · A ESTRELA MAIS ESCURA

Heidi surgiu logo atrás de mim, rindo enquanto parava sob a marquise e sacudia as gotas de chuva dos cabelos ruivos e absolutamente lisos.

— Puta merda, a chuva está gelada. — Soltei num arquejo. Parecia mais uma chuva de outubro do que do começo de setembro.

— Minha maquiagem não está escorrendo como a de uma garota prestes a ser assassinada num filme de terror, está? — perguntou ela, estendendo a mão em direção às portas.

Rindo, puxei a bainha do meu vestido azul de alcinha que normalmente usava com leggings por baixo. Um movimento errado e todos veriam a estampa de caveira na minha calcinha.

— Não. Está tudo como deveria estar.

— Ótimo. — Ela puxou a gigantesca porta vermelha com um grunhido.

Uma luz violeta derramou-se pela calçada, juntamente com a batida pesada da música que reverberava lá dentro. Uma pequena saleta surgiu à nossa frente, com outra porta na extremidade oposta, esta de um roxo fechado, mas entre nós e a porta havia um homem sentado num banquinho.

Um gigante.

Um sujeito enorme e careca de macacão jeans e absolutamente nada por baixo. Piercings reluziam por todo o rosto dele — nas sobrancelhas, sob um dos olhos e nos lábios. Uma argola despontava entre suas narinas.

Arregalei os olhos. Ai, meu Deus...

— Olá, sr. Clyde — cumprimentou-o Heidi, completamente à vontade.

— Oi. — Ele olhou para ela e, em seguida, para mim. Inclinando a cabeça de lado, estreitou os olhos ligeiramente. Isso não podia ser bom. — Identidades.

Não ousei sorrir enquanto puxava a identidade de dentro do bolsinho para cartões em minha clutch. Se sorrisse, definitivamente pareceria ter 17 anos e prestes a fazer xixi nas calças. Assim sendo, sequer pisquei.

Clyde passou os olhos rapidamente pelas identidades e, em seguida, apontou com a cabeça para a porta roxa. Olhei de relance para a Heidi, que deu uma piscadinha.

Sério?

Só isso?

Parte da tensão se esvaiu de meus ombros e nuca enquanto guardava a identidade de volta na bolsa. Bom, tinha sido absurdamente fácil. Devia fazer isso com mais frequência.

— Obrigada! — Heidi deu um tapinha no ombro avantajado do segurança e seguiu para a porta.

· 13 ·

Continuei parada na frente dele feito uma idiota.

— O-obrigada.

Ele ergueu uma sobrancelha e me fitou de um jeito que me fez desejar ter ficado de boca fechada.

Heidi esticou o braço, agarrou minha mão e me puxou ao mesmo tempo que abria a segunda porta. Eu me virei e, imediatamente, todos os meus sentidos foram assaltados por, bem, *tudo*.

Uma batida forte reverberava das caixas de som posicionadas em todos os cantos do enorme salão. O ritmo era rápido e a letra, incompreensível. Luzes brancas piscavam no teto, iluminando a pista de dança por alguns segundos antes de envolvê-la novamente em penumbra.

Havia pessoas por todos os lados, sentadas em volta de mesas redondas altas ou esparramadas pelos enormes sofás e poltronas arrumados em pequenas alcovas. O centro do salão era uma confusão de corpos ondulantes, com os braços para cima e os cabelos esvoaçando. Acima da multidão de pessoas que dançavam ficava um palco elevado em formato de ferradura, com luzes pulsantes demarcando o contorno. Os dançarinos sobre ele incitavam a multidão abaixo com gritos e rebolados.

— Esse lugar é muito louco, não é? — Heidi deu o braço a mim.

Meus olhos dardejavam de pessoa para pessoa enquanto meu nariz era assaltado por uma profusão de perfumes e colônias.

— É.

— Eu quero subir naquele palco. — Heidi riu ao me ver arregalar os olhos. — Esse é o meu objetivo da noite.

— Legal, é sempre bom ter objetivos na vida — retruquei de modo seco. — Mas você não pode simplesmente subir lá?

Ela ergueu as sobrancelhas e riu.

— Não. Você tem que ser *convidado*.

— Convidado por quem? Deus?

Heidi bufou.

— Mais ou menos isso… — De repente, soltou um gritinho. — Lá está ela.

— Onde? — Ansiosa para ver a garota, corri os olhos pela multidão.

Heidi se postou ao meu lado e virou o corpo lentamente, de modo que ambas ficássemos de frente para um dos grandes recessos escuros atrás das mesas.

— *Lá.*

Um brilho suave de velas iluminava a alcova. Duvidava de que fosse seguro usar velas numa boate, mas quem era eu para dizer alguma coisa?

ESTRELAS NEGRAS **1** A ESTRELA MAIS ESCURA

Poltronas gigantescas flanqueavam um sofá de veludo vermelho com debrum dourado que mais parecia uma peça de antiguidade. Duas das poltronas se encontravam ocupadas, mas eu só conseguia ver o perfil dos ocupantes. Numa estava um cara louro mexendo no celular, o maxilar travado como se estivesse tentando partir uma noz ao meio com os dentes.

De frente para ele estava outro sujeito com um estarrecedor moicano azul — tipo, azul-Smurf. Sua cabeça estava jogada para trás e, mesmo que não desse para ouvi-lo, dava para ver que ele estava soltando uma sonora gargalhada. Corri os olhos para a esquerda.

E foi então que a vi.

Deus do céu, a garota era linda.

Cerca de uns vinte centímetros mais alta do que a Heidi e eu, ela ostentava um corte de cabelo simplesmente fantástico. As madeixas escuras eram raspadas de um lado e roçavam o ombro do outro, deixando à mostra um rosto de ângulos esculpidos à mão. Eu morria de inveja daquele tipo de corte, mas não tinha coragem nem rosto para usar algo assim. Ela observava a pista de dança, parecendo um pouco entediada. Comecei a me virar de volta para a Heidi quando uma figura alta passou diante da garota e se sentou no sofá.

Um sujeito de cabelos louros cortados rente à cabeça. O corte me lembrou o tipo usado pelos militares. Pelo que eu podia ver de seu perfil, ele parecia mais velho do que a gente. Por volta dos 25 anos? Talvez um pouco mais? E não parecia muito feliz. A boca se movia sem parar. Voltei os olhos para a pessoa ao seu lado.

Meus lábios se entreabriram num suave arquejo.

A reação foi ao mesmo tempo inesperada e constrangedora. Fiquei com vontade de bater em mim mesma, mas, em minha defesa, precisava reconhecer que o cara era deslumbrante, com uma beleza irreal.

Cabelos castanhos bagunçados caiam-lhe sobre a testa em ondas e cachos. Mesmo de onde eu estava dava para ver que ele não possuía nenhum ângulo ruim, um tipo de rosto que não precisava de filtros. Maçãs incrivelmente altas complementavam um maxilar quadrado e bem talhado. A boca era uma obra de arte, lábios cheios e repuxados num dos cantos formando um espantoso sorrisinho de deboche enquanto ele observava o sujeito que sentara ao seu lado. Eu estava longe demais para ver seus olhos, mas imaginei que deviam ser tão impressionantes quanto o resto dele.

A atração, porém, ia além do físico.

Poder e autoridade irradiavam dele, provocando um estranho calafrio em minha espinha. Nada em suas roupas chamava a atenção — apenas um jeans escuro e camiseta cinza com algum dizer estampado nela. Talvez fosse a forma como ele estava sentado, com as pernas abertas e um dos braços estirado casualmente sobre o encosto do sofá. A postura largada parecia arrogante e, de alguma forma, enganosa. Ele parecia estar prestes a tirar um cochilo, ainda que o homem ao seu lado falasse com uma animação cada vez maior, porém, pelo modo como seus dedos tamborilavam sobre o debrum dourado, tive a distinta impressão de que poderia entrar em ação a qualquer instante.

— Você a viu? — perguntou Heidi, me arrancando do meu devaneio.

Jesus, será que eu tinha me esquecido da minha amiga? Tinha, o que significava que precisava me controlar. O cara era gato, mas, vamos lá, eu estava aqui por causa da Heidi.

Forcei-me a desviar os olhos dele e assenti. Nenhuma daquelas pessoas, exceto pelo sujeito louro e o que acabara de se sentar, parecia ter idade suficiente para estar ali. Por outro lado, a gente também não.

— É aquela?

— É. Aquela é a Emery. — Ela apertou meu braço. — O que você acha?

— Ela é muito bonita. — Olhei de relance para minha amiga. — Você não vai até lá falar com ela?

— Não sei. Acho que vou esperar que ela venha falar comigo.

— Sério?

Heidi fez que sim e mordeu o lábio inferior.

— Nas últimas três vezes, fui eu quem a procurou. Acho que dessa vez vou deixar que ela tome a iniciativa. Para ver se o interesse é só da minha parte ou não, entende?

Erguendo as sobrancelhas, olhei para minha amiga. Heidi não era tímida, nem paciente, nem costumava ficar nervosa. Isso só podia significar uma coisa. Entrelacei as mãos.

— Você gosta mesmo dela, não gosta?

— Gosto — respondeu ela após um momento. Um ligeiro sorriso se desenhou em seus lábios. — Mas quero ter certeza de que ela também gosta de mim. — Deu de ombros. — Nós já dançamos e conversamos um pouco, mas ela nunca pediu meu telefone nem tentou marcar um encontro fora daqui.

— Você pediu o dela?

— Não.

— Pretende pedir?

— Estava esperando que ela desse esse passo. — Heidi suspirou com força. — Estou sendo idiota. Devia simplesmente pedir e acabar logo com isso.

ESTRELAS NEGRAS ⬥1⬥ A ESTRELA MAIS ESCURA

— Você não está sendo idiota. Eu teria feito a mesma coisa, mas acho que você devia pelo menos resolver isso hoje. *Esse* deveria ser o seu objetivo.

— Tem razão — replicou Heidi, franzindo a testa. — Mas o palco...

— Para com essa história de palco. — Eu ri.

A verdade é que eu não era a melhor pessoa para dar conselhos amorosos. Só tivera uma única relação mais ou menos séria na vida, com o Brandon, que havia durado míseros três meses e terminado logo antes do verão.

Eu tinha terminado com ele por mensagem.

Pois é.

Eu era esse tipo de pessoa.

Por mais terrível que fosse admitir para mim mesma, eu só saí com ele porque na época todos os meus amigos estavam namorando e, bem, a pressão é uma merda, e eu queria entender as coisas sobre as quais eles falavam em seus posts. Eu queria... eu queria sentir o que eles sentiam. Queria me apaixonar.

Mas tudo o que consegui foi ficar de saco cheio.

Inspirei fundo e olhei de novo para o sofá, o com o cara de cabelos castanhos e bagunçados. Ele parecia ter mais ou menos a minha idade. Talvez um ou dois anos mais velho. O instinto me dizia que nada em relação a ele seria chato ou entediante.

— Quem... quem é aquele cara?

Heidi pareceu saber de quem eu estava falando sem que precisasse apontar.

— O nome dele é Luc.

— Só Luc?

— Só.

— Nenhum sobrenome?

Ela riu e me obrigou a virar de costas para eles.

— Nunca ouvi sobrenome algum. Ele é apenas o Luc, mas você viu o sujeito louro que parece um porco-espinho raivoso?

— O com a cara enfiada no telefone? — Sorri ao escutar a descrição do sujeito. Perfeita.

Heidi começou a contornar a pista de dança, me puxando junto.

— Ele é um Luxen.

— Ah! — Resisti à tentação de dar uma olhada por cima do ombro para ver se ele estava usando uma pulseira de metal. Não tinha reparado quando o vira com o telefone nas mãos.

A pulseira era chamada de Desativador, uma forma de tecnologia que neutralizava os poderes sobrenaturais dos Luxen, os quais derivavam de algo a que eles se referiam como a Fonte. *A Fonte.* Ainda me soava como uma coisa

· 17 ·

inventada, mas ela era real e mortalmente perigosa. Se eles tentassem dar uma de Luxen para cima de alguém, o Desativador os impedia liberando choques equivalentes aos de um Taser. Esses choques, desagradáveis para os humanos, eram particularmente dolorosos e debilitantes para um Luxen.

Além disso, todos os locais públicos eram preparados para conter imediatamente qualquer incidente que pudesse ocorrer com nossos companheiros extraterrestres. Brilhantes placas de metal preto-avermelhado pairavam sobre todas as portas e borrifadores instalados no teto da maioria dos estabelecimentos funcionavam como uma espécie de arma de aerossol que não produzia efeito algum nos humanos.

Já neles?

O que quer que eles borrifavam causava uma dor excruciante. Eu jamais vira isso acontecer — graças a Deus —, mas minha mãe já. Ela me dissera que fora uma das piores coisas que presenciara na vida.

Duvidava de que a Foretoken fosse equipada com essas armas.

Como eu era intrometida, perguntei:

— O Luc é um Luxen?

— Provavelmente. Nunca cheguei perto o bastante dele para ter certeza, mas acho que sim. — A cor dos olhos em geral entregava de cara, assim como a pulseira. Todos os Luxen registrados eram obrigados a usá-las.

Paramos ao lado do palco, e Heidi me soltou.

— Mas o cara com o moicano azul? Ele é definitivamente humano. Acho que seu nome é Kent ou Ken.

— Legal — murmurei, dobrando o braço com a clutch pendurada sobre a barriga. — E quanto a Emery?

Heidi olhou por cima do meu ombro para a garota. Relacionamentos de cunho amoroso ou sexual entre Luxen e humanos eram proibidos. Ninguém podia impedir um Luxen e um humano de ficarem juntos, mas eles não podiam se casar e, se fossem descobertos, a multa era alta.

— Ela é humana — respondeu Heidi.

Eu não dava a mínima se um Luxen e um humano resolvessem engatar num pouco de tchaca tchaca na butchaca. Não só isso não me incomodava nem um pouco, como não era problema meu, mas, de qualquer forma, fiquei aliviada. Estava feliz por minha amiga não estar se envolvendo com alguém com quem teria que manter o relacionamento em segredo, ou, então, arriscar uma multa de milhares de dólares ou ir para a cadeia caso não pudesse pagar. Heidi faria 18 em breve. A responsabilidade por uma multa ridícula dessas não recairia sobre sua família.

ESTRELAS NEGRAS **1** A ESTRELA MAIS ESCURA

Corri os olhos pelo palco novamente e reparei na garota que dançava perto da gente.

— Uau! Ela é linda.

Heidi acompanhou meu olhar e assentiu. A garota era mais velha do que a gente e possuía um lindo cabelo louro. Ela girava e rebolava, o corpo ondulando com os movimentos.

Com os braços esticados no alto e as mãos entrelaçadas, ela girou mais uma vez e o contorno de seu corpo... pareceu borrar, quase como se ela estivesse desaparecendo diante da gente.

Luxen.

A garota era definitivamente uma alienígena. Os Luxen tinham a capacidade de assimilar o DNA humano e ficar parecidos conosco, mas essa não era sua verdadeira aparência. Em sua forma real, eles brilhavam feito lâmpadas de mais de 100 watts. Eu jamais vira o que havia por baixo daquela luz ofuscante, mas minha mãe me dissera que a pele deles era praticamente translúcida. Semelhante a de uma água-viva.

Heidi me fitou com um sorriso.

— Vou dançar. Você vem?

Hesitei ao olhar para a multidão enlouquecida. Eu adorava dançar... na privacidade do meu quarto, onde podia parecer um Muppet desconjuntado que ninguém repararia.

— Vou pegar uma água antes.

Ela botou um dedo na minha cara.

— É melhor vir se juntar a mim logo.

Talvez eu fosse, mas não agora. Recuei alguns passos, observando-a desaparecer em meio à multidão de corpos ondulantes e, então, me virei e segui ao lado do palco em direção ao bar, onde me espremi entre dois banquinhos ocupados. O barman estava na outra ponta e eu não fazia ideia de como chamar sua atenção. Será que deveria erguer a mão e balançá-la como se estivesse chamando um táxi? Acho que não. Ia parecer ridículo. Que tal a saudação de três dedos levantados de *Jogos Vorazes*? Tinha visto a saga toda na televisão no último fim de semana. Uma maratona, com os quatro filmes seguidos, de modo que achava que podia dar certo. *Eu me ofereço como voluntária para um copo de água.*

Por sorte, o barman estava vindo agora em minha direção. Enquanto esperava, abri a bolsa e toquei a tela do celular. Uma mensagem perdida da Zoe. Uma ligação da April e...

De repente, senti uma pessoa parada bem atrás de mim.

Fechei a clutch e lancei um olhar de relance por cima do ombro, meio que esperando dar de cara com alguém, mas não havia ninguém ali. Pelo menos, não perto a ponto de invadir meu espaço vital. Corri os olhos pela multidão. O lugar estava lotado, mas ninguém parecia estar prestando atenção em mim, não particularmente. A sensação, porém, só aumentou.

Engolindo em seco, virei-me para a alcova.

O cara que havia se sentado sumira, mas o gigante de macacão — sr. Clyde — estava lá. Ele estava debruçado sobre o sofá antigo, falando com o Luc, que por sua vez estava — ó céus — olhando direto para mim. Uma súbita explosão de ansiedade se espalhou por meu sistema como erva venenosa.

Será que o segurança percebera que nossas identidades eram falsas?

Espera aí. Cai na real, garota. Ele devia ter sacado que elas eram falsas de cara, e mesmo que agora visse problema nisso, por que contar ao Luc? Eu estava sendo ridiculamente paranoica...

— Ei, você! Quer beber alguma coisa?

Virei-me de volta para o bar e fiz que sim, nervosa. O barman era um Luxen. Aqueles olhos inacreditavelmente verdes não podiam ser humanos. Baixei os meus. Um bracelete de metal brilhava em seu pulso.

— Só um, ahn, copo d'água.

— É pra já. — Ele pegou uma garrafinha de água, despejou o conteúdo num copo de plástico e botou um canudo. — Por conta da casa.

— Obrigada. — Peguei o copo e me virei de novo lentamente. O que fazer? O que fazer?

Enquanto bebericava minha água, contornei o palco e parei ao lado de uma pilastra coberta de purpurina, como se um unicórnio tivesse vomitado sobre ela. Estiquei-me na ponta dos pés e corri os olhos pela multidão até encontrar a Heidi.

Abri um sorriso de orelha a orelha. Ela não estava sozinha. Emery estava com ela, e a fitava da mesma forma como eu olhava para tacos na maioria das vezes.

Era isso o que eu queria em algum momento da minha vida, que alguém me fitasse do jeito como eu olhava para tacos.

Heidi estava de costas para mim, remexendo os ombros, e com os braços da Emery a envolvendo pela cintura. Eu não tinha a menor vontade de me intrometer naquela dança particular. Ia esperar que elas terminassem. Enquanto isso, daria o melhor de mim para não pensar em como eu devia estar parecendo parada ao lado da pista de dança. Provavelmente uma aberração. Talvez até um tanto assustadora. Tomei outro gole. Não era como se ficar parada ali a noite inteira fosse algo viável...

ESTRELAS NEGRAS · 1 · A ESTRELA MAIS ESCURA

— Evie?

Virei-me ao escutar a voz vagamente familiar. Tomei um susto. Era uma garota da escola. Tínhamos tido aula juntas no ano passado. Literatura inglesa.

— Colleen?

Ela sorriu e inclinou a cabeça ligeiramente de lado. As maçãs de seu rosto brilhavam com purpurina e os olhos ostentavam o mesmo efeito esfumado que os meus.

— O que diabos você está fazendo aqui?

Dei de ombros.

— Quis dar uma saída. E você?

— Estou com alguns amigos. — Ela franziu as sobrancelhas e prendeu algumas mechas de cabelos louros atrás da orelha. — Não sabia que você costumava vir aqui.

— Hum, é minha primeira vez. — Tomei outro gole de água e lancei um olhar para trás por cima do ombro. Eu não conhecia a Colleen muito bem, de modo que não tinha ideia se isso era algo que ela fazia todos os fins de semana ou se era sua primeira vez também. — Você vem muito aqui?

— De vez em quando. — Ela alisou a saia do vestido, um tomara que caia de um azul ligeiramente mais claro do que o meu. — Eu não sabia que você gostava de... — Virou a cabeça em direção à pista de dança e as bochechas, já coradas, ficaram ainda mais vermelhas. Imaginei que alguém a tivesse chamado. — Preciso ir. Você vai ficar aqui mais um pouco?

Fiz que sim, sem a menor ideia de quanto tempo mais.

— Legal. — Ela começou a recuar, sorrindo. — A gente conversa depois. Combinado?

— Combinado. — Despedi-me com um ligeiro aceno e observei-a se virar e abrir caminho por entre a multidão de corpos espremidos na beira da pista de dança. Sabia que o pessoal da escola costumava vir aqui, mas não esperava encontrar ninguém, o que era burrice da minha parte.

A mão de alguém pousou em meu ombro. O susto fez com que eu pulasse e derramasse água sobre as mãos e a frente do vestido. Dei um passo para me desvencilhar e girei, preparada para socar quem quer que tivesse me agarrado, tal como mamãe havia me ensinado. Congelei, sentindo o estômago ir parar no chão ao me deparar com o rosto coberto de piercings do sr. Clyde.

Ai, isso não podia ser bom.

— Olá — falei, a voz fraca.

— Você precisa vir comigo. — A mão em meu ombro ficou mais pesada. — Agora.

· 21 ·

2

Um buraco se abriu em meu estômago. Olhei para a brilhante pilastra como se ela pudesse me ajudar.

— Hum, por quê?

Seus olhos castanhos se fixaram nos meus, e tudo em que consegui me concentrar foi no diminuto diamante sob um deles. Aquele piercing devia machucar. Ele não disse nada, apenas agarrou meu braço com sua mão gigantesca e me virou. Em pânico, olhei para a pista de dança, incapaz de localizar a Heidi ou a Emery em meio à multidão de dançarinos.

Com o coração martelando no peito, apertei o copo em minha mão enquanto Clyde me puxava para longe de minha bela pilastra. A cena atraiu a atenção de algumas pessoas nas mesas mais próximas, fazendo minhas bochechas queimarem. Uma garota mais velha deu uma risadinha de deboche e balançou a cabeça, tomando um gole de algum líquido amarelado.

Isso era tão constrangedor.

Eu estava prestes a ser expulsa da boate. Que sorte a minha! O que significava que teria de mandar uma mensagem para a Zoe ou para alguma outra pessoa para vir me buscar, uma vez que não ia arruinar a noite da Heidi. Não depois de vê-la com a Emery. Eu ia...

Clyde não estava me conduzindo em direção à saída.

Ele virou à esquerda de supetão, me arrastando consigo. Meu coração foi parar na ponta dos pés quando me dei conta de para onde ele estava me levando. Em direção à mal iluminada alcova — ao sofá.

Ainda sentado da mesma maneira preguiçosa, ainda tamborilando aqueles dedos compridos, estava o Luc. Seus lábios se curvaram nos cantos.

ESTRELAS NEGRAS   **1**   A ESTRELA MAIS ESCURA

O choque roubou o ar de meus pulmões. Em geral, eu ficaria animada pela chance de conversar com um cara tão extraordinariamente gato — em especial um com, uau, pestanas tão pretas e grossas —, mas tudo a respeito dessa situação parecia errado.

Eu não era o tipo de garota que costumava ser escolhida aleatoriamente numa boate e depois escoltada por alguém que mais parecia um lutador de MMA para ter um tête-à-tête com o sujeito mais gato do lugar. Não tinha uma beleza deslumbrante. Eu era a personificação do triplo M.

Vida mediana.

Rosto mediano.

Corpo mediano.

E o que estava acontecendo agora *não* tinha nada de mediano.

— O que está...? — Deixei a frase no ar ao passarmos diante do Luxen louro sentado numa das poltronas ao lado do sofá, *ainda* com os olhos fixos no telefone. O segurança soltou meu braço e pousou a mão em meu ombro mais uma vez.

— Sente-se — disse Luc, e essa única palavra foi dita num tom de voz que provavelmente deixava um rastro de péssimas decisões em seu encalço.

Sentei.

Não que eu tivesse muita escolha. Clyde me obrigou a sentar e, em seguida, se afastou, empurrando e tirando as pessoas do caminho como uma escavadeira humana.

Com a pulsação a mil, mantive os olhos fixos na direção em que o segurança desaparecera, embora estivesse completamente ciente do garoto sentado a pouco mais de um palmo de mim. Minha mão tremia. Inspirei fundo para me acalmar, captando um aroma de pinho e sabonete que sobressaía ao cheiro amargo de álcool. Era ele quem estava exalando esse perfume? Pinho e sabonete? Se era, ele tinha um cheiro fantástico.

Será... será que eu estava realmente *reparando* no cheiro dele?

O que havia de errado comigo?

— Pode olhar para o Clyde o quanto quiser, mas por mais que você peça em pensamento, ele não irá voltar — advertiu Luc. — Por outro lado, se isso acontecer, terei que reconhecer que você possui incríveis poderes de magia negra.

Não tinha ideia de como responder a uma observação dessas. Meu cérebro se recusava a formar qualquer palavra. O copo de plástico estalou sob meus dedos no exato instante em que a música fez uma breve pausa. As pessoas na pista pararam de dançar, peitos subindo e descendo pesadamente. A música, então, retomou com um ritmo forte e constante de percussão, e elas enlouqueceram.

· 23 ·

De olhos arregalados, observei a multidão na pista começar a dar socos no ar e os dançarinos sobre o palco caírem de joelhos, batendo as palmas no chão. Os gritos ficaram ainda mais altos, um rápido crescendo em sincronia com as batidas da percussão. As vozes se elevaram, entoando uma letra que me deixou com os pelos dos braços arrepiados.

Safe from pain and truth and choice...*

Um arrepio percorreu meu corpo. Algo a respeito daquilo — da música, da cadência, dos gritos — me soava familiar. Franzi a testa, tomada por uma estranha sensação de déjà vu. Não reconheci a música, porém a sensação continuou formigando no fundo do meu cérebro.

— Gostou da música? — perguntou Luc.

Virei a cabeça lentamente para ele. Seus lábios estavam repuxados num sorriso lupino, o que me deixou ainda mais nervosa. Ergui os olhos. O ar que eu inalara escapou de meus pulmões.

O sorriso desapareceu, e ele me fitou como... sei lá. Havia um quê de surpresa naqueles traços belíssimos, porém os...

Os olhos.

Jamais vira olhos como aqueles. Eles tinham um tom ametista, de um roxo límpido e brilhante, e as linhas pretas que contornavam as pupilas pareciam irregulares, como que borradas. Eram olhos extremamente bonitos, porém...

Heidi estava certa.

— Você é um Luxen.

O louro que fitava o telefone bufou.

Luc inclinou a cabeça ligeiramente de lado e a expressão estranha desapareceu.

— Não. Não sou.

É, até parece. Humanos não tinham olhos como aqueles, a menos que estivessem usando lentes de contato. Meu olhar recaiu sobre a mão que descansava em sua perna. Uma pulseira de couro envolvia-lhe o pulso, com algum tipo esquisito de pedra incrustada no meio. A gema oval exibia um caleidoscópio de cores leitosas. Aquilo não era um Desativador usado para impedir um Luxen de matar metade das pessoas numa boate em menos de dez segundos.

— Então você é um humano com lentes de contato esquisitas?

---

* Salvo da dor, da verdade, da escolha... Trecho da música *Pet*, da banda A Perfect Circle. (N. T.)

ESTRELAS NEGRAS　　**1**　　A ESTRELA MAIS ESCURA

— Também não. — Luc ergueu um ombro num meio dar de ombros. Por que ele negaria ser um Luxen? Antes que eu pudesse perguntar, ele falou novamente. — Está se divertindo?

— Ahn, estou... Acho que sim.

Ele mordeu o lábio inferior, atraindo minha atenção. Deus do céu, aqueles lábios eram completamente beijáveis. Não que eu estivesse pensando em beijá-lo ou coisa parecida, era apenas uma simples observação que qualquer pessoa no meu lugar faria.

— Isso não me soou muito convincente. Na verdade, tenho a impressão de que você preferiria estar em qualquer outro lugar que não aqui — continuou ele, abaixando mais uma vez aqueles cílios grossos. — Então, o que está fazendo aqui?

A pergunta me pegou de surpresa.

— Sua amiga vem bastante. Ela combina com este lugar. Sempre se diverte. Mas você nunca tinha vindo. — Ele ergueu novamente as pestanas e me fitou no fundo dos olhos. — Do contrário, eu saberia.

Enrijeci. Como diabos ele sabia que essa era minha primeira vez? Devia haver pelo menos umas cem pessoas ali, e todas se misturavam umas às outras.

— Você estava parada sozinha ao lado da pista de dança. Não estava se divertindo e... — Luc correu os olhos pela frente do meu vestido. Não precisei olhar para saber que ele estava reparando na mancha de água. — Você não combina com este lugar.

Certo. Uau! Isso era o que se chamava ir direto ao ponto. Enfim, encontrei minha voz.

— É a primeira vez que eu venho aqui...

— Isso eu já sabia. — Ele fez uma pausa. — Óbvio. Foi o que acabei de dizer.

A irritação sobrepujou o nervosismo e a confusão. Luxen ou não, quem ele pensava que era? O cara estava sendo grosso, e eu não ia deixar ninguém falar comigo desse jeito.

— Me desculpa. Quem é você mesmo?

O meio sorriso aumentou ainda mais.

— Meu nome é Luc.

Será que esse nome deveria conter as respostas para todos os mistérios do universo?

— E?

— E eu quero saber por que você está aqui.

Fui tomada por uma profunda frustração.

— Você por acaso é o relações-públicas oficial da boate ou algo parecido?

— Algo parecido. — Luc botou um dos pés calçados com bota sobre a mesinha quadrada de vidro à sua frente e se inclinou em direção a mim. A pequena distância que nos separava evaporou por completo. Seus olhos se fixaram nos meus. — Vou ser direto com você.

Soltei uma risada seca.

— Mais direto?

Ele ignorou o sarcasmo, mas não desviou os olhos, nem por um segundo.

— Você não devia estar aqui. De todos os lugares que *você* poderia ir, este deveria ser sua última opção. Não é mesmo, Grayson?

— Exato — respondeu o Luxen louro.

Um calor se espalhou por meu peito e subiu queimando para a garganta. Inspirei fundo e me forcei a manter uma expressão impassível mesmo que o que ele tivesse dito houvesse me magoado por motivos que eu nem saberia dizer. Não fazia diferença se ele era humano ou não ou que eu jamais o vira antes e provavelmente nunca mais veria de novo assim que fosse embora dessa maldita boate. Escutar alguém dizer que você não se encaixa em algum lugar não era legal. Nunca.

De forma alguma eu ia deixar que um desconhecido — um *alienígena* — mexesse comigo. No fim das contas, Luc era um babaca, e eu não ia permitir que ele ferisse meus sentimentos. De jeito nenhum.

Sem desviar os olhos, invoquei um pouco da personalidade da minha mãe — a versão assustadora dela.

— Eu não sabia que precisava da sua permissão para vir aqui, *Luc*.

— Bem — retrucou ele de modo arrastado, empertigando os ombros largos —, agora precisa.

Afastei-me um pouco.

— Tá falando sério? — Soltei uma risada chocada. — Você não é o dono do lugar. — É só… — Parei antes de dizer algo incrivelmente grosseiro. — É só um cara qualquer.

Ele jogou a cabeça para trás e riu com vontade.

— Bom, sei que não era isso o que você ia dizer nem o que estava pensando. — Seus dedos tamborilaram sobre o encosto do sofá. Senti vontade de esticar o braço e bater neles para que parasse com aquilo. — Me fala o que você realmente acha de mim. *Mal* posso esperar para escutar.

— Vai pro inferno. — Olhei para a pista de dança, incapaz de localizar a Heidi. A impressão era de que a multidão dançando tinha subitamente

ESTRELAS NEGRAS 1 A ESTRELA MAIS ESCURA

triplicado. Merda. — Eu vim aqui com uma amiga. Só isso. Nada que diga respeito a você.

— Tudo diz respeito a mim.

Pisquei uma vez e, em seguida, outra, esperando que ele risse da própria piada. Ao ver que isso não aconteceu, dei-me conta de que havia encontrado o ser mais arrogante do planeta.

— A propósito, você não estava com sua amiga. Como falei antes, você estava parada ao lado da pista de dança... sozinha. — Aqueles olhos estranhos perscrutaram meu rosto com tanta intensidade que as pontas das minhas orelhas começaram a queimar. — É isso o que costuma fazer quando sai com uma amiga? Fica parada sozinha, bebendo água?

Movi a boca para responder, mas não saiu nada. Ele era definitivamente o sujeito mais antagônico que eu já conhecera.

Seus lábios se elevaram ainda mais num dos cantos.

— Você sequer tem idade suficiente para estar aqui.

Apostava que ele também não.

— Tenho, sim.

— Jura?

— Seu amigo grandalhão verificou minha identidade e me deixou entrar. Pergunta pra ele.

Luc inflou o peito. A camiseta cinza de algodão esticou sobre os ombros largos. A estampa dizia SEM DRAMA LHAMA. Aquela camiseta era uma mentira. O garoto adorava um "drama lhama".

— Deixe-me ver sua identidade.

Franzi a testa.

— Não.

— Por que não?

— Porque você é apenas um cara estranho numa boate. Não vou mostrar minha identidade.

Seus olhos se fixaram mais uma vez em mim. A expressão neles era de puro desafio.

— Talvez você não queira me mostrar porque ela prova que você não tem 21.

Não respondi.

Ele ergueu uma sobrancelha.

— Ou será que é porque você acha que eu sou um Luxen?

— Acho que *esse* é o verdadeiro problema — intrometeu-se Grayson, atraindo minha atenção. O cara tinha finalmente largado o telefone. Que

· 27 ·

pena! — Deve ser por isso que ela não está se sentindo à vontade. Aposto que ela é uma dessas pessoas.

— Dessas pessoas? — repeti.

Os olhos extremamente azuis do Grayson se fixaram em mim.

— Que têm medo dos Luxen.

Balancei a cabeça, frustrada, sentindo como se a música e a boate tivessem virado um mero pano de fundo. Foi então que me dei conta de que ninguém, nem uma única alma, se aproximava daquela área. Todos mantinham uma boa distância daquela alcova.

Luc soltou um assobio por entre os dentes.

— Falar com um Luxen numa situação como essa, longe do escrutínio público, te incomoda? Te assusta?

— Não. Nem uma coisa nem outra. — O que não era exatamente verdade. Por mais que eu não fizesse parte do time A Gente Odeia Todos os Luxen, presente em todas as cidades e vilarejos, eles eram assustadores. Era preciso não ter um pingo de juízo para não temê-los um pouco que fosse. Eles haviam matado milhões de pessoas. Talvez não aqueles dois, embora nenhum deles estivesse usando Desativadores. O que significava que podiam me matar num piscar de olhos.

No entanto, a necessidade de provar que eu não dava a mínima se eles eram Luxen ou não me encheu de coragem. Minha identidade não era legítima. Nem o nome nem o endereço eram verdadeiros. Mostrá-la a ele não me colocaria em perigo. Botei o copo de água sobre a mesa e tirei o documento da bolsa.

— Aqui — falei, imprimindo o máximo de animação na voz que consegui.

Luc ergueu a mão do encosto do sofá e pegou o documento. Seus dedos roçaram os meus no processo. Uma leve descarga de eletricidade subiu pela minha mão. Com um arquejo, puxei o braço.

Seu sorriso se ampliou ainda mais, fazendo meu estômago contrair. Isso fora proposital? Ele tinha realmente me dado um choque? Luc baixou as pestanas.

— Nola Peters?

— Exato. Esse é o meu nome. — Na verdade, não era o meu nome. Era uma combinação de duas cidades que eu jamais visitara: Nova Orleans e São Petersburgo.

— Aqui diz que você tem 22 anos. — Ele soltou a mão no colo e olhou para mim. — Você não tem 22. Aposto que tem, no máximo, 17.

ESTRELAS NEGRAS **1** A ESTRELA MAIS ESCURA

Inspirei fundo. Eu não tinha "no máximo" 17. Em seis meses faria 18.

— Sabe de uma coisa? Você também não parece ter 21.

— As aparências enganam. — Luc começou a brincar com a identidade, virando-a entre os dedos. — Eu tenho rosto de criança.

— Duvido.

— Gosto de pensar que vou demorar a envelhecer. As pessoas vão achar que eu encontrei a fonte da juventude.

— Certo — falei de modo arrastado. — Olha só, não posso dizer que foi legal conversar com você, mas preciso ir. Tenho que encontrar minha amiga.

— Sua amiga está ocupada. Você sabe, se divertindo. — O sorriso ganhou um quê de irreverência que seria bonitinho se eu não estivesse com vontade de esbofeteá-lo. — Ao contrário de você, que *não* está se divertindo.

— Tem razão. Não estou. — Estreitei os olhos, resistindo à vontade quase visceral de pegar minha água e jogá-la nele. — Na verdade, estava tentando ser educada…

— Peculiarmente esquisita — murmurou ele.

Ai, meu Deus, o garoto estava tentando me fazer perder a cabeça.

— Ah, quer saber? Realmente não quero passar mais um minuto ao seu lado. — Fiz menção de me levantar. — Você é um babaca e eu não o conheço. Nem quero conhecer. Passar bem, amigão.

— Mas eu te conheço. — Ele fez uma pausa. — Sei quem você realmente é, Evelyn.

le sabia meu nome. Não o da identidade falsa, mas meu verdadeiro nome. Senti como se o prédio inteiro estivesse desmoronando, ainda que nada houvesse acontecido.

Minha coluna enrijeceu e minha pele gelou. Fitei-o por alguns instantes, sem reação.

— Como você sabe meu nome?

Luc olhou para mim através das pestanas grossas e esticou os braços por cima do encosto do sofá.

— Eu sei um monte de coisas.

— Certo. Você eleva a definição de assustador à enésima potência. — Estava na hora de encontrar a Heidi e dar o fora dali.

Ele riu de novo, um som que teria sido gostoso, atraente até, vindo de qualquer outra pessoa.

— Já escutei isso uma ou duas vezes na vida.

— Por que será que não fico surpresa? Não, não responda — falei ao vê-lo abrir a boca. — Pode me devolver minha identidade, por favor?

Ele mudou de posição subitamente, plantando os pés no chão e fazendo com que nossos rostos ficassem a míseros centímetros de distância. Tão perto assim, era difícil não me deixar perder na beleza daqueles traços. Era também difícil não ficar totalmente assustada.

— E se eu lhe contasse uma verdade? Você me contaria outra em troca?

Fechei a boca com tanta força que meu maxilar doeu.

— Você estava certa. Não tenho 21 anos — declarou ele, os olhos brilhando. — Tenho 18. — Seguiu-se uma ligeira pausa. — *Quase* 19. Faço

ESTRELAS NEGRAS ❋1 A ESTRELA MAIS ESCURA

aniversário dia 24 de dezembro. Sou um verdadeiro milagre de Natal. Agora é a sua vez.

— Você é assustador — retruquei. — Essa é uma verdade incontestável.

Luc ficou em silêncio por alguns instantes e, então, riu — riu com vontade, o que me surpreendeu.

— Não é assim que a gente joga esse jogo, *Evie.*

Inspirei fundo mais uma vez.

De repente, as luzes do teto se acenderam, inundando a boate inteira com um brilho branco ofuscante. Apertei os olhos, momentaneamente confusa. A música parou, gerando gritos de surpresa. Os dançarinos sobre o palco congelaram. As pessoas na pista de dança reduziram o ritmo até parar, ofegantes, trocando olhares atônitos.

— Merda. — Luc suspirou. — Isso vai ser inconveniente.

Alguém passou correndo pela alcova em direção ao bar. Esqueci a identidade idiota e me virei a tempo de ver o sujeito desaparecer por um corredor estreito.

— Merda. — Ele se levantou, tão rápido quanto um raio. Santo óleo de canola, o garoto era *alto.* Um verdadeiro gigante ao lado dos meus míseros 1,65m. — Lá vamos nós de novo — disse numa voz entediada, olhando para o Grayson. — Você já sabe o que fazer. Tire-os daqui.

Grayson guardou o celular no bolso e se levantou. Em seguida, moven-do-se numa velocidade que mais pareceu um borrão, desapareceu. Se estivesse usando um Desativador, jamais teria conseguido se mover tão rápido.

— Vem comigo — declarou Luc.

— O quê? — guinchei. — Não vou a lugar algum com você. Tipo, eu sequer andaria daqui até a pista de dança com você.

— Isso me deixa um pouco ofendido, mas estamos prestes a sofrer uma batida policial, e não a do tipo divertida.

Havia algum tipo de batida policial divertida?

Luc esticou o braço e agarrou minha mão. Uma descarga de eletricidade subiu pelo meu braço de novo, um pouco mais fraca do que a anterior. Ele, então, me puxou, me forçando a levantar.

— Vamos lá, você é menor de idade. Não acho que quer ser pega em flagrante, quer?

Não queria, o que não significava que iria aonde quer que fosse com ele.

— Preciso encontrar a Heidi. Ela…

— Ela está com a Emery. — Ele me forçou a contornar a mesa baixa de vidro. — Vai ficar bem.

• 31 •

— E eu deveria confiar em você?

Luc olhou para mim por cima do ombro.

— Não estou pedindo que confie.

Isso era tão tranquilizador quanto uma arma apontada para sua cabeça, mas, de repente, as portas se abriram e os drones VRA — Verificadores de Retina Alienígena — invadiram a boate.

Um calafrio me percorreu da cabeça aos pés.

Eu odiava aqueles drones.

Eles começaram a sobrevoar o estabelecimento a cerca de um metro e meio do chão, totalmente pretos, exceto por uma luz branca no centro da parte superior. Esses drones tinham sido colocados em uso uns dois anos antes. Havia algo em relação às pupilas dos Luxen que os VRA identificavam como não humanas. Mamãe tentara me explicar como funcionava o processo, mas eu tinha parado de prestar atenção quando ela entrara em detalhes sobre feixes e cones, e luz infravermelha. Tudo o que sabia era que eles eram capazes de detectar DNA alienígena.

Se eles estavam aqui, significava que estavam procurando por Luxen não registrados — alienígenas como o Luc e o Grayson, que não usavam Desativadores.

E não estavam sozinhos. Logo atrás deles, como uma nuvem de insetos brancos, surgiram os oficiais da Força Tarefa Alienígena — FTA — equipados para lidar com a situação. Vestidos de branco da cabeça aos pés, os rostos escondidos atrás de brilhantes capacetes. Dois deles portavam fuzis de aparência normal. Outros dois carregavam uma versão mais pesada e robusta — uma arma de pulso eletromagnético. Um único tiro, e o Luxen alvejado já era.

Luc me puxou por entre o sofá e uma das poltronas, seguindo em direção ao bar. Tentei fincar os pés, pois preferia ser presa por ser uma garota menor de idade numa boate do que por estar em companhia de um alienígena em potencial não registrado.

Isso não resultaria numa simples multa.

Significava cumprir pena por abrigar, ser cúmplice e uma tonelada de outros termos legais complicados. Tentei puxar a mão quando Luc começou a me arrastar.

— Vamos!

— Todo mundo deitado no chão! — gritou um dos oficiais.

Irrompeu o caos.

Pessoas corriam em todas as direções como baratas desvairadas. Tomei vários esbarrões e soltei um grito quando meus saltos escorregaram no piso

ESTRELAS NEGRAS · 1 · A ESTRELA MAIS ESCURA

molhado. Perdi o equilíbrio. A súbita explosão de medo lançou dardos de pânico por todo o meu sistema. Comecei a cair.

— Ah, não, agora não. — Luc apertou minha mão e me suspendeu antes que eu me estatelasse. Perdi um sapato e, em seguida, o outro quando ele me puxou para trás do balcão do bar.

Meus pés descalços deslizavam sobre as poças. Era melhor não pensar nisso. Um sujeito pulou por cima do balcão e imediatamente se agachou. Outro tentou imitá-lo, mas escorregou sobre as bebidas derramadas e caiu de bunda no chão. O mesmo aconteceu com um terceiro, que caiu logo atrás dele.

Tudo estava acontecendo muito rápido.

De repente, uma rajada de tiros ecoou pelo salão — *pop, pop, pop*. Os gritos se elevaram acima da comoção geral. Com o coração na garganta, tentei espiar por cima do palco. O que estava acontecendo? Eu não conseguia ver nada, e não tinha a menor ideia de onde a Heidi estava em meio a toda aquela confusão.

Luc se agachou, avançando por baixo do balcão e impedindo que mais pessoas entrassem ali. Eu o segui, escutando as garrafas dispostas ao longo da parede explodirem. Uma chuva de bebida e cacos de vidro voou por todos os lados.

— Que bagunça! — murmurou Luc, o maxilar trancado de nojo.

A bagunça era a última coisa em minha mente quando, de repente, entramos num corredor escuro, passando rápido por um grupo de pessoas que se espremia para fugir da confusão. Em determinado momento, Luc virou à direita e abriu uma porta.

Fomos envolvidos pela mais completa escuridão assim que a porta se fechou. Sentindo o pânico aflorar, ergui a mão livre.

— Não... não consigo ver nada.

— Está tudo bem.

Ele se adiantou, andando a passos rápidos. Lutei para acompanhá-lo. Um cheiro singular de sabão em pó pairava no ar. Atravessamos outra porta no exato instante em que a que ficara às nossas costas se abriu com um estrondo.

— Parem! — gritou um homem.

Meu coração ia saltar para fora do peito. Seguimos em disparada por outro corredor mal iluminado, até que, de repente, Luc se virou, me envolveu pela cintura e me suspendeu. Soltei um grito.

— Você é lenta demais — reclamou ele.

Luc, então, acelerou, movendo-se tão rápido que o corredor passou como um borrão de cabelos e paredes. Uma rápida virada à esquerda e eu me vi de volta no chão, ao seu lado. Cambaleei um passo para trás ao mesmo tempo que ele pressionava algum ponto no que me pareceu ser uma parede lisa. Um segundo depois, uma porta surgiu, abrindo-se com um suave deslizar.

— Que diabos...? — observei, em choque. Havia quartos escondidos ali? Por que eles teriam algo assim? Apenas serial killers tinham quartos escondidos!

Luc me calou — literalmente *tapou* minha boca e me puxou para dentro do quarto. Entrei derrapando no aposento escuro. Ele, então, me soltou. Tropecei e dei de cara numa parede. Virei. Isso não era um quarto. Mais parecia um closet! Mal cabia uma pessoa ali dentro. A porta deslizou mais uma vez até o pequeno feixe de luz desaparecer, mergulhando-nos num profundo breu.

Puta merda...

Pressionei o corpo contra a parede. Com o pulso a mil, e um oceano rugindo em meus ouvidos, esforcei-me para enxergar qualquer coisa no pequeno espaço. Não havia nada além de escuridão, e do Luc.

E ele estava praticamente em cima de mim.

Suas costas estavam coladas em mim. Não adiantava tentar escalar a parede, isso não aumentaria o espaço entre nós. O aroma de pinho que eu detectara mais cedo definitivamente vinha dele. Era o único cheiro que conseguia sentir. Como diabos a gente terminara ali? Que série de péssimas escolhas eu devia ter feito para me ver numa situação dessas?

Eu podia estar em casa tirando fotos com o celular ou separando minhas meias, dividindo-as entre soquete e três quartos.

Um som de algo batendo ecoou no corredor lá fora. Dei um pulo, caindo contra ele. Tentei esticar os braços, mas minhas mãos encontraram suas costas. Luc mudou de posição subitamente, e todos os músculos do meu corpo se contraíram. De repente, minhas mãos estavam chapadas contra o tórax dele, e não um tórax qualquer. Um peitoral saliente — tão duro quanto a parede às minhas costas.

Tentei puxar as mãos, mas mesmo na mais completa escuridão, ele as agarrou, mantendo-as onde estavam. Fiz menção de protestar, mas o que quer que eu estivesse prestes a dizer morreu na ponta da língua ao sentir seu hálito contra minha testa.

Nós estávamos muito perto. Perto demais.

— Eles devem estar por aqui em algum lugar — reverberou uma voz no corredor, soando frustrada. Em seguida, escutei o chiado de um rádio. — Já chequei todos os outros cômodos.

ESTRELAS NEGRAS — A ESTRELA MAIS ESCURA

Minha respiração ficou presa na garganta. O que aconteceria se eles nos descobrissem? Será que atirariam primeiro e fariam perguntas depois?

Um momento se passou e, então, Luc cochichou em meu ouvido, soprando os cabelos em volta da orelha.

— Espero que você não seja claustrofóbica.

Virei a cabeça, ficando tensa ao sentir meu nariz roçar a bochecha dele.

— É um pouco tarde para isso.

— Tem razão. — Ele mudou novamente de posição, e dessa vez sua perna roçou a minha. — Temos só que esperar um pouco até eles irem embora.

Um pouco? A gente já estava ali há tempo demais, mas eu ainda podia ouvir o cara lá fora, andando de um lado para outro.

— Isso acontece com frequência?

— Cerca de uma vez por semana.

— Show! — murmurei, e tive a impressão de escutá-lo rir por entre os dentes. Eu ia arrancar o couro da Heidi por me chamar para um lugar que era invadido pela polícia uma vez por semana. — O que vocês fazem aqui para sofrer batidas policiais com tanta frequência?

— Por que você acha que a gente faz alguma coisa?

— Porque vocês sofrem *batidas policiais* — retruquei numa espécie de grito sussurrado.

Luc acariciou meu polegar, provocando mais um arrepio em mim.

— Você acha mesmo que eles precisam de motivo para entrar aqui à procura de quem quer que seja? Para machucar as pessoas?

Eu não precisava perguntar para saber quem eram "eles". A FTA era subordinada ao governo.

— Você é registrado?

— Já falei. — Pude sentir a respiração dele junto à minha bochecha. — Não sou um Luxen. — Ele fez uma pausa. — Você... você cheira a...

— O quê?

— Você cheira a... pêssegos.

— É meu hidratante. — Crispei os punhos, sentindo um misto de frustração, medo e algo... algo mais *pesado*. — Não quero mais conversar com você.

— Tudo bem. — Seguiu-se outra pausa. — Posso pensar em muitas opções mais interessantes para passar o tempo num lugar escuro e apertado.

Meus músculos se contraíram.

— Se tentar alguma coisa, vai se arrepender.

Ele riu baixinho.

— Calma.

· 35 ·

— Não me mande ficar calma — retruquei, com vontade de gritar de tão furiosa. — Não é a mim que aqueles homens estão procurando. Não tenho razão alguma para ficar quieta.

— Ah, tem, sim. — Ele acariciou minha palma com o polegar.

— Para com isso.

— Parar com o quê? — perguntou Luc, a voz esbanjando inocência enquanto corria o polegar mais uma vez por minha palma.

— Isso. — Com o coração martelando, tentei puxar as mãos novamente. — Pensando bem, como você…

O toque estridente de um celular me fez calar a boca.

De onde tinha vindo aquele som? *Ah, não!*

Era o meu telefone tocando dentro da bolsa.

— Isso não podia ter acontecido em hora pior. — Luc suspirou e soltou minhas mãos.

Tateei em volta até conseguir abrir a bolsa e tirar o celular. Desliguei o som o mais rápido que pude, mas já era tarde.

Um grito no corredor me fez entrar em pânico ao mesmo tempo que senti…

A mão fria do Luc se fechou em minha nuca. Que diabos…

Seu nariz encostou subitamente no meu e, quando ele falou, pude *sentir* as palavras contra meus lábios.

— Quando eu abrir a porta, saia correndo para a esquerda. Você vai ver um banheiro. Lá dentro tem uma janela que dá para a rua. Seja rápida.

Alguém socou ou chutou a porta escondida.

— Tá brincando? — perguntei, sem conseguir acreditar. — A gente podia ter fugido pelo banheiro?

Ele soltou meu pescoço.

— Mas aí não teríamos tido esses preciosos momentos juntos.

Meu queixo caiu.

— Você é…

Luc me *beijou.*

Num segundo eu estava prestes a amaldiçoá-lo com uma série de palavrões e, no seguinte, sua boca estava *ali*, sobre a minha. Ele inclinou a cabeça ligeiramente. Soltei um arquejo de surpresa ao mesmo tempo que senti um espasmo nos dedos. O telefone escorregou de minha mão e caiu no chão. Apenas a ponta de sua língua tocou a minha, provocando pequenos arrepios de prazer e pânico, mas, então, ele virou a cabeça e se afastou.

ESTRELAS NEGRAS · 1 · A ESTRELA MAIS ESCURA

— Não foi um Luxen que te beijou, Evie. — Seus lábios roçaram os meus. — Tampouco foi um humano.

— Como assim? — indaguei, ofegante, sentindo o coração na garganta. Ele me soltou por completo e se virou. Bati de costas contra a parede.

— Prepare-se.

Minha mente estava completamente embotada. Ó céus, eu não estava pronta para isso.

— Mas...

Luc abriu a porta. A luz de fora era ofuscante, e levou um segundo para que meus olhos se adaptassem. A primeira coisa que vi foi uma daquelas armas de pulso eletromagnético apontada diretamente para o Luc. Ele deu um passo à frente e ergueu a mão.

Fechando os dedos num punhado de tecido branco, Luc suspendeu o oficial e o arremessou do outro lado do corredor. O homem bateu contra a parede, rachando o reboco. Em seguida, caiu de cara no chão, desmaiado.

— Puta merda! — Olhei para o homem estatelado no chão. Uma força daquelas...

O rádio em seu peito chiou e, em seguida, uma voz se fez ouvir. Os reforços estavam a caminho.

— Vai — ordenou Luc, as pupilas contraídas brilhando com uma luz branca, um sinal claro de que um Luxen estava prestes a assumir sua forma verdadeira. — A gente se vê depois.

travessada no meio da cama, Heidi se virou de barriga para cima.

— A noite foi louca. A gente tem que fazer de novo.

Sentada no chão do quarto dela, ergui os olhos para fitá-la.

— Não, não. A gente não tem que fazer de novo. Nunca. Mais.

Ela riu. Fiz que não, esfregando o rosto recém-lavado. Pular, de vestido, a janela de um banheiro para cair num beco sujo não me deixara na melhor das condições. A primeira coisa que fiz quando a gente chegou à casa dela foi tomar um banho e esfregar a sujeira dos meus pés imundos. Além disso, eu estava fedendo como se tivesse roubado uma loja de bebidas, enchido uma banheira e mergulhado de cabeça.

Heidi é quem tinha me ligado enquanto eu e o Luc estávamos escondidos em nossa própria Sala Precisa. Ela havia arrumado um jeito de sair e tinha entrado em pânico, mas fora esperta o bastante de ir direto para o carro, onde eu a encontrara esperando por mim.

— Quase fomos pegas. Faz ideia de como minha mãe reagiria? Ela teria surtado — falei por baixo das mãos. — Além disso, fiquei morrendo de medo de você ter sido pisoteada até a morte ou coisa parecida.

— Fiquei apavorada também. Não tinha ideia de onde você estava até a Emery me dizer que você estava com o Luc.

Argh.

Ficaria feliz em nunca mais escutar aquele nome. O garoto não só era um babaca, como havia me beijado — me beijado na boca.

Não foi um Luxen que te beijou, Evie. Tampouco foi um humano.

ESTRELAS NEGRAS · 1 · A ESTRELA MAIS ESCURA

O que isso queria dizer? Havia somente Luxen e humanos. A menos que ele se considerasse um ser à parte, o que não me deixaria surpresa. Após o curto período que passáramos juntos, eu sabia que havia poucas criaturas no universo com um ego tão gigantesco.

— Não acredito que vocês se esconderam num quartinho no meio do corredor — continuou ela. Na volta da boate, eu a colocara a par de tudo o que havia acontecido. — E não acredito que você não tirou proveito da situação.

Fiz uma careta por trás das mãos. Eu não contara a Heidi que o Luc havia me beijado. Provavelmente também não contaria para a Zoe. As duas me fariam perguntas, toneladas de perguntas que eu não tinha como responder, porque quando ele me beijara, eu… nem sei o que senti. Pânico? Sim. Prazer? Ó céus, sim, prazer também, o que não fazia o menor sentido. Caras babacas, alienígenas ou não, que achavam que podiam sair beijando qualquer garota não me atraíam.

Além disso, nem tinha sido um beijo de verdade, e eu já fora beijada *de verdade* antes. Brandon e eu tínhamos nos beijado. Muitas vezes. O que acontecera naquele quarto escondido não podia nem ser considerado um beijo…

Por que eu estava pensando nisso? Havia coisas muito mais importantes nas quais me concentrar, como, por exemplo, o fato de que nós duas podíamos estar agora sentadas numa cela de prisão.

— Luc é um gato, Evie. — Pelo visto, a Heidi não se tocara de que devia mudar o rumo da conversa.

— Ele é um alienígena — murmurei.

— E daí? Até onde sei, eles têm todas as partes importantes. Não que eu saiba disso por experiência própria, mas foi o que ouvi falar.

— Fico feliz em saber que eles têm todas as partes importantes. — Jamais imaginara que um dia eu diria uma coisa dessas. Não queria pensar no Luc nem em suas partes importantes. — Além disso, até a última vez que verifiquei, você também não sabia nada sobre partes importantes.

Ela riu.

— Só porque ainda faço parte do time das puras e inocentes, não significa que não tenha feito muita pesquisa ou usado a internet para propósitos nefastos.

Sorri e soltei as mãos sobre o colo.

— Luc é um babaca, Heidi. Se ele tivesse falado com você como falou comigo, você teria dado um soco na cara dele.

— Tão ruim assim, é? — Ela jogou as mãos para o alto, os dedos do meio levantados. — Numa escala de um… — Balançou o dedo do meio da mão esquerda. — A dez dedos, o quão babaca ele realmente é?

· 39 ·

— Cinquenta. — Fiz uma pausa. — Cinquenta vezes um milhão.

Heidi riu e se virou de bruços.

— Então eu provavelmente teria dado um chute no saco dele.

— Exatamente.

— Que pena! — Ela suspirou. — É um desperdício uma pessoa tão bonita por fora e com o interior tão feio quanto um rato despelado.

Rato despelado? Eca!

— Foi tão estranho! Ele foi supergrosso. Ficou exigindo saber por que eu estava lá, como se tivesse sido audácia minha entrar naquela maldita boate. — Só de falar nisso, fiquei com vontade de começar a socar coisas. — Quem ele pensa que é? Quero dizer, é claro que ele é um alienígena chamado Luc, mas...

Heidi se sentou, as pernas encobertas por calças de pijamas penduradas para fora da cama. O cabelo estava preso num coque frouxo caído meio de lado.

— Mas o quê?

Pressionei os lábios e balancei a cabeça, frustrada. Tinha outra coisa que eu não havia contado a ela.

— Ele... ele sabia meu nome, Heidi.

Ela arregalou os olhos.

— Como assim?

Assenti com um menear de cabeça.

— Não é possível, concorda? Ele disse que sabia quem eu era e que eu nunca tinha ido lá antes. — Incomodada, fechei os braços em volta da cintura. — Isso é superassustador, certo?

— É mesmo. — Ela levantou da cama e se ajoelhou na minha frente. — Não lembro se eu disse alguma coisa para a Emery numa das vezes em que estive lá antes. É possível que tenha mencionado seu nome. Quero dizer, sei que falei sobre você.

— Isso... isso faria sentido. — Senti um súbito alívio. Isso fazia muito mais sentido, mas... por que a Emery falaria de mim para o Luc?

— Só pode ser. De que outra maneira ele saberia quem você é? Luc não frequenta a nossa escola. Nenhum deles frequenta.

Soltei o ar com força e assenti novamente. Não queria mais pensar nele.

— Me prometa que você não vai mais voltar lá.

Seu olhar se fixou em algum ponto acima do meu ombro.

— Bem...

— Heidi! — Inclinando-me, dei-lhe um tapa no braço. — Aquela boate sofre constantes batidas policiais em busca de alienígenas não registrados. Os oficiais da FTA portam armas capazes de matar humanos também. Aquele lugar não é seguro.

ESTRELAS NEGRAS **1** A ESTRELA MAIS ESCURA

Heidi soltou um sonoro suspiro.

— Isso nunca tinha acontecido antes.

— Luc disse que acontece, tipo, uma vez por semana — retruquei. — E mesmo que ele tenha mentido, uma única vez já é o suficiente. Imagina a tragédia que poderia ter acontecido hoje.

Ela mordeu o lábio inferior e se sentou nos calcanhares.

— Eu sei. Você tem razão. — Olhou para mim através das pestanas. — Mas adivinha...

— Adivinha o quê? — Não sabia se devia acreditar nela no que dizia respeito a voltar à boate.

Um ligeiro sorriso repuxou-lhe os lábios.

— Consegui o telefone da Emery.

— Jura? — Ver a empolgação em seu belo rosto desviou minha mente do que havia acontecido. — Bom, se você conseguiu o telefone dela, então não tem motivo para voltar lá.

— Certo. — O sorriso se ampliou. — Ela estava tão animada para te conhecer hoje. Fiquei superdecepcionada por não termos tido a chance.

— Eu também, mas se você conseguiu o telefone dela, então pode chamá-la para sair, e eu posso ir junto, de vela. Que tal?

— Não existe vela melhor do que você.

Franzi o nariz.

— Ahn... obrigada?!

Heidi, então, desceu até a cozinha para pegar a caixa de cupcakes. A gente se entupiu dos deliciosos bolinhos-de-chocolate-com-cobertura--de-manteiga-de-amendoim enquanto ela me dava todos os detalhes de seu encontro com a Emery. Depois disso, ela pegou no sono rapidinho. Já eu fiquei horas olhando para as estrelinhas fluorescentes no teto sobre a cama de minha amiga até conseguir relaxar o suficiente.

A noite tinha sido louca e assustadora, e podia ter terminado muito mal. Era difícil não pensar nisso. Heidi podia ter se machucado. Eu também. O perigo que tivéramos de encarar depois da invasão ainda não desaparecera por completo. Ele apenas havia *mudado*.

Assim que consegui me forçar a parar de pensar nessas coisas, minha mente se voltou para o Luc. Heidi provavelmente estava certa. Ela devia ter mencionado meu nome para a Emery que, por sua vez, o repetira em alguma conversa com o Luc.

No entanto, ainda não conseguia entender por que ele mentiria sobre ser um Luxen.

Não fazia diferença, porque eu não pretendia voltar à Foretoken nunca mais e muito menos vê-lo de novo, independentemente do que ele dissera.

Graças a Deus e ao bebê Jesus...

Ah, não.

Sentei de supetão, arregalando os olhos e soltando uma maldição por entre os dentes. *Meu celular.* Onde ele estava? Afastei as cobertas e levantei da cama. Encontrei minha clutch ao lado da mochila. Abrindo-a, vasculhei o interior, confirmando o que eu já sabia.

Tinha deixado meu celular naquela maldita boate.

* * *

Λpertando o volante com força, olhei para as portas vermelhas da Foretoken. Parte de mim esperava encontrá-las bloqueadas por uma fita amarela, uma vez que o lugar tinha sofrido uma batida policial na véspera.

Nenhuma fita.

— Você não precisa entrar comigo — falei. Fazia mais ou menos meia hora que eu havia saído da casa da Heidi, e a rua do lado de fora da boate fervilhava de carros passando de um lado para outro. À luz do dia, o lugar não parecia tão intimidador. Pelo menos, não tanto. — Você pode ficar aqui e, se eu não sair em, digamos, dez minutos...

— Eu ligo para a polícia? — James Davis riu quando olhei para ele. — Não vou chamar a polícia e dizer a eles que minha amiga menor de idade entrou numa boate por causa do telefone que perdeu lá ontem e que ela ainda não saiu. Vou entrar com você.

A súbita sensação de alívio me deixou tonta. Eu realmente não queria entrar lá sozinha e, para ser honesta, já devia saber que o James não me deixaria fazer isso.

Por mais tolo que pudesse soar, James era o epítome do garoto da casa ao lado, e se livrava de muitas enrascadas por causa disso. Com olhos castanhos amigáveis, cabelos também castanhos, e um aspecto grandalhão e afável de ursinho de pelúcia, tudo o que ele precisava fazer era mostrar as covinhas que qualquer pai do planeta lhe abriria a porta. Até mesmo minha mãe. Ela não tinha qualquer problema em a gente ficar junto no quarto de porta fechada.

ESTRELAS NEGRAS ❖ 1 ❖ A ESTRELA MAIS ESCURA

Mas, por ele ser grande e muitas vezes parecer intimidador, ainda que sem querer, eu tinha ido até a casa dele mais cedo e o recrutado para vir comigo à boate, com a promessa de que pagaria um belo café da manhã depois. Sempre dava para convencer o James com comida.

Os nós dos meus dedos estavam começando a doer.

— Preciso recuperar meu celular, senão minha mãe me mata. Faz ideia de quanto custa um negócio desses?

— Ela vai te matar por ter vindo aqui.

— Verdade, mas ela não vai descobrir, especialmente se eu conseguir pegar meu telefone de volta — argumentei. — Se fosse o seu, o que você faria?

— Impossível, porque eu jamais viria a um lugar desses, mas deixa pra lá. — James se virou para a janela. O boné do Baltimore Orioles que ele usava quase que diariamente ocultava-lhe a metade superior do rosto. — Agora eu sei por que você me pediu para fazer isso e não à Zoe.

— Porque foi você quem me arrumou a identidade falsa que permitiu que eu agisse feito uma idiota e viesse aqui?

Ele bufou.

— Ahn, não.

— Porque a Zoe me daria um tapa na cabeça se eu pedisse a ela? — Sorri ao vê-lo assentir. — Tem razão. Eu sabia que você viria comigo e não tentaria me bater.

Pelo menos eu tinha um plano. Talvez não um dos melhores, mas tinha que haver alguém lá durante o dia. A não ser que todos tivessem sido presos, mas com sorte haveria alguém lá, e eu estava preparada para pedir e implorar que me deixassem entrar e verificar o quartinho onde o celular havia caído.

— Você acha que alguém vai responder? — perguntou James.

Com um forte suspiro, soltei o volante e desliguei o carro. Eu não contara a ele sobre a batida policial da véspera, o que provavelmente fazia de mim uma péssima pessoa.

— Nem sei se tem alguém lá. — A verdade é que após a batida policial, Luc e os outros talvez tivessem se mandado. — Tem certeza de que quer entrar comigo?

Ele virou a cabeça lentamente para mim.

— Sei muito bem que tipo de lugar é esse, portanto, se ficasse aqui no carro, com certeza estaria violando alguma espécie de código de amizade.

— Provavelmente — concordei, dando um tapinha na aba do boné.

James abriu a porta do carona.

— O que poderia acontecer de tão ruim assim?

Ergui as sobrancelhas. Na verdade, uma tonelada de coisas, mas achei melhor não dizer nada. Peguei minha bolsa no banco de trás e saltei do carro. Assim que o trânsito abriu uma brecha, atravessamos correndo a rua, quase sendo atropelados por um táxi em alta velocidade que surgiu do nada.

Pulei para a calçada, contornando um sujeito que botava moedas num parquímetro. Sem aviso, meu coração começou a martelar com força contra as costelas assim que me vi sob a proteção da marquise.

Um tremor desceu pelos meus braços quando parei a uns bons centímetros das portas, a tinta vermelha me lembrando sangue fresco. Estar ali parecia, de alguma forma, *determinante*, como se uma vez tendo passado por aquelas portas não houvesse mais volta. Sequer entendia o porquê dessa sensação ou o que a desencadeara. Eu estava sendo melodramática; tudo o que estava fazendo era voltando para pegar meu maldito telefone. Ainda assim, uma espécie de pavor preencheu meus poros e escorreu por minha pele.

O instinto veio à tona, me forçando a recuar um passo. Meu ombro bateu contra o peito do James. Algo primitivo dentro de mim insistia para que eu virasse as costas e desse o fora dali.

Todos os meus pelos estavam arrepiados. Senti o ar preso na garganta e uma pressão no peito. As pontas dos meus dedos começaram a formigar.

Medo.

Eu estava com *medo*.

O tipo de medo sombrio e gelado que brota das suas entranhas. Que deixa um gosto *amargo* no fundo da garganta. A última vez que eu sentira algo assim, beirando ao pânico, tinha sido... Só podia ter sido durante a invasão. Esses momentos eram vagos, borrados, mas só algo assim geraria um medo desses.

O excelentíssimo psicólogo do colégio, sr. Mercier, diria que era um sintoma natural de alguém que sobreviveu à invasão. Estresse pós-traumático. Foi o que repeti para mim mesma quando um calafrio desceu por minha espinha.

A sensação, porém, continuou.

Vá embora, sussurrou uma voz que me pareceu a minha. Ela brotou nos recessos da minha mente, uma parte inerente, elementar de mim que eu sequer sabia que existia.

Não tinha ideia de por que eu me sentia desse jeito ou por qual motivo a sensação só aumentava, ficando mais forte a cada segundo. Eu estava prestes a ter um ataque cardíaco. Abri a boca, mas não consegui forçar a língua a funcionar.

James esticou o braço em direção à maçaneta, mas as portas se abriram antes que ele tivesse a chance de tocar no metal manchado, e eu soube na hora.

Era tarde demais.

lyde, o segurança, bloqueava a entrada. Um dos braços musculosos segurava a porta aberta e o outro estava apoiado na parte superior da moldura, deixando à mostra um bíceps do tamanho de um tronco de árvore. A camiseta cinza esticava-se sobre os ombros e o peito largo. Que estampa era aquela, um unicórnio cuspindo... *um arco-íris pela boca?*

Isso mesmo.

Aquilo era definitivamente um unicórnio cuspindo um arco-íris.

O medo insidioso e o pânico cortante retrocederam na mesma velocidade com que haviam surgido. Tão rápido que foi como se tivessem sido apenas fruto da minha imaginação.

— Epa! — murmurou James, soltando a mão ao lado do corpo.

Talvez eu devesse tê-lo avisado sobre o Clyde.

Enquanto observava a luz do sol refletindo sobre os inúmeros piercings espalhados pelo rosto do segurança, me forcei a sair do estupor em que me encontrava.

— Não sei se você se lembra...

— Eu me lembro de você — interrompeu-me ele. Isso não podia ser bom. Seu olhar se fixou no James. — Mas não me lembro de você.

Ao que parecia, o gato havia comido a língua do meu amigo.

— Não estamos aqui para, ahn, dançar ou seja lá o que for. — Tentei de novo. — Estive aqui ontem à noite. — Me encolhi. — Mas isso você já sabe. Perdi meu celular.

Clyde voltou a gigantesca cabeça raspada para mim.

— E você veio aqui porque...

Achei que era bastante óbvio, mas mesmo assim expliquei.

— Perdi o celular enquanto estava com... o Luc.

— Luc? — murmurou James.

Eu também não havia dito nada sobre ele para o James.

Clyde sequer piscou.

— Então você veio ver o Luc?

— Não necessariamente. — Eu não tinha a menor vontade de vê-lo. — A gente esteve num quartinho ontem à noite, e eu só quero verificar se o meu telefone não caiu lá.

— Você esteve num quartinho com um cara chamado Luc? — repetiu James. Em seguida, acrescentou por entre os dentes com um sorrisinho sacana. — Vadia.

Eu o ignorei.

Clyde ergueu uma das sobrancelhas decorada com um piercing.

— Você veio ver o Luc ou não?

Todos os meus músculos se contraíram. Por algum motivo, eu não queria dizer que sim, mas se fosse o único jeito de entrar na maldita boate, então, paciência. Trinquei os dentes e anuí.

— Sim.

Sem dizer nada, Clyde recuou um passo, segurando a porta aberta. Senti um súbito alívio. Ele ia nos deixar entrar. Troquei um rápido olhar com o James ao mesmo tempo que uma buzina soava na rua. Dei um passo à frente. James continuou parado. Agarrei-o pelo braço e o puxei, me espremendo para passar pelo segurança. A porta se fechou, bloqueando a luz do sol e nos prendendo lá dentro. Soltei o braço do James.

Ignorei o súbito nervosismo quando Clyde contornou a gente no pequeno espaço e abriu a segunda porta. Hesitei por um momento e, então, o segui. O lugar não lembrava nem um pouco o da noite anterior. As luzes acima da pista de dança estavam acesas, deixando apenas o bar e as alcovas envoltos em penumbra. A maioria das cadeiras estava virada de cabeça para baixo sobre as mesas redondas. Somente algumas mesas continuavam arrumadas. Havia duas pessoas no bar, porém a pouca iluminação em volta delas não me permitiu distinguir quem eram.

Já não dava mais para sentir o cheiro pungente de perfume e álcool. O lugar agora cheirava como se cada superfície tivesse sido esfregada com desinfetante cítrico.

ESTRELAS NEGRAS · 1 · A ESTRELA MAIS ESCURA

Não havia resquício algum da batida policial da véspera. Todas as garrafas atrás do balcão do bar tinham sido substituídas. Era como se nada houvesse acontecido.

— Posso ir até o quartinho dar uma olhada. Eu lembro...

— Sentem-se. — Clyde apontou para uma das mesas que continuava arrumada e se afastou, desaparecendo por um corredor estreito à direita do bar, onde eu nunca estivera antes.

James despencou numa das cadeiras.

— Nunca vi um cara tão grande em toda a minha vida.

— Não é? — Nervosa demais para me sentar, fiquei em pé atrás de outra cadeira.

James virou a aba do boné para trás e passou a mão pelo tampo da mesa, correndo os olhos pelo entorno.

— Lugar interessante.

Olhei para o corredor em que o Clyde desaparecera. Será que ele ia buscar meu celular ou, que Deus não permitisse, chamar o Luc? Meu estômago revirou. Definitivamente não queria vê-lo de novo.

— Você me disse que veio aqui ontem com a Heidi — disse James, inclinando a cabeça ligeiramente de lado. — Mas não me contou nada sobre ter entrado num quarto privado com algum desconhecido.

Minhas bochechas queimaram.

— Não é o que você está pensando. Nada a ver. É uma longa história.

— Temos tempo... Espera um pouco. A gente fala disso já, já. — James se debruçou sobre a mesa e apertou os olhos. — Aquela cara não frequenta a nossa escola?

— Quem?

Ele apontou com o queixo na direção do bar, e eu me virei. Os dois sujeitos que estavam junto ao balcão tinham mudado de posição e encontravam-se agora ao alcance da luz. Reconheci um deles imediatamente. O Luxen de cabelos escuros. O nome dele era Connor. Não fazia ideia de qual seria seu sobrenome. Vê-lo ali me surpreendeu.

— É, frequenta.

— O que será que ele está fazendo aqui?

Antes que eu pudesse responder, Grayson surgiu do outro lado da boate, saindo do meio das sombras próximas às paredes como se tivesse se materializado do nada. Enrijeci, imaginando se esse seria outro poder dos Luxen que a gente simplesmente não conhecia.

· 47 ·

— Ah, merda — murmurou James, parecendo se dar conta de que o Grayson era um Luxen e que não estava usando um Desativador.

O alienígena parou diante da nossa mesa com um sorrisinho presunçoso. Ele lançou um olhar de relance para o James e, em seguida, aqueles olhos extremamente azuis se fixaram em mim.

— Me disseram que você está procurando seu celular, verdade?

— Verdade. É um aparelho fino e preto...

— Sei como é um celular — retrucou ele. — Não está comigo.

— Certo. — Não achava que estivesse. — Só preciso dar uma olhada no lugar onde eu o deixei cair e...

— Você não pode ir lá.

Fui tomada por uma súbita irritação.

— Por que não?

Ele simplesmente balançou a cabeça.

— Veja bem, não quero ser chata, mas realmente preciso encontrar meu telefone. Só isso. Então, se você...

— Seu telefone não está lá — interrompeu-me ele.

Franzi a testa.

— Como você sabe?

— Porque sei de que lugar você está falando, e não tem nenhum telefone lá.

— Mas...

— Eu sei onde ele está. — Grayson focou a atenção no James do jeito como eu imaginava que um leão faria com uma gazela de três pernas. — Você gosta de filmes de terror? — perguntou ao meu amigo, pescando o que me pareceu um pirulito no bolso da calça jeans.

James olhou para mim, nervoso.

— Gosto. Quero dizer, acho que sim?

Com um sorriso afiado feito uma navalha, o Luxen desembrulhou o pirulito. Maçã verde.

— O meu favorito é um antigo, *O Albergue*. Um dos personagens é um garoto ingênuo que sem querer vai parar num covil de loucos que se divertem torturando e matando pessoas. — Ele meteu o pirulito na boca. — Já viu?

James ergueu as sobrancelhas.

— Eu... já. Já vi, sim.

— Você meio que me lembra o garoto. O ingênuo, é claro.

Bem, isso era para lá de assustador.

Grayson voltou os olhos para mim.

ESTRELAS NEGRAS **1** A ESTRELA MAIS ESCURA

— Seu celular está com o Luc. É o novo brinquedinho favorito dele.

Merda.

— Pode pegá-lo com ele, por favor?

— Não.

Senti vontade de gritar. Não me restava nenhuma alternativa.

— Então eu quero falar com ele.

O Luxen inclinou a cabeça ligeiramente de lado.

— Luc não está disponível.

— Faça com que ele se torne disponível. — Fechei os dedos com força na beirada da mesa.

O sorrisinho se tornou um sorriso de orelha a orelha.

— Você não conhece o Luc se acha que posso obrigá-lo a qualquer coisa.

— Não dou a mínima se eu o conheço ou não. Não vou embora sem o meu celular.

James parecia um pouco pálido.

— A gente pode comprar um novo para você.

Comprar um novo? Com o quê? Dinheiro de Banco Imobiliário? Nem isso eu tinha.

— É uma boa ideia — concordou Grayson.

— Não. — Olhei para o corredor por onde o Clyde havia desaparecido. — Se você não quer chamar o Luc, então eu vou até ele.

O Luxen inclinou a cabeça de lado mais uma vez.

— Tem certeza?

— Evie — disse James. — Acho melhor a gente ir embora.

O sorriso do Grayson me lembrou arame farpado.

— Pela primeira vez, concordo com um *humano*.

Isso era ridículo. Tudo o que eu queria era o meu celular de volta, e não descobrir os segredos da raça alienígena. Zangada, me virei para o meu amigo.

— Fique aqui. Já volto.

— Pare — disse Grayson quando comecei a me afastar, a voz sem nenhuma entonação. — Não faça isso. — Seguiu-se uma pausa. — Pelo menos não use a porta à direita, no final do corredor, que dá na escada.

Parei.

— E não suba — continuou ele na mesma voz monótona. — Luc ficaria *muito* chateado se você fizesse isso.

Que diabos? Lancei um olhar por cima do ombro e vi que ele agora estava sentado diante do James, que, por sua vez, parecia absurdamente

· 49 ·

desconfortável. Não fazia ideia de por que o Grayson me diria onde encontrar o Luc se o cara estava tão indisponível, mas não dava a mínima.

Atravessei rapidamente o corredor, passando por diversas portas. Duas davam em banheiros. Outra tinha uma placa onde se lia SOMENTE EMPREGADOS AUTORIZADOS, porém a maior parte das letras estava riscada com um X, restando apenas ENGODOS, o que era... muito estranho.

Muito estranho mesmo.

Corri os olhos pelo corredor estreito e encontrei a porta que dava na escada. Abrindo-a, comecei a subir os degraus, sem parar para pensar no que eu estava fazendo. Talvez fosse burrice da minha parte.

Ou talvez coragem.

Eu podia imaginar minha mãe fazendo algo assim. Meu pai também, e ambos *eram* corajosos. Claro. Talvez para ser corajoso, de vez em quando a gente precisasse ser burro.

Ao chegar ao segundo andar, deparei-me com outro corredor mal iluminado, com várias portas sem janelas. Aquilo me lembrou um prédio de apartamentos. Exceto pelo fato de as portas não possuírem olho mágico.

Suspirei, frustrada, e mordi o lábio inferior. Luc podia estar em qualquer um daqueles cômodos, e havia muitos. Eu ia ter que checar um por um. Ou podia simplesmente gritar o nome dele até ele sair.

Fui andando devagar, diminuindo o passo ao escutar o que me pareceram sussurros vindos da direita. Parei e vi que uma das portas estava entreaberta.

Aproximei-me dela e apoiei a mão na superfície fria. Empurrando-a para terminar de abri-la, entrei no aposento, mas não vi *nada*. O lugar estava um breu, como se cortinas pesadas bloqueassem toda e qualquer luz que pudesse vir lá de fora.

— Olá? — chamei.

Pow.

Dei um pulo ao escutar algo se mover ou cair. Corri os olhos em volta, tentando enxergar alguma coisa — qualquer coisa — mas foi inútil. Apurei os ouvidos em busca de algum outro som. Nada. Talvez fosse melhor dar o fora dali.

Recuei um passo.

Um ligeiro deslocamento de ar levantou o cabelo em volta do meu rosto. Com o instinto de sobrevivência à tona, prendi a respiração. Eu definitivamente não estava sozinha ali. Fiz menção de me virar para ir embora...

Dedos se fecharam em volta do meu braço e me puxaram para frente. Um grito brotou em minha garganta, mas foi abruptamente interrompido por um forte empurrão que me jogou de costas contra a parede. A pancada roubou o ar de meus pulmões e provocou uma fisgada de dor que subiu por minha espinha, explodindo na base do crânio.

Antes que eu pudesse me mover ou emitir qualquer outro som, os mesmos dedos — dedos gelados — se fecharam em minha garganta, praticamente cortando minha respiração. Brandi as mãos e encontrei — o braço *dele* em meio à escuridão. Com a adrenalina a mil, enterrei as unhas naquele braço, tentando soltar a mão que apertava minha garganta. Meu coração martelava contra as costelas e um pânico amargo revirava meu estômago.

Ai meu Deus. Ai meu Deus...

Eu o *senti* se aproximar. *Senti* sua respiração contra minha bochecha ao ser suspendida do chão até ficar na ponta dos pés. *Senti* as palavras reverberarem em minha medula.

— Você não devia estar aqui.

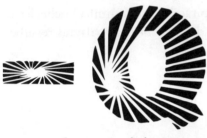uem é você? — perguntou ele de maneira autoritária.

Abri a boca para responder, mas como estava sendo estrangulada, não consegui proferir palavra alguma.

— Por que está aqui? — insistiu o cara, apertando minha garganta ainda mais. Soltei um arquejo desesperado ao sentir o chão desaparecer sob meus pés. As garras afiadas do medo se fincaram em minhas entranhas.

Dois pontinhos brancos surgiram em meio à escuridão, projetando um brilho luminoso. Pupilas. Eram as *pupilas* dele. O cara não podia ser humano. Enterrei as unhas em sua pele. Ó céus, eu ia ser estrangulada até a morte por causa de um maldito celular...

A porta se abriu.

— Solta a garota. *Agora*.

Ao som da voz familiar, a mão que envolvia meu pescoço desapareceu. Caí para frente, estendendo os braços, que encontraram somente o vazio da escuridão. Um grito brotou em minha garganta...

Um braço me envolveu pela cintura. Por um segundo, fiquei suspensa no ar, com os braços e as pernas pendendo em torno daquele suporte de aço. Sem aviso, fui colocada de volta no chão, as costas pressionadas contra um tórax de pedra — o tórax do *Luc*. Inspirei fundo, inalando um perfume demasiadamente familiar.

Isso não era nada melhor do que ser estrangulada.

Tentei dar um passo à frente, porém o braço que envolvia minha cintura era como um torno. Consegui me afastar cerca de um centímetro, só para ser puxada de volta.

ESTRELAS NEGRAS · **1** · A ESTRELA MAIS ESCURA

— Fica parada — murmurou Luc junto ao meu ouvido.

Todos os meus músculos tencionaram. Estava prestes a dizer que ele não mandava em mim quando, de repente, uma luz forte inundou o aposento. Assim que meus olhos se ajustaram, vi um sujeito mais velho — um *Luxen* mais velho — parado alguns centímetros à nossa frente.

E, então, vi o que — quem — estava atrás dele.

Uma mulher segurando uma criança pequena, de uns 2 ou 3 anos. A menininha, de cabelos cacheados presos em duas marias-chiquinhas, estava com o rosto enterrado no ombro da mulher. O corpinho diminuto tremia tanto que fazia o da outra tremer também. Dava para ver o medo visceral em seu belo rosto enquanto ela nos fitava com os olhos arregalados de pavor.

Atrás de mim, Luc parecia uma estátua.

— Explique-se.

— Você disse que a gente estava seguro aqui — disse o Luxen macho, as narinas infladas. — Você jurou.

O choque de ver um Luxen adulto acatar a ordem um tanto ou quanto arrogante do Luc, ou de simplesmente dar ouvidos a ele, me deixou sem palavras.

— Vocês estão seguros aqui — retrucou Luc.

— Ela entrou no quarto. Uma *humana*. — Ele cerrou as mãos ao lado do corpo. — O que eu deveria pensar?

— Você devia ter pensado: *Uau, ela é uma idiota e, portanto, inofensiva* — rebateu Luc, me deixando de queixo caído. — Jogá-la contra a parede não era necessário.

Sério? Ele tinha me chamado de idiota?

O cara apertou os lábios e me chocou novamente ao dizer:

— Desculpa. Não vai acontecer de novo.

Senti o Luc anuir com um menear de cabeça atrás de mim. Ele, então, disse:

— E isso... — Seu braço me apertou ainda mais, me fazendo guinchar. — Não vai acontecer de novo.

O sujeito não disse nada. Tampouco tirou os olhos da gente ao recuar, mantendo-se firmemente entre nós e a mulher com a criança.

A ficha enfim caiu. Provavelmente teria caído antes se eu não estivesse tão concentrada no fato de ter sido quase *estrangulada até a morte*.

O Luxen estava protegendo a mulher e a criança de... *de mim*. Fiquei tão estarrecida ao me dar conta disso que não protestei quando o Luc soltou minha cintura e entrelaçou os dedos nos meus, me puxando para fora do

· 53 ·

quarto. A porta se fechou assim que saímos, embora eu pudesse jurar que ninguém havia tocado nela.

De volta ao corredor, tentei soltar minha mão.

— Você me chamou de idiota.

— Estou errado? — Ele continuou andando, os músculos das costas tensos. — Porque realmente acho que não.

— Está, sim. Está tão errado...

Luc se virou e, de repente, eu me vi mais uma vez pressionada contra a parede. Um verdadeiro gigante diante de mim, com nossas mãos entrelaçadas entre nós. Ao falar, sua voz soou inacreditavelmente calma.

— Quando eu disse que a gente se veria de novo, não quis dizer hoje. Não que eu esteja reclamando, só que estou meio ocupado. Mas acho que você já estava com saudade de mim, certo?

Saudade? Ah, tá! Não. Com a garganta seca, olhei no fundo daqueles estranhos olhos ametista. A cor parecia... agitar-se de maneira inquietante.

— Não planejei vir aqui...

— E aqui está você.

— Verdade. Mas tenho um motivo, um bom motivo...

— Não existe nenhum bom motivo para você estar aqui hoje.

— Estou procurando...

— Por mim? — Ele ergueu as sobrancelhas, que desapareceram sob as mechas castanhas e cacheadas. Em seguida, se aproximou mais um pouco, e tive a impressão de que podia sentir o calor que emanava de seu corpo. Talvez não fosse apenas impressão, porque ele estava perto o bastante para que eu não pudesse me mexer sem que nossas pernas roçassem uma na outra.

— Você precisa falar comigo como se não soubesse o que significa espaço pessoal? — demandei. — E *não*, não vim aqui por sua causa.

— Não preciso falar com você assim, mas eu quero. Gosto disso. — Um dos cantos dos lábios se repuxou ligeiramente ao me ver estreitar os olhos. — E *sim*, tenho uma leve suspeita de que, na verdade, você está aqui por minha causa.

Tranquei o maxilar.

— Preciso pegar meu celular...

— E você achou que ele estaria num quarto cheio de Luxen?

Se ele me interrompesse mais uma vez, eu ia começar a gritar até ficar com a garganta em carne viva.

— Seria legal se você me deixasse terminar a frase. Aí poderia explicar por que estou aqui.

ESTRELAS NEGRAS — 1 — A ESTRELA MAIS ESCURA

Luc inclinou a cabeça ligeiramente de lado e me fitou como se estivéssemos ali há horas.

— Estou esperando.

Tentei puxar a mão de novo. Ele não a soltou.

— Quem eram eles? — perguntei. — Aqueles Luxen.

— É por isso que você está aqui? Para perguntar sobre eles?

Não era, e o fato de eles estarem ali não era problema meu, mas não era preciso ser um Einstein para perceber que eles estavam se escondendo. Lembrei da batida policial da véspera. Os oficiais da FTA estavam procurando por alienígenas não registrados. Luc os estava escondendo.

Merda, ele obviamente era um deles.

E, pelo visto, os oficiais não eram muito bons no que faziam, porque tanto o Luc quanto os outros, que imaginava tratar-se de uma família, continuavam ali.

Luc baixou os olhos para minha boca. Inspirei de maneira entrecortada. Um músculo se contraiu em seu maxilar.

— Como você conseguiu subir? Eu falei pro Clyde mandá-la embora.

— Grayson... — Parei antes de terminar a frase.

Espera um pouco! Será que o Grayson tinha armado para mim? Ele é quem me dissera para subir; tinha que saber que havia uma família escondida num dos quartos.

Luc ergueu os olhos e me fitou no fundo dos meus.

— Grayson te mandou subir?

— Mais ou menos — resmunguei, encarando-o de volta. — Será que dá para me dar um pouco mais de espaço?

Seguiu-se um momento de silêncio.

— Acho que estamos tendo uma espécie de déjà vu.

— Provavelmente porque você não respeita o espaço pessoal de ninguém.

Ele contraiu os lábios.

— Talvez seja isso.

Fuzilei-o com os olhos.

Luc soltou minha mão e recuou um passo. Seus olhos perscrutaram meu rosto.

— Está tudo bem? Ele te machucou?

A pergunta me pegou de surpresa.

— Não. Ele não me machucou.

— Ele estava te estrangulando.

· 55 ·

— É, estava, mas... estou bem.

Ele me observou por mais alguns instantes, balançando a cabeça e, então, se virou. Começou a descer o corredor, e foi quando me dei conta de que estava segurando alguma coisa em sua outra mão. Um pano... um pano de prato.

Descolei o corpo da parede e corri atrás dele.

— Preciso...

— Do seu celular — interrompeu-me ele. — Eu sei.

— Certo. — Lutei para acompanhá-lo. Suas passadas eram impressionantes... e irritantes. — Pode me devolvê-lo, por favor?

— Não.

— O quê? Por que não?

— Você não precisa dele.

— Preciso, sim. Claro que eu preciso do meu celular. É meu.

Luc continuou andando, e eu... surtei.

O restante da adrenalina liberada ao ter sido jogada contra uma parede se misturou à frustração que queimava minha pele como formigas-de-fogo. Com um pulo à frente, agarrei-o pelo braço e o forcei a parar. Na verdade, ele permitiu que eu o parasse, percebi em algum recanto escondido da mente. Se o Luc quisesse continuar andando, teria simplesmente feito isso e me arrastado junto. De qualquer forma, não dava a mínima para o fato de que ele podia me arremessar do outro lado do corredor com um simples girar do punho se quisesse.

— Não vou embora sem o meu celular.

Com a insinuação de um sorriso nos lábios, ele baixou os olhos rapidamente para minha mão e, em seguida, ergueu-os de novo.

— Tem certeza?

— Por que você está complicando tanto as coisas? Me devolve o celular e, então, nunca mais terá que me ver de novo.

Semicerrando as pestanas grossas, Luc estendeu a mão livre e soltou os dedos que seguravam-lhe o braço. Fez isso com extrema delicadeza, como se tivesse consciência de sua própria força e achasse que meus dedos quebrariam como gravetos secos.

— E se eu quiser te ver de novo?

Engoli em seco e estreitei os olhos.

— Mas eu não quero te ver nunca mais.

O sorriso quase brincalhão desapareceu.

— Uau, isso doeu.

ESTRELAS NEGRAS · 1 · A ESTRELA MAIS ESCURA

A irritação deu lugar a uma fúria incontrolável.

— Se você não me devolver meu maldito celular imediatamente, vou chamar a polícia. — Olhei de relance para a pulseira de couro que ele usava antes de encará-lo novamente. Odiei dizer o que eu disse em seguida, porque não tinha a menor intenção de cumprir a ameaça, mas estava disposta a dizer o que quer que fosse para pegar meu telefone de volta. Assim poderia ir embora e esquecer o Luc e esse maldito lugar. — Duvido que os Luxen naquele quarto gostariam que isso acontecesse, certo?

Luc arregalou os olhos ligeiramente. Com um quê de surpresa em seus belíssimos traços, entreabriu os lábios cheios.

— Você está me ameaçando?

Tive o bom senso de reconhecer que eu estava andando sobre gelo fino com botas de chumbo. O tipo de gelo fino que já começara a rachar sob meus pés.

— Não é uma ameaça. — Consegui manter a voz calma. — É um aviso.

— É a mesma coisa, *Evie*. — Ele deu um passo em minha direção, as pupilas parecendo expandir-se. — É uma ameaça.

O ar congelou em meus pulmões e eu me movi sem que me desse conta. Recuei um passo, e ele se aproximou mais uma vez. Continuei recuando até bater de novo contra uma maldita parede.

— Ninguém ousa me ameaçar — observou ele, as pupilas começando a adquirir um brilho branco. Um calafrio desceu por minha espinha. — Porque todos sabem as consequências.

Soltei um arquejo.

— Principalmente me ameaçar em relação ao que estou tentando fazer aqui. — Luc baixou o queixo e, mais uma vez, estava de volta em meu espaço pessoal, me encarando no fundo do olho. Vários segundos se passaram, durante os quais me ocorreram vários pensamentos idiotas e imbecis. Pensei no beijo que sequer fora um beijo de verdade, na sensação daqueles lábios cheios contra os meus.

Em como eles eram ao mesmo tempo macios e firmes e...

O que diabos havia de errado comigo? Será que eu tinha batido a cabeça e danificado o cérebro? A resposta era sim, um sonoro *sim*.

— Merda — rosnou ele, e, em seguida, fez algo muito estranho. Mais estranho do que eu pensar em beijá-lo, o que era absolutamente bizarro.

Ele encostou a testa na minha e inspirou fundo.

— Pêssegos. Estou realmente começando a gostar de pêssegos.

· 57 ·

JENNIFER L. ARMENTROUT

Arregalei os olhos, tensa. O que estava acontecendo? E por que eu continuava parada ali? A essa altura, eu sequer deveria ser considerada confiável o bastante para possuir um celular.

— É s-só meu hidratante.

Um tremor sacudiu o corpo do Luc.

— Você não devia ter vindo aqui. Entende? Esse não era o *acordo*.

Meu coração ameaçou saltar do peito.

— Do que você está falando?

Luc acariciou meu rosto com as pontas dos dedos, e senti como se meu corpo inteiro tivesse encostado num fio desencapado. Ele, então, se afastou e me fitou com surpreendente intensidade. Tive a impressão de que seus olhos baixaram mais uma vez para meus lábios. Inclinando a cabeça ligeiramente de lado, quase como se estivesse alinhando nossas bocas, ele murmurou:

— O acordo era de que eu me manteria afastado... — Fez uma pausa, as pupilas brilhando ainda mais. — Se *você* se mantivesse longe.

— O quê? — retruquei, ofegante.

A tensão impregnou o ar, vibrando e faiscando à nossa volta. Uma onda crepitante de estática fez as luzes do teto piscarem, escurecendo por um breve instante antes de retornarem ainda mais brilhantes.

Inspirei fundo.

Luc sorriu.

A alguns metros adiante, a porta que ficava na extremidade do corredor se abriu. As luzes voltaram ao normal. A pressão e o nervosismo palpáveis no ar se dissolveram, porém meu pulso continuou batendo acelerado como se eu tivesse subido correndo cinco lances de escada. Desviei os olhos do Luc e vi o sujeito de moicano azul parado na porta. Seu nome era Ken ou Kent.

Ele olhou para o Luc e, em seguida, para mim.

— Estava me perguntando por que você estava demorando tanto.

Luc recuou um passo, mas mesmo sem fitá-lo, pude sentir a intensidade de seu olhar ainda focado em mim.

— Qual é o problema, Kent?

— Ele está piorando.

Com uma maldição por entre os dentes, Luc se mandou. Fiquei imóvel por um segundo — não *conseguia* me mover. Estava pregada na parede. O que acabara de acontecer? De que acordo ele estava falando? Nada fazia sentido.

O que não tinha a menor importância.

Tudo o que eu precisava — tudo o que queria — era meu telefone para poder dar o fora dali.

· 58 ·

ESTRELAS NEGRAS — 1 — A ESTRELA MAIS ESCURA

Descolei da parede e corri atrás do Luc. Kent deu um passo para o lado, segurando a porta aberta. Meio que esperei que algum dos dois a batesse na minha cara, porém tudo o que o Kent fez foi arquear uma sobrancelha castanho-avermelhada enquanto o Luc entrava no quarto com passos decididos.

O aposento não estava vazio.

Havia um cara em pé num canto. Levei alguns instantes para reconhe-cê-lo. Eu o vira com o Luc na véspera. Era o sujeito com cabelo cortado em estilo militar que se sentara ao lado dele.

Ele se virou para mim, e a primeira coisa que reparei foram seus olhos. Iguais aos do Luc, de um tom violeta extraordinário, que se arregalaram ao me ver.

— Que merda...?

— Nem começa — avisou Luc.

O homem se virou para ele.

— Nem começa o quê?

— Você sabe exatamente do que estou falando. — Mantendo-se de costas para o homem, Luc se sentou na beirada do que me pareceu uma cama estreita.

Eu não fazia ideia do que estava acontecendo. O sujeito se virou para mim novamente.

— Eu tenho tantas perguntas — disse ele, me fitando de um jeito que fez com que eu me sentisse sob a luz de um microscópio.

Kent bufou.

— E todos não temos?

— Você não precisa se preocupar com ela, Archer.

Archer, tipo, arqueiro? Que raio de nome era esse?

— Ah-hã — murmurou Archer, balançando a cabeça de leve. — De qualquer forma, acha que é legal ela estar aqui? Nesse momento?

— Não — retrucou Luc.

Erguendo as sobrancelhas, abri a boca para falar, mas então o Luc se empertigou e pude ver quem estava deitado na cama. Com um arquejo de surpresa, levei a mão à boca.

— Ai, meu Deus...

Um homem estava deitado de barriga para cima. Pelo menos, acho que era um homem. O cabelo castanho estava emplastrado, coberto de suor e... sangue. O rosto era uma massa disforme de hematomas. Os olhos fechados de tão inchados; os lábios também, inchados e rachados. Seu peito mal se movia.

— O que... o que aconteceu com ele? — perguntei.

Luc olhou para mim e suspirou. Ao falar, pareceu mais velho do que um simples garoto de 18 anos.

— Boa pergunta. Não sei ao certo. — Dobrou o pano de prato ao meio. — Eu estava prestes a descobrir quando fui interrompido.

Eu. Ele estava falando de mim.

Archer cruzou os braços.

— Eu o encontrei assim, no beco, ao lado das lixeiras.

Um estremecimento sacudiu meus ombros. Sabia de quais lixeiras ele estava falando. Ao pular a janela na véspera, eu tinha saído exatamente nesse beco, ao lado delas.

— Não sei quem ele é — continuou Archer, olhando de relance para mim. Um olhar estranho cruzou seu belo rosto. — Ou o que ele estava fazendo lá fora.

— É o Chas. — Kent se sentou numa pequena cadeira de metal. — Ele... costuma dar uma mãozinha aqui.

Parecendo ter se esquecido de mim, Luc se debruçou sobre o homem e, com cuidado, começou a limpar sua testa com o pano. O tal Chas estremeceu, e o contorno de seu corpo perdeu definição. A pele ensanguentada empalideceu, tornando-se... translúcida. Outro arquejo escapou de meus lábios enquanto tirava a mão da boca.

O sujeito era um Luxen, e estava seriamente machucado.

Pude perceber as veias azuladas em seus braços inertes por um breve segundo antes que ele retomasse a forma humana, mas não vi nenhum Desativador. A julgar pelos machucados que eu conseguia ver, tinha a sensação de que, se fosse humano, já estaria morto.

— Quando você o viu pela última vez? — perguntou Luc.

— Ontem à noite. — Kent esfregou o rosto com a palma da mão. — Depois da batida policial.

Archer trincou o maxilar.

— Você acha que os oficiais da FTA fizeram isso?

Meu estômago revirou só de pensar. O homem parecia à beira da morte. Por que os oficiais fariam uma coisa dessas?

— Não — respondeu Luc. — Se fosse eles, Chas teria sido levado sob custódia. Eles não o teriam deixado jogado lá.

— Então só pode ter sido outro Luxen. — Kent olhou de relance para o Archer. — Especialmente se levarmos em conta esses ferimentos. Chas sabe se defender.

ESTRELAS NEGRAS · **1** · A ESTRELA MAIS ESCURA

Sentindo que eu não devia estar presenciando aquela conversa, que estava escutando coisas que não deveria, comecei a recuar. Mal consegui dar um passo.

— Fica aí, Evie — disse Luc baixinho. Parei, imaginando se ele tinha olhos atrás da cabeça. — Só vai demorar mais alguns minutos.

Fiquei onde estava, sem saber ao certo por quê. Eu queria meu telefone de volta, mas podia esperar no corredor enquanto ele terminava. Corri os olhos pelo quarto.

— Ele... ele não deveria ir para um hospital?

— Nenhum hospital pode ajudá-lo — respondeu Luc com uma calma estoica. Imaginei se seria pelo fato de o Chas não ser registrado.

Archer me fitou de novo com uma expressão curiosa. Cruzei os braços diante do peito e desviei os olhos.

— Então, Evie — disse ele, me deixando tensa. — Como você conhece o Luc?

— Eu não o conheço — respondi, e Luc enrijeceu os ombros.

— Interessante — começou Archer. — Me pergunto se... — Seu telefone tocou. Ele o pescou no bolso e atendeu com um sorriso. — Oi, amor. Me dá só um segundo. — Segurando o telefone ao lado do corpo, começou a se dirigir para a porta. — É a Dee — falou para o Luc, que continuava de costas. — Vou dizer a ela que você mandou um oi.

Luc não respondeu, o que pelo visto era normal, porque o Archer simplesmente saiu do quarto com um olhar de relance para mim. O homem na cama gemeu e um estremecimento sacudiu todo o seu corpo.

— Você precisa assumir sua forma verdadeira — disse Luc quando Chas moveu o braço e cobriu o rosto. — Só assim poderá se curar. Não se preocupe, está seguro aqui.

Mordi o lábio inferior ao vê-lo empertigar o corpo novamente e dobrar o pano ao contrário. O tecido estava todo manchado de vermelho. Luc estava limpando o rosto do homem, lavando as manchas de sangue.

Com outro tremor do corpo, Chas assumiu sua forma verdadeira. Parte de mim achava que seria melhor desviar os olhos, mas não consegui ao ver uma luz branca pulsante envolver o corpo inteiro do Luxen. Em segundos, a fachada humana desapareceu por completo. Abri a boca, mas não havia palavras para descrever a pele luminosa e a intricada malha de veias que aparecia por baixo. Era a primeira vez que eu conseguia ver algo além da luz ofuscante de um Luxen, e era... estranhamente belo. De certa forma, mamãe estava certa. A pele deles lembrava uma água-viva.

Luc se virou para mim.

— Veio mais alguém com você?

Franzi o cenho, incapaz de desviar os olhos do Chas. Ele havia parado de gemer e parecia mais calmo. Ou talvez tivesse desmaiado.

— Veio. Ele está lá embaixo.

— Seu namorado? — perguntou ele.

Fiz que não.

— Foi o que pensei. Se fosse, diria que era melhor arrumar um novo. Bom, obviamente ele também não é um bom amigo se não insistiu em subir com você.

Enrijeci.

— Sei cuidar muito bem de mim, obrigada.

— Por acaso eu disse que não? — Luc dobrou o pano sujo e, sem olhar, o lançou num canto, acertando na mosca uma pequena lixeira. Em seguida, se virou de volta para o Chas. — Cuide do *amigo* lá embaixo, Kent — acrescentou. — Certifique-se de que ele chegue são e salvo em casa, e que compreenda que jamais esteve aqui.

Quase parei de respirar.

— Espera aí. James veio comigo.

Kent se levantou e começou a se dirigir para a porta, lançando um meio sorriso para mim ao passar.

Luc soltou as mãos no colo, ainda de costas para mim.

— James pode ter vindo com você, mas você não vai embora com ele. — Fez então uma pausa que pareceu levar uma eternidade. — Na verdade, você não vai embora.

Todo o meu ser congelou. Eu não podia ter escutado direito. De jeito nenhum.

— Você... você não pode estar falando sério.

Levantando-se devagar, Luc se virou para mim.

— Ah, estou sim. Tão sério quanto um ataque cardíaco. Clichê, eu sei, mas você veio aqui e viu coisas que não deveria ter visto. Muitas coisas. Coisas que não quero que conte para ninguém, especialmente para sua mãe.

Soltei um arquejo. O que a minha mãe tinha a ver com isso? Ele a conhecia?

O sorrisinho lupino voltou, transformando sua beleza quase angelical em algo mais sombrio e cruel.

— Além disso, você ameaçou não só a mim como o que estou fazendo aqui, e por mais que não se dê conta ainda, não aceito muito bem esse tipo de coisa. Porém, o mais importante? — Mordendo o lábio inferior, ele se aproximou. — Você quebrou o acordo. Portanto, não vai embora.

h, na-na-ni-na-não!

Uma pontada de medo revirou minhas entranhas, porém a fúria que corria como ácido de bateria em minhas veias era maior. Luc estava absolutamente louco.

— Não vai rolar — falei, recuando em direção à porta. — Você não pode me prender aqui.

— Tem certeza? — Ele inclinou a cabeça ligeiramente de lado. — É um desafio? Porque adoro desafios. Acho uma forma divertida de passar o tempo.

Encontrar meu celular *era* minha prioridade número um, e eu seria capaz de algumas idiotices para recuperá-lo, mas *isso* já estava indo longe demais.

— Não é um desafio. — Ao pisar no corredor, percebi que ele estava vazio. Nem sinal do Archer ou do Kent. A única saída parecia a quilômetros de distância, na outra extremidade. — É uma declaração.

Luc abriu um sorrisinho dissimulado. O tipo de sorriso de um predador enquanto avalia sua próxima refeição.

Sem tirar os olhos dele até o último segundo, dei um passo à direita. Meu plano era basicamente correr — o mais rápido que eu já correra em toda a minha vida. Assim que ele saiu do meu campo de visão, senti uma súbita pressão no peito.

Girei e parti em disparada, impulsionando o corpo com ajuda dos braços, as sandálias escorregando sobre o piso acarpetado. Não cheguei nem na metade do corredor quando senti algo passar por mim, levantando o cabelo em torno do meu rosto. O instinto me disse que só podia ser o Luc. Os Luxen eram rápidos, absurdamente rápidos.

Eu estava certa.

Luc se materializou na minha frente.

Parei com um grito esganiçado, e quase perdi o equilíbrio. Respirando de maneira pesada, empertiguei o corpo.

— Não é justo.

— Nunca disse que seria. — Ele deu um passo à frente. — Você não tem como escapar nem se esconder aqui. O prédio inteiro pertence a mim.

— Impossível. Você só tem 18 anos. Não pode possuir um prédio inteiro ou uma boate.

— Nada é impossível... quando se trata de mim.

— Uau! Você é tão convencido! — Estarrecida, lancei um rápido olhar por cima do ombro. Eu estava encurralada. Não havia escada alguma atrás de mim, apenas quartos, e eu sabia que não conseguiria passar pelo Luc.

Ele deu outro passo, e entrei em pânico. Com o coração na boca, virei e fechei a mão na maçaneta de um dos aposentos à esquerda. A porta se abriu um tiquinho e, em seguida, fechou de novo como se uma súbita lufada de vento a houvesse batido. Tomada por um misto de medo e raiva, virei-me de volta.

Luc arqueou uma sobrancelha.

— Não sei bem aonde você pensa que vai.

Dei um pulo para a esquerda, sentindo um grito de frustração brotar em minha garganta.

— Você tem que me deixar ir embora.

— Mas achei que você não iria até conseguir o que veio buscar — zombou ele. — Seu celular.

— Você não quer me ajudar. — Pressionei o corpo contra a parede, avançando lentamente de lado em direção à escada. — Você... está tentando me sequestrar.

— Hum. — Ele se virou de modo a ficar de frente para mim. — Eu não diria isso. Diria apenas que estou te oferecendo um lugar para ficar por tempo indeterminado.

Meu queixo bateu no chão.

— Isso é um jeito bacana de dizer que está me sequestrando.

— É você quem está usando o termo sequestro. Prefiro dizer que estou oferecendo férias com tudo incluso.

— Não quero férias com tudo incluso.

— Bom, é o tipo de situação se-quebrar-você-paga.

— Eu não quebrei nada — rosnei, botando uma distância razoável entre nós. — Se eu não voltar para casa...

ESTRELAS NEGRAS · 1 · A ESTRELA MAIS ESCURA

— Pessoas virão te procurar. — Ele revirou os olhos. — Blá-blá-blá. Isso soa como uma versão bem ruim de *Busca Implacável*. E como você...

Afastando-me da parede, saí correndo desesperadamente. Parte de mim sabia que era inútil, e foi. Soltei um grito de raiva quando Luc surgiu do nada diante de mim.

Não tive sequer a chance de me virar. Ele avançou, curvando o corpo. Guinchei ao senti-lo me suspender do chão e me jogar por cima do ombro como se eu não fosse nada além de um saco de batatas.

— Me solta! — gritei, quicando contra suas costas quando ele se virou.

— Não estou com vontade de brincar de pique-pega. Sinto muito, mas não vai rolar.

— Ai, meu Deus! — Esquecendo completamente quem ele era, comecei a socar suas costas. — Me solta, seu filho da...

— Iai! — Ele deu um pulo, fazendo meu estômago bater contra seu ombro. — Bater não é legal.

Imaginei que ele também não fosse gostar da joelhada que dei em sua barriga.

— Jesus! — exclamou Luc, prendendo minhas pernas com um dos braços. — Você sabe que eu poderia arremessá-la de uma janela num piscar de olhos, não sabe?

— Então faça — cuspi de volta, dando-lhe uma cotovelada. — Adoraria ver você explicando para as autoridades como meu corpo foi parar na calçada.

Luc bufou.

— Isso soa extremamente dramático.

Ele continuou descendo o corredor. Uma fúria indescritível queimava minha pele.

— Minha mãe...

— Sua mãe não vai fazer nada. Sabe por quê? — Luc mudou de posição e, por um segundo, achei que fosse escorregar de seu ombro. — Porque ela sabe as consequências.

Soquei-o de novo.

— Me solta, Luc.

Ele parou, e pude senti-lo pressionar o rosto contra meu quadril.

— Se eu soltar, promete que não vai tentar fugir?

Franzi o rosto.

— Prometo.

— Mentirosa. — A porta diante dele se abriu. — Assim que eu a soltar, você vai sair correndo. E provavelmente vai acabar se machucando.

· 65 ·

Com um resmungo de raiva, dei outro soco na base de suas costas e fui recompensada com um novo grunhido.

— Quem vai te machucar sou eu!

Luc riu.

Ele literalmente *riu* enquanto entrava num dos quartos.

Jurei a Deus e ao Espírito Santo que ia dar um chute de ninja na cara dele.

Luc parou no meio do quarto escuro e, de repente, me vi escorregando de seu ombro — deslizando pela frente de seu corpo. O contato foi como uma queimadura por atrito, fritando todas as minhas terminações nervosas. Assim que meus pés tocaram o chão, abri os braços para me equilibrar, mas não encontrei nada à minha volta, exceto ele. Comecei a recuar até que bati com a parte de trás das coxas em algo macio e caí sentada.

As luzes do teto acenderam. Corri os olhos em torno, atônita. Era um pequeno aposento sem janelas, com camas estreitas encostadas nas paredes, tal como uma cela. Um súbito pânico aflorou em meu peito.

Isso não está acontecendo.

A expressão dele era dura e fria como gelo.

— Fique aqui — ordenou Luc, recuando.

Fique aqui? Como se eu fosse um cachorro?

Levantei da cama estreita num pulo e tentei passar correndo pelo lado dele. Com um suspiro que poderia ter chacoalhado as paredes, Luc me capturou com um dos braços como se eu fosse uma criança travessa que resolve sair correndo feito louca no meio da seção de congelados do supermercado.

Mantendo-me firmemente presa de encontro a si, ele andou de volta até a cama e me depositou nela.

— Podemos ficar nessa o dia inteiro se você quiser — disse, me soltando e cruzando os braços na frente do peito. — Mas espero que não seja preciso, porque tenho coisas importantes a fazer. Sou um cara bastante ocupado.

— Então me deixa ir embora — argumentei, fechando a mão na beirada do colchão. — Aí pode voltar a ser o cara mais ocupado do mundo.

Ele arqueou uma sobrancelha.

— Se eu te deixar ir embora, tenho a sensação de que vou arrumar ainda mais coisas para fazer.

Fiz menção de levantar, mas Luc ergueu um braço. Senti meu cabelo ser soprado para trás. Inspirei fundo e tentei empertigar o corpo, mas era como se houvesse um par de mãos em meus ombros, me empurrando para baixo. Em menos de um segundo, estava com a bunda colada de volta no colchão. Eu não ia a lugar nenhum.

ESTRELAS NEGRAS **1** A ESTRELA MAIS ESCURA

Luc sequer havia me tocado.

Ninguém havia.

Ele estava apenas parado ali, me fitando com uma das sobrancelhas levantada. E, então, baixou a mão, mas mesmo assim... mesmo assim não consegui me levantar. Um calafrio percorreu meu corpo e meu coração pareceu falhar.

Puta merda.

Fitei-o com os olhos arregalados. Luc acabara de me dar uma *demonstração* de seu poder, o que era aterrorizante.

E, ao mesmo tempo, enfurecedor.

Eu não gostava que me dissessem o que fazer nem de ser forçada a fazer nada, e com certeza não gostava de sentir medo.

Uma camada de suor brotou em minha testa enquanto eu lutava contra a força invisível que me mantinha pregada na cama. Enfurecida, consegui soltar as mãos da beirada do colchão, os braços tremendo feito varas de marmelo.

Luc fechou os olhos, franzindo as sobrancelhas e contraindo os ombros. Era quase como se ele estivesse com dor — como se fosse ele quem estivesse lutando para se levantar.

— Você ainda é inacreditavelmente teimosa.

— Você... não me conhece — grunhi.

Luc não respondeu. Para ser honesta, não dava a mínima para o que ele achava no momento. Não conseguia me mover contra a força que me mantinha presa no lugar. Fui tomada por um súbito desespero. Minhas forças se esgotariam em questão de minutos, e eu não chegaria a lugar algum, enquanto ele continuava simplesmente parado ali. E depois o quê? Luc ia me manter presa ali contra a minha vontade?

— Você está me machucando — gritei, mesmo não sendo verdade. Eu não sentia nenhuma dor.

Ele se moveu tão rápido que não consegui acompanhar. Num piscar de olhos, estava agachado diante de mim, me fitando no fundo do olho. A pressão desapareceu, mas antes que eu pudesse me mexer, Luc envolveu meu rosto entre as mãos de maneira estranhamente delicada.

Seus olhos estavam fixos nos meus, as pupilas pretas em contraste com as íris violeta.

— Posso fazer um monte de coisas. Já *fiz* um monte de coisas, até mesmo machucar pessoas algumas vezes — disse ele numa voz baixa e suave. — Mas eu jamais conseguiria te machucar.

Eu não queria acreditar nele. Aquilo não fazia o menor sentido. Luc podia facilmente me machucar, mas, ainda assim, ele soava tão sincero! Como se estivesse

· 67 ·

dizendo a mais verdadeira das verdades. Mesmo querendo, não consegui desviar os olhos. Fui tomada por uma estranha sensação. Uma espécie de... de *compreensão*. Ele inspirou fundo, semicerrando os olhos, como se tivesse subitamente ficado com sono. Meu coração pulou uma batida e, em seguida, acelerou.

— Luc — chamou uma voz masculina na porta.

Um músculo no maxilar dele se contraiu.

— Você não podia ter escolhido hora pior.

— Gosto de pensar que sempre escolho a hora certa. — Foi a resposta. — Mas obviamente estou interrompendo.

— E continua parado aí por quê? — Luc fechou os olhos.

— Porque sou intrometido. — Seguiu-se uma pausa. — E não tenho nada melhor para fazer no momento.

Soltando um palavrão por entre os dentes, Luc largou meu rosto num movimento tão lento que me deixou com a pele formigando. Ele, então, se levantou, e pude ver o homem alto parado na porta do quarto.

Ele era... Uau, ele era deslumbrante.

Seus cabelos eram escuros e revoltos, com uma franja que roçava as têmporas. Os olhos eram da cor de esmeraldas polidas, límpidos e brilhantes. Aqueles olhos entregavam de cara. Luxen. O rosto também, esculpido e talhado com demasiada perfeição, que nem o do Luc. Era como se não houvesse nenhum defeito na composição daquele ser, e todos os humanos tinham defeitos.

Ele parecia ter idade para estar na universidade, talvez um pouco mais, e parecia de alguma forma familiar, embora eu não conseguisse me lembrar dele. E, com certeza, lembraria. Ninguém conseguiria esquecer o nome associado a um rosto daqueles.

— De qualquer forma, o que você está fazendo? Archer e eu... — Ele franziu as sobrancelhas escuras e, em seguida, arregalou os olhos. — Puta merda...

— Não. — Luc se virou para ele. — Não diga o que sei que você vai dizer.

Fiz um muxoxo. Archer tivera a mesma reação ao me ver. Seria tão chocante assim o fato de eu ser humana?

O Luxen fechou a boca e piscou.

— Agora eu sei por que você não visita mais a gente. Nem liga para bater um papo. Você tem guardado alguns segredos, Luc.

— Você sabe por que eu não visito, Daemon.

Uma sombra cruzou o rosto do Luxen, mas desapareceu tão rápido quanto surgiu.

ESTRELAS NEGRAS · A ESTRELA MAIS ESCURA

— Tem razão.

Luc suspirou com força.

— Não tem nada melhor pra fazer?

— Tenho — respondeu Daemon. — Estou aqui por causa... — Seus belíssimos olhos se fixaram em mim por um segundo. — Vim só preparar as coisas para... o pacote, mas escutei um rebuliço. Achei que devia vir verificar.

— Um *rebuliço*? — repetiu Luc. — Acho que você tem assistido muita TV dos anos 50.

— Bom, você sabe como o Archer é desatualizado. Ultimamente, ele anda fascinado com *Dias Felizes*. Não faz ideia do quanto é irritante. Toda vez que a gente sai da cidade, ele fica assistindo o programa no maldito tablet. Aí, quando a gente volta, Kat pede detalhes de cada episódio. Isso está me deixando louco.

— Bom saber — retrucou Luc, soando impaciente. — Adoraria ficar aqui conversando sobre as obsessões televisivas do Archer, mas estou meio ocupado no momento.

— Sei, você está ocupado com...?

— *Evie* — disse Luc. — Essa é a Evie.

Daemon ergueu as sobrancelhas.

— Evie. — Aqueles olhos estranhos se fixaram em mim mais uma vez. — Oi, Evie.

Eu não fazia ideia do que estava acontecendo, mas já não estava mais congelada pelo poder superespecial de um Luxen ou por minha própria estupidez. Levantei num pulo e disse:

— Ele está tentando me sequestrar.

— É mesmo? — Os olhos verdes brilhantes se voltaram para o Luc. — Eu não sabia que você andava metido nesse tipo de negócio. É assustador.

Luc revirou os olhos.

— Estou falando sério. — Dei um passo à frente e parei quando Luc se virou para mim. — Viu? Se eu der um passo em direção à porta, ele não vai me deixar ir embora.

— Bom, Luc, você sabe que isso é ilegal, certo?

— Não brinca!

— É totalmente ilegal, mas Luc diz que está me oferecendo férias... férias *"all-exclusive"*! Em outras palavras, ele está tentando me sequestrar.

Daemon entrou no quarto.

— E por que ele está fazendo isso?

— Chega de papo. Você tem coisas a fazer, Daemon. Vá fazê-las.

· 69 ·

Daemon fez um biquinho — literalmente contraiu os lábios e fez um biquinho.

— Mas isso é muito mais interessante.

— Ele pegou meu celular e se recusa a devolvê-lo.

O Luxen inclinou a cabeça ligeiramente de lado.

— Por essa eu não esperava.

— Não. Você não está entendendo. Deixei meu celular aqui ontem à noite e voltei para pegá-lo. Você sabe o quanto essas coisas são caras. — Tentei de novo, o coração martelando com força.

— Ah-hã — murmurou Daemon.

— Só isso. E, de repente, tudo saiu completamente fora do controle. Luc mandou meu amigo embora com um sujeito de cabelo azul que mais parece um serial killer. Vi outro cara que tenho certeza de que está à beira da morte — continuei, as palavras saindo numa enxurrada. — Eu fui suspensa do chão, carregada e *estrangulada*. E tudo o que eu queria era o meu maldito celular, que, por sinal, nem sei onde foi...

— Eu estou com o seu celular. — Luc deu um tapinha no bolso de trás da calça. — E já ia te devolver.

Virei para ele lentamente. Não consegui pensar em nada para dizer enquanto o fitava pelo que me pareceu uma eternidade.

— Esse tempo todo meu telefone estava no seu bolso?

Luc ergueu uma das mãos e afastou uma mecha de cabelo ondulado da testa. Um segundo depois, ela estava de volta no mesmo lugar.

— Estava.

— No bolso de trás da sua calça?

— Isso mesmo.

Meu queixo caiu.

— E por que você não me entregou?

Ele fez um muxoxo.

— Esse era o plano, mas acabei esquecendo quando te encontrei sendo estrangulada.

— Não foi culpa minha! — gritei.

— Nisso a gente vai ter que discordar.

— E por que não me entregou depois? — exigi saber.

Ele abriu um sorrisinho dissimulado.

— Bom, estava só te zoando.

— Ai, meu Deus! — Balancei a cabeça, frustrada, e olhei de relance para o Daemon. — Você ouviu isso?

ESTRELAS NEGRAS **1** A ESTRELA MAIS ESCURA

Ele ergueu uma das mãos.

— Sou apenas um observador inocente.

Grande ajuda!

— Mas aí você ameaçou chamar a polícia e abrir o bico — acrescentou Luc, fechando a cara. Os olhos do Daemon tornaram-se afiados. — E isso mudou tudo.

Dei um passo em direção a ele, as mãos trêmulas.

— Eu não teria feito nenhuma ameaça se você tivesse me dado o maldito celular!

— Preciso dizer que é um bom argumento, Luc. — Daemon se recostou na parede e cruzou os braços. — Você podia...

— Não pedi a sua opinião. — Luc se virou para ele. — E por que você ainda está parado aí?

Daemon deu de ombros.

— Isso é muito mais interessante do que ficar escutando o Archer ou o Grayson.

Os olhos violeta do Luc se estreitaram.

— Daemon, se não se mandar, eu vou te botar pra fora.

— Merda — respondeu o Luxen de maneira arrastada. — Alguém está de mau humor. — Ele recuou com uma expressão divertida. — A gente se fala depois, *Evie*.

Espera um pouco. Ele ia me deixar sozinha? Aqui? Com o cara que eu acabara de dizer que estava tentando me sequestrar? O que havia de errado com esse povo?

— Mas...

Daemon virou e desapareceu num piscar de olhos. Fiquei sozinha com o Luc. Inspirando fundo, encarei-o mais uma vez.

— Eu não ia chamar a polícia de verdade. Jamais faria isso.

Luc desviou os olhos da porta do quarto, agora sem ninguém.

— Então por que ameaçou fazer uma coisa dessas? — Ele se aproximou de mim, parando ao me ver enrijecer. — Tem ideia do quanto isso é sério?

— Só quero meu telefone de volta. Só isso. Não vou falar nada do que eu vi para ninguém. Juro.

Ele continuou me fitando, o maxilar trancado. Alguns momentos se passaram.

— Você sabe qual é o problema aqui?

Corri os olhos em volta do aposento vazio.

— Você está tentando me sequestrar?

— Não — retrucou ele. — Você não sabe nada de coisa nenhuma, e isso a torna extremamente perigosa.

Fuzilei-o com os olhos.

— Isso não faz o menor sentido.

— Faz total sentido. — Ele se recostou na parede branca sem nenhuma decoração. — Tem coisas que você não tem a menor ideia... coisas que muita gente morreu para manter em segredo. O que a impede de voltar correndo para os seus amigos... para o cara que veio com você?

— O que eu diria a eles? — Joguei as mãos para o alto, exasperada com ele... com *tudo*. — Não vou contar a ninguém sobre... os outros Luxen. Apenas me devolva meu celular e eu prometo que desapareço da sua vida. Para sempre.

Uma expressão estranha cruzou o rosto do Luc, mas, então, ele estendeu o braço para trás e puxou algo do bolso. Em seguida, abriu a mão e, lá estava: meu telefone. Meu telefone!

— Aqui está.

Senti vontade de arrancar o celular da mão dele, mas me segurei e o fitei, apreensiva.

— Então eu... posso pegá-lo e ir embora?

Luc fez que sim.

Inspirando fundo, estendi a mão e ele soltou o celular em minha palma. Fiz menção de puxar a mão de volta, mas Luc fechou os dedos em torno dos meus.

Uma leve descarga de eletricidade subiu por meu braço ao mesmo tempo que ele me puxava para o seu lado. Luc, então, cochichou em meu ouvido.

— Se você disser uma só palavra do que viu para alguém, estará colocando pessoas inocentes em perigo: amigos, familiares, estranhos — sussurrou ele. — Não vou machucar você, Evie. Mas o resto não terá tanta sorte.

※ ※ ※

Eu ainda estava em choque no caminho de volta para casa. Parte de mim não conseguia acreditar que eu havia saído da boate e estava no carro, que o Luc me devolvera o celular e não tentara me impedir de ir embora.

A primeira coisa que fiz ao entrar no carro foi ligar para o James. Ele havia acabado de chegar em casa, e estava bem. Claro que tinha milhares de

ESTRELAS NEGRAS **1** A ESTRELA MAIS ESCURA

perguntas, mas o fiz prometer que não contaria para ninguém sobre nossa ida até a Foretoken.

Sabia que jamais veria o Luc de novo, mas não queria tentar o destino caso algum de nós abrisse o bico para alguém.

Ainda assim, o que o Luc quisera dizer com o lance do acordo? Sobre ele se manter afastado se eu me mantivesse longe? Não fazia o menor sentido. Eu não o conhecia. Nunca o tinha visto até a noite anterior.

— Não tem importância — falei em voz alta. E não tinha mesmo, porque era óbvio que havia algo de muito estranho e errado com o Luc, e o que quer que ele tivesse tentado dizer com aquilo era irrelevante.

Só queria esquecer tudo o que acontecera naquele fim de semana. Heidi me jurara que não colocaria os pés na Foretoken de novo, e eu estava convencida de que não contaria a verdade sobre o que acontecera ontem e hoje para minha mãe assim que a visse e ela me lançasse o "olhar".

O olhar da *coronel* Sylvia Dasher.

Por sorte, sabia que mamãe estaria trabalhando e que só chegaria em casa à noite. Tinha o dia inteiro para me preparar para encarar o "olhar" sem acabar confessando todas as coisas idiotas que eu tinha feito nas últimas 24 horas.

Não me lembrava se papai era capaz de lançar aquele tipo de olhar ou não. Mamãe era quem sempre havia cuidado da disciplina. Mas, para ser sincera, não me lembrava muito do meu pai, o que era *triste*.

Fechei as mãos com força no volante. De vez em quando, tinha a sensação de que aquele carro, um Lexus velho, era a única coisa que me restara do meu pai. Eu não me parecia com ele fisicamente. Parecia com ela, de modo que, quando olhava para meu próprio reflexo no retrovisor, não conseguia vê-lo. Além disso, com o passar dos anos, ia ficando cada vez mais difícil lembrar como ele era.

Meu pai, o sargento Jason Dasher, morrera durante a guerra contra os Luxen. Os serviços prestados para o nosso país, para a humanidade, haviam lhe garantido uma homenagem póstuma.

Ele havia recebido a Medalha de Honra.

O problema era que, quando eu pensava nele, não era só difícil visualizá-lo, era também difícil *escutá-lo*. Mesmo antes da guerra, ele pouco ficava em casa. Seu trabalho o fazia viajar por todos os Estados Unidos, e agora eu desejava que nós tivéssemos tido mais tempo, que houvesse mais lembranças às quais me agarrar. Algo mais do que um simples carro, porque quando eu pensava no meu pai tinha dificuldade em lembrar seu rosto, e tampouco tinha fotos nas quais me basear. Tudo ficara para trás na casa que havíamos abandonado durante a invasão.

· 73 ·

Mas eu ainda tinha minha mãe. Poucas pessoas podiam dizer isso depois da guerra, e ela era uma excelente mãe.

Tanto se perdera! Columbia, porém, tivera sorte. A cidade quase não sofrera com a invasão. Apenas uns poucos prédios tinham sido danificados, em grande parte por causa dos tiroteios aleatórios que haviam eclodido. Tinha escutado também que houvera alguns tumultos, porém isso acontecera em tudo quanto era lugar.

Mamãe e eu não tivéramos muita sorte. Na época, a gente vivia nos subúrbios de Hagerstown, outra cidade em Maryland, e quase todas as cidades ao longo da Interestadual 81 tinham sido danificadas durante o combate. Houvera tanto conflitos em terra quanto bombardeios aéreos.

Outras cidades, porém, haviam sofrido muito mais.

Algumas tinham sido completamente invadidas pelos Luxen, e essas onde eles haviam rapidamente assimilado o DNA dos humanos, dizimando-os no processo, tinham sofrido perda total. Alexandria, Houston, Los Angeles e Chicago. Bombas de pulso eletromagnético tinham sido lançadas sobre essas cidades, não só matando todos os Luxen como também inutilizando toda e qualquer forma de tecnologia.

O recém-criado Departamento de Restauração dissera que eles levariam décadas para reconstruir essas cidades, e agora se referiam a elas como zonas. Áreas isoladas por muros e totalmente devastadas, destituídas de vida e energia. Ninguém vivia nesses lugares. Ninguém sequer ia lá.

Era difícil não pensar nelas quando eu olhava pelo retrovisor e via os arranha-céus despontando no firmamento como dedos de aço. Difícil não lembrar daqueles dias e semanas após a invasão.

Era ainda mais difícil processar o fato de que só haviam se passado quatro anos e tudo estava quase de volta ao normal. Mamãe voltara a trabalhar para o setor de Pesquisa Médica e Compósitos Materiais do Exército dos Estados Unidos, no forte Detrick, em Frederick, assim que a área fora liberada. Cerca de dois anos atrás, os estúdios tinham voltado a produzir filmes e as emissoras de TV haviam parado de veicular apenas reprises. Novos episódios do meu programa favorito haviam sido lançados com novos atores no elenco e, de repente, um dia a vida voltara a ser como era antes.

Na escola, a gente havia começado a ter reuniões com conselheiros às terças para escolha do curso universitário. Eu planejava entrar para a Universidade de Maryland no próximo outono e, com sorte, conseguiria uma vaga no curso de enfermagem, pois, mesmo que adorasse fotografar, sabia

ESTRELAS NEGRAS · 1 · A ESTRELA MAIS ESCURA

que não era boa o bastante para seguir uma carreira nessa área. No entanto, após minha reação ao sujeito que o Luc havia tratado, me perguntei se enfermagem seria a escolha certa para mim.

De qualquer forma, a vida voltara a seguir seu curso.

Alguns dias, era como se todos tivessem decidido de forma consciente seguir em frente e deixar para trás a guerra e todas as mortes, o conhecimento de que não estávamos sozinhos no universo ou em nosso próprio planeta. Como se o mundo houvesse cansado de se esconder atrás do medo e decidido: *Não, já chega.*

Talvez fosse melhor assim. De que outra forma conseguiríamos continuar vivendo com medo do que poderia acontecer no próximo minuto ou segundo?

Eu não tinha uma resposta para essa pergunta.

Meu telefone tocou, arrancando-me dos meus devaneios. Olhei de relance para a tela e vi que era a April. Será que eu queria atender? Parecia cedo demais para lidar com ela. No mesmo instante, fui tomada por um sentimento de culpa. Apertei o botão de aceitar no volante.

— Oi!

— O que você está fazendo? — perguntou ela, a voz ecoando pelos alto-falantes do carro.

— Hum… dirigindo. Estou passando na frente do Walkers. — Meu estômago roncou. Quase podia sentir o gosto daquela maravilha gordurosa. — Adoraria um hambúrguer agora.

— São 11 horas da manhã!

— E daí? Um hambúrguer sempre cai bem.

— Bom, talvez se você pedir para acrescentar bacon e ovos, pode dizer que é o café da manhã.

Meu estômago roncou ainda mais alto.

— Deus do céu, agora fiquei realmente com fome.

— Você está sempre com fome — comentou ela. — É bom tomar cuidado. O metabolismo diminui com a idade.

Revirei os olhos e franzi o cenho.

— Obrigada pela informação, dra. April.

— De nada.

Parei ao ver um sinal vermelho.

— E o que você está fazendo?

— Na verdade, nada. Já entrou na internet hoje?

— Não. — Tamborilei os dedos no volante. — Estou perdendo alguma coisa importante?

— Tem sempre algo importante acontecendo, não importa a hora ou o dia, quer seja um simples feriado ou o apocalipse — respondeu ela de modo seco. — Mas, sim, tá rolando um drama na internet. E é coisa séria. Mas espera um pouco. A Heidi está com você?

— Não. Estou voltando para casa. Isso tem algo a ver com ela? — Conhecendo a April, se estivesse circulando alguma história tenebrosa sobre a Heidi nas mídias sociais, ela ligaria para toda e qualquer outra pessoa antes de ligar para nossa amiga. Não era nada pessoal. April faria isso com qualquer um de nós.

De vez em quando, eu me perguntava por que era amiga dela, mas a April era como duas pessoas diferentes num mesmo corpo. Às vezes ela era superdoce, e em outras uma verdadeira vaca. Para ser sincera, não éramos tão próximas assim. Geralmente ela só me ligava quando queria contar alguma fofoca ou pedir um favor. Tipo agora.

— Não. Não tem nada a ver com a Heidi — respondeu ela.

O sinal ficou verde. Pisei no acelerador.

— O que está acontecendo?

— Você conhece a Colleen Shultz, não conhece? Ela estudou Literatura Inglesa com a gente no ano passado.

Diminuí ao me aproximar de outro sinal, sentindo o estômago revirar. Puta merda, tinha esquecido completamente que encontrara a Colleen na boate na noite anterior.

— Conheço. O que tem ela?

— Ela está desaparecida.

— O quê? — Pisei no freio com força, quase sendo estrangulada pelo cinto de segurança. Olhei pelo retrovisor. Graças a Deus não havia ninguém atrás de mim. — Como assim?

— Pelo que eu li, ela saiu com alguns amigos na noite passada e eles acabaram se separando. Até aí, nada de mais, certo?

Meus dedos se fecharam com mais força em volta do volante.

— Certo.

— No fim, todos se reencontraram, menos a Colleen. Eles saíram procurando por ela e acabaram achando sua bolsa e os *sapatos* num beco. Como nós duas sabemos, isso não é um bom sinal. — A voz da April tornou-se mais animada, porque aparentemente não havia nada mais empolgante do que uma colega de turma desaparecida. — Agora vem a parte escandalosa. Colleen estava naquela boate ontem à noite. Você sabe, aquela que dizem que é frequentada por alienígenas? Ela estava na Foretoken.

udo em que consegui pensar pelo resto do dia foi no desaparecimento da Colleen, tendo esquecido completamente o que acontecera com o Luc e meu maldito celular.

Sabia por que ela havia se separado dos amigos. Óbvio. Devia ter acontecido durante a batida policial; e tinha quase certeza de que sabia de qual beco a April estava falando. O mesmo em que eu quase caíra de cara após escapar pela janela. Eu não tinha visto nenhuma bolsa ou sapatos, mas também não estava prestando atenção em nada a não ser dar o fora dali e encontrar a Heidi.

April disse que os amigos da Colleen tinham ido até a casa dela e falado com seus pais, que tampouco a tinham visto ou falado com ela. Talvez fosse cedo demais para dizer que a Colleen estava de fato desaparecida, mas ninguém sabia onde ela estava, e a April tinha razão em pelo menos uma coisa: uma bolsa e um par de sapatos perdidos num beco? Não podia ser boa coisa.

Quando pessoas desapareciam sob circunstâncias desse tipo, raramente a história terminava bem.

O tal Luxen não tinha sido encontrado no mesmo beco? O que fora terrivelmente surrado? Foi o que o Archer disse. Ele havia encontrado o Chas ao lado das lixeiras. Até que ponto seria apenas coincidência? Os pertences da Colleen serem encontrados no mesmo beco onde o Chas tinha sido surrado praticamente até a morte?

Foi isso o que me acordou no domingo de manhã e me impediu de voltar a dormir. Será que a Colleen tinha visto algo na boate na sexta à noite, algo semelhante ao que eu vira? Luc dissera... Céus, ele tinha basicamente me dito que pessoas se feriam quando viam coisas que não deveriam ver. Talvez não com essas palavras, mas no fundo esse era o sentido. E ele definitivamente estava escondendo alienígenas na Foretoken — Luxen *não registrados*.

Será que fora isso o que acontecera com a Colleen? Será que ela vira esses Luxen ou alguma outra coisa e agora simplesmente *desaparecera*? Será que tinha algo a ver com o que acontecera com o Chas? Talvez ele soubesse de alguma coisa, e, quando acordasse, se acordasse, poderia dizer.

Por outro lado, Chas também não era registrado. Para quem ele poderia contar que não comprometesse sua segurança?

Um calafrio percorreu meu corpo. Virei de lado. Colleen não era exatamente minha amiga. Exceto pela nossa breve conversa na sexta à noite, nunca tínhamos trocado mais do que umas poucas palavras. Ainda assim, diante de uma situação tão séria, desejava com todas as forças que ela aparecesse.

Enquanto me sentava e jogava as pernas para fora da cama, não consegui evitar o terrível pensamento que se insinuou em minha mente. Se algo tivesse acontecido com ela, o mesmo… o mesmo poderia ter acontecido com a Heidi ou comigo. Eu também tinha estado naquele beco escuro na sexta à noite.

Na verdade, tinha despencado bem no meio dele.

Também poderia ter acontecido quando voltei à boate para recuperar meu celular. Tinha a sensação de que eu havia tentado o destino duas vezes.

E quem poderia dizer onde a Heidi estivera antes de conseguir voltar para o carro e esperar por mim? Outro calafrio percorreu meu corpo. Era um pensamento assustador.

— Aquela boate é encrenca certa — murmurei a caminho do banheiro.

Colleen provavelmente apareceria na escola na segunda de manhã. Os dias de pessoas que desapareciam sem deixar rastros tinham ficado para trás. Hoje em dia, ninguém desaparecia desse jeito. Não mais.

Foi o que repeti para mim mesma todo o tempo em que permaneci no banheiro e enquanto vestia um par de leggings com uma camiseta comprida. Esperava que o poder do pensamento positivo fosse real.

Por fim, peguei meu maldito celular na mesinha de cabeceira e desci. Mamãe já estava acordada. Encontrei-a na cozinha, com um roupão creme e um par de felpudas pantufas de gatinho do tamanho de sua cabeça.

Apesar da terrível escolha de roupa, minha mãe era linda. O cabelo louro, curto e liso, nunca ficava arrepiado como o meu. Além disso, ela era alta e magra, com uma graciosidade natural que nem mesmo aquelas pantufas em forma de gigantescas cabeças de gato conseguiam destruir, as quais graças a Deus ainda não tinham sido passadas para mim.

ESTRELAS NEGRAS · 1 · A ESTRELA MAIS ESCURA

Eu tinha o péssimo hábito de me comparar a ela.

Mamãe era como um excelente vinho vintage; já eu parecia uma daquelas bebidas aguadas que eram vendidas em caixinhas nas farmácias.

— Aí está você! — Ela estava apoiada contra a ilha no centro da cozinha, segurando uma gigantesca caneca de café entre as mãos. — Estava me perguntando quando você ia acordar.

Entrei na cozinha, sorrindo.

— Não é tão tarde assim.

— Estava me sentindo sozinha.

— Ah, tá! — Andei até ela, parei e me estiquei para lhe dar um beijo no rosto. — Você acordou há muito tempo?

— Levantei às sete. — Ela se virou e ficou me observando seguir até a geladeira. — Decidi passar o domingo de pijamas. Você sabe, sem lavar o cabelo nem escovar os dentes.

Rindo, peguei uma garrafa de suco de maçã.

— Muito atraente, mãe. Principalmente o lance de não-escovar-os-dentes.

— Foi o que imaginei — retrucou ela. — Não tivemos oportunidade de conversar ontem à noite. Você já estava dormindo quando eu cheguei. E, então, vocês se divertiram na sexta?

De costas para ela, fiz uma careta e peguei um copo.

— Nada especial. Ficamos assistindo filmes e comendo cupcakes. Um monte de cupcakes.

— Meu tipo de diversão predileta para uma sexta à noite.

Enquanto servia o suco, forcei uma expressão neutra antes de voltar a me virar para ela.

— Eu me entupi de cupcake. — O que era totalmente verdade. Devia ter ganhado uns dois quilos na sexta à noite. Segui para a sala e me joguei no sofá, botando o copo sobre um porta-copos na mesinha de canto. Em seguida, chequei meu celular. Havia mensagens do James e da Zoe. Ambos queriam sair para almoçar, mas depois de tudo o que acontecera na sexta e no sábado, eu preferia ficar hibernando na segurança da minha casa.

Por mais ou menos um mês.

— Você vai para Frederick hoje? — perguntei quando ela entrou na sala. Mesmo que fosse domingo, mamãe trabalhava muito. Tinha dias em que eu sequer a via. Antes de se casar e resolver se tornar mãe, ela viajava pelo mundo inteiro investigando surtos de epidemias. Agora seu trabalho era mais voltado para a pesquisa, supervisionando um grupo de biomédicos na ala de doenças infecciosas do hospital da base.

JENNIFER L. ARMENTROUT

Um trabalho um tanto nojento.

As coisas sobre as quais ela de vez em quando falava me davam pesadelos. Furúnculos e pústulas. Hemorragias por todo o corpo, olhos sangrando e explodindo. Febres altíssimas que matavam a pessoa em questão de horas.

Eca!

— Trouxe alguns papéis para analisar em casa, mas não pretendo ir a lugar nenhum hoje.

— Merda — murmurei, pegando o controle remoto e ligando a TV.

— Estava planejando dar uma festa. Daquelas de arromba. Regada a drogas. Muitas drogas.

Mamãe bufou e se sentou na beirinha de uma das poltronas, botando a caneca sobre outro porta-copos. Ela adorava aquelas coisas. Havia porta-copos espalhados pela casa inteira.

Enquanto eu verificava os canais, ela me perguntou como andavam as coisas na escola. Não havia muito que dizer. Continuei zapeando distraidamente até ver o presidente num dos canais de notícias.

— O que ele está fazendo na TV? Hoje é domingo. — Era uma pergunta um tanto ou quanto idiota. O presidente, um sujeito de cabelos claros razoavelmente jovem, pelo menos se comparado a outros presidentes, vivia aparecendo na TV, dando declarações e coletivas de imprensa uma atrás da outra.

— Acho que esse discurso aconteceu na sexta.

— Ah, tá. — Estava prestes a trocar de canal quando reparei na faixa na parte inferior da tela: PRESIDENTE MCHUGH DISCUTE PROJETO PARA ALTERAR A POLÍTICA DO PRA.

PRA significava Programa de Registro Alienígena, um sistema que exigia que todos os Luxen que haviam permanecido na Terra após a guerra fossem identificados e monitorados. Existiam até sites dedicados a informar a população se havia algum Luxen morando na vizinhança ou trabalhando em determinado negócio.

Eu nunca tinha checado nenhum desses sites.

— Do que se trata isso?

Mamãe deu de ombros.

— O congresso vem falando em alterar algumas das leis de registro.

— Foi o que imaginei — retruquei de modo seco.

O presidente McHugh sempre falava olhando diretamente para a câmera e, qualquer que fosse o assunto, seus lábios pareciam ligeiramente repuxados nos cantos, como se ele estivesse prestes a sorrir, mas tentando disfarçar.

ESTRELAS NEGRAS **1** A ESTRELA MAIS ESCURA

Eu achava isso um tanto inquietante, mas todos pareciam amá-lo. Acho que a idade ajudava, assim como a aparência. Ele podia ser considerado atraente, ainda que de um jeito um tanto ou quanto austero. Com um histórico militar, McHugh havia obtido uma vitória esmagadora nas eleições do ano anterior, tendo como principal foco de sua campanha a promessa de um país seguro para todos os americanos.

Tinha a sensação de que os Luxen não estavam incluídos nesse discurso de "todos os americanos".

Brincando com o controle em minha mão, perguntei:

— Tem ideia de que mudanças seriam essas?

Ela suspirou.

— Existe uma pressão para aumentar a separação. O argumento é que os Luxen ficariam mais seguros se fossem transferidos para comunidades isoladas, o que, é claro, seria mais seguro para nós. — Ela fez uma pausa. — Também para uma maior repressão contra os Luxen não registrados. Mas é preciso que essas alterações sejam incorporadas às leis vigentes para que o presidente possa implementar os programas que deseja executar.

Pensei na batida policial que a boate sofrera e nos Luxen escondidos no quarto — os que tinham ficado apavorados ao me ver. Mudei de canal imediatamente, escolhendo um programa sobre pessoas que acumulavam toda espécie de coisas em suas casas.

— Não consigo assistir a isso. — Minha mãe fez que não. — Faz com que eu queira começar a reorganizar tudo.

Com um revirar de olhos, observei nossa sala — nossa sala imaculadamente arrumada. Tudo tinha o seu lugar, o que em geral envolvia um cesto — branco ou cinza. A casa inteira era desse jeito, portanto, como mamãe poderia arrumar ainda mais? Cestos por ordem de tamanho? Cor?

Ela, porém, ia acabar assistindo ao programa. Eu também. A gente não conseguia evitar. Esses programas eram como crack.

Peguei o copo de suco para tomar um gole, mas congelei ao escutar um barulho estranho, algo que não consegui identificar. Botando o suco de lado, olhei por cima do ombro para a entrada. O primeiro andar inteiro era aberto, todos os aposentos interligados, exceto pelo escritório da minha mãe, que ficava atrás de uma porta fechada próxima à entrada. A luz do sol penetrava na sala por duas vidraças estreitas de cada lado da porta da frente.

Como não vi nada, voltei a atenção novamente para a TV, mas então captei uma sombra se movendo na frente de uma das janelas. Franzi o cenho.

· 81 ·

— Ei, mãe?

— Que foi, querida?

A sombra surgiu de novo.

— Acho... que tem alguém na porta.

— Ahn? — Ela se levantou. — Não estou esperando nenhuma entrega... — A frase foi interrompida quando a maçaneta virou para a esquerda e, em seguida, para a direita, como se alguém estivesse tentando abrir a porta.

Que diabos...?

Meus olhos se voltaram direto para o teclado de segurança ao lado da entrada, confirmando o que eu já sabia. O alarme não estava ligado. Raramente ficava durante o dia, porém a porta estava trancada...

A tranca girou e estalou como se alguém tivesse usado uma chave.

— Mãe? — murmurei, sem saber ao certo se podia confiar nos meus próprios olhos.

— Evie, preciso que você se levante — disse ela numa voz surpreendentemente calma e sem entonação. — Agora.

Nunca me movi tão rápido em toda a minha vida. Enquanto recuava, bati no pufe cinza ao mesmo tempo que minha mãe passava rapidamente por mim. Achei que ela estivesse se dirigindo para a porta, porém ela foi exatamente até o lugar onde eu estivera sentada e arrancou uma das almofadas do encosto e outra do assento.

Em seguida, tirou uma arma — uma maldita *espingarda* — de baixo da almofada do assento. Meu queixo caiu. Sabia que tínhamos armas em casa. Minha mãe era militar. Dã. Mas escondida sob uma das almofadas do sofá, onde eu me sentava, tirava cochilos e comia pães de queijo?

— Fica atrás de mim — ordenou ela.

— Ai, meu Deus. *Mãe!* — Olhei para ela, pasma. — Todo esse tempo eu tenho me sentado sobre uma espingarda? Faz ideia do quanto isso é perigoso? Não posso...

O ferrolho destravou também, o estalo ecoando como um trovão. Recuei mais um passo. Como... como isso era possível? Não dava para destrancar o ferrolho pelo lado de fora. *Aquilo* só podia ser destrancado pelo lado de dentro.

Mamãe ergueu a espingarda, apontando-a diretamente para a porta.

— Evelyn — bradou ela. — Fique atrás de mim! *Anda!*

Contornei o sofá, posicionando-me atrás dela. Pensando melhor, virei e peguei um castiçal, o novo, de madeira cinza e branca que eu queria fotografar. Não sabia muito bem o que eu pretendia fazer com ele, mas segurá-lo feito um taco de beisebol fez com que me sentisse melhor.

ESTRELAS NEGRAS · 1 · A ESTRELA MAIS ESCURA

— Se alguém está tentando entrar, a gente não deveria chamar a polícia? Quero dizer, esse me parece o jeito menos violento de lidar com a situação, e a polícia pode ajudar...

Nesse momento, a porta se abriu e uma figura alta e larga entrou em nossa casa, os traços obscurecidos pela luz do sol que incidia lá de fora. Em seguida, a porta se fechou sem que ninguém a tocasse e o brilho do sol desapareceu.

Quase soltei o castiçal.

Era *ele*.

Luc estava parado diante da porta, sorrindo como se não houvesse uma espingarda apontada para seu rosto — seu belo rosto. Ele sequer olhou para mim, nem mesmo uma vez. Inclinando ligeiramente a cabeça, disse:

— Olá, Sylvia. Faz tempo que a gente não se vê.

Com o coração martelando de forma descompassada, olhei de um para o outro. Ele conhecia minha mãe? Sabia onde eu morava?

Minha mãe ergueu o queixo.

— Olá, Luc.

or um momento, não consegui me mover nem respirar, fiquei apenas observando a minha mãe, de roupão e com as felpudas pantufas de gatinho, empunhando uma maldita espingarda, e o Luc, com uma camiseta estampada com os dizeres LIDE COM ISSO acima de um pepino de... óculos escuros?

Isso mesmo, óculos escuros.

Eu continuava segurando o castiçal.

— Você o *conhece*, mãe?

Luc abriu um meio sorriso.

— Sylvia e eu nos conhecemos faz tempo, não é mesmo?

Como assim?

A espingarda na mão de minha mãe não tremeu um milímetro.

— O que você está fazendo aqui?

— Estava na vizinhança. Pensei em vir almoçar com vocês. — Ele deu um passo à frente. — Uma comidinha caseira não cairia nada mal.

Que merda...?

— Dê mais um passo e vamos descobrir o estrago que uma bala calibre 12 pode fazer na sua cabeça — avisou minha mãe.

Arregalei os olhos. Ai, meu Deus, mamãe *era* fodona — assustadoramente fodona.

No entanto, Luc parecia não ter percebido ainda.

— Isso não é muito educado. Na verdade, é bastante rude. É assim que você trata seus convidados?

ESTRELAS NEGRAS **1** A ESTRELA MAIS ESCURA

— Você sabe que não é bem-vindo aqui, Luc. — Mamãe repetiu o nome dele, confirmando que eu não tinha ouvido coisas. Ela o conhecia. — E sabe muito bem que não foi convidado.

Especialmente levando em consideração que convidados não tinham o hábito de arrombar a casa dos amigos.

Olhei para o Luc por cima do ombro dela. Quase engasguei ao ver seu sorriso se ampliar ainda mais. Havia um quê de… endiabrado naquele sorriso, um repuxar de lábios dissimulado.

Não podia acreditar que eu o havia beijado.

Bom, eu não o beijara de verdade. Estava isenta de qualquer responsabilidade nesse sentido. Luc é que me beijara e depois tentara me *sequestrar*. Apertei o castiçal em minhas mãos com mais força.

— Você sabe como me sinto em relação a regras — retrucou ele. — Também deveria saber que eu não gosto de ter uma arma apontada para a minha cabeça.

— Não dou a mínima para a sua opinião — rebateu minha mãe.

— Tem certeza? — Luc ergueu a mão e abriu os dedos. Mamãe soltou um arquejo ao mesmo tempo que seus ombros pareciam levar um tranco. A espingarda escapuliu de suas mãos e atravessou voando a sala. Ele a pegou em pleno ar.

— Puta merda — murmurei.

Ainda sorrindo como se estivesse para lá de satisfeito consigo mesmo, Luc fechou a mão em volta do cano da arma.

— Faz ideia de quantas pessoas são mortas por armas de fogo? — Ele fez uma pausa e ergueu as sobrancelhas. Um cheiro de ozônio queimado impregnou o ar. — Não é uma pergunta retórica. Estou realmente curioso.

Mamãe abaixou os braços e cerrou os punhos.

— Um a menos do que o ideal.

Ele sorriu de forma presunçosa.

— Particularmente, não tenho problemas com armas. Não que elas me sejam de grande utilidade. Só não gosto de tê-las apontadas para mim.

O cheiro pungente de metal queimado fez meus olhos lacrimejarem. Luc abriu as mãos e a espingarda semideformada caiu no chão com um leve retinir.

O cano estava derretido no meio.

— Puta merda — repeti, recuando mais um passo.

Luc se inclinou de lado e olhou para mim, ainda plantada atrás da minha mãe.

· 85 ·

— Um... *castiçal*? — Ele riu, e a risada soou genuína. — Sério?

Mamãe deu um passo para o lado, bloqueando minha visão dele mais uma vez.

— Não se aproxime dela. Nem mesmo ouse olhar para ela.

— Tarde demais — respondeu ele secamente. Meu estômago foi parar no chão. Ele não ia fazer isso. — Já olhei para ela. — Fez uma pausa. — E definitivamente já me aproximei dela. Tipo, bem pertinho. Tão perto que não havia sequer espaço entre nós.

Ai, meu Deus.

Não parei para pensar no que eu estava fazendo. Puxei o braço para trás e lancei o castiçal como se estivesse arremessando uma faca. Ele atravessou girando a sala, indo em direção à cabeça do Luc.

Ele pegou o castiçal com uma expressão chocada.

Mamãe soltou um arquejo e se virou para mim.

— Evie, *não*!

Congelei, as mãos pendendo ao lado do corpo. Considerando que ela havia apontado uma *espingarda* para o cara, imaginei que ficaria orgulhosa de me ver invocar minha ninja interior e arremessar o castiçal em cima dele.

Pelo visto, não.

— Não acredito que você fez isso — comentou Luc, olhando para o castiçal e, em seguida, o jogando sobre o sofá. O castiçal quicou inofensiva-mente na almofada e caiu no chão com um baque surdo. Luc me fitou com uma expressão sombria. — Você pode acabar se matando com atitudes desse tipo.

O roupão balançou em torno das pernas de minha mãe quando ela se virou de novo. Ela, então, abriu um dos braços como se pudesse arremessar o Luc para fora de casa com um simples movimento da mão.

A expressão dele tornou-se mais afiada ao focar aqueles olhos violeta nova-mente nela. Algo em seu jeito parecia primitivo, quase animalesco. Uma onda inacreditável de poder emanou de seu corpo, preenchendo cada recanto da sala. O ar crepitou com a descarga de estática, arrepiando os pelos dos meus braços.

Ele ia se transformar num Luxen? Uma transformação completa? Eu nunca tinha visto isso pessoalmente, só na televisão. Na verdade, tinha visto a do cara moribundo na boate, mas acho que não contava. Fui tomada por uma fascinação mórbida.

— Jura? — disse ele numa voz baixa e mortalmente desafiadora.

Meu coração pulou uma batida, mas então minha mãe abaixou a mão. Ela pareceu inspirar fundo. O momento de tensão passou.

— O que você quer, Luc?

ESTRELAS NEGRAS · 1 · A ESTRELA MAIS ESCURA

Não esperava que ele respondesse. Na verdade, esperava que explodisse como um verdadeiro Luxen, mas Luc simplesmente fez a onda de poder retroceder e, em seguida, desaparecer.

— Estou aqui para te fazer um favor, Sylvia. É que sou um cara superprestativo assim mesmo.

Mamãe ficou aguardando, o corpo inteiro gritando que ela estava em alerta máximo.

Ele meteu a mão no bolso e tirou algo fino e retangular. Não fazia ideia do que era. Achei que fosse desmaiar; meu coração batia tão rápido que eu me sentia tonta. Luc lançou o objeto na direção dela.

Com um reflexo impressionante, mamãe o pegou em pleno ar. Em seguida, baixou a cabeça. Um segundo depois, ela se virou para *mim*.

— O que é isso, Evelyn?

— Ah, não — murmurou Luc. — Ela não usou o apelido. Acho que alguém está encrencada.

— O quê? — perguntei, olhando para o Luc e desejando ter outra coisa para jogar em cima dele. Talvez um míssil. Um míssil seria ótimo.

— Isso — rosnou ela, mostrando minha… identidade falsa.

Meu queixo caiu. Ela estava segurando a identidade que o Luc tinha tirado de mim na sexta à noite. Tinha me esquecido completamente que ele ainda estava com ela.

Luc deu uma piscadinha quando me virei para ele.

Estava sem palavras. Literalmente. Não conseguia pensar em nada para dizer. Ele tinha vindo aqui, quase sido morto por um tiro na cabeça e depois nocauteado por um castiçal só para me dedurar? Isso quando podia simplesmente ter me entregue a identidade na véspera?

Mas então que me lembrei do que ele dissera. *Quando eu disse que a gente se veria de novo, não quis dizer hoje.*

Ele sabia que estava com a minha identidade e não me devolvera de propósito.

Inacreditável.

Isso não estava acontecendo comigo. Tudo o que eu queria era passar o domingo tomando suco de maçã e assistindo *Acumuladores Compulsivos*. Simples assim.

A expressão de minha mãe dizia que eu estava prestes a ser enterrada viva no jardim dos fundos e que ela acabaria em algum programa sobre mães que matam seus filhos.

— Eu…

Ela inclinou a cabeça ligeiramente de lado, esperando.

Foi Luc quem falou, é claro.

— Sua *filha* esqueceu isso na Foretoken na sexta à noite.

Meu queixo bateu no chão.

O sorrisinho presunçoso tornou-se tão grande que precisei de toda a minha força de vontade para não pular em cima dele como um ornitorrinco raivoso, o que seria péssimo, porque os ornitorrincos eram venenosos. Sabia disso, bem, por causa da internet.

— Achei que você gostaria de saber que ela esteve lá. Mais de uma vez, devo acrescentar.

Meus olhos iam pular para fora das órbitas. Não conseguia acreditar que ele estava fazendo isso, especialmente depois de ter deixado tão claro que era melhor eu não dizer uma só palavra sobre o que tinha visto na boate.

Luc ainda não terminara.

— Ela deixou o celular lá na sexta à noite e voltou ontem de manhã para pegá-lo. Fui gentil o bastante de guardá-lo e devolvê-lo para ela.

— Gentil o bastante? — guinchei. — Você tentou... — Parei no último momento. Se eu dissesse que ele havia tentado me sequestrar, teria que explicar por que, o que envolvia uma horda de Luxen ilegais. Por mais que eu quisesse ver minha mãe dar uma de ninja para cima dele de novo, não ia botar aqueles Luxen em perigo. Ou ela. Luc arqueou uma sobrancelha, e eu completei a frase com um triste: — Você não é gentil.

Ele pressionou os lábios como se estivesse tentando se impedir de rir ou sorrir.

Mamãe não disse nada. Nem precisava. Eu estava morta, totalmente morta, mas ia voltar como um fantasma só para assombrar o Luc pelo resto de sua maldita vida.

Mas, então, ela disse:

— Isso é tudo, Luc?

— Você vai preparar o almoço? — perguntou ele. — Eu seria capaz de qualquer coisa, por mais terrível que fosse, por um queijo quente feito em casa.

Fitei-o, boquiaberta.

— E sopa de tomate. Seria uma combinação incrível — acrescentou após alguns instantes.

— Não — rosnou minha mãe. — Não vou preparar almoço nenhum para você, Luc.

Ele soltou um sonoro suspiro.

ESTRELAS NEGRAS | 1 | A ESTRELA MAIS ESCURA

— Agora fiquei decepcionado.

— Mais alguma coisa? — insistiu ela.

— Acho que não. — Ele suspirou de novo, parecendo entediado. Em seguida, fez menção de se virar, mas parou e a encarou de novo. — Ah, sim, só mais uma coisinha. O acordo já era. Entendeu?

Minha mãe enrijeceu.

— Luc…

— Não, nem pensar. — Ele estalou a língua em reprimenda. — Acho que você não quer entrar nesse assunto agora. Você só tem uma resposta para me dar ou acabaremos tendo uma conversa muito interessante regada a queijo quente e sopa de tomate.

Sobre o que eles estavam falando?

Mamãe apertou os lábios numa linha fina.

— Entendido.

— Perfeito. — Luc me fitou por um tempo que me pareceu um pouco longo demais. Um arrepio desceu pelos meus braços, chacoalhando meus ossos. Ele, então, se virou e seguiu para a porta. — Fiquem em paz.

Luc foi embora como se nada tivesse acontecido, fechando a porta delicadamente ao sair.

Continuei parada onde estava, com medo de olhar para minha mãe. Com os pensamentos em torvelinho, dei um minúsculo passo à direita e peguei o suco. Virei metade do copo e o botei de volta sobre o porta-copos.

Mamãe continuava calada.

— Hum, eu não sabia que os Luxen conseguiam destrancar portas. — Recuei um passo, me afastando dela. — É uma característica assustadora que acho que…

Ela me fuzilou com os olhos.

— Hum… que todos deveriam saber — completei de forma um tanto patética, contornando uma das poltronas e me sentando na beiradinha. Meu coração continuava martelando com força.

Ela inspirou de maneira ruidosa pelo nariz ao mesmo tempo que uma mecha de cabelo louro caía sobre sua bochecha.

— O que você foi fazer na Foretoken? — Fez uma pausa. — Na *primeira* vez.

— Certo. — Engoli em seco. — Sei que você está puta, mas tenho perguntas também. Tipo, por que a gente tem uma espingarda escondida debaixo de uma das almofadas do sofá?

Mamãe ergueu as sobrancelhas.

· 89 ·

Certo, talvez essa não tivesse sido a melhor coisa para perguntar, mas era uma pergunta válida, e eu tinha outra ainda mais séria.

— E como você conhece o Luc?

Ela arregalou os olhos de um jeito que sugeria que eu devia ter perdido a cabeça.

— Sou eu quem está em posição de fazer perguntas aqui, Evelyn *Lee*. Não você.

Ah, não, agora ela havia citado meu segundo nome.

— Assim sendo, vou perguntar mais uma vez, e é melhor que seja a última. O que você foi fazer na Foretoken?

— A gente só queria sair e se divertir — respondi, tirando o cabelo do rosto e olhando para a porta que o Luc havia destrancado com o *poder da mente*. Por que eu não sabia que eles eram capazes de fazer isso? Bom, a maioria dos Luxen usava Desativadores, de modo que eu nunca os vira fazer nada do gênero. — Sei que agi errado, mas... mas não tenho um bom motivo.

— Tem razão, você não tem um bom motivo. — Mamãe se agachou e pegou a espingarda arruinada. — Onde você arrumou essa identidade falsa?

Dei de ombros.

— *Evelyn!*

— Não lembro. Com alguém da escola. — De forma alguma eu ia jogar o James na frente do ônibus. — Não faz diferença...

— Claro que faz diferença. — Mamãe jogou a espingarda sobre a outra poltrona. — Não só aquela boate é para pessoas com mais de 21 anos, como também é um lugar perigoso, e você sabe.

Eu me encolhi. Cruzando os braços em torno da cintura, me inclinei para frente.

— Sei que fiz merda.

— Você mentiu para mim. — Ela pegou a almofada do sofá e a botou de volta no lugar. — Isso não é legal.

Sentindo-me do tamanho de um alfinete, observei-a terminar de arrumar o sofá.

— Desculpa.

Ela pegou o castiçal do chão e se virou para mim.

— Você conheceu o Luc na sexta à noite?

Sabendo que mentir de novo não seria esperto e que contar toda a verdade seria pior ainda, escolhi as palavras com cuidado.

— Foi.

ESTRELAS NEGRAS · 1 · A ESTRELA MAIS ESCURA

Mamãe fechou os olhos e projetou o queixo para frente. Sabia que ela estava tentando manter a calma.

— Não é como se eu tivesse saído com ele, mãe. A gente só... conversou.

Após um momento, ela reabriu os olhos. Em seguida, se sentou no sofá, próximo a mim, ainda segurando o castiçal.

— O que ele disse para você?

Balancei a cabeça, um tanto confusa.

— Nada de mais. Ele apenas quis saber por que eu estava lá e depois falou que eu não deveria estar. — Os ombros dela relaxaram um pouco. — Mãe, como você o conhece? Como ele sabe onde a gente mora?

Ela baixou os olhos, sem responder. Continuei esperando por um longo tempo. Mamãe sempre parecera mais nova do que era. Com 40 e muitos, eu achava que ela passaria por alguém na casa dos 30.

Até agora.

Suaves linhas destacavam-se no canto dos olhos, e ela parecia cansada. Talvez aquelas linhas já estivessem ali e só agora, com a fadiga que se instaurara em sua pele e ossos, eu tivesse percebido.

— Luc conhecia seu pai — disse ela por fim.

Essa era a última coisa que eu esperava ouvir.

— Como? Como isso é possível? Luc tem mais ou menos a minha idade, certo? Então papai o conheceu quando ele chegou à Terra?

Ela pressionou os lábios.

— Querida, não sei... não sei como te explicar. Esperava nunca ter que fazer isso, mas acho que foi tolice da minha parte. Eu devia saber que esse momento chegaria um dia.

Um calafrio desceu por minha espinha.

— Do que você está falando?

Ela ficou em silêncio por tanto tempo que comecei a ficar realmente assustada, o que não era pouca coisa, considerando que tínhamos espingardas escondidas debaixo de almofadas e Luxen destrancando portas e entrando em nossa casa sem serem convidados.

— Tem coisas que você não sabe... que o público em geral não faz a menor ideia.

— Como os Luxen serem capazes de destrancar portas com o poder da mente?

Seus lábios se contraíram numa careta.

— Coisas mais sérias do que isso, querida.

Eu achava que isso já era bastante sério.

Ela colocou o castiçal sobre o pufe e virou-se de modo a ficar de frente para mim.

— Há momentos em que precisamos tomar decisões em prol do bem maior, e de vez em quando isso envolve omitir certos detalhes...

— Você quer dizer mentir? — sugeri.

Ela entreabriu os lábios.

— Sei aonde você pretende chegar, mas mentir sobre ir a uma boate não é a mesma coisa que mentir para proteger alguém, nesse caso, o planeta.

Ergui as sobrancelhas. Uma mentira era sempre uma mentira, porém isso não era importante no momento.

— Parece... sério.

— E é. Sério o bastante para que pessoas tenham morrido a fim de manter certos detalhes em segredo. — Ela estendeu o braço e fechou a mão no meu joelho. — Meu trabalho me impede de falar sobre certas coisas... que dizem respeito ao que o Jason costumava fazer e no que ele estava envolvido, mas... — Soltou o ar com força. — Mas, se eu não contar para você, sei que ele irá, e prefiro que escute de mim.

— Ele? — Eu me empertiguei. — Está falando do Luc? Não tenho a menor intenção de vê-lo novamente. Tipo, nunca, jamais, de jeito nenhum.

Mamãe puxou a mão de volta, dando a impressão de que estava prestes a dizer alguma coisa, mas mudou de ideia. Após um momento, ela disse:

— Os Luxen estão aqui há muito mais tempo do que você imagina. Há décadas.

Pisquei uma e, em seguida, outra vez.

— Como assim?

Ela anuiu.

— Como você sabe, o planeta deles foi destruído. Essa parte é verdade, mas eles não vieram para cá décadas atrás com a intenção de invadir a Terra. Vieram basicamente para habitar, viver suas vidas em paz, entre nós. Os governos do mundo todo sabiam da existência deles, e deram duro para assimilá-los... fazer com que eles passassem por humanos. E funcionou. Funcionou razoavelmente bem até a invasão.

— Espera aí. Estou confusa. — Levantei da poltrona. — Você está me dizendo que os Luxen estão aqui há séculos e ninguém sabia?

— Isso mesmo — confirmou ela.

— Como eles conseguiram manter uma coisa dessas em segredo?

Ela ergueu uma delicada sobrancelha.

— Querida, você ficaria surpresa com as coisas que são mantidas em segredo e que não tem nada a ver com alienígenas de outras galáxias.

— Tipo o quê? — perguntei imediatamente. — O assassinato do Kennedy? Roswell? Aquilo foi realmente...

— Vamos nos concentrar no nosso assunto, ok?

Suspirei, mas me obriguei a manter o foco.

— Só não consigo entender como eles puderam manter uma coisa dessas em segredo por tanto tempo. Não parece possível.

— Não funcionou cem por cento. De vez em quando, alguém descobria. Houve problemas, eu sei — disse ela, apoiando as mãos nos joelhos. — O conhecimento de que existem outras formas de vida inteligente era, e ainda é, algo poderoso e perigoso. Assim que os governos descobriram que eles estavam aqui, tomaram a decisão de não dizer nada até terem certeza de que a sociedade conseguiria lidar com tal conhecimento. Infelizmente, o tempo não estava do nosso lado. Os Luxen invasores chegaram antes que tivéssemos confiança de que a sociedade conseguiria lidar com a notícia de que definitivamente não estamos sozinhos no universo.

Isso era profundamente inacreditável.

— A maioria dos Luxen que vive aqui, os que foram registrados e seguem as nossas leis, não tomou parte na invasão. Dentre os invasores, poucos sobreviveram. E esses que sobreviveram deixaram o planeta. Imaginamos que apenas uns poucos permaneceram após a malsucedida invasão.

Confusa, comecei a andar de um lado para outro diante do pufe.

— Se já havia Luxen vivendo aqui, vidas boas e normais, por que os outros invadiram? Eles poderiam ter sido... Como é que você disse mesmo?

— Assimilados.

— Isso, assimilados. Eles poderiam ter sido assimilados da mesma forma que os que já viviam aqui. Por que, então, eles fizeram o que fizeram?

Mamãe prendeu uma mecha de cabelo atrás da orelha.

— Porque esses que chegaram depois queriam tomar a Terra. Queriam o planeta para si. Esses Luxen nunca haviam tido contato com humanos antes, e os viram como uma raça inferior.

Então isso significava que o Luc era um dos Luxen invasores? Porque ele definitivamente não era registrado. Isso, porém, não era o mais importante. A confusão foi substituída por uma súbita raiva.

— O que você está falando não faz o menor sentido. — Joguei as mãos para o alto. — Se as pessoas soubessem sobre os Luxen, podiam ter se preparado para a invasão. Toda a tecnologia que a gente tem agora... os Desativadores, as armas... nós já poderíamos ter tudo isso. Menos gente teria morrido.

— Olhando em retrospecto é fácil dizer.

Olhei para ela, boquiaberta.

— Essa é a sua desculpa?

Mamãe fez um muxoxo.

— Querida, não fui eu quem tomou essa decisão.

Eu continuava abrindo um buraco no tapete diante do pufe. Cruzei os braços.

— Mas você sabia?

— Sabia.

E não tinha alertado o planeta de que alienígenas poderosíssimos viviam entre nós? Parei e me virei para ela.

— Como você sabia? Você trabalha pesquisando vírus nojentos e...

— Eu costumava trabalhar para o Daedalus, um grupo militar especializado, sancionado pelo governo, que trabalhava com... a assimilação dos Luxen. Esse departamento... bem, ele já não existe mais.

Tentei repetir.

— O Dae-o-quê?

— Daedalus. Dédalo, na mitologia grega. Ele foi um inventor e pai do Ícaro.

— Ícaro? — Eu me lembrava vagamente do nome. — Não foi ele quem voou perto demais do sol e suas asas derreteram?

Mamãe assentiu.

— Foi Dédalo quem fabricou as asas para o filho.

— Um nome estranho para um departamento do governo.

— Era uma espécie de codinome. Foi assim que conheci o Jason. Ele também trabalhava lá.

Voltei para a poltrona, sentei e escutei, escutei de verdade, porque minha mãe raramente falava sobre o papai.

Ela desviou os olhos, focando-os na televisão.

— E foi lá que seu pai conheceu o Luc. Como eu o conheci também, quando ele era mais novo.

— Então, Luc não foi um dos Luxen invasores? Ele já estava aqui? — Por algum motivo, esperava que ela confirmasse. Não queria pensar no Luc como um alienígena homicida obcecado em matar humanos, ainda que ele parecesse um.

ESTRELAS NEGRAS — 1 — A ESTRELA MAIS ESCURA

Ela pareceu ficar momentaneamente tensa, mas rapidamente voltou ao normal.

— Ele não teve nada a ver com a invasão.

Aquilo fez com que eu me sentisse um pouco melhor. Pelo menos, não tinha sido beijada por um alienígena homicida de outra galáxia. Eram as pequenas coisas que faziam com que fosse mais fácil lidar com nossas péssimas escolhas.

Balancei a cabeça, confusa mais uma vez.

— Então vocês ajudaram o Luc a assimilar? Ou os pais dele?

Mamãe ficou um longo tempo em silêncio.

— Mais ou menos isso.

Não era uma boa resposta. Na verdade, era bem evasiva, e eu sabia que havia mais coisa por trás.

Ela jogou a cabeça para trás, os ombros rijos.

— Jason... — Umedeceu os lábios. — Jason não era uma boa pessoa.

Meio que engasguei.

— Não entendo. Papai foi... Ele foi um *herói*. — Havia até uma estátua dele na capital. Bem, não exatamente uma estátua. Era mais como um monólito esquisito, mas ainda assim... — Ele recebeu a Medalha de Honra.

Ela fechou os olhos.

— Querida, medalhas não refletem o que uma pessoa é de verdade. Várias pessoas no decorrer da história que foram aclamadas ou receberam medalhas eram, na verdade, muito más. Às vezes, elas estão tão convencidas de que estão fazendo o certo, que são capazes de coisas terríveis na busca pelo bem maior.

— Mas... — Não consegui terminar a frase. Meu coração martelava com força dentro do peito. Não sabia o que fazer com aquela informação. Eu e papai nunca tínhamos sido próximos. Não de verdade, ele pouco ficava em casa, mas... — Você dizia que ele era um homem bom. Você me contou todas as coisas importantes...

— Eu menti — interrompeu-me ela, abrindo os olhos e me fitando no fundo dos meus, arregalados. — Menti porque não queria que você soubesse a verdade a respeito dele. E, sim, foi uma mentira necessária, uma que esperava que você jamais descobrisse, mas agora que o Luc apareceu prefiro que você escute isso de mim do que através dele.

— O que... o que o papai tem a ver com ele?

Ela esfregou o rosto com as mãos.

— Jason não era muito gentil com os Luxen com os quais trabalhava. Ele podia... ele podia ser muito cruel. — Ela fez uma pausa, e tive a sensação de que estava dizendo muito, ainda que com poucas palavras. — Ele e o Luc tinham um passado. E não era um passado bom.

Lembrei do que o Luc me dissera na boate. Ele tinha dito que eu não combinava com aquele lugar. Achei que estivesse apenas sendo babaca, mas e se fosse mais do que isso? E se ele tivesse querido dizer que eu não devia me aproximar dele por causa do que quer que meu pai tivesse feito com ele ou com sua família?

Mas, se fosse esse o caso, por que ele havia me beijado?

Cheguei para a pontinha da poltrona.

— Mãe, o que o papai fez?

— Ele se certificou de que o Luc perdesse alguém de quem ele gostava muito — respondeu ela. Encolhi-me diante da resposta inesperada. — E isso é algo que ele nunca irá esquecer ou perdoar. Por causa disso, Luc pode ser muito perigoso.

Meu coração começou a martelar de novo.

— Porque ele obviamente não é um Luxen registrado.

— Porque eu costumava temer que ele quisesse se vingar pelo que o Jason fez.

Arregalei os olhos.

— Se vingar? Puta merda. Mas papai… está morto. O que ele fez para o Luc…

— Jason foi responsável por um monte de coisas e fez muitos inimigos, e… muitas escolhas ruins — disse ela baixinho, quase como se tivesse medo que alguém escutasse. Se papai tinha inimigos, então talvez fosse por isso que a gente mantinha uma espingarda escondida debaixo da almofada do sofá. — Mas nada disso importa. Eu só não queria que você descobrisse por outra pessoa que o homem que tantos admiram não era um homem bom.

Minha cabeça parecia prestes a implodir.

— A gente precisa se preocupar com a possibilidade de o… Luc vir atrás de nós?

Ela me fitou no fundo do olho.

— Eu disse que *costumava* temer algo assim. Na verdade, se ele quisesse machucar qualquer uma de nós, já teria feito isso.

— Uau! Muito tranquilizador.

— Não estou tentando te tranquilizar — retrucou ela. — É a pura verdade. Se ele quisesse me usar para se vingar, já teria usado. — Ela se levantou e apertou a faixa do roupão. — Luc jamais te machucaria.

ESTRELAS NEGRAS 1 A ESTRELA MAIS ESCURA

Abri a boca para falar, mas minha língua parecia presa. Isso não fazia o menor sentido. Luc não me conhecia, e se meu pai tinha feito algo tão terrível assim que o fizera perder alguém querido, duvido que quisesse se tornar meu melhor amigo. Não era preciso ser um gênio para deduzir que "perder alguém" significava que a pessoa havia morrido.

— Tem certeza de que estamos seguras?

Mamãe correu uma das mãos pela testa.

— Sim, querida, tenho — tranquilizou-me ela. — Só que é sempre bom estarmos preparadas.

Não tinha certeza se acreditava nela.

— Existem outros meios de estar preparado escondidos pela casa?

Com um sorriso, ela apoiou a mão em meu joelho.

— Eu não brincaria com a almofada do banco da janela lá de cima.

— *Mãe!* — Inspirei fundo. — Papai irritou mais alguém com quem precisemos nos preocupar?

— Estamos seguras, mas, como todo mundo, precisamos ter cuidado. Tem pessoas ruins aí fora, Luxen e humanos, e não seria legal atrair a atenção delas. As mesmas regras que valiam antes da invasão, entende?

Fiz que sim lentamente.

— Tipo não conversar com estranhos?

— Exato. — Ela se aproximou e se sentou na beirinha do pufe, de modo a ficar de frente para mim. Em seguida, pegou minhas mãos. — O que você está pensando?

Um monte de coisas.

— Eu nunca devia ter ido àquela boate.

— Que bom que concordamos. — Ela apertou minhas mãos. — No momento, estou mais preocupada com o que te contei sobre o Jason. Sei que é muita coisa para processar.

Era mesmo.

Mamãe ergueu minhas mãos, juntando-as entre as dela.

— Vou ser bem honesta com você, posso?

— Pode — murmurei.

— Não estou arrependida por ter mentido sobre quem o Jason realmente era. Você merecia acreditar no que os outros acreditam — disse ela, os olhos perscrutando os meus. — Às vezes, a verdade é pior do que a mentira.

u achei que mamãe fosse me matar — comentei, arrastando o garfo pelo prato do que achava que fosse espaguete, mas com uma estranha consistência de sopa. — Tipo, de verdade.

Era segunda-feira, e estávamos no horário de almoço. Heidi estava sentada diante de mim, ao lado do James, que trouxera seu almoço de casa porque era obviamente mais esperto do que a gente.

Estávamos esperando que a Zoe viesse se juntar a nós, mas ela continuava na fila para pegar comida, com uma cara de quem preferiria se jogar da janela mais próxima.

Heidi me devolveu a câmera. Ela estivera olhando as fotos que eu havia tirado.

— Me desculpa.

— A culpa não é sua — retruquei, largando a câmera ao lado da bandeja. — Você não obrigou o Luc a ir até a minha casa.

Eu contara a eles o que havia acontecido, deixando de fora a parte em que minha mãe pegou uma espingarda e eu arremessei um castiçal. Também não tinha contado os segredos que mamãe me revelou. Não precisava ser um gênio para saber que era melhor ficar quieta a respeito dessas coisas. James tampouco falou sobre nossa incursão de sábado de manhã, algo pelo qual eu lhe era deveras grata.

Mamãe tinha terminado nossa conversa sobre meu pai me mandando para o quarto, onde eu permanecera o resto do domingo.

O que era uma merda, porque eu ainda tinha muitas perguntas. Tipo, por exemplo, como ela acabara trabalhando para uma organização responsável

ESTRELAS NEGRAS — 1 — A ESTRELA MAIS ESCURA

por assimilar os Luxen, o lugar onde ela e papai — até então um herói nacional, agora aparentemente um babaca cruel — tinham conhecido o Luc, um alienígena sem registro? E, se ela sabia que ele não era registrado, por que não o entregara às autoridades? Todos tínhamos que fazer isso, especialmente minha mãe, considerando que ela ainda trabalhava para os militares. O que aconteceria se alguém descobrisse que ela o conhecia e sabia que ele não era registrado?

Seria culpa? Culpa pelo que meu pai tinha feito com o Luc?

Não conseguia me livrar da sensação de que havia muito mais por trás disso.

Ao ver o James tirar um sanduíche de manteiga de amendoim de dentro do saco de papel, fui tomada por uma profunda inveja. Aquilo parecia muito mais gostoso do que o que havia no meu prato.

— Não acredito que ele apareceu assim do nada. Cara, meu pai teria chamado a polícia num piscar de olhos.

O que me parecia a coisa mais razoável a fazer.

— Como ele descobriu onde você mora? — perguntou Heidi, brincando com a gola de renda de sua camisa. — Porque eu nunca disse nada para a Emery.

Sem saber ao certo como responder à pergunta, mudei de posição na desconfortável cadeira de plástico.

— Não faço ideia.

Ela ergueu as sobrancelhas.

— Isso é meio assustador.

— Quanto tempo você vai ficar de castigo? — James retirou a casca do sanduíche de pão integral, descartando-a no saco onde o trouxera.

Soltei um suspiro enquanto fantasiava sobre derrubar o James da cadeira e roubar seu sanduíche, mas isso não seria muito educado.

— Essa é a parte bizarra: não estou.

— Você não está o quê? — Zoe se sentou na cadeira vazia ao meu lado ao mesmo tempo que uma professora gritava com alguém nos fundos da cantina. Ela havia pego uma fatia de pizza. Estremeci. Eu odiava pizza. James dizia que isso significava que eu não tinha alma. Não estava nem aí para a opinião dele. Aquilo era simplesmente nojento.

— Evie não está de castigo — respondeu James, quebrando o sanduíche em pequenos pedaços. Ele tinha os hábitos alimentares de uma criança de 3 anos.

Os cabelos escuros e naturalmente cacheados da Zoe estavam presos num rabo de cavalo, acentuando suas maçãs do rosto, altas e esculpidas.

JENNIFER L. ARMENTROUT

— Não está de castigo? — Ela soou confusa. — E isso é ruim?

James finalmente enfiou um pedaço do sanduíche na boca.

— Estava me perguntando a mesma coisa.

— Não, não é. Só é estranho. — Para ser honesta, achava que mamãe tinha se sentido tão mal com a história de Papai Ser um Monstro que decidiu não me deixar de castigo após me mandar para o quarto. Ou então se esqueceu, e eu com certeza não ia lembrá-la. Olhei de relance para a Heidi, que estava mexendo no celular. Como eu era bisbilhoteira, perguntei: — Tá mandando mensagem para alguém?

— Estou. — Ela ergueu os olhos, sorrindo. — Emery quer me ver hoje.

— Tipo um encontro? — perguntei, animada e esperançosa. — Tipo saírem para jantar?

Heidi fez que sim, e pude jurar que suas bochechas ficaram vermelhas.

— Isso mesmo. Ela quer jantar naquele novo restaurante tailandês que abriu no centro da cidade. — Fez uma pausa. — E, não, a gente não vai para a Foretoken depois.

Soltei o garfo e bati palmas como uma foca animada ao mesmo tempo que vi a April vindo em nossa direção, os cabelos louros compridos balançando em torno dos ombros.

— Espero receber detalhes a cada minuto.

Heidi riu e April se sentou de frente para a Zoe.

— A cada minuto acho que não vai rolar, mas prometo te manter atualizada.

— Show! Adoraria ter tido a chance de conhecê-la na sexta. — Enquanto pegava meu garfo, escutei vagamente a April começar uma discussão com a Zoe.

— Eu também — retrucou ela. — Mas você terá outras chances. Especialmente agora que sua mãe não a matou nem botou de castigo.

— Espera um pouco. — James abriu um pequeno saco de batatas fritas. — Quem é Emery? Ela estuda aqui?

Heidi fez que não.

— Não. Emery terminou o ensino médio no ano passado, mas ela é da Pensilvânia.

Ele meteu uma batata na boca.

— Ela é gostosa?

Olhei para ele sem expressão.

— Tá falando sério?

— É uma pergunta válida. — Ele estendeu o saquinho em minha direção e peguei uma, ou melhor, um punhado.

· 100 ·

ESTRELAS NEGRAS · 1 · A ESTRELA MAIS ESCURA

— Ela é gata — respondeu Heidi, baixando os olhos para o celular. — Inteligente também. E engraçada. Além disso, gosta de cupcakes e de comida tailandesa.

E é amiga de um tremendo babaca, pensei, mas não disse nada. Não ia estragar a animação da Heidi. Além disso, considerando tudo o que mamãe tinha me contado, talvez eu devesse dar uma trégua para o Luc.

Ainda que ela não tivesse me dito muita coisa.

— Então... — disse April de maneira arrastada, esperando até todos estarem com a atenção focada nela. — Só para manter todo mundo amigavelmente atualizado: uma de nossas colegas continua desaparecida.

Ó céus, com todo o meu drama pessoal, tinha me esquecido completamente disso. O que significava que era oficial: eu era uma pessoa horrível. Tampouco havia pensado naquele pobre Luxen que tinha sido surrado praticamente até a morte.

— Ela está realmente desaparecida? — perguntou Zoe, olhando de relance para todos na mesa. — Quero dizer, talvez ela tenha fugido.

— Pra onde? — rebateu April. — Para se juntar a um circo?

Zoe revirou os olhos.

— Colleen não estava namorando um cara do último ano no ano passado? Um que foi para uma faculdade em outro estado?

— Ela estava namorando o Tony Hickles — respondeu James. — Ele acabou indo para a faculdade de Michigan.

— Então talvez ela tenha fugido para se encontrar com ele ou algo parecido — sugeriu Zoe.

April franziu o cenho. Acho que para ela isso não era tão empolgante quanto alguém desaparecer por motivos nefastos.

— Bem, isso seria idiotice.

James tentou mudar de assunto, pedindo a Heidi para ver uma foto da Emery, mas não deu certo.

— Você é ridícula! — Escutei April dizer. Rezei a todos os deuses da cantina para que ela não me arrastasse para outra discussão número 140 mil com a Zoe. Por algum motivo, ela sempre fazia isso. Não tinha ideia sobre o quê as duas estavam falando agora.

Peguei minha câmera e fingi estar concentrada nela, ainda que não estivesse olhando para nada em particular. Talvez eu tivesse sorte e fosse sugada para algum vórtice antes...

— O que você acha, Evie? — demandou April.

Merda.

Os deuses da cantina tinham me deixado na mão mais uma vez.

James baixou o queixo, escondendo uma risadinha. Em seguida, virou o corpo de modo a ficar totalmente concentrado na Heidi, que buscava no celular uma foto da Emery que ela havia tirado na boate na sexta à noite.

— Isso mesmo, Evie, o que você acha? — insistiu Zoe.

Preferia raspar a cabeça a ter que responder qualquer pergunta feita daquela maneira. Sabendo o quanto a April odiava que eu tirasse fotos dela sem que antes tivesse checado a maquiagem e o cabelo, levantei a câmera e a apontei para ela.

— Se tirar uma foto minha, jogo sua câmera pela janela — avisou ela.

Suspirando, abaixei a câmera.

— Que exagero!

— E eu pedi sua opinião.

Peguei o garfo e o finquei no macarrão, fingindo que não fazia ideia de quem eram aquelas pessoas sentadas ao meu lado.

— Ahn?

Não funcionou.

April me fitou com aqueles olhos azul-claros e jogou as mãos para o alto, quase dando uma cotovelada num rapaz que se espremia para sentar na cadeira atrás dela. Ela sequer percebeu, o que era típico. Deus a amava, mas April não percebia quase nada que não achasse que poderia afetá-la pessoalmente.

— Você não ouviu nada do que eu falei? — demandou ela.

— Ela provavelmente fechou os ouvidos para o que você estava dizendo. — Zoe apoiou o rosto na mão e suspirou. — É um dom que eu gostaria de ter.

Enquanto o James estava distraído, meti a mão no saco e roubei mais batata.

— Quer saber o que eu gostaria, srta. Zoe Callahan? — April inclinou a cabeça ligeiramente de lado. — Que você não se vestisse como uma criancinha que escolhe a própria roupa pela primeira vez.

Um fio de macarrão escorregou do meu garfo.

— Uau!

Heidi se calou.

James pareceu decidir que as pessoas atrás de nós eram mais interessantes e se virou completamente na cadeira. Diabos, ele estava praticamente sentado com elas agora, o que significava que não dava mais para meter a mão no saco de batatas fritas.

Zoe se recostou na cadeira, estreitando os olhos escuros.

ESTRELAS NEGRAS **1** A ESTRELA MAIS ESCURA

— Qual é o problema com a maneira como estou vestida?

— Você está usando um macacão de malha — declarou April de modo frio.

Aquilo era realmente um macacão.

— Você está uma graça — falei, sendo sincera. Já eu, por outro lado, jamais usaria um. Ficaria parecendo uma fugitiva do Serviço de Proteção à Criança se saísse na rua com uma roupa daquelas, mas a Zoe, com sua pele negra, estava arrasando naquele macacão rosa.

— Obrigada. — Zoe abriu um sorriso de orelha a orelha e, em seguida, se virou para a April com um olhar mais destruidor do que a Estrela da Morte. — Eu sei que estou uma graça.

April ergueu as sobrancelhas.

— Você devia repensar essa avaliação.

Eu honestamente não fazia ideia de como as duas eram amigas. Elas se bicavam mais do que faziam elogios uma à outra. A única vez em que eu vira uma das duas fazer algo bacana pela outra tinha sido no ano passado. Um cara havia esbarrado com força na April no corredor, jogando-a contra um dos armários. Zoe tinha acabado com a raça do coitado, tipo, em menos de cinco segundos.

Zoe respondeu o comentário da April com algo tão amigável quanto um chute na garganta. Achei que seria melhor intervir antes que ambas começassem a gritar. Não queria que nossa mesa virasse o centro das atenções mais uma vez, mas, então, uma bandeja que estava numa das mesas próximas caiu no chão com um alto retinir, me fazendo dar um pulo na cadeira.

Vários alunos iam de mesa em mesa. Às minhas costas, escutei alguns conversando sobre uma festa no sábado à noite. Um fedor de comida queimada se misturava ao cheiro do desinfetante de limão. Os professores estavam reunidos em torno das portas e nos fundos da cantina, ao lado do emblema de nossa escola, pintado na parede. Do lado de fora das janelas panorâmicas, pessoas estavam sentadas sobre as muretas de pedra, rindo e conversando, e o céu... dava para ver o céu de setembro, de um azul profundo e infinito.

Meu olhar recaiu sobre a mesa mais perto das portas. Era lá que *eles* se sentavam. Os Luxen que frequentavam nossa escola. Um grupo de dez alienígenas. Todos lindos. Era difícil não se perder em contemplação ao olhar para eles, especialmente quando se sentavam juntos daquele jeito. Tinha certeza de que não era a única a observá-los de queixo caído. Sabia que não era educado, mas me perguntei por que eles não se sentavam com mais ninguém.

Eram sempre três irmãos, todos gêmeos. Dois garotos e uma garota. Pelo menos era o que diziam, mas eu nunca tinha visto um trio completo em toda a minha vida. A gente sabia quantos humanos haviam morrido, mas ninguém tinha ideia do número de Luxen. Talvez fosse por isso que eu nunca tinha visto três gêmeos juntos.

Sempre pensei, tal como todo mundo, que eles tinham tomado parte na invasão, mas agora sabia que não era bem assim. Todos aqueles sentados ali provavelmente tinham nascido aqui, e jamais machucado ninguém, porém a gente... a gente tinha medo deles porque a verdade fora mantida em segredo.

Isso não era certo, nem justo.

Por algum motivo desconhecido, enquanto olhava para eles uma imagem do Luc se formou no fundo da minha mente. Podia facilmente imaginá-lo sentado com eles. Bom, sentado na ponta da mesa como se fosse o manda-chuva do grupo.

Será que algum dos irmãos dele tinha sobrevivido à invasão? Será que havia três Lucs?

Ó céus!

— Para de olhar para eles — rosnou April.

Sentindo as bochechas vermelhas, voltei os olhos para ela.

— O quê?

— Para *eles*... os Luxen.

— Não estava olhando para eles.

— Estava, sim. — Ela ergueu as sobrancelhas e lançou um olhar por cima do ombro. — Cruzes! Deixa pra lá. Não tenho problemas com a presença deles aqui, mas isso é *realmente* necessário? Eles não podiam ter sua própria escola ou algo do gênero? É pedir demais?

Apertei o garfo em minha mão.

— April...

Zoe fechou os olhos e esfregou a testa como se sua cabeça estivesse prestes a implodir.

— Aqui vamos nós.

— Que foi? — retrucou April, olhando de relance para a mesa perto da porta. — Eles me deixam desconfortável.

— Eles frequentam essa escola há quase três anos. Algum deles já te fez algo? — perguntou Zoe.

— Podem ter feito antes de começarem a estudar aqui. Você sabe que quando eles estão com a pele verdadeira, ou seja lá como você chama, todos parecem iguais.

ESTRELAS NEGRAS **1** A ESTRELA MAIS ESCURA

— Ai, meu Deus! — gemi, depositando meu garfo no prato para não transformá-lo num projétil. Agora eu sabia a resposta para minha própria pergunta de por que eles se sentavam juntos e não se misturavam ao resto de nós.

Por conta de gente como a April.

— Fui. — Heidi pegou a mochila que deixara no chão e se levantou, me lançando um olhar solidário. Ela sabia que eu não deixaria a Zoe sozinha numa situação daquelas. Havia uma boa chance de que, mais dia menos dia, Zoe acabasse perdendo a cabeça e dando uma surra na April. — Preciso dar uma passada na biblioteca.

— Até mais. — Com um acenar dos dedos, observei-a contornar a mesa e ir jogar o lixo fora.

April ainda não estava satisfeita.

— É verdade. Não dá para distinguir um do outro. Todos eles parecem vaga-lumes em forma de homem. Assim sendo, algum deles pode ter feito algo logo que chegou à Terra. Como eu vou saber?

— Garota… — Zoe balançou a cabeça, frustrada. — Eles não dão a mínima para você. Estão só tentando garantir uma educação e viver suas vidas. Além do mais, o que eles poderiam fazer com você? Nada.

— O que eles poderiam fazer? Meu Deus, Zoe. Eles são como armas com pernas. Podem lançar bolas de energia pelas pontas dos dedos e são superfortes… tipo, fortes que nem os X-Men. — As bochechas da April adquiriram um tom rosado. — Ou você esqueceu como eles mataram *milhões* de pessoas?

— Eu não esqueci — rebateu Zoe.

— Eles não podem mais fazer isso — assegurei a April, ainda que pensando no Luc e nos outros Luxen que eu vira na boate. Eles não estavam usando Desativadores.

Ela começou a bater o pé debaixo da mesa, o primeiro sinal de que estava prestes a explodir.

— Bom, espero que as mudanças no Programa de Registro Alienígena sejam aprovadas. Realmente espero.

— April acha que não tem problema algum cercar as pessoas e realocá-las contra sua vontade. É isso o que significam as mudanças no PRA. — Zoe se recostou na cadeira e cruzou os braços. — Registrá-los já não é mais suficiente. O governo quer transferi-los para Deus sabe onde, supostamente para essas novas comunidades desenvolvidas especificamente para eles. Como você pode achar que isso é legal?

Olhei de relance na direção do James, mas sua cadeira estava vazia. Corri os olhos em volta e não o vi em lugar algum. Garoto esperto. Ele se mandara dali como um foguete.

— Em primeiro lugar, não são pessoas, são alienígenas — corrigiu-a April com outro impressionante revirar de olhos. — Em segundo lugar, até onde eu sei a Terra pertence aos humanos e não a vaga-lumes alienígenas que mataram milhões de pessoas. Eles não têm o direito de viver aqui. São apenas convidados. E convidados que não são bem-vindos.

— É isso aí! — gritou um cara na mesa atrás dela. Provavelmente o que quase tomara uma cotovelada no estômago. — Manda ver!

Sentindo um calor descer por minha garganta, me afundei na cadeira. April era tão, tão escandalosa!

— E, para terminar, essas comunidades não estão sendo criadas apenas para nos manter seguros. — Ela cruzou os braços e se inclinou para frente, sobre a mesa. — Mas pela segurança deles também. Você tem escutado sobre os ataques. Às vezes a separação é o melhor caminho. Já é meio assim mesmo. Pense na Subdivisão Breaker. Eles gostam de viver entre os de sua própria espécie.

A Subdivisão Breaker era um bairro como vários que existiam, com casinhas idênticas uma à outra. A única diferença era o fato de que apenas Luxen viviam lá.

— Você fala como se fosse da política — comentei. — Como um desses políticos assustadores que sequer piscam enquanto dão declarações diante da câmera.

— Eu pisquei. Tipo, várias vezes durante meu impressionante discurso.

Arqueei uma sobrancelha.

Zoe pressionou os lábios numa linha fina.

— Os Luxen não querem nos machucar.

— Como você sabe? — rebateu April.

— Talvez porque não tenha ocorrido um único ataque em mais de três anos? — argumentou Zoe, a voz ganhando um tom esganiçado como se estivesse explicando algo para uma criancinha teimosa. — Acho que isso é uma prova boa o bastante.

— Assim como não houve nenhum ataque até a noite em que eles decidiram tomar nosso planeta? — April arregalou os olhos. — A gente sequer sabia da existência deles até eles literalmente caírem do céu e começarem a matar todo mundo, o que não fez a menor diferença.

Sentindo um leve pulsar em minhas têmporas, afastei o cabelo do rosto e olhei para a mesa cheia de alienígenas. Será que eles conseguiam escutar

ESTRELAS NEGRAS · 1 · A ESTRELA MAIS ESCURA

o que a April estava dizendo? Desviei os olhos, desejando poder me esconder debaixo da mesa.

— Tenho certeza de que eles só querem ser deixados em paz.

A frustração deixou as bochechas da April ainda mais vermelhas.

— Sei que você não é fã deles, Evie.

Soltei as mãos no colo e olhei para ela, já imaginando o que viria a seguir. Ela ia entrar naquele assunto.

— Seu pai *morreu* por causa deles. — A voz dela soou baixa e urgente, como se eu já não soubesse e isso fosse uma novidade. — Você não pode achar que não tem nada de mais eles viverem perto ou frequentarem a mesma escola que a gente.

— Não acredito que você mencionou o pai dela. — Zoe fechou os dedos nas alças da bandeja e, por um segundo, achei que fosse arremessá-la na cabeça da April. — Quer saber? Você é o protótipo do filho que vive desapontando os pais.

A expressão da April não demonstrava nem um pingo de arrependimento.

— Nada disso tem nada a ver com o que aconteceu com meu pai. — Inspirei fundo, mas o ar não entrou direito. — E, sim, alguns deles podem ser assustadores, mas...

— Mas o quê? — perguntou Zoe baixinho, me olhando no fundo dos olhos.

Corri as mãos pelos cabelos e dei de ombros. Minha língua parecia presa. Lutei para encontrar as palavras certas. Não sabia como me sentia em relação aos Luxen, especialmente depois de tudo o que minha mãe me contara. Independentemente do que meu pai tinha feito ou não, ele morrera lutando contra eles. E, por mais que alguns deles tivessem defendido os humanos, os Luxen ainda me assustavam. Que ser humano em seu juízo perfeito não teria medo deles?

Eu simplesmente não sabia.

E não sabia se, no fundo, isso não era pior do que ter uma opinião.

April deu de ombros e pegou uma garfada de espaguete.

— Acho que essa discussão não irá nos levar a lugar algum. Talvez nada disso venha a ter importância.

Olhei para ela.

— Como assim?

Um ligeiro sorriso repuxou-lhe os lábios.

— Não sei. Talvez eles caiam em si e cheguem à conclusão de que tem outros planetas lá fora mais... confortáveis.

· 107 ·

11

o fim do dia, quando fui guardar os livros e pegar o de biologia a fim de poder estudar para a prova do dia seguinte, encontrei a Zoe esperando por mim junto ao meu armário.

— Está indo para casa? — perguntou ela, a cabeça apoiada no armário ao lado.

— É o que eu devia fazer. — Dei uma risadinha ao vê-la erguer as sobrancelhas. — Mas está um dia tão bonito que estava pensando em dar uma passadinha no parque.

— Para fotografar?

Fiz que sim. O tempo estava perfeito para tirar fotos, o ar mais frio do outono já fazendo as folhas começarem a mudar de cor. Sessões de improviso era o motivo de sempre carregar a Nikon comigo desde que minha mãe a me dera de presente no último Natal.

— Mamãe não disse que eu estava de castigo.

— Claro — concordou Zoe de modo arrastado. — Boa sorte, então.

Fechei o armário e pendurei a mochila no ombro.

— O que você vai fazer?

Ela deu de ombros.

— Preciso estudar, mas provavelmente vou acabar sentada no sofá assistindo a uma maratona de antigos episódios de *Uma Família da Pesada*.

Rindo, descemos o corredor em direção ao estacionamento. Os pais da Zoe haviam morrido num bizarro acidente de avião antes da invasão, e ela fora viver com o tio, que nunca estava em casa. Eu só o vira uma vez, e de longe.

ESTRELAS NEGRAS **1** A ESTRELA MAIS ESCURA

Eles costumavam morar perto da capital, mas tinham se mudado para cá depois de toda a tragédia.

— Então, ainda não sei quase nada sobre sua aventura com a Heidi na Foretoken. — Zoe abriu a porta e saímos ao encontro do brilhante sol vespertino. — Ela me contou que o lugar sofreu uma batida policial enquanto vocês estavam lá.

Peguei os óculos escuros na mochila enquanto seguíamos a multidão que se dirigia para o estacionamento.

— Foi uma loucura. Eu nunca tinha visto nada parecido. Nunca.

— Por isso ela não me chamou para ir com vocês. Eu teria dito não.

— Eu não tinha como recusar. Ela já tinha ido sozinha várias vezes, e eu não queria, você sabe, que fosse sozinha de novo. — Contornei um casal que parecia prestes a fazer as pazes ou começar a gritar um com o outro. — Nem tive chance de conhecer a Emery.

Zoe ficou em silêncio por alguns instantes e, então, me deu uma cutucada com o cotovelo.

— Ouvi falar que tinha um certo cara lá…

Soltei um grunhido e revirei os olhos enquanto subíamos a pequena encosta. O que a Heidi *não* contara?

— Um Luxen que acabou provando ser um tremendo babaca. É dele que você está falando?

— É o mesmo cara que apareceu na sua casa? — Ao me ver assentir, Zoe soltou um assobio baixo. — Aposto que sua mãe surtou.

— Você não faz ideia — murmurei secamente. De todos os meus amigos, Zoe era a mais… lógica, a mais calma. A gente contava quase tudo uma para a outra, portanto, esconder alguma coisa dela parecia errado.

Para ser sincera, ela devia ter ido à boate com a gente na sexta. Zoe teria se certificado de que eu não terminasse naquele buraco com o Luc.

— Então, não contei a ninguém o que vou te falar agora, mas, quando ele apareceu na minha casa, mamãe apontou uma arma para ele.

— O quê? — Ela soltou uma risada chocada.

— Isso mesmo. — Mantive a voz baixa ao nos aproximarmos do carro dela. Como eu não tinha chegado cedo, só conseguira uma vaga nos fundos do estacionamento, perto do campo de futebol.

— Uau! — exclamou Zoe, rindo de novo. Um apito ecoou ao longe. — O que ele fez?

— Ele derreteu o cano da arma. — Estremeci só de pensar. Ter um poder daqueles era surreal.

· 109 ·

— Só isso? — Zoe esticou o braço em direção à porta do carro.

— Acho que já foi o bastante. — Claro que não tinha sido só isso. — Na verdade, ele...

— O quê?

Senti as bochechas começarem a queimar. Eu queria contar a ela — contar para alguém —, mas, ao mesmo tempo, isso significava que ficara pensando naquilo. Que me importava.

Eu não ficara pensando no quase beijo. Bom, exceto pela noite de ontem, quando não consegui dormir, e de anteontem.

Zoe cutucou meu braço.

— Ele não estava usando um Desativador — falei em vez disso, deixando de lado a história do beijo. — Acho que ele não é registrado.

Ela se recostou contra a porta de trás e cruzou os braços.

— Acho que muitos deles não são.

— É possível.

Ela ficou em silêncio por alguns instantes.

— De qualquer forma, o que a April falou durante o almoço é tão errado!

— Qual parte?

Zoe revirou os olhos.

— Tudo, mas principalmente o lance sobre o seu pai. Aquilo foi horrível.

— Foi mesmo. — Pesquei um grampo no bolso da calça jeans e, curvando-me ligeiramente, suspendi o cabelo. — Mas a April é assim.

— Não sei. — Zoe olhou para o campo de futebol, apertando os olhos. — De vez em quando, ela me preocupa.

Enrolei o cabelo numa espécie de coque e, sem deixar que os óculos escuros escorregassem do rosto, prendi a grossa maçaroca com o grampo.

— Ela sempre me preocupa. — Empertiguei-me. — Tem dias que nem sei por que somos amigas.

— Tem dias em que me pergunto como ainda não a empurrei na frente de um ônibus — admitiu Zoe.

Meu sorriso desapareceu ao me lembrar da conversa com minha mãe. Mesmo que a April soubesse as coisas terríveis que meu pai havia feito, isso provavelmente não mudaria em nada seu discurso, visto que a morte dele se encaixava perfeitamente na narrativa — em seu argumento contra os Luxen.

— Você está bem? — Zoe afastou algumas mechas do rosto.

— Estou. — Sorri. — Por quê?

Ela ergueu as sobrancelhas.

— Você teve um fim de semana bem interessante.

ESTRELAS NEGRAS · 1 · A ESTRELA MAIS ESCURA

E ela nem sabia de tudo.

— É, tive, mas estou bem. Juro.

Zoe me analisou por alguns instantes e, então, se afastou do carro.

— Certo. Preciso ir. A gente se fala mais tarde?

— Combinado. — Com um aceno de despedida, contornei o carro dela e comecei a procurar por minhas próprias chaves. Jurei a mim mesma que de agora em diante chegaria mais cedo na escola, porque essa caminhada era um saco. Encontrei as chaves no exato instante em que meu carro surgiu à vista. Destranquei-o, abri a porta de trás e joguei a mochila no banco traseiro.

Nem sei como aconteceu.

Eu devia ter deixado a mochila meio aberta, porque a próxima coisa que percebi foi uma miríade de livros escorregando de dentro da mochila e caindo no chão. Minha câmera foi a próxima. Com um arquejo, soltei as chaves e dei um pulo à frente, pegando-a antes que ela batesse contra o chão duro.

Fechei os olhos e soltei um suspiro entrecortado.

— Ah! Obrigada, Jesus.

— Aqui está.

Tomei um susto ao escutar a voz grave, perdendo meu já precário equilíbrio e caindo de bunda no chão. Ergui a cabeça ao mesmo tempo que apertava a câmera contra o peito. Um sujeito estava parado ao lado do carro. Os cabelos castanhos roçavam um par de óculos escuros. Com um sorriso caloroso, ele pegou os livros. Meu olhar recaiu novamente sobre seu rosto.

— Esses livros são seus, certo? — perguntou ele.

Olhei para os livros em sua mão.

— É. São, sim.

Ele inclinou a cabeça ligeiramente de lado.

— Você... os quer de volta?

Não me mexi por um momento, mas, então, me botei de joelhos e estendi o braço para pegá-los.

— Obrigada.

— Sem problema. — Ele recuou um passo para que eu pudesse levantar. Uma covinha surgiu em sua bochecha direita. — A gente se vê por aí.

Segurando os livros, observei-o virar e se afastar. Com uma espécie de pasta quicando contra sua coxa, ele contornou a traseira do meu carro e cruzou outra fileira de veículos.

— Ah-hã — murmurei. Não tinha reconhecido o cara. Mas, também, os óculos escuros escondiam metade do rosto dele. Devia ser um dos alunos.

Pelo que eu conseguira ver, o garoto parecia ser gatinho. Realmente precisava começar a prestar mais atenção aos garotos com quem eu estudava.

Balançando a cabeça, meti os livros de volta na mochila, certifiquei-me de fechá-la e bati a porta do carro. Feito isso, me abaixei para pegar as chaves. Ainda segurando a câmera, abri a porta do motorista, mas, então, congelei, tomada por uma sensação estranha. Os pelos da minha nuca se eriçaram.

A sensação... era como se eu estivesse sendo observada.

Talvez fosse apenas paranoia. Corri os olhos pelo estacionamento e vi um monte de gente, mas ninguém estava prestando atenção em mim. A sensação, porém, continuou. E, mesmo depois que entrei no carro e dei partida, ela se manteve tal como o calor em um dia de verão.

Eu estava percorrendo a trilha que flanqueava as águas plácidas do lago Centennial, quando, de repente, ergui a câmera e recuei um passo. A composição de uma foto seguia basicamente a regra dos terços. Claro que isso não funcionava para todas as situações, e eu não respeitava a regra em fotos de exteriores. Sempre preferia imagens em que o objeto de destaque estava ligeiramente descentralizado.

Tirei uma foto de uma das árvores maiores, adorando o contraste das folhas contra o céu profundamente azul. Em seguida, aproximei a lente e bati outra das folhas douradas e vermelhas.

Não gostava de olhar as fotos até chegar em casa e passá-las para o computador. Se parasse para analisá-las, acabaria focando apenas numa imagem e perdendo todo o resto.

Mantive-me na beirinha da trilha para não incomodar as pessoas que passeavam com seus cachorros ou faziam cooper. O parque estava cheio, e ia ficar ainda mais cheio. Já dava para ouvir os gritos e as risadas das crianças brincando no playground.

Eu ia até o lago Centennial com frequência, pelo menos uma vez por semana. Adorava caminhar ao ar livre tirando fotos, ainda que não me achasse tão boa assim. Mamãe dizia que as fotos eram ótimas e que eu tinha talento. Zoe e Heidi também. James não mostrava muito interesse, a menos que as fotos fossem de garotas de biquíni. April geralmente ria das imagens. Isso se estivesse prestando atenção na hora.

ESTRELAS NEGRAS **1** A ESTRELA MAIS ESCURA

Duvido que mamãe ou Zoe me dissessem que eu era péssima. Mesmo que fosse, não tinha importância. Não era por esse motivo que eu fotografava. Era porque tirar fotos me fazia sentir bem.

Ou simplesmente *não* sentir.

Com uma câmera na mão, meu cérebro parecia esvaziar. Eu não pensava em nada — no medo que sentira durante a invasão, na sensação surreal dos últimos quatro anos ou no que acontecera na sexta à noite. E, com certeza, não pensava no beijo que sequer fora um beijo de verdade. Nem nas coisas que minha mãe havia me contado.

A câmera erguia uma parede entre mim e o mundo. Era uma fuga, algo pelo qual eu ansiava. Deixei a trilha e subi a pequena colina de cujo topo dava para ver o playground. Chegando lá, me sentei. Os gritinhos e as risadas atraíram minha atenção. Erguendo a câmera, capturei uma menininha correndo dos escorregadores em direção aos balanços, as marias-chiquinhas balançando. Outra criança, um garotinho, escorregou do balanço e caiu praticamente de barriga no chão, a súbita ausência de peso fazendo as correntes se torcerem. Capturei o assento vazio e ligeiramente inclinado em pleno voo solitário.

Inspirei de maneira superficial, sentindo uma repentina queimação no fundo da garganta.

Lentamente, abaixei a câmera e fiquei observando as crianças correndo de um brinquedo para o outro. Tudo a respeito delas parecia feliz e despreocupado. Inocente. Elas tinham sorte. Nenhuma delas se lembrava do medo profundamente enregelante. Nem de como era ir para a cama imaginando em que tipo de mundo você iria acordar na manhã seguinte, se é que ainda haveria um mundo. Elas tinham a liberdade que nós costumávamos ter antes que nossas vidas virassem do avesso.

A invasão fora tão traumática que eu tinha dificuldade de lembrar qualquer coisa antes dela. Quero dizer, conseguia me lembrar de algumas coisas, mas essas lembranças eram confusas e borradas em comparação com a noite da chegada dos Luxen e os dias subsequentes. Tinha chegado até a verificar se essa era uma reação comum, e era. Aquelas crianças, no entanto, nunca...

Pare com isso.

Fechei os olhos e me forcei a soltar o ar de forma longa e demorada. Quando eu segurava a câmera, não pensava. Quando tirava uma foto, não sentia.

Isso não iria mudar hoje.

Pressionei os lábios e me sacudi — sacudi os ombros e os braços, o tronco todo, até meu traseiro plantado na grama. O movimento devia parecer estranho para quem estivesse vendo, mas imaginei todos os medos

· 113 ·

e preocupações sendo liberados, e funcionou. Ao reabrir os olhos, o desconfortável nó de emoção desaparecera.

Assim que me vi recobrada, ergui a câmera novamente e a apontei para a trilha. Estavas prestes a tirar uma panorâmica do lago quando minha atenção foi atraída para outra coisa. Meu dedo escorregou para o botão de zoom antes que me desse conta do que estava fazendo.

Um moicano azul?

Que diabos?!

Era o cara da boate. Ele mesmo, parado ao lado da trilha, as mãos enfiadas nos bolsos da calça. Sob a luz do dia, o cabelo azul sobressaía ainda mais em contraste com a pele clara. Aposto que ele era ruivo. Estava vestido com uma camiseta preta com uma espécie de símbolo estampado nela. Duas cobras, uma mordendo o rabo da outra e formando um círculo.

Qual era mesmo o nome dele? Kent, isso.

Ele se virou para a colina onde eu estava sentada. Com um arquejo, afastei a câmera do rosto. De forma alguma ele podia me ver. O sujeito era humano, mas, por Deus, era quase como se ele tivesse olhado direto para mim.

Lembrei da sensação que eu tivera no estacionamento da escola.

Bom, agora eu estava sendo realmente paranoica, porque essas duas coisas não tinham nada a ver uma com a outra.

Balancei a cabeça e corri os olhos novamente pela trilha lá embaixo. Nem sinal do Kent. Franzindo a testa, estiquei o pescoço para ver se ele tinha se afastado para além da curva. Não seria difícil identificá-lo. Ele meio que se destacava. O que será que estava fazendo aqui? Bom, era um parque público, mas qual a probabilidade de vê-lo ao lado do lago, especialmente considerando que eu nunca o vira antes, e logo depois...

— Que coincidência encontrá-la aqui.

Reconheci imediatamente a voz grave às minhas costas. Meu estômago revirou e meu coração acelerou. Virando, ergui a cabeça... e ergui de novo. Quase soltei minha pobre câmera no chão.

Luc.

Ele se agachou para que ficássemos cara a cara. De alguma forma, tinha me esquecido o quão estonteantes eram seus olhos de perto. Um violeta tão intenso que me remetia ao mais vibrante dos acônitos.

— Surpresa em me ver aqui?

— Estou — respondi, olhando para o pulso dele. Nenhum Desativador. Apenas aquele bracelete de couro com uma pedra esquisita. — Um pouco.

Ele ergueu uma sobrancelha escura.

ESTRELAS NEGRAS · A ESTRELA MAIS ESCURA

— Aposto que você achou que nunca me veria de novo. Provavelmente torceu para que não.

Soltei a câmera sobre a grama, imaginando que, a essa altura, era melhor ficar com as mãos livres.

— Honestamente? Depois de ver minha mãe apontando uma espingarda para você, *realmente* imaginei que jamais o veria de novo.

Ele riu, fazendo todos os meus músculos tencionarem.

— É, em geral isso afastaria a maioria das pessoas, mas, como você sabe, não sou como a maioria.

— Esse é o eufemismo do ano.

Ele soltou as mãos entre os joelhos e assentiu.

— Tem razão.

Com a boca seca, corri os olhos em volta, mas não vi o Kent em lugar algum. Na verdade, não havia ninguém perto da gente. Luc exalava uma vibe, tipo uma barreira invisível, que mantinha as pessoas longe.

— Não contei a ninguém sobre o que eu vi no sábado.

— Eu sei. — Seu olhar perscrutou meu rosto. — Eu te deixo nervosa, não é?

Um calor subiu por minhas faces. Verdade. Luc me deixava nervosa de quase todas as formas, até as que eu não entendia direito, e o fato de ele perceber isso me irritava profundamente.

Fiquei de joelhos e o encarei no fundo dos olhos.

— É, você me deixa nervosa.

— Porque acha que eu sou um Luxen?

— Não tem nada a ver com o que você é. — Pressionei as palmas sobre as coxas. — Você me deixa nervosa porque na última vez que o vi, você destrancou a porta e entrou em minha casa sem permissão e, antes disso, tentou me sequestrar.

— Vejo que continuamos discordando em relação ao sentido da palavra sequestro.

— Você tentou me sequestrar, Luc.

— Hum — murmurou ele. — Isso significa que gosto de você.

Arqueei uma sobrancelha.

— Isso é tão surtado que não dá nem para explicar.

— Provavelmente. Eu não socializo muito bem.

— Não brinca! — retruquei de modo seco.

Ele pareceu ponderar por um momento e, então, disse:

— Tenho um bom motivo para achar que seria melhor para você ter ficado lá.

Ergui ambas as sobrancelhas.

— Estou certa de que os serial killers também têm um "bom motivo" para cortar suas vítimas e depois comê-las.

Luc fez um muxoxo.

— Isso é um pouco exagerado.

— Você é um *pouco* exagerado.

Ele abaixou os olhos, escondendo-os sob as pestanas grossas.

— Você é uma garota esperta, sei disso. Viu mais de um Luxen sem o Desativador. Também viu outros escondidos e assustados. E estava lá quando sofremos a batida policial. Sei que pode somar dois mais dois. — Ergueu os olhos novamente. — Obviamente, esse conhecimento é perigoso e eu preciso ser um *pouco* exagerado para proteger o que estou fazendo.

Por mais que odiasse admitir, eu entendia. Ainda que com relutância.

— O que você faz? — perguntei. — Além de escondê-los?

Luc fez que não.

— Você não está pronta para saber. — Soltou um suspiro. — E eu não estou pronto para contar.

Isso não fazia sentido.

— Por que não?

— Porque não posso confiar em você. Não a esse ponto.

Fiquei um tanto ou quanto ofendida.

— Vamos falar de confiança? Depois de você ter invadido a minha casa e derretido o cano de uma espingarda com as próprias mãos?

Um ligeiro sorriso repuxou-lhe os lábios.

— É, eu realmente fiz isso.

Meu queixo caiu.

— E tenho certeza de que da última vez que o vi *ilegalmente* em minha casa, tentei nocauteá-lo com um castiçal, portanto, acho que deixei claro que eu não quero ver *você*.

Luc riu.

A raiva sobrepujou a confusão e o medo, dissipando o nervosismo.

— Acha que eu sou engraçada?

— Bem... — Ele olhou para o céu como se estivesse realmente pensando sobre o assunto. A luz do sol incidiu sobre as maçãs angulosas, criando sombras sob elas. Meus dedos coçaram para pegar a câmera e capturar o momento. — É, acho que você é meio engraçada, sim.

— Bom, eu não te acho engraçado — rebati. — Nem um pouco.

ESTRELAS NEGRAS · **1** · A ESTRELA MAIS ESCURA

Luc arqueou uma sobrancelha novamente e, ao falar, sua voz soou um tanto ou quanto brincalhona.

— Se eu achasse que todos que querem me nocautear não gostariam de ser meus amigos, não teria amigo algum.

Trinquei o maxilar.

— Uau! Isso é realmente motivo de orgulho.

— Gosto de pensar que sim. — O sorrisinho me disse que ele sabia muito bem o quanto estava me irritando. — Você fotografa?

Quase respondi à pergunta. O "sim" chegou a queimar a ponta da língua, mas me contive a tempo.

— Por que você está aqui?

— Por acaso eu estava nas redondezas e te vi.

— Ah, assim como "por acaso" você estava do lado de fora da minha casa no domingo com a minha identidade? A qual, a propósito, você podia ter me devolvido no sábado.

— É, podia. — Ele mordeu o lábio inferior, e foi ridículo o modo como aquilo chamou a minha atenção. Forcei-me a erguer os olhos. — Você teve muito problema por causa disso?

— Tive — rosnei.

— Não me surpreende. — Luc olhou para o lago. — Sylvia é… ela é uma mulher durona.

Ainda era superestranho o fato de ele conhecer meus pais. Parte de mim sabia que eu devia me levantar e dar o fora dali, mas não. Continuei de joelhos. Por algum motivo, enquanto olhava para ele, lembrei do cara machucado.

— Como ele está? O Chas?

Um músculo pulsou em seu maxilar.

— Melhor. Ele recobrou a consciência hoje de manhã.

— Isso é bom, certo? — Ao vê-lo assentir, mordi o lábio. — Ele te falou o que aconteceu?

— Chas foi pego de surpresa. Não viu quem o atacou.

Franzi o cenho.

— Deve ser difícil pegar um Luxen de surpresa.

— É, sim. Muito difícil — concordou ele. — O que é preocupante.

Desviei os olhos, pensando na Colleen.

— Você sabia que uma das minhas colegas do colégio desapareceu? Eu a vi na sexta à noite na boate, e a bolsa e os sapatos dela foram encontrados no beco.

— É, ouvi falar.

· 117 ·

Voltei os olhos novamente para ele.

— Acha que o que aconteceu com o Chas tem relação com a Colleen?

— Não vejo como.

Eu não tinha tanta certeza.

— Falou com a polícia sobre o que aconteceu com ele?

— Não. — Luc riu como se eu tivesse sugerido algo completamente ridículo. — De jeito nenhum.

Estreitei os olhos.

— Sei que você...

— Você não sabe de nada, Evie.

Sentei sobre os calcanhares e levantei as mãos em sinal de derrota.

— Deixa pra lá.

— A polícia não dá a mínima para um Luxen sem registro que foi surrado praticamente até a morte. — As íris violeta pareciam fervilhar. — Na melhor das hipóteses, eles culpariam o Chas pelo desaparecimento da garota.

— E você tem certeza de que ele não teve nada a ver com isso? — perguntei.

Ele soltou uma risadinha debochada por entre os dentes.

— Ah, como ele é um Luxen, é automaticamente responsável pelo desaparecimento de uma garota humana.

— Não foi isso que eu quis dizer — retruquei. — Talvez ele tenha sido surrado porque viu alguma coisa.

— Ele não viu nada.

Inspirei de maneira superficial.

— Bom, estou feliz que ele esteja bem.

Luc ficou em silêncio, me observando.

— Eu também.

Desviei os olhos, inspirei fundo para me acalmar e voltei a olhar para ele.

— Mamãe me contou.

Com uma expressão chocada, Luc me fitou no fundo dos olhos.

— Contou?

Fiz que sim.

— Ela me contou sobre... — Corri os olhos em volta, mas ainda não havia ninguém por perto. — Ela me contou que vocês já estavam aqui muito antes da invasão.

A expressão dele se abrandou.

— Jura?

— E também me contou sobre meu pai.

· 118 ·

ESTRELAS NEGRAS **1** A ESTRELA MAIS ESCURA

Luc mudou completamente num instante. Seus traços tornaram-se duros e os ombros tencionaram. Os olhos se fixaram nos meus, frios como gelo.

— Contou mesmo?

— Ela falou que ele foi responsável por você perder alguém... de quem gostava muito.

As pupilas pareceram dilatar. Uau, isso era... diferente.

— É, ele foi.

Sentindo-me um tanto fora do meu elemento, me botei de cócoras e despejei numa torrente:

— Não sabia que meu pai era assim. Pelo visto, eu não o conhecia muito bem. Óbvio. Mas, também, ele quase não ficava em casa, e agora me pergunto se talvez ele e mamãe não estivessem tendo problemas na relação... — O que diabos eu estava dizendo? Balancei a cabeça e me concentrei. — Nada disso importa. O que estou tentando dizer é... sinto muito.

Seus olhos se arregalaram ligeiramente.

— Você está tentando se desculpar por ele?

— Eu... talvez? Nem sei bem por que, o que significa que é um péssimo pedido de desculpas. Não sei exatamente *o que* ele fez, mas sei que mamãe não mentiria sobre algo tão...

A risada do Luc soou áspera.

Fiz um muxoxo.

— Você está rindo enquanto eu tento me desculpar pelo meu pai?

— É, estou. — Ele se empertigou e, em seguida, levantou. — Você não precisa se desculpar por nada do que aquele maldito fez.

— Ah! — Fiquei parada por um instante e, então, me levantei também. Não queria sentir como se houvesse um gigante diante de mim. — Ainda assim, isso...

— Não estou aqui para falar sobre o Jason Dasher — interrompeu-me ele.

Recuei um passo.

— Então, por que está aqui?

Luc inclinou a cabeça ligeiramente de lado, os lábios se curvando lentamente num dos cantos.

— Não sei — respondeu ele. Fez uma pausa. — Talvez eu estivesse procurando por você.

Apertei a câmera em minhas mãos, sentindo o estômago revirar. Bom. Ruim. As duas coisas.

— Acho que isso ficou bem claro.

Ele riu e se inclinou ligeiramente para frente.

— E eu achando que estava sendo superdiscreto.

— Não exatamente. — Baixei os olhos para a câmera. — Por que você estava procurando por mim?

— Por que você não fugiu ainda?

Fitei-o no fundo dos olhos. Boa pergunta.

— É assim que nossas conversas irão se desenrolar? Você sempre respondendo uma pergunta com outra?

— Espero que perceba que você acabou de fazer exatamente a mesma coisa.

Fui tomada por um misto de irritação e relutante divertimento.

— Acho estranho perguntar a uma pessoa por que ela ainda não fugiu.

— Talvez, mas... — Luc virou a cabeça subitamente para a esquerda e estreitou os olhos. Acompanhei seu olhar, não muito certa do que iria ver. Esperava ver *alguma coisa*, mas não vi nada. Ele soltou um sonoro suspiro. — Infelizmente, preciso ir.

— Ahn, tudo bem.

Seu olhar se voltou novamente para mim.

— Faz ideia de como foi fácil encontrá-la? A resposta é mole. Numa cidade com... quantos humanos mesmo? Um pouco mais de cem mil? Não tive dificuldade alguma em encontrar você.

Meu coração martelou com força.

— Por que eu deveria me preocupar com isso?

— Nunca pensou a respeito?

— Não, nunca — respondi com sinceridade. Por que alguém pensaria numa coisa dessas, a menos que estivesse tentando se esconder? Ou tivesse algo para esconder?

Seus olhos se fixaram nos meus.

— Talvez devesse começar a pensar.

12

A casa estava silenciosa demais quando eu cheguei, portanto, como qualquer pessoa normal, acendi todas as luzes — todas mesmo, até a do banheirinho do corredor. E liguei a TV no meu quarto.

Ainda assim, ela continuou parecendo escura demais.

Sentada na cama, passei todas as fotos que havia tirado no parque para o computador e comecei a verificá-las, mas não conseguia prestar atenção. Minha cabeça estava em outro lugar.

Para ser sincera, ainda no parque.

Qual era o problema do Luc? Depois daquele comentário bizarro que mais parecia um aviso, ele tinha ido embora sem dar a mínima para o fato de que havia me deixado de cabelo em pé. Acho que qualquer pessoa no meu lugar teria se sentido da mesma forma. Que diferença fazia se eu era fácil ou não de ser encontrada?

Esfreguei os braços ao sentir um calafrio percorrer meu corpo. Não entendia por que o Luc sentira necessidade de me procurar. Aquela tinha sido a conversa mais estranha de toda a minha vida.

Toda.

E eu já tivera algumas conversas estranhas com a Zoe e a Heidi, do tipo que você não tem sequer coragem de repetir e reza para que ninguém tenha escutado.

O celular, que estava ao lado do laptop, emitiu um som de mensagem de texto. Estiquei o braço para pegá-lo e vi que era da Heidi. Fui tomada por uma forte animação ao constatar que era uma foto dela com a Emery, os rostos pressionados um contra o outro. Emery sorria e, uau, ela era realmente linda. Sua pele morena fazia um belo contraste com a da Heidi, bem branquinha. Minha amiga estava fazendo um biquinho como se estivesse mandando um beijo para a câmera. Ao que parecia, elas estavam num restaurante.

Respondi rapidamente. *Vocês estão lindas.*

Em seguida, acrescentei uma dúzia de pontos de exclamação, o que me fez receber de volta um emoji de coração, do tipo que explode em vários coraçõezinhos menores. Enviei uma última mensagem, pedindo a Heidi para me ligar assim que chegasse em casa, a fim de me contar tudo sobre o encontro.

Soltei o celular de novo sobre o edredom. Continuava inquieta demais para analisar as fotos, de modo que me levantei da cama e, com as meias deslizando sobre o piso de tábuas corridas, decidi ir pegar algo para comer, porque devorar batatas fritas era a única maneira de matar o tempo quando me sentia inquieta.

Parei ao lado do banco sob a janela, franzindo o cenho. Levantei a almofada cinza para ver se havia alguma espingarda ou espada escondida debaixo dela.

Não havia.

Graças a Deus.

Eu meio que ficara esperando que uma arma ou uma faca escorregasse do meio da pilha de toalhas no armário de roupa de banho quando fora pegar uma limpa de manhã. Honestamente, não sabia o que pensar em relação ao fato de minha mãe manter armas escondidas pela casa. Parte de mim entendia, mesmo sem todas as coisas que ela me dissera no domingo. A situação havia ficado tensa nas semanas e meses após a invasão; tinha sido assustador. Qualquer barulho soava como uma explosão, e, por um longo tempo, todos sentimos como se o fim estivesse próximo. Em vista disso, imaginava que ter armas ao alcance da mão não era uma ideia tão ruim.

Enquanto despejava três punhados de batatas fritas numa tigela, olhei de relance para o relógio acima do fogão. Eram quase oito horas, e mamãe ainda não havia chegado. A sensação era de que ela voltava cada vez mais tarde do trabalho.

Eu sentia falta dela.

Gostaria de sentir falta do papai também.

Meu corpo inteiro se contraiu com a súbita sensação de culpa.

Como eu não fazia terapia para destrinchar toda essa confusão de sentimentos, acrescentei mais um punhado de batatas na tigela e voltei para o

ESTRELAS NEGRAS · 1 · A ESTRELA MAIS ESCURA

quarto. Enquanto mastigava a deliciosa crocância salgada, comecei a verificar as fotos de novo.

Quase passei direto, uma vez que não estava lá muito concentrada, mas alguma coisa no conjunto de fotos do playground chamou a minha atenção. Pouco depois de ter tirado a foto do balanço, eu havia aproximado a lente e batido outra sem perceber. Duas pessoas estavam paradas atrás dos balanços. Espera um pouco. Estreitei os olhos e aumentei a imagem. Uma batata caiu de minha boca aberta.

Aquela era... aproximei o rosto da tela, apertando bem os olhos. Eu tinha tirado uma foto da April. Diabos, nem tinha me tocado que ela estava lá. No entanto, fazia sentido vê-la no playground. Eu sabia que a April tinha uma irmã mais nova; provavelmente uma das garotinhas.

Mas tinha algo esquisito com a foto.

Um estranho efeito de dupla exposição no exato lugar onde a April estava. Por isso eu quase não a reconhecera. Só que não era uma dupla exposição normal. Havia uma espécie de sombra em torno da parte superior de seu corpo, como se alguém estivesse parado diretamente atrás dela.

Aquilo era superestranho, mas não podia ser outra coisa, porque o restante da imagem estava normal. Tinha que ser alguém atrás dela. Será que a April percebera?

Balancei a cabeça, tirei o zoom e comecei a passar pelo resto das fotos distraidamente. Acabei desistindo e, quase que de imediato, caí numa espiral de vídeos curtos sobre pessoas preparando sofisticados cupcakes. Perdi cerca de uma hora fazendo isso, porque dos cupcakes passei para os bolos e, no final, tudo o que eu queria era uma gigantesca barra de chocolate.

Após entrar no Facebook, alterei a timeline para "mais recente" e comecei a verificar as últimas postagens. Precisava fazer o dever de casa, mas não conseguia me forçar a largar o computador. Movendo o dedo pelo trackpad, fui passando de uma para outra distraidamente, parando ao me deparar com o último post do meu ex, Brandon. Ele havia postado uma foto de uma garota, e levei um minuto para reconhecer a loura.

Aproximei o rosto da tela, apertando os olhos para observar a sorridente selfie. Eu a conhecia. Ela era da minha turma de química. Eu a vira hoje. Seu nome era Amanda — Amanda Kelly. Ao ler a legenda sob a foto, meu coração falhou.

— Não pode ser — murmurei, empertigando-me de volta.

Amanda fora dada como desaparecida hoje à tarde pelos avós. Segundo o post, ela não havia chegado em casa após sair do colégio.

As aulas tinham terminado umas poucas horas atrás, então talvez ela não estivesse realmente desaparecida. Por outro lado, devia haver um bom motivo para os avós estarem tão preocupados. Reli o post. Ao que parecia, a polícia ainda não havia sido informada. O número de contato era dos avós.

Céus.

Olhei para a foto sem conseguir acreditar. Colleen estava desaparecida. E se a Amanda estivesse também? As duas frequentavam a minha escola e tinham desaparecido misteriosamente no mesmo fim de semana? Isso era... isso era coincidência demais.

Talvez os avós estivessem exagerando. Era possível, porque não era como a Colleen, que estava desaparecida desde a noite de sexta. Talvez a Amanda...

Um barulho de algo caindo soou lá embaixo, fazendo meu coração dar um pulo. Ergui a cabeça.

Que merda...?

Peguei o controle em cima da cama e tirei o som da TV. Fiquei imóvel por um bom tempo, tentando escutar qualquer outro som. Não ouvi nada, o que não impediu meus pelos de se arrepiarem. Continuei congelada por mais alguns instantes, e então peguei o celular. Sabia que não era minha mãe porque não havia escutado a porta da garagem abrindo debaixo do meu quarto. Levantei na ponta dos pés e fui até o corredor para dar uma espiada lá embaixo. Prendi a respiração. Após alguns segundos sem escutar nenhum outro barulho, dei-me conta de que eu tinha duas opções.

Voltar para o quarto, sentar diante do laptop e procurar por um exorcista local, porque obviamente barulhos estranhos e aleatórios significavam que havia um demônio em minha casa, ou descer e investigar para ter certeza de que não era um demônio. Mas e se fosse um arrombamento?

Com todas as luzes da casa acesas?

Pouco provável.

Segui pé ante pé até a escada e comecei a descer, parando no meio do caminho ao me lembrar de algo muito importante que eu aprendera recentemente.

Os Luxen podiam destrancar portas.

Ah, merda.

E se um Luxen estivesse pegando as batatas do saco que eu sabia que havia deixado sobre o balcão da cozinha? Um calafrio desceu pelos meus braços. Baixei os olhos; eu continuava segurando o controle remoto. O que diabos pretendia fazer com aquilo? Fiz menção de me virar, mas parei. O que eu ia fazer? Chamar a polícia por causa de um barulho?

ESTRELAS NEGRAS ⭐ 1 A ESTRELA MAIS ESCURA

Estava sendo idiota.

Inspirei fundo e terminei de descer a escada, parando ao chegar à base. A porta da frente estava fechada, porém... as portas francesas que davam acesso ao escritório da minha mãe estavam entreabertas.

Congelei.

Aquelas portas estavam sempre fechadas. Sempre. Será que mamãe se esquecera de trancá-las? Não era impossível, mas era estranho.

Inclinando-me ligeiramente para frente, corri os olhos pelo restante do primeiro andar. Tudo parecia normal. Entrei na sala e segui direto em direção à área de jantar que a gente nunca usava. A cozinha parecia intocada; o saco de batatas continuava no mesmo lugar onde eu o deixara. Parei ao lado de uma das cadeiras cinza de espaldar alto da mesa de jantar e, em seguida, dei um minúsculo passo em direção à cozinha. Não havia nada...

Soltei um arquejo.

A porta dos fundos estava escancarada, permitindo a entrada do ar frio da noite, que se espalhava pelo piso de lajotas.

Eu não tinha deixado aquela porta aberta.

De jeito nenhum.

Meus pelos se arrepiaram novamente. Recuei um passo, apertando o celular e o controle remoto em minhas mãos. Duvidava de que um demônio houvesse aberto aquela porta. Ó céus, eu devia ter ligado para a polícia. Devia ter...

Os cabelos em torno da minha nuca se levantaram com um aparente deslocamento de ar. Senti algo tocar meu rosto. Suave, rápido e quente. Prendi a respiração ao mesmo tempo que um medo paralisante inundava cada músculo do meu corpo. Meus ouvidos começaram a zumbir, e meu instinto de sobrevivência veio à tona. Com o coração na boca, virei-me lentamente, tomada por um profundo pânico.

Não havia nada ali.

Levei a mão ao rosto. Ai, meu Senhor, se houvesse alguém atrás de mim, eu teria tido um ataque cardíaco. Morta antes de chegar aos 18, o que não seria nada legal.

Os Luxen podiam destrancar portas, e também eram rápidos — rápidos o bastante para passarem por uma pessoa e *tocá-la* sem serem vistos. Era possível, mas por quê? Por que um deles entraria aqui? Duvidava de que tivesse sido o Luc. Eu não o conhecia muito bem, mas tinha uma forte suspeita de que ele faria questão de ser visto.

Luc era descarado.

Com as mãos trêmulas, fui recuando até passar de novo pela mesa de jantar e, então, me virei.

As portas do escritório estavam fechadas.

Inspirei, mas o ar ficou preso na garganta. Olhei num silêncio estupefato para as portas fechadas. Levantei o telefone para discar quando uma súbita batida soou à porta da frente. Por um momento, não me movi. Não conseguia. Meu pulso estava a mil, o sangue rugindo em minhas veias. A batida soou novamente. Olhei de relance por cima do ombro. Se alguém já estivesse aqui, não iria bater agora, certo?

Senti como se estivesse me movendo em câmera lenta. Um passo na frente do outro até alcançar a porta e dar uma espiada pelo olho mágico.

Zoe.

O súbito alívio me deixou com as pernas bambas. Destranquei o ferrolho e abri a porta.

— Zoe!

Ela devia ter percebido algo em minha expressão, porque pareceu imediatamente preocupada.

— Você está bem?

— Estou. Não. — Recuei um passo, olhando novamente por cima do ombro para o escritório. — Acho que havia alguém aqui.

— O quê? — Zoe entrou. — Por que você acha isso? Chamou a polícia?

— Não. Acabou de acontecer. — Engoli em seco, erguendo novamente o celular. — Eu estava lá em cima quando escutei algo cair aqui embaixo. Não sei. Foi um barulho alto e eu desci para verificar. A princípio, não vi nada, mas depois vi a porta dos fundos aberta e... — Virei e estreitei os olhos. Ela agora estava fechada. — Peraí. Ela estava aberta *ainda agorinha.*

Zoe parou ao meu lado, e seu olhar acompanhou o meu.

— Você a fechou?

Fiz que não, apertando o telefone com força em minha mão.

— Não, não cheguei nem perto dela.

Zoe seguiu direto para a porta, comigo praticamente em seus calcanhares. Ao vê-la estender a mão em direção à maçaneta, fiz menção de mandá-la parar, mas ela foi mais rápida. A porta sequer balançou.

— Está trancada.

— O quê? — Sem conseguir acreditar, passei por ela e tentei eu mesma. Zoe estava certa. A porta estava trancada. — Isso é impossível!

ESTRELAS NEGRAS · 1 · A ESTRELA MAIS ESCURA

Ela simplesmente me fitou.

— Bom, não é impossível. Os Luxen podem destrancar portas. O que significa que provavelmente podem trancá-las também, certo?

— Certo. — Seus olhos perscrutaram os meus. — Mas por que eles fariam uma coisa dessas?

— Sei lá. — Eu me virei. — Mas a porta estava aberta, juro.

Zoe não disse nada por um bom tempo e, então, voltou direto para a frente da casa.

— Vamos dar uma olhada lá em cima.

Não tive sequer a chance de protestar contra aquela escolha provavelmente estúpida, porque a Zoe já estava subindo os degraus. Sem querer ficar para trás, corri para alcançá-la. Todos os aposentos foram verificados e, em menos de cinco minutos, estávamos de volta na sala de estar.

— Você não acredita em mim — disse eu.

Ela pousou uma das mãos em meu braço.

— Você está tremendo. Sei, portanto, que alguma coisa aconteceu, mas Evie…

— Mas parece que não aconteceu nada. — Balancei a cabeça lentamente, sentindo que estava ficando louca. — Eu ouvi alguma coisa. Senti também. Alguém passou por mim. Tocou meu rosto…

— Tocou em você? — Ela ergueu as sobrancelhas.

Assenti com um menear de cabeça, levando os dedos ao rosto.

— Foi essa a sensação. — Fui até o sofá e me sentei na beirinha. — Não entendo.

Zoe me seguiu.

— O que você estava fazendo lá em cima?

— Assistindo vídeos sobre cupcakes — respondi, e ela pressionou os lábios. — Depois entrei no Facebook e vi que os avós da Amanda estão dizendo que ela desapareceu… — Um calafrio percorreu meu corpo. — Talvez isso tenha feito minha imaginação correr solta.

Zoe se sentou ao meu lado e olhou de relance para a vidraça da frente.

— Talvez. Quero dizer, nossa mente é capaz de coisas muito loucas, certo? Especialmente depois de tudo o que a gente passou com a invasão. Ela pode pregar peças na gente. Você está bem?

— Estou. Só fiquei assustada. — Esfreguei o joelho com a palma da mão. Algo me ocorreu. Virei-me para ela. — O que você está fazendo aqui?

Zoe riu ao ouvir a pergunta.

· 127 ·

— Eu estava doida para comer um hambúrguer no Walker. Te mandei uma mensagem.

— Mandou? — Olhei para o celular. — Não recebi nada.

— Acho que não chegou. Estranho. — Ela franziu o cenho. — De qualquer forma, achei que seria legal dar uma passadinha e saber se você já teve notícias da Heidi.

Zoe dificilmente aparecia de surpresa. Pensando bem, acho que não me lembrava de uma única vez que ela tivesse estado aqui com minha mãe em casa. Afastei uma mecha de cabelo do rosto e olhei para a porta dos fundos, fechada e *trancada*.

— Ela me mandou uma foto dela com a Emery mais cedo. Acho que estavam num restaurante. — Soltei o ar com força. — Você soube da Amanda?

— Vi alguma coisa quando estava no Walker. Ela foi à aula hoje, e só se passaram algumas horas, mas...

Fixei os olhos nela novamente.

— Mas o quê?

Zoe deu de ombros.

— Acho que deve ter acontecido algo mais para os avós acharem que ela está desaparecida com tão pouco tempo.

— Estava pensando a mesma coisa. — Inclinei-me para frente e soltei o celular sobre o pufe. Com a cabeça em mil outros lugares, empertiguei-me de volta. O encontro e a estranha conversa com o Luc competiam com o possível desaparecimento da Amanda. E o que quer que tivesse acontecido aqui ainda há pouco continuava sendo minha principal preocupação.

Realmente desejava uma barra gigantesca de chocolate agora.

— Tem certeza de que está bem? — perguntou Zoe de novo.

Fiz que sim, embora fosse difícil acreditar que minha mente tivesse me feito ouvir o que eu ouvira, ver duas portas abertas e sentir... alguém me tocando. Eu vivia deixando sacos de batatas abertos, mas não portas. Não era estúpida.

Se alguém tivesse realmente entrado aqui, tinha estado no escritório da mamãe.

O que me levava a duas perguntas.

Quem e por quê?

✳ ✳ ✳

ESTRELAS NEGRAS 1 A ESTRELA MAIS ESCURA

Λbafando um bocejo, peguei o livro de literatura inglesa dentro do armário e o meti na mochila.

— Você está com cara de quem acabou de acordar — comentou James.

Olhei para ele. James estava com o boné de beisebol virado para trás. Dava uns cinco minutos no máximo antes que alguém o mandasse tirar.

— Perdi a hora.

O que era a mais pura verdade. Eu não tinha conseguido pegar no sono com facilidade; passara a noite inteira esperando que alguma porta abrisse ou fechasse de supetão. E tinha a sensação de que o despertador havia tocado poucos minutos depois de finalmente desmaiar.

Não havia contado para minha mãe o que acontecera ontem à noite. Quando ela enfim chegou em casa, Zoe já tinha ido embora e eu estava começando a duvidar de tudo, de modo que senti que seria tolice tentar explicar o que achava que havia acontecido.

— Dá pra ver. — Ele olhou por cima da minha cabeça e meteu o celular no bolso. — Aí vem a April.

Soltei um gemido por entre os dentes e afastei uma mecha de cabelo do rosto.

— Ela parece surpreendentemente... alvoroçada essa manhã.

— Alvoroçada? — Soltei uma risada seca enquanto tateava em volta do armário em busca da barrinha de cereal que sabia que tinha deixado lá. — Essa é a palavra do dia ou algo parecido?

— Não. — James fez uma pausa. — A palavra do dia é ressaibo.

Franzindo a testa, parei de pegar os livros e olhei para ele.

— Isso não pode ser uma palavra de verdade.

— É, sim. Veja no dicionário. Talvez você aprenda alguma coisa.

Ajoelhei, revirando os olhos.

— Oi. — April parou atrás de mim e fez uma pequena pausa. — Você não usou esse cardigã ontem, Evie?

Fechei os olhos e contei até dez antes de responder.

— É, usei. A maioria das pessoas nem repararia numa coisa dessas.

— Eu não sou como a maioria — retrucou ela. James estava certo. April parecia terrivelmente *alvoroçada* essa manhã.

— Preciso ir. — James era um verdadeiro cretino. — A gente se vê mais tarde.

April se posicionou no mesmo lugar onde ele estava antes.

— Acho que ele não gosta de mim.

— Não sei por que você acha isso. — Levantei um fichário que encontrei no fundo do armário e lá estava: uma pequena e solitária barra de cereal coberta de chocolate. Peguei-a. Minha, toda minha.

— Quem sabe? Deixa pra lá. — Ela esperou enquanto eu me levantava. — Você vai à festa do Coop esse final de semana?

Fechei o armário e me virei para ela. Não havia sequer um amassadinho em sua blusa branca. Com os escuros jeans skinny e o cabelo preso num rabo de cavalo, April parecia uma assistente pessoal bastante cara.

— Não sei. Você vai?

— Claro. — Os olhos azuis brilhavam como se ela tivesse tomado um milhão de xícaras de café. — Você devia ir também.

— É, vamos ver. — Pendurando a mochila no ombro, comecei a me afastar do armário. Avistei o cabelo vermelho como fogo da Heidi, mas, assim que ela viu a April comigo, encolheu-se e girou nos calcanhares, seguindo na direção oposta.

Traidores.

Todos os meus amigos eram traidores.

— Sabe quem eu descobri que vai à festa do Coop também? — perguntou April enquanto caminhávamos. — Brandon.

Olhei para ela de soslaio. Por que eu ligaria para o fato de meu ex ir a uma festa?

— E daí?

— Ouvi dizer que ele não vai sozinho. — Ela levantou uma das mãos e torceu a ponta do rabo de cavalo ao nos aproximarmos dos banheiros do primeiro andar. — Acho que ele está saindo com alguém.

— Sem querer ser repetitiva, mas... e daí?

Um dos cantos dos lábios se curvou num ligeiro sorriso.

— Você não sabe? Ele anda colado com a Lori...

Um grito a interrompeu — um grito de pavor de gelar os ossos que me deixou toda arrepiada. Como sempre, um pequeno grupo de pessoas estava reunido em torno dos banheiros.

Escutamos outro grito, mais alto e mais perto, e, de repente, a porta do banheiro feminino se abriu. Uma garota saiu correndo lá de dentro, o rosto branco feito neve.

April soltou o cabelo.

— O que diabos está acontecendo?

— Os olhos! — berrou a garota, colidindo com o grupo reunido em torno dos banheiros. — Ela está morta e os *olhos* foram arrancados!

entada numa das mesas de pedra do lado de fora da cantina, apertei os olhos contra a brilhante luz do sol da manhã.
— Não acredito que isso tenha acontecido.

Heidi estava sentada no banco ao lado dos meus pés, os óculos escuros ocultando a maior parte do rosto.

— Escutei os gritos. A princípio, achei que fosse uma pegadinha... até ouvir o que ela estava dizendo.

Abaixei a cabeça e, levando a mão ao pescoço, juntei meu cabelo e o puxei para o lado. Jamais me esqueceria do som daqueles gritos.

Todos os alunos tinham sido evacuados assim que um dos professores checara o banheiro. Alguns haviam sido mandados para o estacionamento dos fundos, e o restante de nós estava aqui, andando de um lado para outro ou reunidos em pequenos grupos. A polícia aparecera poucos minutos depois da evacuação, e desde então eu só vira um punhado de professores. Todo mundo estava razoavelmente quieto, falando baixinho ou confortando uns aos outros. De vez em quando, um telefone tocava. O distrito escolar mandara um alerta avisando que houvera um problema na escola. Avisei minha mãe que estava bem, mesmo sabendo que, como ela não levava o celular para os laboratórios, provavelmente demoraria a ver qualquer ligação ou mensagem de texto.

Os pais da garota não receberiam uma mensagem semelhante hoje.

Heidi se virou ao ver a Zoe se aproximar e se sentar ao seu lado. Ela saíra alguns minutos antes para ver se conseguia descobrir alguma coisa.

— Acho que as aulas serão canceladas pelo resto do dia. — Zoe soltou a mochila sobre a mesa. — Dei uma espiada pela porta de entrada, mas o saguão inteiro está cercado com aquela fita amarela da polícia.

— A área toda virou uma cena de crime. — Estremeci, apesar do calor do sol. — Provavelmente eles não vão poder deixar ninguém entrar por um bom tempo.

O telefone da Heidi vibrou e ela o tirou de dentro da mochila, perguntando:

— Tem ideia de quem pode ter sido?

Zoe fez que não e passou uma das pernas por cima do banco.

— Nunca mais vou conseguir usar aquele banheiro.

— Nem eu — murmurei, abrindo minha mochila. Tirei a câmera e troquei as lentes. Estava ciente de que a Heidi e a Zoe me observavam, mas elas não disseram nada quando comecei a bater fotos de todos à nossa volta, focando no formato de suas sombras contra o piso de cimento. Gostava do contraste.

Devia ser estranho eu estar fazendo isso, mas nenhuma das duas disse nada. Não era a primeira vez que elas me viam pegar a câmera no momento mais inapropriado.

Tirar fotos não servia apenas para limpar minha mente. De vez em quando, a câmera se tornava… uma espécie de escudo entre mim e o que estava acontecendo. Ela me ajudava a me distanciar, a não sentir tanto.

Talvez eu *devesse* pensar em estudar fotojornalismo em vez de enfermagem.

Assim que baixei a câmera, vi o James cruzando o pátio. Ele parou ao lado de um grupo e deu um tapinha nas costas de um dos caras antes de vir se juntar a nós.

— Alguma notícia? — perguntei, botando a câmera de lado.

— Sim. — James largou a mochila no piso de cimento. — Foi a Colleen.

— O quê? — Soltei um arquejo.

Ele subiu na mesa e se sentou ao meu lado.

— Estava conversando com alguns caras. Um dos professores estava perto, falando com a Jenny… a garota que encontrou o corpo no banheiro. Pelo que escutei, a Colleen já estava… vocês sabem, morta há um tempo. Não sei como a Jenny sabia disso, mas foi o que ouvi.

— Puta merda! — Heidi soltou o telefone no colo. — Ai, meu Deus, isso…

ESTRELAS NEGRAS **1** A ESTRELA MAIS ESCURA

— Não faz nenhum sentido? — completou Zoe, fazendo um muxoxo. — Achava que ela havia sido vista pela última vez na sexta à noite, na Foretoken.

— Exatamente. — Olhei de relance para a Heidi. Ela estava com os olhos fixos à frente, o rosto pálido. — A bolsa e os sapatos dela foram encontrados num beco. De forma alguma ela podia estar naquele banheiro desde sexta.

— Eu usei o banheiro ontem — ressaltou Zoe. — Alguém teria reparado. Pelo menos, acho que sim.

— Ela estava no último reservado, que estava destrancado — explicou James, esfregando a nuca. — Supostamente, Jenny entrou no banheiro e viu a porta entreaberta. Ela achou que não houvesse ninguém lá dentro, portanto a empurrou e... lá estava a Colleen, caída ao lado do vaso sanitário.

— Jesus! — Heidi estremeceu. — Que coisa horrível!

Sentindo o estômago revirar, cruzei os braços. Parte de mim esperava que ela tivesse fugido para encontrar o namorado, tal como a Zoe sugerira. Mas, no fundo, acho que já sabia que não era esse o caso, não com os sapatos e a bolsa deixados para trás num beco. Ainda assim, jamais imaginaria que ela pudesse estar *morta*.

Zoe se recostou na mesa e abaixou a cabeça, fazendo os cachos penderem para frente.

— Ela era da minha turma de comunicação. A gente teve aula na sexta.

— Vocês viram os posts sobre a Amanda, certo? — Heidi abraçou a barriga com um dos braços. — Vi hoje de manhã que ela ainda não voltou para casa.

Zoe anuiu lentamente.

— Eu vi.

Um profundo silêncio recaiu entre nós, porque, sério, o que a gente podia dizer? Todos tínhamos sofrido alguma espécie de perda, quer antes ou depois da invasão. Os pais da Zoe estavam mortos. O tio da Heidi era do exército e morrera lutando. James perdera uma tia e um primo. Nós todos conhecíamos a dor do luto. Tipo, "já vi, já sei", e tínhamos a bagagem emocional para provar. Além disso, todos conhecíamos a sensação de surpresa causada pela morte. A percepção de que alguém que *acabara* de estar ali nunca mais estaria era como o susto provocado por um despertador. E conhecíamos, também, a sensação e o gosto do medo. Ainda assim, com toda a nossa experiência, nenhum de nós sabia o que dizer.

— Escutei mais outra coisa — disse James baixinho.

Quase tive medo de perguntar:

· 133 ·

— O quê?

— Você ouviu a Jenny gritando sobre os olhos dela, certo? — Ele levantou o braço e virou o boné para frente. — Eles... eles foram completamente queimados, até restarem apenas os buracos.

Zoe se empertigou.

— Queimados?

James assentiu e se inclinou ligeiramente.

— Só ficaram as órbitas.

— Ai, meu Deus — gemeu Heidi, e meu estômago revirou de novo.

— E não é tudo — acrescentou ele, correndo os olhos pela gente. — Ela exibia marcas de queimadura... tipo, a pele carbonizada em alguns pontos. Pelo menos foi assim que a Jenny descreveu. Como se ela tivesse sido eletrocutada.

Zoe entreabriu os lábios ao mesmo tempo que um pavor gélido desceu por minha espinha. Ah, não. Nossos olhos se encontraram, e pude perceber que ela estava pensando o mesmo que eu. Só havia duas formas de uma pessoa parecer ter sido eletrocutada. Uma era tocando um fio desencapado e não sobrevivendo para se arrepender dessa péssima escolha. A outra era bem mais assustadora do que acidentalmente deixar cair um secador ligado numa banheira. Havia algo mais que podia matar assim, fazendo com que a pessoa parecesse ter sido eletrocutada... e isso quando restava alguma coisa da pobre coitada.

Um Luxen.

Vários ônibus pararam diante da escola, e as aulas foram oficialmente canceladas pelo resto do dia. Seguimos para os nossos carros, sem a costumeira animação gerada por um dia de folga inesperado.

— Vocês vão para casa? — perguntou Heidi, pegando as chaves do carro.

— Eu vou. — Zoe parou na frente de sua velha caminhonete. — Acho que vou dormir e fingir que o dia de hoje não aconteceu.

Heidi abriu um ligeiro sorriso.

— Estava contando para a Emery o que aconteceu, e ela sugeriu que nos encontrássemos para comer alguma coisa, isto é, se vocês quiserem.

— Hoje não. — Zoe abriu a porta do motorista. — Quem sabe da próxima vez?

ESTRELAS NEGRAS   **1**   A ESTRELA MAIS ESCURA

Heidi assentiu e olhou de relance para mim.

— E você?

Para ser honesta, a última coisa que eu queria era ficar sozinha.

— Tem certeza que não tem problema? — Com um aceno de despedida para a Zoe, contornamos o carro dela.

— Claro que não! — Heidi me deu uma leve cutucada com o braço. — Ninguém é melhor de vela do que você, lembra?

Ri e peguei minhas chaves.

— Isso significa que você e a Emery estão oficialmente namorando?

— Acho que sim. A gente se divertiu muito ontem à noite. — Paramos ao lado do meu carro e ela ajeitou a mochila no ombro. — E fizemos planos para o próximo fim de semana.

— Show! Você ainda precisa me contar tudo.

— Eu vou — prometeu ela, jogando o cabelo para trás. — A gente combinou naquele restaurante perto do parque…

— O que faz aquela pilha de waffles? — Meu estômago roncou apesar de tudo. — Estou dentro.

Heidi foi pegar o carro dela e eu a segui até o centro da cidade. Verifiquei o celular ao parar em um dos sinais, mas ainda não havia nenhuma mensagem da minha mãe. Joguei o telefone de volta na mochila, pensando na noite anterior. O pânico de achar que alguém estivera em minha casa não era nada se comparado ao que acontecera com a Colleen.

Meu estômago vazio continuava revirando inquietamente. Se o que o James dissera estava certo, então era provável que ela tivesse sido morta por um Luxen. Mas por quê? Por que um Luxen iria atacar a Colleen num beco, feri-la daquela forma e depois deixar seu corpo no banheiro da escola?

Por que alguém faria uma coisa dessas?

Um pensamento insidioso se insinuou em minha mente. Quem quer que fosse, humano ou não, só deixaria um corpo num lugar tão público se quisesse que ele fosse encontrado de forma bastante pública.

Mas por quê?

Eu não sabia a resposta.

Quando entrei na garagem do restaurante, Heidi já tinha saltado do carro e esperava por mim. Arrumei uma vaga fácil, que desse para sair de frente, porque eu era simplesmente péssima em dar ré em estacionamentos lotados. Em seguida, peguei minha bolsa no banco de trás e meti o celular num pequeno bolsinho externo.

Fui ao encontro da Heidi numa área fracamente iluminada da garagem.

· 135 ·

— Faça com que o dia de hoje pareça normal e me conte tudo sobre o seu encontro.

— Foi muito divertido. Depois do jantar, a gente fez a coisa mais normal e brega possível, fomos ao cinema. — Heidi fez uma pausa ao alcançarmos a escada rolante que levava ao nível da rua. Ela sempre olhava para baixo e esperava alguns segundos antes de pisar numa escada rolante. — Foi incrível. Eu realmente gosto dela. — Suas bochechas ficaram rosadas sob o sol. — Sei que estou parecendo uma idiota, repetindo isso sem parar.

— Não parece, não. Acho muito fofo.

Ela sorriu, mas o sorriso logo desapareceu.

— Sinto muito. É tão estranho falar sobre um encontro depois do que aconteceu.

— Eu sei. — Soltei um suspiro e pousei a mão no corrimão. — Sair para tomar café também parece estranho, mas, honestamente, estou feliz que estamos fazendo isso. Definitivamente não queria sentar em casa e tentar bancar a detetive, pensando nisso sem parar.

Heidi bufou.

— Nem eu. Especialmente porque minha mente começa logo a imaginar as coisas mais bizarras. Tipo, já estou convencida de que tem um serial killer no meio da gente escolhendo sua próxima vítima. — Ela parou e olhou para mim. — Tanto a Colleen quanto a Amanda são louras.

Arregalei os olhos e, de maneira distraída, toquei *meu* próprio cabelo louro.

— Ahn, obrigada por fazer essa ligação.

— Desculpa. — Ela abriu um sorriso meio amarelo. — Acho que tenho assistido programas demais sobre crimes reais.

— Talvez você não esteja longe da verdade. — Estremeci. — Quero dizer, talvez as duas serem louras não signifique nada, mas se a Amanda estiver realmente desaparecida...

— Isso deve ter alguma coisa a ver com a Colleen — completou ela. — É coincidência demais.

Abri a boca para contar a ela sobre a noite passada, mas me detive. Depois da manhã que a gente tivera, dizer em voz alta o que eu *achava* que tinha acontecido parecia estúpido se comparado ao que *realmente* acontecera.

Chegamos à rua e percorremos a meia quadra até o restaurante. Ao abrir a porta, olhei por cima do ombro para a Heidi.

— A Emery já está aqui ou a gente pega uma mesa?

ESTRELAS NEGRAS ❂ 1 A ESTRELA MAIS ESCURA

— Ainda não. Vamos pegar uma mesa. — Ela entrou logo atrás de mim, suspendendo os óculos escuros e prendendo-os como um arco na cabeça.

Como era terça, não precisamos esperar e fomos imediatamente conduzidas até um dos reservados. Sentei de frente para a Heidi, no canto próximo à janela. Pegando um guardanapo, comecei a brincar com ele.

— Você conhecia a Colleen?

Diferentemente de mim e da Zoe, que havíamos nos mudado para cá depois da invasão, Heidi crescera na Columbia. Tinha quase certeza de que a Colleen também.

— Quando a gente era criança, costumávamos brincar juntas nos feriados e nas férias, mas depois nos afastamos. Nem lembro direito por quê. Simplesmente aconteceu. Agora... — Ela fez uma pausa e recostou a cabeça no banco. — Gostaria de saber por que nós deixamos de ser amigas.

Dobrei o guardanapo.

— A gente nunca conversou de verdade. Nada além de umas poucas palavras, entende? Eu a vi na sexta, na boate. Falamos por alguns segundos, mas aí alguém a chamou e ela voltou para a pista de dança.

— Eu não a vi. — Heidi se inclinou para frente. — Você acha... que foi um Luxen?

— Não sei. — Incomodada, baixei a voz. — Mas de que outra maneira ela apareceria no banheiro da escola, quase quatro dias após desaparecer, parecendo ter sido eletrocutada?

Com os ombros tensos, Heidi se virou para a janela.

— Ah, aí vem a Emery.

Virei-me para olhar, mas ela já estava fora do meu campo de visão. O nervosismo aumentou enquanto esperava que ela viesse se juntar a nós. Queria que a Emery gostasse de mim, porque sem dúvida a Heidi gostava muito dela. Nada pior do que saber que o namorado ou namorada da sua melhor amiga não te suporta.

Heidi abriu um sorriso de orelha a orelha e chegou mais para perto da janela.

— Oi.

Ergui os olhos, rezando para que meu sorriso parecesse normal e acolhedor, e a cumprimentei com um aceno de mão.

— Olá.

Emery sorriu também, murmurou outro olá de volta e se sentou no banco ao lado da Heidi. Ela olhou para minha amiga e, por um momento, nenhuma das duas soube como se dirigir à outra. Será que deviam se beijar?

· 137 ·

Abraçar? Apenas sorrir? Elas estavam naquele estágio estranhamente adorável em que cada momento e cada gesto conta, um estágio que eu nunca... uau, que eu nunca havia experimentado com o Brandon.

Puta merda, como só tinha percebido isso agora?

Sempre que Brandon e eu nos víamos, mesmo logo depois do primeiro encontro, a gente se beijava e ele começava a falar do seu próximo jogo de futebol ou eu perguntava sobre as aulas dele.

Nenhum desses momentos contara de verdade, nem para mim, nem para ele.

Mas eles obviamente contavam para a Heidi e para a Emery.

Elas se abraçaram e, ao se afastarem, o rosto naturalmente pálido da Heidi estava corado. Um tom ligeiramente avermelhado também se destacava na pele mais morena da Emery.

Ai, ai. Elas eram tão fofas!

Pena que a câmera tinha ficado no carro. Uma foto das duas juntas seria perfeita.

— Sinto muito pelo que aconteceu — disse Emery, prendendo o cabelo escuro atrás da orelha. De perto, seus olhos verdes eram da cor do musgo. — É inacreditável.

— É mesmo — concordou Heidi. — Estava contando pra Evie que eu costumava andar com a Colleen quando era criança. A gente já não era próxima... sei lá, há muitos anos, mas ainda assim é muito triste.

— Você a conhecia? — perguntou Emery para mim.

Fiz que não.

— A gente nunca trocou mais do que umas poucas palavras.

Emery olhou rapidamente para a janela e suspirou de leve.

— Ahn... sem querer mudar de assunto... — Ela focou os olhos em mim. — Por favor, não fique brava comigo.

Ergui as sobrancelhas e olhei de relance para a Heidi.

— Por que eu ficaria brava?

— Eu não vim sozinha — disse ela, e músculos que eu sequer sabia que tinha se contorceram em meu estômago. — Bem que tentei, mas não deu muito certo.

— O que você...? — Heidi voltou a atenção para algo ou alguém atrás de mim e seus olhos se arregalaram. — Ai, meu Deus!

Não precisei nem olhar para saber. Em um nível celular, eu simplesmente soube. Meu coração começou a dar cambalhotas e meu pulso foi a mil

ESTRELAS NEGRAS **1** A ESTRELA MAIS ESCURA

quando uma sombra recaiu sobre nossa mesa. Sabia que não era a garçonete, e não tinha ideia de como me sentia em relação a isso.

Olhei.

Lentamente, ergui a cabeça e olhei para a direita, e lá estava ele, com seus cachos cor de bronze naturalmente bagunçados. Luc usava óculos prateados estilo aviador, com lentes tão espelhadas que pude ver meus próprios olhos arregalados refletidos nelas. Meu olhar foi, então, atraído para aquele maxilar esculpido e, em seguida, para os ombros largos e o peito.

Ele estava usando uma camiseta com os dizeres TROUXA NAS RUAS, BRUXO NOS LIVROS.

Meu queixo caiu.

— Gostou da camiseta? — perguntou ele, sentando-se ao meu lado.

— É... legal.

— Também acho. — Ele jogou o braço por cima do encosto do banco. — Foi o Kent que me deu. — O costumeiro meio sorriso desapareceu. — Que merda o que aconteceu na sua escola com essa menina.

— É mesmo. — Olhei de relance para a Heidi, que parecia um peixe fora d'água. — Colleen estava na Foretoken quando desapareceu, sabia? — Soltei antes que conseguisse me impedir. Luc e eu tínhamos falado rapidamente sobre ela no parque. — A gente chegou a conversar um pouco.

Uma única sobrancelha se elevou acima da linha dos óculos.

— Não sabia que vocês tinham se falado. — Luc olhou para a Emery e, por algum motivo, tive a impressão de que nada disso era novidade para ele. — O que aconteceu com ela foi uma tragédia.

Bota tragédia nisso.

Inclinando a cabeça ligeiramente de lado, Luc estendeu a mão para a Heidi. O gesto fez com que seu ombro pressionasse o meu. Aproximei-me ainda mais da janela, tentando botar algum espaço entre a gente. O meio sorriso retornou.

— Acho que não fomos apresentados. Eu sou o Luc.

— Eu sei. — Ela apertou a mão dele. — E eu sou a...

— Heidi — respondeu ele. — É um prazer conhecê-la. Emery falou coisas maravilhosas a seu respeito.

Corando novamente, Heidi olhou para a Emery.

— Verdade?

— Verdade — respondeu Emery, dando de ombros. — Luc soube que eu vinha encontrar vocês.

· 139 ·

— E resolvi vir junto. — Como de costume, ele se esparramou no assento. — Precisava vir.

— Precisava? — retrucou Heidi.

Ele fez que sim e, finalmente, tirou os óculos da cara.

— Sabia que a Evie ficaria desapontada se eu não aparecesse.

Heidi soltou uma risada estrangulada ao mesmo tempo que eu virava a cabeça para ele, tão rápido que achei que fosse levar uma chicotada do meu próprio cabelo.

— O quê? — rebati. Ele me fitou, e o que quer que eu estivesse prestes a dizer morreu na ponta da língua. — Seus olhos — murmurei com um arquejo.

Luc abaixou a cabeça e, de alguma forma, a pequena distância que eu conseguira colocar entre nós desapareceu.

— Lentes de contato — murmurou ele, dando uma piscadinha. — Especiais. Elas confundem até os drones verificadores de retina.

Meu queixo caiu de novo.

— E isso funciona mesmo?

— Muitas coisas funcionam mesmo — retrucou Luc. Pisquei com força, e ele desviou os olhos. — Ah, olá!

Por um momento, não soube com quem ele estava falando, mas então vi a garçonete.

— Vocês querem beber alguma coisa?

As meninas pediram água e o Luc uma Coca-Cola. Eu ia pedir um Ice Tea da casa, porque eles faziam exatamente do jeito que eu gostava, com bastante açúcar, mas acabei pedindo uma Coca também.

— Coca? — perguntou Heidi, parecendo tão surpresa quanto eu. — Você geralmente não pede Pepsi?

Pedia, mas eu queria… por algum motivo, queria uma Coca. Na verdade, não era nada de mais. Dei de ombros.

— Estou com vontade de beber Coca.

— Na última vez que eu trouxe uma por engano, você ameaçou acabar nossa amizade.

Eu ri. Tinha ameaçado mesmo.

A garçonete se afastou e voltei a olhar para a Heidi, imaginando, desesperada, como eu havia terminado tomando café da manhã com o Luc.

Era *estranho*.

A sensação era de que fazia séculos que a gente se encontrara no parque, e eu ainda não havia sequer começado a processar nossa bizarra conversa nem o que acontecera no fim de semana, e agora ele estava sentado *bem* ali.

ESTRELAS NEGRAS 1 A ESTRELA MAIS ESCURA

Assim que as bebidas chegaram, pedimos a comida. Claro que eu escolhi a torre de waffles com uma porção extra de bacon bem torradinho. Em seguida, peguei minha Coca e tomei um generoso gole daquela maravilha adocicada.

— Com sede? — Luc me fitou atentamente.

Sentindo as bochechas corarem, botei o copo de volta sobre a mesa e rebati:

— Você é ótimo em declarar o óbvio, não é mesmo?

Seus lábios se curvaram num sorriso.

— Esse é o meu superpoder.

— Legal — retruquei de modo seco.

Heidi pigarreou e olhou de relance para ele.

— Então, como você e a Emery se conheceram? Ela nunca me contou.

— Bom, é uma história um tanto triste. — Os dedos dele começaram a tamborilar sobre o encosto do banco.

Emery brincou com o garfo.

— Minha família não... sobreviveu à invasão.

— Ai, meu Deus. Sinto muito. — Olhei para a Heidi, mas essa parte não parecia ser novidade para ela.

— Tudo bem — murmurou Emery, erguendo os olhos e fitando o Luc. — As coisas ficaram um pouco confusas depois disso. Vocês sabem como foi. Acabei nas ruas, e Luc me resgatou.

Aquilo me surpreendeu.

— Ele te resgatou?

Ele assentiu, os dedos ainda tamborilando sobre o encosto, bem atrás do meu ombro.

— Sou uma pessoa caridosa.

— Ele também resgatou o Kent — acrescentou Emery, congelando os dedos em volta do garfo. — Ele havia perdido a família e não tinha para onde ir até que encontrou o Luc.

Essa informação era inesperada. Não só tinha a impressão de que o Luc *não* era caridoso, porém, o mais importante, ele parecia bem mais novo do que a Emery. Como podia ter tido condições de resgatar alguém com apenas 15 anos?

A menos que tivesse mentido sobre sua idade.

— Emery e eu temos a mesma idade — disse ele, quase me fazendo pular do banco. — E eu tinha total condição de ajudá-la.

Olhei para seu perfil com os olhos estreitados. Sério. Era como se ele estivesse na minha mente, porque eu tinha certeza de que não havia feito a pergunta em voz alta. Espera um pouco. Será que isso era possível?

Não. Jamais escutara que um Luxen fosse capaz de ler mentes.

Ele se virou para mim com um meio sorriso. Assim que nossos olhos se cruzaram, o efeito foi instantâneo. Tudo à nossa volta pareceu desaparecer e ficamos apenas nós dois e essa... sensação de estar caindo. Não consegui desviar os olhos ou ignorar a sensação, que apenas aumentou.

Eu já estive aqui.

Prendi a respiração enquanto uma onda de arrepios percorria meu corpo. Esse pensamento não fazia o menor sentido. Eu jamais estivera com ele aqui antes.

Luc inspirou fundo e se moveu sem que eu notasse, aproximando-se mais um pouco. Seu hálito quente dançou sobre minhas bochechas e, em seguida, minha boca. Prendi a respiração de novo. Aqueles lábios bem formados se entreabriram, e desejei *com todas as forças* estar com minha câmera. Não consegui me impedir de imaginar qual seria a sensação daqueles lábios — o gosto deles —, porque o breve beijo-que-não-fora-realmente- -um-beijo não me dissera nada do que eu precisava saber.

— O que está se passando nessa sua cabecinha? — perguntou ele baixinho.

O transe que parecia ter se formado na tensão do ar à nossa volta se quebrou. Voltei a mim com um pulo, quase batendo contra a janela. O que estava rolando em minha mente? Somente bobagens — um monte de bobagens.

Olhei para as duas sentadas diante da gente.

Heidi e Emery nos observavam como se estivessem assistindo um daqueles tenebrosos, porém viciantes, reality shows.

Sentindo um forte calor inundar minhas bochechas, decidi que olhar para a mesa era a coisa mais incrível a fazer. Meu coração martelava como um perfeito imbecil. O que diabos eu estava pensando? Luc era atraente. Para ser honesta, ele era um verdadeiro gato e, pelo visto, uma boa pessoa. De alguma forma, ele havia cuidado da Emery e do Kent quando eles mais precisaram, e eu o vira com o Chas na boate. Ainda assim, não tinha sequer certeza de que gostava dele.

Nem de que ele gostava de mim.

Graças a Deus chegou a comida, e pude me concentrar em mastigar a maior quantidade possível de waffles que deu para enfiar na boca enquanto a Heidi e a Emery conversavam. Fiquei calada, assim como o Luc, embora

ESTRELAS NEGRAS 〔1〕 A ESTRELA MAIS ESCURA

todo o meu ser estivesse dolorosamente ciente de cada movimento dele. Sempre que ele pegava o copo ou cortava a omelete que pedira, fazia com que eu captasse aquele delicioso perfume de pinho, e, ao falar, o tom grave de sua voz parecia ecoar por minhas veias. Quando, enfim, terminamos o café, meus músculos estavam duros e doloridos. Ao sairmos do restaurante, senti como se tivéssemos corrido uma maratona.

Fiquei um pouco para trás a fim de dar espaço para a Heidi e a Emery. Luc devia ter pensado o mesmo que eu, porque diminuiu seus passos largos e foi andando ao meu lado.

Andar ao lado dele era... interessante.

Ao se aproximarem do Luc, as pessoas tinham duas reações. Ou abriam espaço, indo praticamente para o meio da rua para não correrem o risco de esbarrar nele, ou olhavam duas vezes, quer fosse homem ou mulher. Elas corriam os olhos rapidamente por ele e, então, olhavam uma segunda vez e ficavam encarando, como que hipnotizadas. Com os óculos de sol e as lentes de contato, ninguém poderia dizer que se tratava de um Luxen apenas pela aparência, mas era a vibe que ele emitia, mesmo com aquele andar preguiçoso.

Não falamos nada até nos aproximarmos da entrada da garagem. Luc, então, passou na minha frente e parou ao lado do prédio, de maneira a não atrapalhar o trânsito dos pedestres.

Sentindo o coração martelar com força dentro do peito, ergui o queixo.

— Você quer alguma coisa?

— Eu quero um monte de coisas — retrucou ele, e um calor correu por minhas veias ao mesmo tempo que meu cérebro ia parar na sarjeta. O sorrisinho que se desenhou em seus lábios me fez imaginar o quão aparentes deviam ser meus pensamentos. — Elas parecem gostar de verdade uma da outra.

— Ah! — Olhei por cima do ombro dele. Heidi e Emery já tinham entrado na garagem. — Acho que sim.

— Sabe o que isso significa?

— Que elas vão começar a namorar?

Luc riu e se aproximou um passo.

— A gente vai se ver muitas vezes também.

— Quanto a isso, não tenho tanta certeza. — Cruzei os braços.

— Eu tenho.

Inclinei a cabeça ligeiramente de lado e ergui uma sobrancelha.

— Acho que você está enganado.

JENNIFER L. ARMENTROUT

— Hum — murmurou ele, olhando para um carro que passou buzinando pela rua. Após alguns instantes, sua atenção se voltou novamente para mim. Mesmo com os óculos escuros, pude sentir a intensidade de seu olhar. — Você não gosta de mim, gosta, Evie?

A pergunta direta me pegou de surpresa.

— Você não foi exatamente bacana comigo quando nos conhecemos. Tipo, nem um pouco.

— Não fui mesmo — concordou ele.

Esperei para ver se ele ia dizer mais alguma coisa e, ao perceber que não, soltei um suspiro irritado.

— Olha só, eu poderia entrar em detalhes sobre os sinais que você tem me enviado, mas realmente não estou disposta a me esforçar a esse ponto. Você também não parece gostar de mim, Luc.

— Eu gosto de você, Evie. — Ele estendeu a mão com uma rapidez impressionante e capturou uma mecha do meu cabelo. — Gosto muito.

Arranquei meu cabelo de sua mão.

— Você não me conhece bem o bastante para gostar de mim e, se gosta, tem um jeito terrível de demonstrar. Terrível.

De alguma forma que não pude perceber, Luc se aproximou ainda mais e, ao falar, sua voz provocou um calafrio estranhamente agradável em minha espinha.

— Você ficaria de queixo caído com as coisas que eu sei.

Resisti à tentação de recuar um passo.

— Mas, como eu te falei, não socializo muito bem.

— Não socializar bem é uma péssima desculpa — retruquei, dando um passo para passar por ele. Um súbito pensamento me ocorreu. Parei e voltei a fitá-lo. — Você esteve na minha casa ontem à noite?

O meio sorriso se ampliou um pouco mais.

— Se eu tivesse estado lá, você definitivamente saberia.

Um frio invadiu meu estômago como se eu estivesse perto demais da borda de um precipício.

— Não sei o que isso significa.

Luc abriu a boca para responder.

Ergui a mão.

— E não *quero* saber.

Ele abaixou ligeiramente o rosto.

— Acho que você sabe exatamente o que significa.

Talvez sim, mas não era esse o ponto.

· 144 ·

— Por que você quer saber se eu estive na sua casa ontem? — perguntou ele.

Fiz menção de dizer que não tinha importância, mas me detive. Descobri que queria contar para ele — para alguém —, para ver se, como a Zoe, ele também achava que era só minha imaginação.

— Eu estava em casa ontem quando escutei o som de algo caindo no andar de baixo, e quando desci para verificar...

— Você escutou um barulho estranho na sua casa e desceu para verificar?

— O que eu deveria fazer? Ligar para a polícia e dizer: "Boa noite, oficial, escutei um barulho no andar de baixo. O senhor pode vir aqui verificar?"

— Exato — retrucou ele. — A menos que você tenha uma espingarda, o que talvez tenha por causa da Sylvia, não deveria descer para verificar.

Balancei a cabeça, frustrada.

— Bom, eu desci, e vi a porta dos fundos aberta, ainda que tivesse certeza de que a tinha fechado e trancado. E, enquanto estava lá, *senti* alguém parado atrás de mim, mas quando me virei não tinha ninguém. Depois disso, a porta dos fundos se fechou sozinha.

A postura inteira do Luc mudou num instante. O tom brincalhão e o meio sorriso desapareceram.

— O que mais aconteceu?

— A... a porta do escritório da minha mãe também estava aberta. E ela está sempre trancada, sempre. — Mudei o peso de um pé para o outro. Um cheiro de fumaça de carro impregnou o ar à nossa volta. — Uma das minhas amigas, a Zoe, apareceu de surpresa pouco depois, e tenho certeza que ela achou que eu estava exagerando, mas sei o que vi. O que escutei e...

— E? — perguntou Luc baixinho.

Recostei-me na parede do prédio e desviei os olhos.

— Eu senti... juro que senti alguém me tocar. — Esperei que ele fizesse alguma piadinha desagradável, mas, ao ver que não, inspirei fundo e continuei: — Mamãe entrou no escritório ontem à noite depois que chegou em casa, como sempre faz, mas, não mencionou nada de diferente. Acho que ela teria me dito se alguma coisa tivesse sido levada ou mexida. Tipo, ela teria perguntado quem entrou no escritório.

Luc me fitou sem dizer nada.

— Sei que a Zoe acha que eu deixei a porta aberta, mas tenho certeza que não deixei. Só pode ter sido um Luxen. Que outra pessoa poderia se mover tão rápido sem que eu visse? Pode parecer loucura, mas...

— Não — interrompeu Luc, a voz dura e o maxilar trancado. — Se você acha que tinha alguém na sua casa, Evie, então é porque tinha.

Meu coração deu uma pesada cambalhota. Era igualmente legal e perturbador descobrir que alguém acreditava em você.

— Mas você não viu ninguém, certo?

Fiz que não.

— Como eu disse, a pessoa foi muito rápida. Mas porque um Luxen entraria na minha casa e depois sairia sem levar nada?

Luc não respondeu por um longo tempo.

— Bom, essa é a pergunta de um milhão de dólares, não é mesmo?

Fiz que sim.

— Mas tem outra mais importante — comentou ele. — E se um Luxen esteve na sua casa e levou alguma coisa? Você disse que a porta do escritório da Sylvia estava aberta, e que ela geralmente fica trancada.

— Ela *sempre* fica trancada. — Fitei-o no fundo dos olhos. — Por que mamãe não falaria nada?

Luc ficou em silêncio por alguns instantes e, ao falar, não respondeu a minha pergunta. Em vez disso, fez outra.

— O quanto você acha que conhece a sua mãe?

a quarta de manhã, o noticiário local girou basicamente em torno do que aconteceu com a Colleen e do desaparecimento da Amanda.

Assassinato.

Sequestro.

Os repórteres especulavam abertamente sobre ter sido um ataque de um Luxen — um Luxen não registrado —, e que ele estava por trás do desaparecimento da Amanda. Eles não diziam por que achavam isso, mas o porquê não parecia importar. Pelo visto, já estavam convencidos de que fora esse o caso.

Quando cheguei à escola, atrasada mais uma vez, havia equipes de reportagem de todos os principais jornais do país paradas diante do portão, interceptando e entrevistando os alunos que saltavam dos ônibus.

O dia inteiro teve uma vibe estranha. Durante o almoço, até mesmo o James estava apático. Imaginei que fosse ser assim por um tempo. Não havia nenhuma notícia da Amanda ainda, e como ninguém dizia nada, tive certeza de que todos temiam o pior.

Ela acabaria aparecendo do mesmo jeito que a Colleen.

Mamãe mandou uma mensagem dizendo que chegaria tarde, de modo que fiquei sozinha com meus botões. Depois de tudo o que havia acontecido na última semana, isso significava lidar com um cérebro em curto. A pergunta que o Luc me fizera ontem ficara me assombrando em intervalos regulares pelas últimas 24 horas, e agora, ao entrar em casa, que mais parecia um túmulo de tão silenciosa, ela voltou com uma sede de vingança. Por que ele me perguntaria uma coisa dessas a respeito da minha mãe?

JENNIFER L. ARMENTROUT

E por que só agora eu estava parando para pensar nisso?

Porque tinha descoberto em primeira mão durante o fim de semana que havia muita coisa que eu não sabia a respeito da mamãe e do papai. Não fazia a menor ideia de que eles tinham trabalhado para o Daedalus. Merda, sequer sabia que os Luxen viviam em nosso planeta há décadas.

Mamãe era um poço de segredos.

Soltei as chaves e a mochila sobre a mesa de jantar e estremeci ao parar no mesmo lugar em que havia parado duas noites antes, quando senti a *presença* atrás de mim. Alguém estivera aqui e havia entrado no escritório dela.

Por quê?

Talvez fosse inútil pensar nisso, mas era melhor do que ficar pensando no que acontecera com a Colleen ou no que podia estar acontecendo com a Amanda. Não queria ter que lidar com essas coisas enquanto estivesse sozinha em casa.

Atravessei a sala de estar e fui até a entrada. A luz brilhante do dia penetrava por todas as janelas, e tudo estava onde deveria estar, mas a casa agora parecia estranha.

Sombria.

As portas francesas de vidro estavam fechadas, e uma cortina branca grossa ocultava o interior do aposento. Eu nunca tinha entrado no escritório. Nunca tivera motivo para querer. Até onde eu sabia, podia ter alguém morando lá dentro.

Mordendo o lábio, estendi o braço e fechei a mão na fria maçaneta dourada. Girei. A porta estava trancada, como sempre.

Seria bem legal ter aquele conveniente poder dos Luxen no momento.

— Peraí — murmurei comigo mesma. Luc tinha esse incrível talento de trancar e destrancar portas. Ele não teria dificuldade alguma em entrar no escritório.

Sério mesmo? Será que eu tinha coragem de pedir a ele uma coisa dessas? Sequer sabia como entrar em contato com ele...

Na verdade, sabia, sim. Havia duas maneiras.

Girei nos calcanhares e voltei até onde deixara minha mochila sobre a mesa de jantar. Tirei o celular de um dos bolsos externos, ignorando a vozinha em minha mente que exigia saber que merda eu estava fazendo. Apertei o segundo botão de discagem rápida.

Heidi atendeu no terceiro toque.

— Oi, amiga, algum problema?

— Não, nenhum. Estava me perguntando se a Emery está com você.

Seguiu-se um segundo de silêncio.

— Está, sim. Bem aqui do meu lado.

ESTRELAS NEGRAS   **1**   A ESTRELA MAIS ESCURA

— Sei que vai parecer estranho, mas posso falar com ela um segundo? — Passei um braço em volta da cintura e comecei a andar de um lado para outro.

— É sobre o Luc?

Tropecei nos meus próprios pés.

— O quê? Por que você acharia isso?

— Por qual outro motivo você me ligaria para falar com a Emery?

Ela estava certa, mas, ainda assim, menti.

— Eu posso ter milhões de motivos para querer falar com a Emery. Tipo, seu aniversário está próximo. Talvez eu queira planejar alguma coisa com ela.

— Meu aniversário é em abril, Evie. E ainda estamos em setembro.

— Tem razão — falei de modo arrastado. — Só estou querendo me antecipar.

— Ah-hã — retrucou Heidi. — É sobre o Luc, não é?

Soltei um suspiro e revirei os olhos.

— É, mas não é o que você está pensando.

— Tá bom. — Ela riu. — Espera um pouco.

Antes que eu tivesse a chance de dizer qualquer outra coisa, Heidi passou o telefone para a Emery.

— O que eu posso fazer por você?

O que diabos eu estava fazendo? Não tinha a menor ideia, mas comecei a andar de um lado para outro de novo, enquanto despejava:

— Sei que vai parecer estranho, mas estava pensando se você... — Deixei a frase no ar ao parar diante do sofá.

As almofadas estavam onde deveriam estar, mas tudo o que eu conseguia ver era minha mãe levantando uma delas, pegando a espingarda e a apontando para o Luc.

— Se eu o quê? — perguntou Emery.

Apertei os olhos com força e balancei a cabeça para afastar aquela visão.

— Estava pensando se você podia me dar... — Eu me encolhi. — O telefone do Luc.

— Claro — respondeu ela imediatamente. — Vou pedir a Heidi para te mandar por mensagem.

Abri a boca para agradecer, mas me detive. O que eu estava fazendo? Além da loucura de estar pensando em ligar para o Luc e convidá-lo para vir aqui em casa a fim de me ajudar a entrar no escritório da minha mãe, como eu poderia saber se alguma coisa estava faltando? Sequer sabia como era o escritório por dentro. O que eu esperava achar se não sabia o que estava procurando?

Mesmo assim, queria entrar lá.

— Ainda tá aí, Evie? — perguntou ela.

Fiz que sim e, em seguida, revirei os olhos, porque, dã, ela não podia me ver.

— Estou. É só... Não sei por que estou pedindo o telefone dele. Eu preciso de ajuda com uma coisa, e seria legal poder usar suas habilidades... singulares, mas não... não o conheço muito bem e isso provavelmente foi uma péssima ideia. Sinto muito por incomodar vocês.

— Você não está incomodando. — Ela fez um barulho como se estivesse andando e, em seguida, disse em voz baixa. — Está tudo bem?

Um breve sorriso cruzou meus lábios. Era bacana da parte dela perguntar.

— Está, está tudo bem. Só estou sendo idiota.

— Certo. Agora é a minha vez de parecer estranha, mas escuta. Não sei para que você precisa da ajuda dele, mas o que quer que seja Luc vai fazer — disse ela. — Pode confiar nele. Luc é o cara mais confiável que você já conheceu na vida.

Assim que recebi a mensagem da Heidi com o telefone do Luc, passei uns bons cinco minutos olhando para o celular, sem coragem de ligar para ele. Alguma coisa devia estar definitivamente errada comigo, porque uma gigantesca parte de mim acreditava no que a Emery dissera, apesar de tudo indicar o contrário.

Não havia motivo algum para acreditar no que ela dissera.

Eu conhecia o Luc há apenas seis dias, seis complicados dias, mas, de certa forma, sentia como se já o conhecesse há muito mais tempo, o que provavelmente não era bom sinal.

Meu telefone tocou subitamente, e quase o deixei cair no chão. Um número desconhecido com um código de área local pipocou na tela. Levei um segundo para reconhecer o número.

— Ah, merda — murmurei, arregalando os olhos. Era o número do Luc. Claro. Emery devia ter entrado em contato com ele e lhe dito que eu pedira seu telefone.

Contraí o rosto numa espécie de careta e, apertando os olhos, atendi.

— Alô.

— Então, recebi uma mensagem interessante da Emery. — A voz grave fez meu estômago se retorcer numa infinidade de nós. — Ela disse que você pediu meu telefone.

ESTRELAS NEGRAS   **1**   A ESTRELA MAIS ESCURA

Por que eu tinha feito isso? Por que tinha atendido a ligação?

— Pedi.

— E ela disse que você precisava de ajuda com alguma coisa — continuou ele. — No entanto, isso faz uns cinco minutos, e você não ligou nem mandou nenhuma mensagem, portanto, estou morrendo de curiosidade.

Fui até o sofá, sentei e fechei os olhos.

— Tive um breve momento de insanidade.

Luc riu.

— Acho que deveria me sentir ofendido.

— Talvez — murmurei, pressionando a testa com os dedos. — Você não precisava me ligar. Na verdade, prefiro que esqueça que eu pedi seu telefone.

— Bom, isso não vai acontecer.

— Ótimo. — Suspirei. — Não pode simplesmente mentir para mim?

— Eu jamais mentiria para você — retrucou ele sem hesitar.

Franzi o cenho.

— Por que você diz coisas desse tipo?

— Tipo o quê?

— Tipo… — Era difícil colocar em palavras. — Deixa pra lá.

Ele suspirou.

— Você precisa de ajuda com o quê, Evie? Me diz. O mundo é sua ostra e eu sou sua pérola.

Franzi o cenho ainda mais.

— Isso não faz o menor sentido.

— Faz total sentido.

— Quero que você saiba que revirei os olhos com tanta força que eles desceram rolando pela minha garganta.

A risada que ele deu fez com que meus lábios se repuxassem nos cantos.

— Diz logo por que você precisa da minha ajuda.

Recostei no sofá e soltei outro pesado suspiro.

— Eu queria entrar no escritório da minha mãe para ver se tem algo lá que possa explicar por que alguém esteve em nossa casa na segunda, mas nem sei o que procurar.

— E você achou que eu saberia? — Do outro lado da linha, uma porta bateu.

— Não. Pensei que você poderia destrancar a porta para mim, uma vez que possui habilidades singulares condizentes com um criminoso.

— Eu posso fazer isso.

— Eu sei, mas é perda de tempo, porque eu não tenho ideia do que procurar. Não sou detetive. E nunca estive naquele escritório. — Apoiei os pés sobre o pufe. Se mamãe visse isso, me obrigaria a tirá-los imediatamente. — Foi uma ideia estúpida e a culpa é sua.

— Por que a sua falta de criatividade no que diz respeito à investigação é culpa minha?

— Porque você me perguntou... — Abaixei voz. — "O quanto você acha que conhece a sua mãe?", e agora eu estou paranoica. A culpa é sua.

— Acho que foi uma pergunta muito válida.

E tinha sido mesmo, o que me deixava irritada. Luc estava certo. Eu achava que conhecia a minha mãe, mas também achava que conhecia o meu pai, e obviamente não o conhecia nem um pouco.

— Tenho uma pergunta ainda melhor para você — disse ele.

— Iupiii! Mal posso esperar.

A risada suave que se seguiu me irritou ainda mais.

— Por que você acha que vai encontrar alguma coisa no escritório?

Meus músculos ficaram tensos.

— Se um Luxen entrou aqui, ele ou ela esteve no escritório. — Lembrei das coisas com as quais, segundo mamãe, papai estivera envolvido antes de morrer. — Tem que ter alguma coisa.

— Tem certeza que esse é o único motivo? — Não respondi, e ele continuou: — Ou será que é porque acha que talvez ela esteja escondendo outras coisas de você?

Fechei os olhos e inspirei fundo, mas não adiantou de nada. Como ele podia saber que desde que ela me contara sobre meu pai, eu vinha me perguntando se não havia mais?

— É por isso — disse Luc baixinho. — Acertei na mosca.

Eu não disse nada, não podia.

— E talvez, lá no fundo, você saiba que eu posso ajudá-la com algumas coisas — continuou Luc, numa voz suave e persuasiva. — Coisas que a Sylvia não lhe contou. Coisas que eu sei que ela não vai contar.

Abri os olhos.

— Que tipo de coisas, Luc?

— Não vou aí abrir uma porta que não vai levá-la a lugar nenhum, Evie. Mas se você vier até a boate amanhã, depois da aula, prometo abrir um monte de portas que irão levá-la a algum lugar.

aí? — Heidi se sentou na cadeira ao meu lado, segurando uma pilha de mapas do Leste Europeu. Estávamos todos na biblioteca durante a aula de Literatura Inglesa, reunindo livros de pesquisa para o nosso próximo trabalho. Não sabia por que a Heidi estava pegando mapas, uma vez que tinha quase certeza de que seu trabalho era sobre Alexander Hamilton. — Luc a ajudou com o que você precisava ontem à noite?

Zoe ergueu os olhos de seu grosso volume, levantando uma das sobrancelhas.

— Como assim?

Lancei um olhar de repreensão para a Heidi, mas ela me ignorou. Suspirei.

— Lembra que eu te falei sobre um cara chamado Luc?

— Lembro, sim. O tal que entrou na sua casa e derreteu uma espingarda. — Zoe fechou lentamente o livro, mantendo o dedo indicador entre as páginas. — Você esteve com ele ontem à noite?

— Não — murmurei, inclinando-me para frente. — Eu pedi o número dele porque precisava de ajuda com uma coisa que exigia suas... habilidades.

Zoe ergueu as duas sobrancelhas.

— Meu cérebro está processando isso de diversas formas.

— O meu também. — Heidi deu uma risadinha, esticando os mapas.

— Jesus! Não. — Olhei de relance para a April ao vê-la passar por nossa mesa. Ela parou alguns passos adiante. Abaixei a voz ainda mais. — Eu queria entrar no escritório da minha mãe, e a porta estava trancada. Ele podia me ajudar com isso.

Zoe me fitou por alguns instantes e, em seguida, afastou uma mecha de cabelo cacheado do rosto.

— Certo. Tenho algumas perguntas. Você o convidou para ir na sua casa?

— Não. Eu não liguei nem mandei mensagem. — Virei-me para a Heidi. — Mas alguém contou para ele que eu tinha pedido seu telefone.

Heidi deu de ombros.

— Não fui eu.

— Eu sei — retruquei com fingida indiferença. — Por que você pegou mapas do Leste Europeu?

Ela baixou os olhos para a pilha e soltou um suspiro.

— Sempre quis viajar para a Europa.

— Mas você devia estar pesquisando para o seu trabalho sobre Alexander Hamilton — ressaltei.

Zoe estalou os dedos, atraindo minha atenção de volta para ela.

— Concentre-se. Por que você queria entrar no escritório da sua mãe?

— É uma história um tanto complicada.

— Tem algo a ver com o que aconteceu na segunda à noite?

Heidi franziu o cenho.

— O que aconteceu na segunda à noite?

Contei rapidamente o que eu achava que tinha acontecido, que alguém tinha invadido a minha casa e entrado no escritório da mamãe.

— Portanto, achei que o Luc poderia me ajudar a entrar no escritório.

— Você acha que alguém entrou na sua casa? — murmurou Heidi, arregalando os olhos.

— A gente não viu ninguém, e as portas estavam trancadas — explicou Zoe, erguendo as mãos ao me ver fitá-la com a testa franzida. — Não é que eu não acredite em você. Só que não havia sinal algum de invasão.

Heidi se recostou na cadeira.

— Isso é assustador, especialmente depois de tudo o que aconteceu com a Colleen e a Amanda.

— É mesmo. — Inspirei fundo, sentindo o cheiro de livros embolorados e ar estagnado. — Quando mamãe chegou em casa, não disse nada sobre ter percebido algo estranho com o escritório, mas... — Odiava o que eu estava prestes a dizer. — Mas não sei se ela teria dito, mesmo que tivesse notado, entende? Acho que não... que não a conheço de verdade. Tipo, conheço, é claro, porque ela é minha mãe. Dã. Mas, ao mesmo tempo, não. Sei que isso não faz muito sentido.

Zoe estava quieta, com uma expressão séria.

ESTRELAS NEGRAS — A ESTRELA MAIS ESCURA

— Sobre o que você acha que ela está mentindo?

— Não sei. Quero dizer, alguém definitivamente esteve lá em casa, e esse negócio todo de ela e o papai conhecerem o Luc... Só acho... que tem mais coisa por trás disso. — Era difícil explicar sem revelar todos os segredos. Eu queria contar para elas, mas o instinto me dizia que havia coisas que deviam ser mantidas em segredo. — De qualquer forma, Luc não foi lá ontem, mas...

Alguém nos mandou calar a boca.

Zoe ergueu a cabeça e fuzilou com os olhos alguma pobre alma atrás da gente.

— Mas o quê?

Fechei os dedos em volta do livro.

— Acho que o Luc sabe alguma coisa sobre os meus pais. — *E sobre mim*, sussurrou uma vozinha estranha no fundo da minha mente. Estremecendo, ignorei a voz. — Ele meio que insinuou isso e que me contaria.

Pelo menos era o que eu achava que ele tinha querido dizer com aquele seu jeito desagradavelmente misterioso de ser.

Tive a impressão de que a Zoe ficou surpresa, mas sua expressão voltou ao normal tão rápido que talvez tivesse sido apenas minha imaginação.

— O que ele poderia saber? — perguntou ela.

— Não faço ideia. — Corri os olhos pelas minhas amigas. — Mas vou descobrir.

❋ ❋ ❋

Λpós as aulas, encontrei o James a caminho do estacionamento.

— Quais são seus planos? — perguntou ele. — Estou faminto. Pensei em lhe fazer um pequeno favor e deixá-la me acompanhar em minha excursão para encontrar o maior e mais suculento hambúrguer que esta bela cidade tem a oferecer.

Eu ri enquanto pegava meus óculos escuros e os botava na cara.

— Eu adoraria, mas tenho um compromisso. Que tal amanhã? Ou sábado? Ouvi dizer que o Coop cancelou a festa.

— Eu também. Ele a transferiu para o fim de semana que vem. Acho que não estava... com clima depois do que aconteceu.

Uma colega morta e outra desaparecida meio que acabavam com o clima de qualquer festa.

— Também ouvi dizer que você tinha planos para hoje depois das aulas — disse ele ao pararmos ao lado do meu carro. — Que pretende ir àquela boate.

Merda.

— Qual delas abriu o bico?

Ele cruzou os braços.

— Não digo nem morto.

Eu tinha dito para as duas que pretendia ir à boate, e agora estava profundamente arrependida.

— Se você sabia que eu pretendia ir à boate, por que me convidou para fazer outra coisa?

— Esperava conseguir te seduzir com um hambúrguer. — James deu um passo para o lado ao me ver me dirigir para a porta do motorista. — Acha que é inteligente voltar lá?

Não. Não achava nem um pouco.

— Quero dizer, você sabe que eu não tenho nada contra os Luxen, mas tinha um monte deles lá sem registro. Além disso, tem toda essa história de a Colleen ter sido assassinada e a Amanda estar desaparecida... — Ele pigarreou. — Para não falar que o tal do Grayson me deixou de cabelo em pé.

Se o James achava o Grayson assustador, o que de fato era, então era ótimo ele não ter conhecido o Luc.

— Quando aquele cara de cabelo azul me levou para casa, achei que você estivesse sendo sequestrada ou coisa parecida.

Contraí os lábios. Luc *tinha* tentado me sequestrar, o que tornava o fato de eu estar indo de novo até aquela maldita boate por vontade própria ainda mais idiota.

— Está preocupado com sua velha amiga? — zombei, dando-lhe um leve soco no braço. — Vou ficar bem.

— Ah-hã. Tá bom. Então vou sozinho comer meu suculento e delicioso hambúrguer. — Ele fez menção de se virar, mas parou. — Posso te perguntar uma coisa?

— Claro. — Abri a porta do carro.

Ele pareceu considerar o que estava prestes a dizer.

— Você está... envolvida com alguém lá?

— O quê? — Joguei a mochila sobre o banco do carona e me virei de volta para ele. — Tipo, interessada em alguém? No Luc?

James assentiu.

Eu ri, mas a risada soou estranha para meus próprios ouvidos.

— Você não teve a chance de conhecê-lo, se tivesse, saberia o quanto essa pergunta é ridícula.

Em parte, era verdade. Como eu podia estar interessada no Luc? Não estava, mas… estava. E, embora devesse estar preocupada em voltar àquela boate, não estava, e não sabia explicar por quê. Não fazia sentido, especialmente depois de ter prometido a minha mãe que não voltaria lá, ter feito a Heidi jurar que também não voltaria e não ter a menor vontade de pisar naquele lugar de novo, pelo menos a princípio. Não conseguia entender direito o que era, mas tinha uma estranha sensação de… de quê? Segurança? Familiaridade?

Eu devia estar ficando louca.

James ergueu uma sobrancelha.

— Ele… ele é um Luxen, não é? — Ao me ver anuir, James desviou os olhos por alguns segundos antes de voltar a focá-los em mim. — Só tome cuidado, Evie. Colleen estava naquela boate quando desapareceu, e agora a Amanda está desaparecida também. Tenho a sensação de que, sei lá, elas são o começo de alguma coisa.

Enquanto seguia em direção às portas vermelhas da Foretoken, senti como se estivesse prestes a roubar algo valioso de uma chique loja de departamentos. Como se pretendesse levar o equivalente à parcela de um carro em perfumes debaixo da camiseta.

Não que eu soubesse o que era fazer isso, mas imaginava que um cleptomaníaco sentisse aquele mesmo misto de ansiedade e empolgação que eu estava sentindo no momento.

Uma grande parte de mim não conseguia acreditar no que eu estava fazendo. Não tinha prometido nada ao Luc durante nossa conversa na véspera. Até onde sabia, ele talvez nem estivesse lá.

Ainda assim, lá estava eu.

Inspirei fundo e levantei a mão para bater, mas antes que pudesse tocar na porta, ela se entreabriu. Com um arquejo, recuei um passo. Esperava dar de cara com o Clyde. Mas não foi nele que meus olhos pousaram.

Parado na entrada da Foretoken estava ninguém mais, ninguém menos, que o próprio Luc.

E ele não estava vestido.

Quer dizer, ele estava sem camisa.

Havia uma quantidade enorme de pele nua diante de mim — peito e abdômen.

Meu cérebro entrou em curto. Não sabia para onde olhar. Na verdade, devia desviar os olhos, mas não consegui me forçar a fazer isso. Eu *queria* olhar, e queria estar com minha câmera para poder fotografar todos aqueles... ângulos.

O zíper da calça jeans estava fechado, porém o botão não, fazendo com que ela pendesse de modo indecentemente baixo — tipo, tão baixo que só podia estar sendo mantida no lugar por superpoderes alienígenas. Músculos sobressaíam em ambos os lados dos quadris, do tipo que formam sulcos. Nem sabia como eles eram chamados, mas, Deus do céu, não é que ele os tinha? E, para completar, um suave caminho de pelos bem fininhos desaparecia por baixo da calça jeans.

Sentindo um calor inundar minhas bochechas, ergui os olhos novamente para o abdômen — um abdômen de tanquinho que se estendia por *quilômetros* de definição. Em seguida, pousei-os no peito, também esculpido, e, quando ele levantou um dos braços e o apoiou na moldura da porta, observei numa espécie de transe os músculos ao longo das costelas flexionarem e ondularem de um jeito demasiadamente interessante.

Luc era... puta merda, ele era um *deus grego*.

Com base nas poucas e breves vezes que *acidentalmente* tocara seu abdômen ou seu peito, tinha imaginado que ele estava em forma, mas minha imaginação não chegara nem perto da verdade.

Aquilo não podia ser real.

Foi o que fiquei repetindo para mim mesma enquanto meus olhos viajavam novamente para o sul, para aquela interessante trilha de pelos. O corpo dele não era real. Era apenas uma fachada usada pelos Luxen. A verdadeira aparência do Luc era de uma água-viva com contornos humanos. Aquele corpo belíssimo não era real.

Pensar nisso não ajudou.

Nem um pouco.

Porque o corpo dele parecia totalmente real e palpável.

ESTRELAS NEGRAS · 1 · A ESTRELA MAIS ESCURA

— Quer que eu tire uma daquelas assustadoras e narcisistas selfies do meu abdômen e mande para você? — perguntou ele. — Aí você vai poder me admirar sempre que quiser, mesmo quando eu não estiver por perto.

Ai meu Deus.

Com as bochechas pegando fogo, forcei-me a fitá-lo. Luc obviamente tinha acabado de sair do banho. Os cachos úmidos pendiam sobre a testa e as têmporas. Ele não estava com lentes de contato hoje. Seus olhos exibiam aquele exuberante e estranho tom violeta.

— Eu não estava te admirando.

— Não? Porque você me encarou com tanta vontade que senti seu olhar como um toque. Não um toque ruim. Você sabe, não do tipo com bonecas e anos de terapia.

Ai meu *Deus*...

— Um toque gostoso. Do tipo bem-vindo que leva a gente a fazer terapia, mas por razões completamente diferentes — acrescentou Luc, dando um passo para o lado e segurando a porta aberta. Reparei, então, que ele também estava descalço. — Mas a gente pode fingir que você não estava me admirando.

— Não estava — rosnei, recusando-me a olhar para ele.

Luc se postou ao meu lado.

— Se isso a fizer dormir melhor à noite, tudo bem. Porque não dá para admirar alguém que você acha que é um alienígena, certo?

Soltei o ar com força.

— Você é um alienígena.

Luc arregalou os olhos.

— Você não sabe de nada, Evelyn Dasher.

— Você está citando *Game of Thrones*?

— Talvez — murmurou ele.

— E por que não está usando uma camiseta? Esqueceu como se veste uma?

— Vestir roupas é *difíííícil*.

— Pelo visto, abotoar a calça também — murmurei, enrubescendo de novo.

Luc riu e abriu a segunda porta.

— E por que você está de camiseta?

Passei por ele, fuzilando-o com os olhos, e entrei na boate, agora silenciosa e envolta em sombras.

— Tá falando sério?

Luc deu de ombros e entrou também, roçando por mim ao passar.

JENNIFER L. ARMENTROUT

— Acho que é uma pergunta tão válida quanto a sua — retrucou ele, lançando um olhar para mim por cima do ombro enquanto prosseguia. — Quero dizer, tão válida quanto qualquer outra pergunta idiota.

Olhei para as costas dele com os olhos estreitados — aquelas *belas* costas. Luc tinha todos aqueles músculos definidos em torno da coluna. Parei ao lado da pista de dança e fechei os olhos por um breve instante. O que eu estava fazendo?

— Isso foi um erro.

Ele se virou para mim, e meio que desejei que não tivesse, porque o esforço de manter os olhos fixos acima dos ombros dele era real. Não que fosse algo muito mais fácil.

— Por quê?

— Por quê? — Soltei uma risada curta e seca. — Você está agindo feito um babaca.

— Porque eu reparei que você estava me admirando descaradamente e você reagiu como se eu a tivesse acusado de beber o sangue de criancinhas durante o Shabat?

Franzi o nariz e baixei os olhos. Não tinha ideia da sensação da pele dele, mas imaginava que fosse como seda esticada sobre uma barra de aço. *Merda.* Eu precisava parar de…

Luc se aproximou um passo. Empertiguei as costas.

— Vamos começar de novo. Você finge que a simples ideia de se sentir atraída por mim não a deixa de cabelo em pé, e eu finjo que você não está pensando na sensação da minha pele sob seus dedos. Que tal? Combinado?

Meu queixo caiu e um forte calor se espalhou por minha garganta. Com um dedo apontado para ele, dei um passo à frente.

— Não estou pensando nisso.

O sorriso se ampliou ainda mais.

— Além de teimosa, você é uma péssima mentirosa. Acho que certas coisas não mudam nunca.

— Você não me conhece a tempo suficiente para saber que eu sou uma péssima mentirosa.

Luc se virou de costas e correu a mão pelo tampo de uma das mesas.

— Eu a conheço tão bem quanto você conhece a si mesma.

— Deixa pra lá. — Fui tomada por uma forte irritação. — Sabe o que eu sei? Que você adora dizer coisas sem sentido só para escutar o som da sua própria voz.

· 160 ·

ESTRELAS NEGRAS ❖ 1 ❖ A ESTRELA MAIS ESCURA

Luc soltou uma risada grave, que teria soado gostosa se tivesse vindo de qualquer outra pessoa.

— Uau! Você me conhece mesmo.

— Preciso concordar. — Soou uma voz atrás de mim. Virei-me e vi que era o Kent. Não fazia a menor ideia de onde ele tinha saído, mas Kent segurava uma garrafinha de água na mão. — Parece exatamente o Luc que eu conheço.

— Você não deveria concordar com ela. — Luc foi até o bar. — Pacto entre irmãos, meu amigo. Pacto entre irmãos.

Kent deu uma piscadinha ao passar por mim.

— Ela veio sozinha.

Eu tinha acabado de pegar meu queixo do chão apenas para deixá-lo cair de novo.

— Você foi lá fora verificar se eu vim sozinha?

— Claro — respondeu Luc. — Não somos estúpidos.

Olhei para ele, boquiaberta.

— Foi você quem me chamou para vir aqui. Por que achou que eu traria alguém comigo?

— Porque da última vez você trouxe — explicou ele. — E tenho a sensação de que não sabe direito por que veio agora.

Fechei a boca.

Luc recomeçou a andar.

— Estávamos apenas nos certificando de que não teremos nenhuma surpresa.

Kent se aproximou de mim.

— Acho que não fomos devidamente apresentados. Você é a Evie. Eu sou o Kent. Gosto de dar longas caminhadas pelos cemitérios à noite e quero ter uma lhama como animal de estimação antes de morrer.

Pisquei.

— Uma lhama?

— Ele é um tanto obcecado com lhamas — interveio Luc.

—É, sou mesmo. Por que não? Quero dizer, elas parecem o resultado de um momento de confusão divina, entende? Deus já tinha criado os cavalos e as ovelhas, e aí decidiu que devia misturar os dois, e voilà… nasceu a lhama — explicou Kent. — Elas são incríveis. Já viu uma pessoalmente?

— Não — respondi.

— Não sabe o que está perdendo. De qualquer forma, deixe-me pegar isso. — Antes que eu pudesse reagir, Kent tirou a mochila do meu ombro. Em seguida, sorriu quando me virei para ele. — Só até você ir embora.

• 161 •

— Isso é sério? — demandei. — O que vocês acham que eu estou escondendo aí dentro? Uma bomba?

— Seguro morreu de velho — disse Luc. A voz veio do corredor. — Você já ameaçou chamar a polícia uma vez.

Virei-me de volta e vi que ele nos aguardava.

— Eu falei que não ia fazer isso. E achei que tínhamos combinado começar do zero e fingir que gostamos um do outro.

— Vamos fingir que algumas determinadas coisas não aconteceram.

— Jesus! — grunhi, sentindo uma pontada de decepção corroer minhas veias. Era óbvio que ele não confiava em mim totalmente, e eu não sabia por que aquilo me incomodava tanto, mas incomodava. O que era estupidez, claro, uma vez que eu também não confiava nele. — Achei que... — *Achei que tínhamos superado tudo isso.* Cara, era um pensamento tão idiota que não dava nem para tentar explicar.

Seu olhar tornou-se afiado.

— Achou o quê?

Inspirei fundo.

— Não gosto de você.

Luc se curvou numa espécie de reverência, fazendo com que uma mecha de cabelos caísse sobre sua testa.

— Não fique brava com ele. Cuidar da segurança nunca é demais. Quero dizer, você viu o noticiário? Uma conhecida comunidade Luxen no centro de Denver foi bombardeada poucos dias atrás.

Não tinha escutado nada sobre isso.

— Alguém entrou lá, soltou uma mochila no chão e saiu, mandando pelos ares um bando de pessoas inocentes, inclusive humanos. Assim sendo, somos cuidadosos. — Kent pendurou minha mochila no ombro. — Não vou tirar os olhos dela. — Ele a puxou para frente e a abraçou. — Ela vai ser minha mais nova melhor amiga.

Meu olhar recaiu sobre ele e seu moicano. Aquele cabelo devia ter quase um palmo de altura.

— Certo.

— Acho que a gente devia conversar lá em cima. É mais confortável — interveio Luc. — Vamos?

Era assim que começavam a maioria dos filmes de terror, mas já que eu estava na chuva...

Soltei um suspiro irritado e o segui. Luc abriu a porta que dava para a escada e comecei a subir os degraus.

ESTRELAS NEGRAS ✦1✦ A ESTRELA MAIS ESCURA

Ele me alcançou rapidamente, seguido de perto pelo Kent. Tentando controlar meu nervosimo, fui deslizando a mão pelo corrimão.

Por milagre, os dois se mantiveram quietos ao chegarmos ao segundo andar. Luc continuou subindo. Após mais alguns lances de escada, me perguntei distraidamente se eles morreriam se tivessem um elevador.

Sem sequer se mostrar ofegante enquanto eu estava quase morrendo, Luc abriu a porta do sexto andar. O corredor era igual ao do segundo, exceto por ser um pouco mais largo e ter menos portas.

— Vou encontrar um lugar seguro e ficar cuidando da sua mochila. — Kent passou pela gente assobiando o que me pareceu uma canção de Natal e abriu uma das portas no final do corredor. — Vocês dois se comportem! Não façam nada que eu não faria.

Arregalei os olhos. Assim que o Kent desapareceu quarto adentro, Luc falou:

— Kent é... Bom, ele é diferente, mas você acaba gostando dele.

— Sei. — Sentindo as pernas queimando, forcei um pé na frente do outro até o Luc parar diante de uma porta de madeira. Meu coração deu um pulo. — Como está o Chas?

— Melhor. Amanhã já deve estar cem por cento.

— Ele teve sorte — comentei, e Luc me fitou por cima do ombro. — Quero dizer, se ele fosse humano...

— Não teria sobrevivido — completou ele. — E se estivesse usando um Desativador, não teria conseguido se curar.

Mordi o lábio inferior e baixei os olhos.

— Esse é... o seu quarto?

— Mais como o meu apartamento.

Seu apartamento. Certo. Não um simples quarto na casa dos pais. Mas também, até onde eu sabia, Luc podia muito bem ter nascido de chocadeira.

Ele ergueu um braço e afastou o cabelo do rosto. Acompanhei o movimento, observando o ondular da pele e dos músculos. Ele, então, baixou o braço e me encarou.

Nossos olhos se encontraram, e percebi que não conseguia desviar os meus. Havia algo de hipnotizante em seu olhar e, por um longo momento, nenhum de nós disse nada. Uma estranha descarga elétrica se espalhou pelo corredor, igual à que eu sentira quando estivera aqui no sábado, e envolveu minha pele como fumaça. Era como estar próximo a uma tempestade de raios. Meio que esperei que as luzes acima explodissem ou começassem a piscar.

Luc baixou os olhos, quebrando a conexão, e disse baixinho:

· 163 ·

— Estou feliz que você tenha vindo.

Pisquei.

— Está?

Seguiu-se um momento de silêncio. Aquelas pestanas escuras e incrivelmente grossas se ergueram. Seus olhos ametista se fixaram nos meus mais uma vez.

— Estou. Não achei que você viesse.

Cruzei os braços e mudei o peso de um pé para o outro.

— Você me culparia se eu não tivesse vindo?

— Não. — Um sorrisinho malandro se desenhou em seus lábios.

Um leve calor se espalhou por minhas bochechas.

— Você estava certo. Nem sei por que eu vim.

O sorriso se ampliou ainda mais. Ele se virou e pressionou o dedo contra um leitor de impressão digital. Após o reconhecimento, a porta destrancou. Alta tecnologia.

— Eu sei.

Meu estômago revirou ligeiramente.

— Por quê?

Luc abriu a porta.

— Porque eu vou te contar uma história.

 ma história?
Não era para isso que eu tinha vindo. Queria que ele me contasse o que sabia sobre a minha mãe — sobre os segredos que ela provavelmente estava escondendo. Mas assim que entrei no aposento ligeiramente frio e Luc acendeu as luzes do teto, parei de pensar no que ele poderia saber.

Não era o tipo de apartamento escuro e bagunçado que eu esperava.

Corri os olhos arregalados pelo espaçoso aposento. Com exceção de duas portas, que imaginei que dessem num banheiro e talvez num closet, o espaço amplo era completamente aberto. A sala de estar era enorme, com um aconchegante sofá em forma de meia-lua posicionado diante de janelas que iam do chão ao teto, cobertas por persianas. Uma impressionante televisão reinava sobre um rack de metal e vidro em frente a ele. O piso, de madeira corrida de ponta a ponta, fluía até o quarto. A cama — *ai meu Deus* — ficava sobre uma espécie de plataforma. De um dos lados dela havia duas compridas cômodas de madeira e, em seguida, uma escrivaninha com apenas um laptop em cima.

Não vi nada pessoal. Nenhuma foto ou pôster. As paredes eram completamente nuas. Luc passou roçando por mim assim que dei mais um passo e reparei na guitarra apoiada contra um dos lados do rack da TV.

Ele tocava guitarra?

Lancei-lhe um rápido olhar enquanto ele andava em direção à área da cozinha, deslizando os dedos compridos sobre o que me pareceu uma bancada de pedra. Será que ele tocava sem camisa?

Revirei os olhos. Não precisava da resposta para essa pergunta.

JENNIFER L. ARMENTROUT

— Esse lugar é seu?

— É. — Luc seguiu até uma geladeira de aço escovado.

Balancei a cabeça, incrédula.

— Como é possível? Como você pode possuir um lugar desses... uma boate? Você tem só 18 anos. Além disso, achei que os Luxen não pudessem ser donos de nada.

— E não podem, o que não significa que não tenham encontrado um meio de contornar a lei. Meu nome não está em nenhum documento, mas tudo isso aqui é meu.

— Quer dizer que pertence aos seus pais?

Ele soltou uma risada por entre os dentes.

— Não tenho pais.

Franzi o cenho. Os Luxen definitivamente tinham pais, mas então me dei conta do que ele devia estar tentando dizer. Seus pais tinham morrido, quer antes ou durante a invasão. Talvez eles...

— Eles tampouco me deixaram qualquer herança — acrescentou ele. Estreitei os olhos. — Eu conhecia um cara que era muito bom em lidar com dinheiro. O nome dele era Paris. Aprendi muito com ele.

Paris? Que nome estranho! De alguma forma, soava familiar. Espera um pouco, era um personagem histórico, certo?

— Onde ele está agora?

— Morto.

— Ah! Eu... sinto muito.

Com as costas rígidas, Luc ergueu uma das mãos e correu os dedos pelo cabelo.

— Você o conhecia? Não, claro que não. — Luc riu, abaixando a mão e virando de lado. — Paris foi como um pai para mim. Ele era um homem bom e acabou... morrendo por minha culpa. Não estou exagerando. Eu o envolvi em algo antes da invasão... algo perigoso, e ele morreu por causa disso.

Não sabia o que dizer.

— Já volto a falar disso. Você quer saber por que eu fico repetindo que não sou um Luxen. É porque não sou.

Inclinei a cabeça de lado e cruzei os braços.

— Por que está dizendo isso?

— Porque é verdade. — Ele me encarou, e meio que desejei que tivesse continuado de costas. — Sou um Original.

· 166 ·

ESTRELAS NEGRAS · 1 · A ESTRELA MAIS ESCURA

Pisquei uma e, em seguida, outra vez.

— O quê?

Seus lábios se repuxaram num dos cantos.

— Um Original. Filho de um Luxen com uma humana híbrida.

Fitei-o por alguns instantes sem dizer nada.

— Uma humana híbrida? — Soltei uma risada áspera. — Quer saber? Acho melhor ir atrás do Kent e... *Puta merda!*

De repente, Luc estava *bem* ali, um gigante diante de mim. Apesar de não estar me tocando, estava perto o bastante para que eu pudesse sentir o calor que irradiava de sua pele nua.

— Não tenho motivo nenhum para mentir para você. Não ganho nada com isso. — Seus olhos se fixaram nos meus. — Na verdade, tenho muito a perder revelando o que a maioria das pessoas não sabe.

Engoli em seco, mas não desviei os olhos.

— O que você tem a perder?

Um longo momento se passou antes que ele respondesse.

— Tudo.

Meu coração deu um salto.

— Então, por que arriscar tudo me revelando algo assim?

— Boa pergunta. — Ele inclinou a cabeça ligeiramente de lado. — Mas você quer a verdade e eu estou com vontade de contar. A pergunta é: está disposta a ouvir?

Parte de mim queria ir atrás da minha mochila e dar o fora dali, mas eu queria a verdade, e podia deixar para decidir depois se ele estava mentindo ou não. Assenti.

— Estou.

— Ótimo. — Ele se virou e, num piscar de olhos, estava diante da porta aberta da geladeira. Pegou duas Cocas. — Tem muita coisa que as pessoas não sabem.

Nossos dedos roçaram quando peguei a Coca que ele me ofereceu. Lembrei o que a mamãe tinha dito sobre as pessoas não saberem de tudo. Apertei a lata em minha mão.

— Tem a ver com o grupo para o qual meu pai trabalhava? O Daedalus?

Ele anuiu, os lábios se retorcendo num sorrisinho irônico.

— Por que não se senta?

Soltando o ar com força, corri os olhos em volta e decidi que o sofá era o lugar mais seguro. Andei até ele e me seitei na beirinha. Era um sofá largo e profundo, e se eu tentasse me recostar, teria que rolar para me levantar depois.

— Sua mãe te contou que os Luxen já estavam aqui faz tempo, certo? E que o Daedalus trabalhava para que eles fossem assimilados pela sociedade, escondendo-os. Não era só o que eles faziam. — Luc passou por mim e depositou a lata ainda fechada sobre a mesinha de canto. — Entenda, os Luxen são difíceis de matar, algo que o mundo descobriu durante a invasão.

Estremecendo, virei-me para observá-lo.

— Não é só porque eles são poderosos, capazes de invocar o que chamam de Fonte e utilizá-la como arma. — Ele parou diante de uma das cômodas e abriu uma gaveta. — Também porque podem usá-la para se curar, que foi o que o Chas fez quando assumiu sua forma verdadeira. No entanto, o mais interessante é o que podem fazer pelos humanos com esse poder.

— Matá-los? — perguntei, abrindo minha lata.

Luc riu e pegou uma camiseta preta de mangas compridas. Graças a Deus.

— Eles podem curar os humanos.

Minha mão tremeu, e gotas da delícia gasosa respingaram sobre meus dedos.

— O quê?

Ao vê-lo levantar a camiseta para vesti-la, desviei os olhos antes que fosse pega admirando todos aqueles músculos se movendo de forma estranha e interessante.

— Os Luxen podem curar quase tudo, desde leves arranhões até ferimentos à bala praticamente fatais. Claro que eles precisam querer fazer isso e, antes da invasão, a maioria jamais tinha feito, uma vez que seu modo de vida, sua segurança, dependia do fato de os humanos não saberem de sua existência. Sair por aí ajudando as pessoas com as mãos é algo que com certeza chamaria a atenção. As pessoas que descobriam a verdade acabavam desaparecendo. Ainda hoje é assim. As pessoas que descobrem a verdade desaparecem. A verdade é perigosa.

Um calafrio percorreu meu corpo. E agora eu ia descobrir a verdade.

Luc puxou a barra da camiseta para baixo e se virou para mim. A roupa pouco ajudava.

— Além disso, curar os humanos pode gerar estranhos efeitos colaterais. Se o humano é curado múltiplas vezes ou se a cura é muito extensa, tipo, literalmente salvando a vida da pessoa, isso pode mudá-la.

Tomei um gole da Coca enquanto o Luc voltava para o sofá.

— Transformando-a?

ESTRELAS NEGRAS **1** A ESTRELA MAIS ESCURA

— Exato. — Ele se sentou ao meu lado. — Em alguns casos, não todos, o humano desenvolve algumas das características dos Luxen, passando a ser capaz de utilizar a Fonte. Eles se tornam mais fortes e não adoecem.

Meus lábios formularam a palavra. *Híbrido*. Parecia algo retirado de um romance de ficção científica.

— Mas esses híbridos ainda são... humanos, certo?

— Sim? Não? — Luc deu de ombros. — Imagino que isso seja um assunto para debate, mas o fato é que tudo mudou assim que o Daedalus descobriu que os Luxen não ficavam doentes e que eram capazes de curar os humanos. Grupos como o Daedalus foram criados com as melhores das intenções. Eles estudavam os Luxen, tentando descobrir se poderiam usar sua genética para curar doenças humanas, tudo desde... — Ele soltou um forte suspiro e desviou os olhos. — Um resfriado normal até certos tipos de câncer. O Daedalus sabia que a chave para erradicar as doenças estava no DNA alienígena. Eles desenvolveram tratamentos e soros derivados do DNA dos Luxen. Alguns funcionaram. — Uma nova pausa. — Outros não.

Petrificada, continuei quieta, apenas escutando.

— As possibilidades se tornaram ilimitadas quando eles descobriram que os Luxen podiam transformar os humanos, tornando-os uma espécie de híbrido. De vez em quando, a transformação não ocorria, e o humano voltava ao normal. Em outras eles... meio que se autodestruíam. Existe certo... misticismo envolvendo a transformação de um humano. O Daedalus estudou isso, e criou tratamentos para assegurar que a mutação ocorresse. Eles se dedicaram a tentar melhorar a vida humana. E fizeram coisas boas. Pelo menos, por um tempo.

Tinha a sensação de que a história ia sofrer uma guinada.

— Os estudos se tornaram experimentos, do tipo que provavelmente violam todo e qualquer código de ética. Não levou muito tempo para que eles percebessem que um Luxen podia procriar com a humana que ele havia transformado, produzindo filhos que eram, em muitos aspectos, mais poderosos do que qualquer Luxen. — Luc fez uma pausa. — E o Daedalus conduziu experiências com várias gerações dessas crianças. Algumas delas foram preservadas. Outras, que não correspondiam às expectativas, foram destruídas.

Tomada por uma súbita repulsa, curvei-me e depositei minha lata no chão.

— Ai meu Deus.

— Muitas dessas crianças jamais conheceram os pais. — Seus traços tornaram-se afiados como uma lâmina. — Posteriormente... o Daedalus

• 169 •

se associou ao Departamento de Defesa. O objetivo passou a ser criar soldados, e não mais curar doenças. Gerações inteiras dessas crianças cresceram em laboratórios ou bases militares secretas. Algumas jamais puseram o pé do lado de fora. Muitas morreram no mesmo espaço de 150m² em que foram criadas. Outras passaram a trabalhar para os militares, em órgãos governamentais ou empresas de bilhões de dólares.

Meu queixo estava praticamente no chão. Isso era... isso era... chocante.

Luc apoiou a mão no sofá, ao lado da minha coxa, e se aproximou.

— Qualquer nobre paixão que alguns daqueles médicos tivessem no começo foi corrompida. — Seus olhos ergueram-se lentamente até encontrarem os meus. Soltei um arquejo. — Principalmente depois que eles começaram a forçar o acasalamento.

Enjoada, senti vontade de desviar os olhos, mas seria como se estivesse tentando fugir da verdade, do que eu sabia que ele iria dizer.

Luc ergueu o braço e começou a enrolar a manga da camiseta, expondo um poderoso antebraço. Em seguida, olhou por cima do ombro e levantou a outra mão. Algo que estava sobre a bancada da cozinha veio voando até ela. Percebi que era uma faca, uma faca bem afiada.

Enrijeci.

— Quando você corta um Luxen, ele se cura em alguns minutos, às vezes um pouco mais, dependendo da profundidade do corte. — A ponta afiada pairou sobre a pele lisa. — Quando corta um híbrido, ele também se cura. Não na mesma velocidade, embora bem mais rápido do que um humano.

Entrelacei as mãos.

— Luc...

Tarde demais.

Ele pressionou a faca e a correu sobre a própria pele, cortando fundo. Um sangue meio arroxeado brotou do ferimento, mas antes que eu pudesse pular do sofá para ir pegar uma toalha, o corte se fechou completamente.

— Puta merda! — Nenhum sangue. Nenhum corte. Era como se ele não tivesse acabado de passar a faca com força sobre a própria carne. Voltei a encará-lo.

— Mas o filho de um Luxen com uma híbrida, um Original, se cura imediatamente.

Sentindo a ficha finalmente cair, olhei de relance para o braço dele e, em seguida, para seu belíssimo rosto.

— Você... é uma dessas crianças?

Ele assentiu e depositou a faca sobre a mesinha de canto.

ESTRELAS NEGRAS · 1 · A ESTRELA MAIS ESCURA

— Observe.

Como se eu conseguisse desviar os olhos.

Um suave brilho branco surgiu na ponta de seu indicador. Afastei-me, os olhos tão arregalados quanto dois pratos de sobremesa.

— Não...

— Está tudo bem. — A luz envolveu a mão e, em seguida, o braço. — Os Originais não são translúcidos... — Ele riu. — Como águas-vivas.

Dava para ver. O braço continuava perfeitamente visível sob a luz intensa.

— Os olhos deles são como os meus. A mesma cor. O mesmo tipo de pupila.

Forcei-me a encará-lo. Quem tinha olhos assim? O cara que eu vira com o Chas.

— Archer. Ele é um Original?

Luc anuiu, o brilho destacando seus traços como se ele estivesse debruçado sobre uma vela. Isso explicava o aspecto estranho de suas pupilas, algo que eu jamais tinha visto num Luxen.

— Antigamente havia mais Originais. Agora... não restaram muitos.

Mordi o lábio.

— O que aconteceu?

Ele demorou um bom tempo para responder.

— Essa é uma história para outro dia.

Olhei de relance para o rosto dele e, em seguida, de novo para o brilho branco que envolvia sua mão. Um desejo bizarro, visceral, de tocá-lo — a luz — despertou dentro de mim.

— Pode fazer se quiser — disse ele, numa voz baixa e gutural. — Pode tocar a luz. Você não vai se machucar.

Meu coração pulou uma batida. Ergui a mão.

— Os... os Originais podem ler mentes?

Um sorrisinho misterioso se desenhou em seus lábios.

— Alguns de nós podem.

Ah, merda, não! Congelei.

— Você pode?

— Posso.

Comecei a me afastar. Eu estava certa. Deus do céu, só de lembrar as coisas que eu tinha pensado perto dele! As ruins, as mais que ruins, as completamente constrangedoras...

— Eu tento não fazer. Tipo, não saio por aí invadindo a mente das pessoas. Mas, de vez em quando, não consigo evitar, principalmente quando os pensamentos parecem gritar. — Ele me fitou. — Você é... silenciosa na maior parte do tempo. Eu só pesquei algumas poucas coisas sem querer. Apenas partes de pensamentos.

— Por que devo acreditar que você não lê minha mente de propósito? — Se eu tivesse essa habilidade, faria isso a cada cinco segundos.

A luz em volta de sua mão pulsou.

— Porque provavelmente não iria gostar do que descobrisse.

A franqueza da resposta me deixou sem palavras. Parte de mim desejou pedir desculpas.

— Toque a luz — instigou ele. — Sei que você quer. E não é porque eu esteja lendo a sua mente. Está escrito na sua cara.

Luc estava certo.

Eu queria tocar.

Só podia ser um sinal de insanidade.

Engoli em seco e estiquei o braço. O tempo pareceu desacelerar à medida que meus dedos se aproximavam do brilho. O ar parecia mais morno em volta da mão dele. Não quente. Tensa, aproximei meus dedos mais um pouco. A luz se partiu, e uma descarga de eletricidade dançou sobre minha pele. A luz se espalhou dele para mim. A sensação era de um zumbido baixo.

Prendi a respiração.

Tocar a luz não doía. Nem um pouco. Era como se estivesse correndo os dedos por uma superfície banhada pelo sol. Pequenos tentáculos de luz envolveram minha mão.

Mas não era apenas *luz*. Era poder. Um poder puro que podia ser transformado em arma, o tipo de arma que matara meu pai.

Puxei a mão e pressionei a palma em minha perna.

A luz foi enfraquecendo até a mão e o braço do Luc voltarem ao normal. Suas pupilas pareceram novamente estranhas, como se estivessem se dilatando.

Pigarreei.

— O que mais você pode fazer?

Luc não respondeu por um longo tempo. Apenas me encarou como se eu fosse uma peça de quebra-cabeça que ele não conseguia encaixar. Nossos olhares se encontraram e se mantiveram fixos um no outro. Minha respiração ficou presa na garganta. Algo... algo quente e indesejado brotou entre nós.

Ele engoliu em seco e desviou os olhos.

ESTRELAS NEGRAS **1** A ESTRELA MAIS ESCURA

— Somos suscetíveis aos mesmos tipos de armas que os Luxen. Armas de choque e de pulso eletromagnético não são amigáveis. Mas qualquer coisa que um Luxen pode fazer nós podemos fazer melhor.

— Uau! — Eu ri, deixando de lado a estranha sensação. — Isso é extremamente modesto da sua parte.

Ele abriu um ligeiro sorriso.

— Conheci uma pessoa que dizia que modéstia é para os santos e fracassados.

Ergui as sobrancelhas.

— Parece uma pessoa muito sensata. E adorável.

Luc riu.

— Se você soubesse...

Recaímos em silêncio. Eu ainda tinha tantas perguntas! Suficientes para nos manter acordados a noite inteira.

— Então você... nunca conheceu seus pais?

Luc fez que não.

— Não. Tenho quase certeza de que ambos estão mortos.

— Sinto muito.

Ele deu de ombros e abaixou a manga da camiseta.

Fitei-o, observando os planos e ângulos de seu rosto. Sabia que não devia perguntar, mas não consegui evitar.

— Você cresceu em um desses laboratórios?

— Cresci. — Ele ergueu as pestanas.

— Como... como foi?

Luc desviou os olhos, e achei que não fosse responder.

— Foi como... um enorme vazio. Nenhum senso de... identidade. — Seu maxilar tremeu enquanto os olhos viajavam pelas paredes nuas do apartamento. — Não tínhamos amigos. Nem família. Nenhum valor além daquele para o qual havíamos sido criados. Um Original era um ser individual, mas, ao mesmo tempo, todos os Originais eram esse ser. De certa forma, éramos como computadores. Todos nós. Programados para obedecer desde o nascimento, até...

— Até o quê? — perguntei baixinho, sabendo de forma instintiva que ele não falava muito sobre isso. Talvez jamais tivesse falado.

Luc continuou olhando para as paredes nuas.

— Até que tomei consciência de mim, de quem eu era. Mais ou menos como a Skynet. Você sabe, *O Exterminador do Futuro*? Simplesmente acordei certo dia e pensei: eu sou mais inteligente, mais rápido e mais mortal do que qualquer um desses que me criou. Por que deixo que me digam quando posso comer ou dormir, quando posso sair do quarto ou ir ao banheiro? Assim sendo, parei de obedecer.

Imaginei que não tivesse sido tão simples quanto bater a porta e ir embora.

— Para o que eles te criaram?

— O básico — respondeu Luc. — Dominar o mundo.

Engasguei com uma súbita risada.

— E isso é básico?

— Não é o que qualquer idiota que escolhe o caminho errado na vida deseja? Talvez não no começo. O Daedalus acreditava que eles eram os mocinhos. Os heróis da história, mas antes que se dessem conta tinham se tornado os vilões. A mesma coisa com os Luxen que invadiram a Terra. Eles queriam dominar, porque achavam que eram uma espécie superior. O Daedalus? Eles queriam um exército perfeito, um governo perfeito... uma espécie perfeita. E essa espécie éramos nós. Eu.

— Céus, Luc, sinto...

— Não. Não peça desculpas. — Ele me fitou. — Você não teve nada a ver com isso.

— Eu sei, mas... — Meu peito apertou. — Meus pais tiveram alguma coisa a ver com essas experiências?

— Tem certeza de que está pronta para essa resposta?

Prendi a respiração.

— Sim.

— Jason era um dos responsáveis pelo Daedalus. Ele sabia exatamente o que eles estavam fazendo e como estavam fazendo.

Já suspeitava, baseado no que minha mãe havia me contado. Ainda assim, foi como um soco na boca do estômago.

— E minha mãe?

Ele pegou o refrigerante e abriu a lata.

— Nunca vi a Sylvia em nenhuma das instalações, mas é impossível que ela não soubesse o que eles estavam fazendo... o que o marido estava fazendo. Ela pode não ter tomado parte em nenhum dos experimentos, mas sem dúvida alguma era cúmplice.

Eu não queria acreditar nisso. Mamãe era uma boa pessoa.

— Boas pessoas são capazes de coisas terríveis quando acreditam que é por um bem maior — comentou Luc.

— Você está lendo a minha mente.

ESTRELAS NEGRAS 1 A ESTRELA MAIS ESCURA

Ele se virou para mim.

— Você está pensando muito alto.

Estreitei os olhos.

Seus lábios se curvaram ligeiramente num dos cantos.

— Não estou dizendo que a Sylvia seja uma má pessoa. Havia muitas pessoas decentes no Daedalus que acreditavam estar criando um futuro melhor, um planeta mais seguro.

— Mas... isso não justifica o que eles fizeram. O que você me descreveu é horrível.

— E foi. — Ele me fitou no fundo dos olhos. — E não te contei nem a metade do que eles faziam.

Meu estômago se contorceu, e fechei os olhos. Não sabia o que pensar. Eu não conseguia aceitar que minha mãe soubesse sobre os acasalamentos forçados e as crianças sendo criadas em celas e não tivesse feito nada a respeito. Se sabia... era tão revoltante que não me admirava que ela tivesse deixado de fora todas essas coisas ao me contar sobre o Daedalus.

— Sabe o que eu percebi?

— O quê? — Abri os olhos novamente.

Luc me observava com atenção.

— A maioria das pessoas é capaz de fazer coisas terríveis ou desviar os olhos ao mesmo tempo que fazem algo bom. As pessoas não são unidimensionais.

— Eu sei, mas... — Deixei a frase no ar e baixei os olhos para minhas próprias mãos. Minha mãe era minha heroína. Era uma mulher forte e foda. Ela havia segurado as pontas depois da invasão e da morte do papai. Não queria a imagem dela maculada daquele jeito, mas já era tarde. A verdade tem um jeito de apagar o passado que você conhece.

Esfreguei as mãos nas pernas e soltei o ar com força.

— Sabe o homem que citei no começo da nossa conversa, o Paris? Eu disse que ele morreu por minha culpa. É verdade — disse Luc baixinho, levantando-se do sofá. Voltei a atenção para ele. — Mas sabe o que é pior nisso tudo? Ele sabia no que estava se metendo. Sabia por que eu estava arriscando sua vida, a de todo mundo, e mesmo assim concordou. E sei que se houvesse um botão para rebobinar a vida, ele teria feito tudo de novo... se não por mim, por *ela*.

Não fazia ideia sobre o que ele estava falando, mas dava para perceber a dor e a angústia em seus belos traços.

— Quem é... ela?

— Essa é a história que eu vou te contar. — Ele fez uma pausa. — Se acha que ainda tem espaço em seu cérebro.

Assenti com um lento menear de cabeça.

— Acho que sim.

Ele se recostou contra a parede. Por um instante, pareceu quase normal, como qualquer outro adolescente da sua idade. Os olhos, porém, mostravam que não. Não pela cor, mas pelo que havia neles. Um cansaço condizente com alguém bem mais velho se destacava entre as íris violeta.

— Conheci uma garota certa vez — começou Luc, um sorrisinho irônico se desenhando em seus lábios. — Você conhece o ditado, certo? Todas as grandes histórias começam com uma garota. É verdade. E essa garota... ela era especial. Não porque fosse a menina mais bonita do mundo. Não que não fosse, porque para mim era, mas não era isso que a tornava especial. Ela era o ser humano mais gentil e forte que já conheci na vida. Era também inteligente, uma lutadora, tendo sobrevivido a coisas inimagináveis.

Uma pontada de tristeza brotou em meu peito. Já sabia que a história não teria um final feliz.

Luc fechou os olhos e apoiou a cabeça na parede.

— Ela provavelmente era a minha única amiga de verdade. Não, ela *era* a minha única amiga de verdade. Mas não era uma Original como eu. Tampouco era Luxen ou híbrida. Apenas uma garota humana, franzina, que havia fugido de casa, nas redondezas de Hagerstown. Ela não tinha mãe, e o pai se preocupava mais em ficar bêbado e doidão do que em cuidar da filha.

Hagerstown? Era de lá que eu vinha — onde morava antes da invasão. Que coincidência! O mundo era realmente pequeno às vezes.

Luc continuou, os olhos ainda fechados.

— De alguma forma, ela conseguiu sair de Hagerstown e chegar a Martinsburg, uma cidade na West Virginia. Não fui eu quem a encontrou. Foi o Paris, e, sim, ele era um Luxen. Ele cruzou com ela certa noite. Nem lembro o que estava fazendo, mas acho que o Paris se sentiu mal por ela e a trouxe de volta com ele. Uma coisinha imunda e desbocada, cerca de uns dois anos mais nova do que eu. — O sorriso reapareceu, dessa vez um pouco triste. — No começo, não gostei muito dela.

— Claro que não — murmurei, tentando imaginar um Luc bem mais novo.

— Ela nunca dava ouvidos ao que o Paris ou eu dizíamos, e por mais irritado que me deixasse, era minha... — Ele soltou um forte suspiro. — Minha sombra. Paris costumava dizer que ela era meu bichinho de

ESTRELAS NEGRAS · A ESTRELA MAIS ESCURA

estimação. O que é um tanto ofensivo se você parar para pensar, mas... — Ele deu de ombros. — Tentamos manter em segredo o que nós éramos, porque tudo isso aconteceu antes da invasão, mas nosso segredo durou cerca de 15 segundos. Ela não ficou assustada quando descobriu. Na verdade, isso só a deixou extremamente curiosa... e ainda mais irritante.

Com um ligeiro sorriso, peguei meu refrigerante. Imaginei-o bem mais jovem, com uma garotinha curiosa e travessa agarrada em seus calcanhares.

— Com o passar do tempo, fui gostando cada vez mais dela. — O sorriso triste retornou. — Ela era como a irmã mais nova que eu nunca quis ter. Depois, quando ficou mais velha, quando *nós* dois ficamos mais velhos, se tornou algo completamente diferente para mim. — Os olhos se fecharam outra vez ao mesmo tempo que um calafrio chacoalhava seu corpo. — Eu a respeitei antes mesmo de saber o que respeito significava. Ela havia passado por tanta coisa em sua curta vida. Coisas que nem eu conseguia compreender. Eu nunca a mereci... nem sua amizade, aceitação ou lealdade.

Um nó se formou em minha garganta.

— Qual era o nome dela?

Ele me fitou no fundo dos olhos e inclinou a cabeça ligeiramente de lado.

— Nadia. O nome dela era Nadia.

— Um belo nome. — Brinquei com o anel da minha lata. — O que... o que aconteceu com ela?

— Jason Dasher.

Sentindo uma fisgada atravessar meu peito, desviei os olhos. Já sabia, antes mesmo de perguntar. Meu pai — o homem que acabara de descobrir ter sido o responsável por experiências terríveis em Luxen e humanos inocentes.

Lembrei das palavras de minha mãe. *Ele se certificou de que o Luc perdesse alguém de quem ele gostava muito.* Ai, meu Deus. Meu pai tinha feito alguma coisa com a garota — a garota de quem o Luc falava com tanta reverência que era óbvio que ele devia ter sido completamente apaixonado por ela. Provavelmente ainda era, mesmo que fosse dolorosamente claro que ela agora não passava de um fantasma.

— Lá no lago, você pediu desculpas pelo que seu pai fez, mas não tem ideia do que ele realmente fez. Sylvia sabe, mas não te contou.

Eu fui tomada por um misto de curiosidade e receio. Eu queria saber, o que significava que teria de lidar com o que quer que meu pai tivesse feito, por mais terrível que fosse.

— O que ele fez?

· 177 ·

Luc parou diante de mim e se ajoelhou com a graciosidade de um dança-rino.

— Tem tanta coisa que você não sabe nem pode compreender.

— Me conte — insisti, amassando a lata em minha mão.

Uma sombra cruzou-lhe o rosto.

— Não sei se... — Luc parou e virou a cabeça para a porta. Um segundo depois, escutei a batida. — Espera um segundo. — Com um suspiro, ele se levantou e foi atender. Era o Grayson. — Achei que tinha deixado claro que não queria ser interrompido.

Arregalando os olhos, tomei um gole da Coca.

Grayson lançou um rápido olhar em minha direção.

— Infelizmente, isso não pode esperar. Tem a ver com... os pacotes que foram deixados aqui ontem à noite.

Pacotes? Espera aí. Não era esse o termo que aquele cara com olhos verdes belíssimos tinha usado? Daemon, o nome dele era Daemon.

— O que houve? — demandou Luc.

Grayson suspirou e lançou outro rápido olhar em minha direção.

— Digamos apenas que eles se depararam com alguns problemas ines-perados.

— Merda. — Luc se virou para mim. — Sinto muito, mas preciso cuidar disso.

— Sem problema. — Não podia ter sido em hora pior, mas eu entendia. Ele hesitou por um instante.

— Isso pode levar um tempo.

Em outras palavras, eu precisava ir embora. Levantei.

— Bom, acho que... — Fitei-o, sem saber como me despedir depois de tudo que tinha ouvido.

Ele se virou para o Grayson.

— Já vou.

Grayson fez uma cara de quem preferia esperar, mas girou nos calca-nhares e desapareceu de vista. Luc me encarou, seus olhos perscrutando os meus enquanto eu me aproximava lentamente.

— Você está bem?

Depositei a lata sobre a bancada da cozinha e anuí.

— Estou. Quero dizer, é muita coisa para digerir, mas... acredito em você. — E acreditava mesmo. Era muita informação para que fosse inven-tada, e não conseguia imaginar por que ele mentiria sobre quaisquer daquelas coisas. — Mas tenho a sensação de que ainda tem mais.

ESTRELAS NEGRAS · 1 · A ESTRELA MAIS ESCURA

Luc me fitou de cima a baixo.

— E tem. — Ele se moveu, e antes que me desse conta do que estava fazendo, as pontas de seus dedos acariciaram um dos lados do meu rosto. O contato produziu uma leve descarga de estática. Em seguida, baixou a cabeça, e a ponta de seu nariz roçou minha outra bochecha. Ao falar, sua voz soou estranhamente rouca. — Pêssegos.

Inspirei fundo.

— É... o meu hidratante.

— Você já disse isso. — Luc demorou-se um tempo ali, o hálito quente soprando contra minha pele. — Vou ligar pra você, ok?

— Ok — murmurei, sentindo como se cada respiração minha não fosse suficiente.

Ele se afastou com um último deslizar de dedos por minha bochecha.

— Kent vai te levar até a porta.

Olhei por cima do ombro dele, e lá estava o Kent, parado no corredor, segurando minha mochila. Com o rosto quente, saí do quarto.

Kent abriu um sorriso.

Sentindo-me estranha de umas sete maneiras diferentes, virei-me para dar um último adeus ao Luc, mas ele já não estava mais lá.

— Uau. — Virei de volta para o Kent. — Para onde ele foi?

— Ele é rápido. — Kent me entregou a mochila.

Olhei para ambos os lados do corredor. Vazio.

— Ele é invisível?

Kent riu.

— Às vezes parece que sim. Vamos lá, fofinha, vou com você até a porta.

Fofinha? Sem saber como retrucar, simplesmente comecei a andar, a descer todos os seis andares de escada. O andar da boate estava vazio. Enquanto o Kent me conduzia até a entrada, não vi o Clyde nem nenhuma outra alma.

— Tenho certeza de que nos veremos de novo — disse Kent, abrindo a porta.

— É. — Fechei a mão na alça da mochila. — Hum... obrigada por manter minha mochila em segurança.

Ele riu.

— Foi uma honra, Evie.

Ri também.

— Tchau.

— Vai em paz.

Com os pensamentos a mil, segui até onde estacionara o carro. Destranquei a porta e sentei, soltando a mochila sobre o banco do carona. Em seguida, liguei o carro e olhei para as portas vermelhas fechadas.

Um Original — Luc era um Original. Algo que eu sequer sabia que existia até uma hora atrás. E também havia híbridos. Deus do céu. Balançando a cabeça lentamente, fechei as mãos no volante. Em seguida, cerrei os olhos e os apertei com força. O que meu pai tinha feito com a garota? Com a Nadia? Mamãe devia saber. Mas não podia perguntar a ela. Se perguntasse, ela saberia que eu tinha conversado com o Luc, e duvidava de que fosse aceitar numa boa.

E havia mais coisas que ele ainda não me contara. O que mais...?

Tomei um susto ao escutar uma súbita batida na janela. Abri os olhos.

Chas estava parado ao lado do carro.

Era definitivamente ele, ainda que seu rosto não estivesse inchado nem coberto de sangue. Parado ali, olhando pela janela, com as mãos sobre o teto do carro, não parecia que estivera a um passo da morte poucos dias antes.

Apertei o botão para descer o vidro.

— Oi.

Os olhos de um azul intenso perscrutaram meu rosto.

— Você estava lá quando eu fui encontrado? No sábado?

Olhei em torno, mas não vi o Kent nem o Luc em lugar algum. Assenti.

— Estava. Sinto muito pelo que aconteceu com você. Fico feliz que esteja... melhor.

— Obrigado. — Ele me encarou. — Seu nome é Evie, certo?

Assenti novamente. Não fazia ideia de por que ele estava ali, falando comigo.

Ele olhou para a esquerda e seus ombros ficaram imediatamente tensos. Aqueles olhos estranhos e intensos se fixaram em mim mais uma vez.

— Você precisa ficar longe daqui.

Pega de surpresa, dei um pulo no banco.

— Como?

Chas se ajoelhou para que nossos olhos ficassem no mesmo nível.

— Sei que você não me conhece, mas viu o que aconteceu comigo. Você precisa ficar longe daqui. Precisa ficar longe do Luc.

17

Não dormi direito na quinta à noite. Não conseguia esvaziar a mente o suficiente para relaxar. Por mais que eu tentasse, não parava de pensar no que havia descoberto sobre o Luc e o Daedalus, e no aviso extraordinariamente bizarro do Chas.

Fique longe da boate — do Luc.

Por que ele diria uma coisa dessas? Porque eu era humana? Queria acreditar que esse era o único motivo, mas meu instinto me dizia que havia mais. *Você viu o que aconteceu comigo.* É, vira mesmo. Levaria um bom tempo para apagar aquela visão da minha mente.

O pior é que eu sabia que não podia conversar com ninguém. Além do fato de duvidar que alguém acreditasse em mim se eu começasse a falar sobre grupos secretos do governo, Originais e híbridos, Luc não precisava me dizer o quanto era importante ficar de bico calado. Não ia dizer nada que pudesse colocar alguém em risco.

As pessoas que descobrem a verdade desaparecem.

Não era uma ideia muito agradável.

Passei a noite virando e me remexendo na cama, conseguindo dormir apenas umas poucas horas antes de precisar me levantar. Passei a sexta-feira inteira com um humor péssimo, que só piorou pelo fato de não ter tido notícias do Luc. Não que eu esperasse que ele me ligasse — bom, de certa forma, acho que esperava. Eu poderia simplesmente mandar uma mensagem, mas achei que seria... estranho. Tipo, não sei, pessoal demais? O que não fazia o menor sentido. Amigos falavam uns com os outros o tempo inteiro. Mas será que nós éramos amigos? Como podíamos ser se eu mal o conhecia? Quando o simples fato de admitir que os momentos — raros momentos — em que percebia que estava começando a gostar dele, ainda que só como amigo, me faziam sentir... estranha?

Assim sendo, fiquei na minha, não mandei nenhuma mensagem.

Ele também não.

O que não era um problema. Não. De jeito nenhum.

— Está tudo bem? — perguntou Heidi enquanto seguíamos para o estacionamento após as aulas.

— Está. — Ergui os olhos para as nuvens densas que bloqueavam o sol. — Por quê?

Ela me deu uma cotovelada de leve.

— Você esteve quieta demais o dia todo.

Será?

— Não consegui dormir direito ontem.

Zoe nos alcançou assim que terminamos de subir a colina.

— Você está com cara de quem adoraria tirar um cochilo.

Soltei uma risada por entre os dentes.

— Adoraria mesmo.

— Luc te manteve acordada, é? — Heidi deu uma risadinha.

— O quê? Não. — Tinha contado a elas sobre minha ida à boate na véspera. Claro que deixara de fora, bem, tudo. E havia mentido quando elas me perguntaram se eu tinha descoberto alguma coisa sobre a minha mãe, algo que odiava fazer. — Só não consegui dormir. A Emery te manteve acordada ontem?

— Quem me dera — respondeu Heidi, soltando um suspiro.

Estava prestes a perguntar se ela havia se encontrado com a Emery na véspera quando a Zoe parou de supetão na minha frente ao chegarmos à entrada do estacionamento.

— Que merda é essa? — perguntou ela.

Curiosa, dei um passo para o lado a fim de olhar. Um carro estava estacionado bem no meio da pista de saída do estacionamento. Era um modelo novo. Um Ford. Algumas pessoas observavam de longe.

— Não é... o carro da Amanda? — April passou por nós, o rabo de cavalo balançando.

— Não sei — respondeu Zoe.

April continuou em frente, passando por um pequeno grupo.

— É sim. É o carro dela, e ele está ligado.

1 — A ESTRELA MAIS ESCURA

Fui atrás da April, olhando de relance para a Zoe, que deu de ombros. Amanda não estava na aula de química hoje, mas se era o carro dela e estava ligado, então será...? Tudo aconteceu muito rápido.

— Ai, meu Deus. — Uma garota recuou alguns passos, tropeçando e deixando cair a mochila. O lado do motorista surgiu à vista.

Eu vi — vi tudo antes que tivesse a chance de desviar os olhos para não ver o que ficaria gravado em minha mente pelo resto da vida.

Amanda estava sentada no banco do motorista com uma postura rígida. A princípio, achei que estivesse dirigindo — que tudo estivesse bem —, mas então percebi que sua cabeça estava apoiada no encosto como que olhando para cima, os longos cabelos louros pendendo sobre os ombros. Em seguida, vi seu rosto.

Alguém gritou.

Alguém agarrou meu braço.

Alguém me puxou.

Mas vi o rosto dela através do para-brisa.

Vi o lugar onde deviam estar seus olhos, duas órbitas vazias e enegrecidas.

— **Como você está** com tudo isso? — perguntou minha mãe à noite, pegando uma tampa para cobrir a panela.

Sentada na ilha da cozinha, com o queixo apoiado entre as mãos, observei enquanto ela despejava o milho de pipoca na panela. Noites de pipoca eram uma espécie de tradição familiar sempre que nós duas estávamos em casa. Normalmente, conversávamos sobre a escola e depois escolhíamos uma comédia bem boba para assistir, mas hoje era diferente.

Amanda Kelly estava morta.

Assassinada da mesma forma que a Colleen.

À primeira vista, ela parecia ter sido eletrocutada, mas todos sabíamos que essa era a aparência de um humano morto por um Luxen ao usar a Fonte. Colleen. Amanda. Ambas mortas da mesma maneira. Ambas desovadas num lugar bem público, nesse caso, a nossa escola.

Estremeci.

A polícia havia chegado antes que qualquer um de nós pudesse deixar o estacionamento. Acho que tínhamos sido todos interrogados. Não fazia ideia se a Amanda fora mantida viva por dias após desaparecer, como acontecera com a Colleen. Tampouco tinha certeza se queria descobrir.

— Evie? — chamou baixinho minha mãe.

Ergui os olhos para ela.

— Estou. Estou bem. É só... — Dei de ombros. — Estava pensando em tudo o que aconteceu.

Mamãe se aproximou da ilha.

— Gostaria que você nunca tivesse que ver algo assim.

— Eu também.

Ela envolveu meu rosto com suas mãos frias.

— Sinto muito, querida.

Fitei-a, desejando perguntar que outras coisas terríveis ela já vira. Mamãe costumava trabalhar para o Daedalus. Eu sabia que eles eram responsáveis por coisas tão pavorosas quanto o que acontecera com a Amanda e a Colleen. Desviei os olhos, e ela deixou as mãos penderem ao lado do corpo.

— Você acha... você acha que foi um Luxen?

— Não sei. — Ela se virou e, voltando para o fogão, acendeu uma das bocas. — Parece que sim.

— Por quê? Quero dizer, por que um Luxen faria algo assim, sabendo como as pessoas se sentem a respeito deles?

— Por que um ser humano mata pessoas inocentes? Muitas vezes, não sabemos o motivo nem a resposta. Acho que algumas pessoas são simplesmente... más, e imagino que seja a mesma coisa com os Luxen. — Um dos caroços estourou, batendo contra a tampa da panela enquanto mamãe olhava por cima do ombro para mim. — Só peço que seja cuidadosa, Evie. Preste atenção às coisas que te cercam. Escute seu instinto. Tal como depois da invasão.

Pressionei os lábios numa linha fina e assenti.

— Você acha que existe algo como... um Luxen serial killer?

Mamãe se virou de volta para o fogão e sacudiu a panela.

— Não sei o que pensar, mas não custa nada ser cuidadosa e vigilante.

Torci o cabelo entre as mãos e tirei o pé do apoio na base da ilha.

— Me pergunto se a polícia vai descobrir qual a ligação entre esses crimes e a escola.

— Eu também. — Quando o pipocar diminuiu, mamãe desligou o fogão e transferiu a panela para um daqueles descansos que eu nunca me dava ao trabalho de usar. — Tem certeza de que está bem?

ESTRELAS NEGRAS **1** A ESTRELA MAIS ESCURA

Será que estava? Tinha visto… um corpo hoje. De longe, mas fora mais que suficiente. Além disso, não conseguia parar de pensar nas coisas que o Luc me contara. Assim sendo, considerando tudo, acho que estava.

Não conversar com ela sobre tudo o que eu descobrira estava me matando, de modo que vinha fritando o cérebro para encontrar uma maneira de falar sobre o Daedalus e sobre o que o Luc era sem que ela suspeitasse que eu tinha entrado em contato com ele.

O que será que minha mãe sabia?

— Então… estive pensando no que você me contou sobre o papai. — Continuei torcendo o cabelo, tentando encontrar um meio de abordar o assunto. — Você disse que ele foi responsável pelo Luc ter perdido alguém de quem gostava muito. Uma garota, talvez?

Ela ergueu os olhos, mas não disse nada por vários instantes.

— Nunca disse que era uma garota, Evie.

Ah, merda. Não? Não conseguia me lembrar. Meu coração começou a martelar.

— Disse, sim. Você disse que era uma pessoa querida. Uma garota.

— Disse? — Ela me fitou por um longo momento e soltou um suspiro. — Não sei os detalhes. Só sei que ele fez alguma coisa que não deveria ter feito.

Mentira. Uma fisgada de raiva brotou em minhas entranhas. Ela estava definitivamente mentindo.

— Tem que ter sido algo sério para você se preocupar tanto com o Luc.

— Não quero que se estresse por conta das coisas que te contei sobre seu pai. Não com todas essas coisas terríveis que vem acontecendo com suas colegas, ok? O que seu pai fez é passado.

Só que não era.

Soltando o ar com força, larguei o cabelo e levantei do banco. Estava na hora de mudar de assunto antes que acabasse dizendo alguma coisa que entregasse que eu sabia demais. Fui até a bancada e peguei uma vasilha grande.

— Você vai trabalhar esse fim de semana?

— Talvez dê um pulo lá amanhã, por algumas horas. — Ela levantou a tampa da panela, revelando um paraíso de pipoca branquinha. — Quais são seus planos?

Coloquei a vasilha sobre a ilha e peguei o saleiro, despejando o equivalente a uma mina de sal sobre a pipoca.

— Na verdade, não tenho planos. Talvez eu saia para fotografar. Também preciso terminar um trabalho.

— Que tal terminar o trabalho antes e depois sair para fotografar?

— Parece razoável.

— Pensando bem, talvez seja melhor ficar em casa, principalmente depois do que aconteceu na última semana. — Ela balançou a pipoca para espalhar o sal enquanto eu ia até a geladeira. — Que filme você quer assistir?

— Se não me engano, aquele filme sobre a boneca possuída já está disponível.

— Quer ver um filme de terror? — perguntou ela, visivelmente surpresa. — Desde quando?

Dei de ombros e abri a porta da geladeira.

— Sei lá. Estou no clima para algo diferente. — Corri os olhos pela geladeira, mas tudo o que vi foi um mar de azul. Franzi o cenho, desejando uma Coca. — Não tem nada para beber.

— Como assim? — Minha mãe riu. — A geladeira está cheia de refrigerante.

— É, mas eu queria uma Coca.

— Uma Coca? Você nunca bebe Coca.

Dei de ombros de novo. Esticando o braço, peguei duas garrafinhas de água.

— Quer manteiga? — Olhei por cima do ombro e vi mamãe me fitando com os lábios entreabertos. — Ahn, por que você está me olhando assim?

Ela piscou uma e, em seguida, outra vez.

— Nada. Deixa a manteiga aí.

— Tudo bem, então. — Fechei a porta da geladeira e segui para a sala. Mamãe continuou parada ao lado da ilha, olhando para a vasilha de pipoca como se ela contivesse a resposta para os segredos da vida. Botei as garrafinhas de água sobre a mesinha de canto. — Está tudo bem?

— Claro. — Ela ergueu o queixo, pegou a vasilha e sorriu, mas, ao se aproximar, reparei que o sorriso parecia um tanto ou quanto forçado. Soltando a vasilha ao lado das garrafas de água, pegou o controle remoto. — Bonecas possuídas... aqui vamos nós.

✹ ✹ ✹

Estava editando as fotos no computador, tentando não pensar em bonecas possuídas ou no que eu tinha visto na escola hoje quando um suave brilho inundou meu quarto.

ESTRELAS NEGRAS   **1**   A ESTRELA MAIS ESCURA

Franzindo o cenho, olhei para a janela. As cortinas estavam fechadas, mas não bloqueavam a luz do detector de movimentos. Esperei que ela se apagasse, o que geralmente acontecia rápido quando um cervo ou algum outro animal passava pelo jardim da frente.

A luz continuou acesa.

Coloquei o laptop de lado e puxei as cobertas de cima de mim. Em seguida, levantei da cama e fui até a janela, abrindo a cortina para dar uma espiada. Havia um pequeno telhado do lado de fora da janela, mais como uma laje de uns 80 cm de largura, onde ficava o detector. Ele projetava um forte feixe de luz sobre a entrada da garagem e parte do jardim da frente. Não vi nada além da árvore. O vento balançava os galhos, mas isso não teria acionado o detector.

Tinha que ter algum animal por ali.

Ou uma assustadora boneca possuída.

Ou um Luxen assassino psicopata.

Provavelmente um cervo.

Meu telefone tocou subitamente. Larguei a cortina e voltei até a cama para atender. Não o vi em lugar algum. Com um resmungo, levantei o cobertor e, em seguida, o travesseiro.

Eu peguei o celular e olhei para o número na tela. Meu estômago se contorceu. Esqueci imediatamente o detector de movimentos. Era o Luc. Sabia que era, mesmo que não tivesse salvado o número. Abri a mensagem e meu estômago se contorceu ainda mais.

Venha me ver amanhã.

De vez em quando, me perguntava se alguma vez eu tinha feito uma escolha boa na vida. Quando o Clyde abriu a porta da Foretoken para mim no sábado, me fiz a mesma pergunta mais uma vez.

Pelo menos não foi um Luc seminu quem atendeu a porta.

Embora uma parte ridícula de mim tenha ficado um pouquinho desapontada.

Kent me aguardava no meio da boate escura e silenciosa.

— Você voltou! — Ele bateu palmas enquanto vinha ao meu encontro.

Diminuí o passo.

— Achou que eu não voltaria?

— Tento não alimentar esperanças. — Dando-me o braço, começou a andar em direção ao corredor dos fundos. — Luc vai ficar feliz.

Não soube como retrucar.

— Sério, ele vai ficar muito feliz.

Fuzilei-o com os olhos.

Ele riu.

— Ei, o dia fica melhor para a gente quando o patrão está feliz.

— Luc é seu chefe?

— De certa forma — respondeu Kent de maneira sucinta.

Ele me acompanhou até a porta do apartamento do Luc, bateu e, em seguida, se afastou rapidamente, desaparecendo escada abaixo antes que o Original aparecesse.

Fiquei aguardando, o coração a mil, o que não tinha nada a ver com subir seis lances de escada.

Antes que pudesse pensar direito sobre o que estava fazendo, a porta se abriu e lá estava ele.

De camiseta.

Seus olhos profundamente violeta me fitaram de cima a baixo. Ele recuou um passo, segurando a porta aberta.

— Entre — convidou, correndo uma das mãos pelos cabelos úmidos. — Quer beber alguma coisa?

Fiz que não, nervosa, e andei até o sofá. Uma vela de três pavios estava acesa sobre a mesinha de canto, e exalava um perfume que me lembrou mogno e especiarias. Pude sentir seu olhar em mim enquanto me sentava na beirinha do sofá e corria os olhos pelo aposento.

Não consegui evitar pensar no que o Chas tinha dito. E olha onde eu estava!

— O que o Chas te falou?

Virei-me para ele, levando um momento para processar a pergunta.

— Está lendo a minha mente?

Ele deu um passo em minha direção.

— Você estava praticamente gritando.

Levantei do sofá num pulo.

— Não faça isso, Luc. Sério.

— Tudo bem. Desculpa. Erro meu, mas... — Ele inclinou a cabeça ligeiramente de lado. — Ele te disse para ficar longe de mim?

Joguei as mãos para o alto, me sentindo péssima pelo Luc agora saber o que o Chas tinha me dito. Nem sabia direito por que eu me sentia mal por isso.

ESTRELAS NEGRAS — A ESTRELA MAIS ESCURA

— Obviamente você já sabe a resposta.

— Que merda! — murmurou ele, correndo os dedos pelos cabelos novamente.

Cruzei os braços e o encarei.

— Faz ideia de por que motivo ele diria uma coisa dessas?

Luc abaixou a mão.

— Não exatamente, mas vou descobrir.

— Não acho que ele estava tentando começar alguma...

— Você não o conhece bem o bastante para deduzir nada.

— Também não te conheço bem o bastante para saber se deveria dar ouvidos a ele ou não — rebati.

Luc ficou quieto por alguns instantes.

— Acho que conhece. Afinal, você está aqui. Está arrependida de ter vindo?

— Eu... — Como podia responder uma pergunta dessas? Sentei-me de novo. — Não sei. Tem acontecido coisas muito bizarras, e eu costumo fazer péssimas escolhas.

Seus lábios se contorceram, e a linha do maxilar abrandou. Alguns segundos se passaram.

— Da próxima vez que alguém te disser algo assim, me conte.

— Acha que haverá uma próxima vez?

— Espero que não.

— Bem, você parecia ocupado, e eu...

— Não queria criar problemas para o Chas? E não. Não estou lendo a sua mente. — Com um suspiro, ele pescou o telefone no bolso de trás da calça e o colocou sobre a bancada da cozinha. — Ele vai ficar bem. Não se preocupe. Nós só vamos ter uma conversinha.

— Realmente não faz ideia de por qual motivo ele diria isso?

Luc ficou quieto novamente.

— Tem ideia do que eu faço aqui?

Eu tinha uma boa ideia.

— Bem, imagino que esteja escondendo Luxen... Luxen sem registro.

— Não estou apenas escondendo. Organizo tudo para eles partirem, irem para um lugar seguro. Os caras que você encontrou aqui no sábado? Daemon e Archer? Eles me ajudam a transferir os Luxen.

— Então, quando vocês dizem "pacote", estão se referindo a um Luxen não registrado? — Esfreguei as palmas sobre o joelho dobrado. — Por que...

por que você os transfere para um lugar seguro? Tem a ver com as mudanças que o presidente quer fazer no programa de registro?

— Acho que você sabe que a história prova que toda vez que um grupo de pessoas é colocado em sua própria *comunidade*, coisas ruins acontecem.

É, a história provava isso. Nós se formaram em meu estômago.

— Você acha que essas mudanças vão ser aprovadas?

— Acho que qualquer coisa é possível quando o público é alimentado com notícias que instigam o medo — observou ele. Pensei na Colleen e na Amanda. O que acontecera com elas sem dúvida não ajudava a forma como os humanos viam os Luxen. — Queremos estar preparados caso essas mudanças sejam implantadas.

Parei de esfregar as mãos e apertei os joelhos.

— Como eu posso ajudar?

Luc ergueu as sobrancelhas, surpreso.

— Você quer ajudar os Luxen?

Será que queria?

— Eles já estão aqui faz tempo, certo? A maioria só quer viver sua própria vida, assim como a gente. — Pensei no que minha mãe tinha dito. — Existem Luxen maus da mesma forma que existem humanos maus. Isso não significa que todos eles sejam iguais.

— Certo — murmurou ele, inclinando a cabeça de lado.

— Eu... não quero ficar no lado errado da história, entende? — Senti as bochechas queimarem.

Aqueles olhos estranhos se fixaram nos meus.

— Você pode ajudar continuando a fazer o que está fazendo. Mantendo em segredo o que eu sou. O que faço aqui.

A meu ver, era muito pouco.

— Eu jamais contaria a alguém sobre isso. — Baixei os olhos e pensei numa coisa. — A força-tarefa sabe sobre você? Sobre os Originais?

— Alguns sabem, poucos. O Alto-Comando? Sim, eles sim. Os que participam das batidas policiais? Provavelmente não.

Fiquei estranhamente tranquilizada ao escutar isso e não quis entrar no mérito dos porquês.

— Então, alguma coisa deu errado com a transferência dos Luxen?

Ele assentiu.

— Alguém dedurou para a força-tarefa. Eles sofreram uma emboscada. A família que você viu? Eles foram capturados.

ESTRELAS NEGRAS · 1 · A ESTRELA MAIS ESCURA

— Meu Deus! — Meu estômago se contorceu. Não gostava do fato de o cara ter tentado me estrangular, mas era terrível descobrir que eles tinham sido capturados. — E quanto ao Daemon e o Archer?

— Eles escaparam. Na verdade, estão voltando para cá, uma vez que precisam sair do radar antes de tentarem voltar para casa.

— E é seguro eles ficarem aqui? — perguntei. — Vocês sofreram uma batida.

— Prefiro arriscar a boate do que a casa deles.

Abri a boca, mas não soube como responder. Aquilo era ao mesmo tempo louco e corajoso.

— Vamos ficar bem — disse ele, se aproximando e se sentando ao meu lado. — Sempre ficamos.

Olhei para ele.

— Sempre?

— Sempre — repetiu Luc, chegando o corpo um pouco mais para perto. Ou talvez tivesse sido eu. Não tinha certeza. O fato é que havia apenas uns poucos centímetros nos separando. — Ouvi dizer que a garota foi encontrada.

— Foi. — Desviei os olhos e pigarreei. — Eu a vi. Não de perto, mas vi os olhos dela. Eles foram queimados, Luc, e ela foi colocada no próprio carro, no meio do estacionamento. Foi deixada lá como se...

— Como se alguém quisesse que ela fosse encontrada desse jeito. Que nem a outra garota.

Assenti.

— O público acha que foi um Luxen.

— É o que parece. — Luc tocou meu braço. Inspirei de maneira superficial e me virei para ele. — Sinto muito que você tenha visto isso. Acho que preciso... — Seu olhar se voltou para a porta e, um segundo depois, escutei a batida. Com um suspiro, ele se levantou e foi atender.

Fui tomada por uma estranha sensação de déjà vu, que me deixou tensa. Era o Grayson. Ele sequer olhou para mim.

— Sei que você deve estar querendo me matar — disse ele. Em seguida, abaixou a voz, mas não tanto que eu não conseguisse escutar. — Temos convidados. Do tipo que me obrigou a mandar o Kent embora.

— Fantástico. — A impaciência foi notória naquela única palavra. Luc olhou de relance para mim por cima do ombro. — Sinto muito, mas...

— Não tem problema. — O que mais eu poderia dizer? — Nosso timing é péssimo.

· 191 ·

Um olhar estranho cruzou-lhe o rosto.

— É mesmo.

Franzi as sobrancelhas.

— Posso ir junto?

— Não — respondeu ele sem pestanejar. — Não vou demorar. Ligue a TV, escolha um filme. Sinta-se em casa. Volto já.

Estreitei os olhos. Luc desapareceu antes que eu pudesse responder, batendo a porta ao sair. Com um suspiro, corri os olhos em volta do aposento novamente. Qualquer outra hora, eu teria ficado empolgadíssima com a chance de dar uma espionada no apartamento dele, mas, no momento, estava mais interessada em espionar outra coisa. Queria saber o que estava acontecendo para que o Kent, um humano, não pudesse estar presente.

Comecei a perambular pelo aposento, indo em direção à guitarra, mas então parei. Luc não tinha dito que eu não podia sair do apartamento. Dissera apenas que eu não podia ir *com* ele. Assim sendo, se simplesmente saísse dali e descesse as escadas, não seria como se não estivesse dando ouvidos a ele.

Não que eu tivesse que dar ouvidos a ele.

Decidida, girei nos calcanhares antes de me dar a chance de pensar direito no que eu estava fazendo. Ao sair para o corredor, fiquei aliviada em ver que não tinha ninguém montando guarda do lado de fora. Segui rapidamente em direção às escadas. Descer seis andares não era tão ruim quanto subir, mas eu definitivamente precisava começar a me exercitar ou algo parecido, visto que os músculos das minhas pernas já estavam queimando.

Suando mais do que deveria tendo em vista que estava *descendo* os degraus, cheguei ao primeiro andar e abri lentamente a porta. Atravessei pé ante pé o corredor fracamente iluminado, mantendo-me próxima à parede ao me aproximar da área da boate. Parei um passo antes de chegar ao amplo salão e dei uma espiada.

O primeiro que vi foi o Grayson. Ele estava parado ao lado de uma das mesas altas e redondas, os braços cruzados. Olhei para sua direita e vi o Luc, apenas de perfil, mas foi suficiente para reconhecer a entediada indiferença em seus belíssimos traços.

Meus dedos se fecharam na quina da parede ao vê-lo trancar o maxilar.

Vi o cara primeiro. Ele era alto, com cabelos escuros. Ao lado dele havia uma mulher que só podia ser sua irmã. Ela era a versão feminina do homem. O mesmo cabelo preto, a mesma altura, mas enquanto os traços dele eram bem masculinos os dela eram mais delicados. Havia também outro sujeito

ESTRELAS NEGRAS · A ESTRELA MAIS ESCURA

com a pele um pouco mais escura que a deles, como se ele passasse muito tempo sob o sol.

Nenhum deles usava um Desativador.

Vestidos de couro da cabeça aos pés — calça, jaqueta e botas —, os três pareciam renegados do clube de motociclistas Bikers 'R' US.

— Sabemos que você ajuda a nossa espécie. — O que eu deduzi que fosse o irmão deu um passo à frente. — E está dizendo que não pode?

Eles eram Luxen não registrados — Luxen que desejavam dar o fora daqui —, mas por que o Luc não queria ajudá-los?

— Ajudo, é verdade. — A voz do Luc soou tão entusiasmada quanto sua expressão. — Mas não ajudo gente como vocês.

— Como nós? — retrucou a irmã no mesmo tom, o lindo rosto se contorcendo numa careta. — O que você quer dizer com isso?

Luc inclinou a cabeça ligeiramente de lado.

— Você sabe exatamente o que eu quero dizer.

— Não sei o que você ouviu sobre a gente — disse o sujeito bronzeado com um sorriso, tentando ser mais gentil. — Mas não estamos aqui para criar problemas. Só precisamos sair do radar por uns dois dias, depois a gente parte com o próximo pacote que você for entregar. Só isso.

— E por que vocês precisam sair do radar, Wayland?

O Bronzeado encolheu-se ligeiramente.

— Ocorreram alguns pequenos mal-entendidos.

— Sei. — Luc bufou. — Tenho certeza de que foram *mal-entendidos*. Como eu disse, não é que eu não possa ajudá-los. Simplesmente, *não vou*.

— Seu sacana! — sibilou o irmão.

— Cuidado com a língua, Sean. — Grayson ergueu o queixo. — Ou acabaremos tendo outro mal-entendido.

Sean rosnou.

— É melhor você tomar cuidado com a forma como fala comigo, traidor.

Grayson descruzou os braços e um leve brilho branco envolveu-lhe os ombros.

— Do que você me chamou?

— Você ouviu — intrometeu-se a irmã, com um sorrisinho cruel. — Você ficou do lado deles. Lutou contra sua própria espécie. De que outra forma ele deveria se referir a você?

Puta merda. Aqueles Luxen não estavam no Time dos Humanos. Um calafrio desceu por minha espinha. Eles faziam parte dos invasores.

· 193 ·

— Talvez inteligente? — sugeriu Luc. — Ao contrário de você, Charity, e do seu irmão. E do seu amigo, Wayland.

Sean esticou o pescoço para um lado e, depois, para o outro.

— Por que está dificultando as coisas? Somos Luxen, e você tem que nos ajudar. Precisamos dar o fora daqui, e não podemos fazer isso sem você.

— Tem razão. — Luc mudou de posição, ficando de costas para o salão. — Eu ajudo Luxen que merecem viver suas vidas sem ter que ficar o tempo todo olhando por cima do ombro. Mas não ajudo os que integraram o clube Vamos Escravizar a Terra.

Isso aí.

Eles definitivamente não eram amigáveis.

Um súbito pensamento me ocorreu. Será que eles eram responsáveis pelo que tinha acontecido com a Colleen e a Amanda? Talvez achassem que matar um humano fosse um simples mal-entendido. Mas, se tivesse sido eles, por que deixariam os corpos em lugares tão óbvios?

— Por que, Luc? — Charity se meteu na frente do irmão, ficando momentaneamente fora de vista. — Por que você se importa com os humanos? Eles não deveriam significar *nada* para você. Não entendo como consegue viver cercado por eles. Se eu respirar fundo, posso sentir um resquício de suor e... perfume. Pêssegos.

Pêssegos?

Suguei o ar à minha volta.

Ah, não!

— Essa conversa está muito chata — retrucou Luc, movendo os dedos de maneira distraída. — Mas como estou me sentindo generoso hoje, vou dar a vocês um minuto para dar o fora daqui e dessa cidade. Começando a contar agora.

— Acha que temos medo de você? — Sean abriu um pouco mais as pernas. — Sabemos o que você é. E sabemos que não pode lidar com nós três ao mesmo tempo.

— Tem certeza? — Luc riu. — Então vocês não fazem ideia do que eu sou, se acham que não posso lidar com os três.

Grayson deu uma risadinha, meteu a mão no bolso e puxou um pirulito.

— Eu assino embaixo.

Wayland levantou as mãos.

— Galera, vamos nos acalmar...

— Restam apenas trinta segundos — lembrou o Original.

ESTRELAS NEGRAS **1** A ESTRELA MAIS ESCURA

— Que se foda. — Charity deu um passo para o lado. — Que se foda *tudo isso.*

— Vinte segundos.

Com o belo rosto se contorcendo numa careta, ela ergueu a mão.

— Quer saber? Não precisamos da sua ajuda.

— Charity — alertou Wayland.

— Dez segundos.

Ela inflou o peito.

— Certo. Estamos indo. — Recuou um passo. — Mas antes? Você me irritou. Estou profundamente desapontada com o grande e poderoso Luc.

— Ó céus — murmurou Grayson, desembalando o pirulito e o metendo na boca.

— Acho que devo mostrar o quanto estou desapontada. — Uma luz branca desceu espiralando pelo braço da mulher até a ponta dos dedos. Ela estava invocando a Fonte. — Oi, Pesseguinho — disse em voz alta. Congelei em meu esconderijo não tão escondido assim. — Você não precisava morrer hoje, mas pode agradecer ao Luc por isso. Ah, espera um pouco. Não pode, não, porque vai estar *morta.*

18

Alguém soltou um palavrão quando uma bola de luz explodiu da ponta dos dedos da Charity e cruzou o salão num arco, vindo direto em minha direção. Não dava nem tempo de gritar.

Eu ia morrer.

Sem aviso algum, algo — algo, não, o *Luc* — colidiu contra mim, roubando o ar dos meus pulmões. Caímos os dois, ele girando o corpo em pleno ar para absorver o impacto da queda. Por um breve segundo, fiquei estatelada sobre o Original, quadril com quadril, absolutamente petrificada.

— Isso foi... *rápido*.

Luc, então, rolou, me botando debaixo dele ao mesmo tempo que o gesso acima de nós explodia, liberando uma nuvem de detritos brancos no ar.

— Jesus, você *continua* não dando ouvidos ao que eu digo.

— Espera aí. O quê? — murmurei.

— Não se mexa — disse ele, levantando-se num pulo e girando. — Isso foi um erro.

Coloquei-me de barriga para baixo e ergui a cabeça.

Luc deu alguns passos e ergueu a mão enquanto eu me esforçava para me colocar de pé. Uma lufada de ar atingiu o corredor, levantando o cabelo em torno do meu rosto. Um segundo depois, Wayland cruzou a pista de dança, empurrado para trás por uma força invisível. Sean chocou-se contra a parede e foi suspenso no ar, imobilizado a mais de um metro do chão.

— Uau! — murmurei.

Charity partiu para cima do Luc como um trem de carga.

ESTRELAS NEGRAS 1 A ESTRELA MAIS ESCURA

Com um arquejo, corri para ajudá-lo, parando ao vê-lo ir de encontro ao ataque. Luc mergulhou no instante em que ela desferiu um golpe, uma luz branca pulsando na palma da mão da mulher. Ele a agarrou pelo braço ao se levantar e a lançou para trás com força. Charity girou no ar, mas Luc a pegou de novo antes que ela caísse no chão.

Grayson afastou um dos bancos da mesa e se sentou, metendo o pirulito novamente na boca.

Luc manteve Charity suspensa no ar, com uma das mãos em volta de sua garganta.

— Normalmente não gosto de fazer isso, mas você tentou matar a Pesseguinho, e eu gosto muito de pêssego. Inclusive os comestíveis. — *Nem...* — Ele agarrou a outra mão dela antes que Charity a fechasse em seu braço. — *Tenta.*

O Original a lançou longe, fazendo-a rolar várias vezes ao bater no chão. Em seguida, avançou ao vê-la se levantar. Charity assumiu sua forma verdadeira. As veias se acenderam. Prendi a respiração. Um brilho branco espalhou-se pela boate à medida que a luz em suas veias encobria a pele, substituindo ossos e tecido. Um forte calor impregnou o ar. Recuei alguns passos, pressionando meu corpo contra o balcão do bar.

O brilho era intenso demais, tal como olhar diretamente para o sol. Em segundos, Charity estava completamente envolta em luz. Ela partiu para cima dele de novo.

— Uau! — exclamou Grayson, inclinando a cabeça de lado. — Ela não aprende.

— Não. — Luc deu um passo para o lado, a velocidade fazendo com que parecesse apenas um borrão. Ele a pegou pela garganta mais uma vez e a forçou a se ajoelhar, totalmente indiferente à luz pulsante que se estendia em sua direção.

Sean escorregou da parede, aterrissando como um gato. Ele, então, se empertigou e atravessou em disparada a pista de dança. Sem tirar os olhos da Charity, Luc estendeu a outra mão. Sean foi lançado no ar, girando de lado por cima da cabeça do Grayson e despencando num dos recessos escuros.

— Você podia dar uma mãozinha aqui, Gray — disse Luc por entre os dentes.

— Acho que não. — Grayson girou o pirulito na boca. — Você parece ter tudo sob controle.

Luc revirou os olhos e voltou a atenção para a Charity.

— Não queria que as coisas chegassem a esse ponto. — Um tipo diferente de luz envolveu seu braço e ele se ajoelhou. — Mas não admito que ameacem o que é...

O grito dela abafou o resto do que o Luc estava dizendo. Ela brandiu os braços e curvou as costas para trás. Sua luz piscou rapidamente, como uma lâmpada prestes a queimar.

Com um rugido de gelar os ossos, Sean se colocou de pé.

— Não! — gritou Wayland um segundo antes de assumir a forma verdadeira. Tarde demais.

O brilho dela retrocedeu enquanto a luz mais brilhante, a que irradiava da mão do Luc, escapava por seus olhos e pela boca aberta, projetando feixes no teto da boate, onde pareceram se espalhar de forma inofensiva pelas vigas e caibros.

Luc a soltou.

Charity caiu no chão com os braços abertos e os joelhos dobrados. Levei a mão à boca. Ela parecia... com a descrição que minha mãe tinha feito, com o Chas quando ele ficara alternando entre a forma humana e alienígena depois de ser ferido. Sua pele me lembrou a de uma concha translúcida com veias apagadas e traços *quase* humanos.

Wayland partiu com tudo para cima do Luc, que estava em pé ao lado do corpo da mulher. Sean, já recobrado, saiu do nicho escuro, passando pelo Grayson, cuja expressão dizia que tudo o que faltava era um balde de pipoca.

Os dois Luxen avançaram contra o Original. Não parei para pensar. Girando, peguei a coisa que havia mais perto — uma garrafa pesada de um líquido dourado. Puxei o braço para trás e a arremessei o mais forte que consegui. A garrafa se espatifou ao bater no Sean.

— Uma garrafa? — Grayson riu. — Você jogou uma garrafa?

— Pelo menos ela está tentando ajudar — devolveu Luc, erguendo um braço.

— Ei! — Grayson tirou o pirulito da boca. — Estou aqui para dar apoio moral.

Encolhi-me ao ver o Sean sacudir o corpo para se livrar dos cacos de vidro e voltar à forma humana. Ele me fitou com os olhos estreitados.

Luc abriu a mão, e foi como se um laço invisível tivesse capturado Wayland pela cintura. Ele foi suspenso do chão e lançado no ar, e simplesmente ficou ali, como que... *levitando*.

Sean veio para cima de mim. Sem olhar, estiquei o braço para trás a fim de pegar outra garrafa. Mas, então, ele já não estava mais vindo. Foi como se uma gigantesca mão invisível o tivesse puxado para trás, fazendo-o deslizar pelo chão até colidir contra a mesa onde o Grayson estava sentado. Os dois caíram num emaranhado de braços, pernas e bancos.

Luc riu.

ESTRELAS NEGRAS · 1 · A ESTRELA MAIS ESCURA

— Apoio moral uma ova!

Com os olhos arregalados, peguei outra garrafa no mesmo instante em que um dos bancos virados zuniu pelo chão e se espatifou contra a parede. Grayson estava de pé, o cabelo louro normalmente arrumado com perfeição caindo sobre a testa.

— Você me fez perder meu pirulito. — Esticando o braço, ele pegou Sean pelo colarinho da camisa e o suspendeu. — E era meu favorito. Maçã verde.

Luc andou em direção ao Wayland, a cabeça inclinada ligeiramente de lado.

— Eu diria que sinto muito por isso, mas estaria mentindo. Não sinto, não. — Ele cerrou a mão.

Ossos estalaram como trovões. O corpo do Wayland girou e torceu, os braços e as pernas se partindo em ângulos inimagináveis. O Luxen se dobrou como um acordeão, fechando-se em si mesmo e obliterando sua luz como se ele não passasse de um inseto.

— Ai, meu Deus — murmurei, horrorizada. Luc não estava brincando quando dissera que podia fazer tudo o que um Luxen fazia, só que melhor.

Ele virou a cabeça, as pupilas brilhando feito diamantes. Em seguida, abaixou a mão. Wayland despencou, e eu soube que estava morto antes mesmo de seu corpo bater no chão. Luc baixou os olhos para minha mão, que ainda segurava a garrafa. Trincando o maxilar, ele se virou de costas.

Grayson passou deslizando pelo chão, arremessado pelo Sean.

— Nós viemos aqui em busca de ajuda! — gritou o Luxen. — E é assim que você reage?

Luc se virou para ele, o corpo tenso.

— Você vai se arrepender de ter feito isso. Pode apostar! — Sean moveu--se tão rápido que mais pareceu um raio de luz ofuscante.

Mas não chegou longe.

De repente, ele estava diante da porta, tentando abri-la. Ela não cedeu um milímetro. Luc foi atrás dele. Em sua forma verdadeira, Sean afastou-se da porta ao mesmo tempo que o Original parava no meio da pista de dança. Um suave brilho branco o envolveu por inteiro. O ar pareceu crepitar e perder densidade, como se o oxigênio estivesse sendo sugado de todo o salão. Tentei respirar, mas minha garganta queimou. Recuei alguns passos, tropeçando e batendo numa prateleira. As garrafas de bebida chacoalharam.

— Cansei de brincar — disse Luc, cerrando o punho.

A luz que envolvia o corpo do Sean pulsou com um brilho intenso, quase ofuscante. Ele estremeceu e caiu de joelhos. Suas costas se curvaram

· 199 ·

e os braços se estenderam ao lado do corpo. A luz que o envolvia começou a piscar rapidamente até se apagar. O oxigênio retornou ao salão ao mesmo tempo que Sean caía para a frente, imóvel. Uma poça escura de sangue se formou debaixo dele e se espalhou pelo piso.

Ergui os olhos arregalados do Luxen caído e olhei para o Luc. Seu brilho suave retrocedeu. Então essa era a diferença entre um Luxen e um Original. Os Originais eram capazes de matar com um simples fechar da mão.

Deus do céu!

— Bom. — Luc soltou um suspiro e olhou para os corpos no chão. — Acho que a situação fugiu ao controle.

Grayson correu os dedos pelo cabelo, afastando-o do rosto.

— Verdade. — Ele olhou para mim. — A garota deve ter ficado traumatizada.

Ainda segurando a garrafa de bebida, olhei para os corpos. Eles pareciam tão… estranhos. Como figurantes em um filme de ficção científica.

Luc se virou lentamente para mim. Seu peito inflou com um pesado suspiro.

— Tenho certeza que te mandei ficar no apartamento.

— Não. — Forcei-me a desviar os olhos dos Luxen mortos. — Você me disse que eu não podia descer com vocês.

Ele se aproximou de mim, ignorando os corpos como se eles sequer estivessem lá.

— Dá no mesmo. — Parou diante de mim e pegou a garrafa ainda em minha mão. Em seguida, colocou-a de volta sobre o balcão do bar, os olhos fixos nos meus. — Você está bem?

Soltei as mãos ao lado do corpo.

— Estou.

Seu olhar perscrutou meu rosto e ele pareceu soltar outro pesado suspiro.

— Foi preciso, entende? Eu tive que fazer isso. Esses Luxen não eram bacanas.

Engoli em seco.

— Deu para perceber.

— Wayland e eu tivemos algumas desavenças no passado. Ele devia saber que não seria inteligente trazê-los aqui.

— Eles eram invasores, certo? — Ao vê-lo assentir, soltei o ar com força. — É por isso que você não queria ajudá-los?

Ele me fitou no fundo dos olhos.

ESTRELAS NEGRAS · 1 · A ESTRELA MAIS ESCURA

— Eu não queria ajudá-los porque eles não tinham o menor respeito pela vida humana. Por isso.

Meu coração martelou dentro do peito.

— Wayland sabia que qualquer Luxen que representasse uma ameaça aos humanos não receberia minha ajuda.

— Se eles sabiam, por que vieram aqui?

— Porque estavam desesperados. — Luc desviou os olhos. Acompanhei seu olhar e vi que o Grayson tinha sumido. — A força-tarefa procura diariamente por Luxen sem registro, e tenho a sensação de que esses três fizeram algo que despertou uma atenção desnecessária para si mesmos. Eles eram maus.

A maneira como falavam me mostrara isso, mas será que as coisas teriam fugido ao controle daquele jeito se eu não estivesse ali? Um incômodo nó gerado por uma sensação de culpa se formou em meu estômago.

— Eu devia ter ficado lá em cima.

— É. — Ele voltou os olhos para mim novamente. — Devia mesmo.

— Me desculpa — murmurei, compreendendo finalmente que, se tivesse ficado lá, as coisas talvez não tivessem…

— Tudo teria terminado do mesmo jeito. — Luc interrompeu meus pensamentos. — Quer tivesse ficado lá ou não. Mas você podia ter se machucado.

— Não leia a minha mente.

Luc me fitou sem um pingo de arrependimento.

Soltei um forte suspiro.

— Eles eram assustadores, Luc.

— Eram sim. A maioria dos Luxen se importa com os humanos. Mas alguns não. Esses são perigosos. — Ele se aproximou, apoiou uma das mãos no balcão do bar, ao lado do meu quadril, e baixou as pestanas. — Sinto muito que você tenha visto isso. Sinto muito que tenha corrido o risco de se machucar.

Eu realmente podia ter me machucado.

— Ela te chamou de Pesseguinho, não foi? — Com um ligeiro sorriso repuxando-lhe os lábios, ele ergueu os olhos novamente. — Gostei.

Franzi o nariz.

— Eu não.

— Combina com você.

— É só meu… hidratante.

— Não. — Luc inclinou a cabeça para trás e inspirou fundo. — É mais do que isso.

· 201 ·

Não soube como responder. Meu olhar recaiu novamente sobre os corpos.

— Todos os Originais são capazes de fazer o que você fez?

— Não. — Dois dedos se curvaram sob meu queixo e ergueram minha cabeça, me obrigando a desviar os olhos dos Luxen caídos. Luc não disse nada quando nossos olhos se encontraram. Ficamos em silêncio por um bom tempo. Eu deveria ter medo dele, especialmente depois de ter visto *tudo aquilo*. Deveria fugir correndo, gritando a plenos pulmões.

Mas não.

Gostaria de estar com medo, porque me parecia a reação mais inteligente. Mas não estava.

— A maioria não era tão... habilidosa assim — comentou ele, e não pude reprimir o calafrio que me percorreu. — Mas havia alguns bem mais assustadores do que eu. Originais sem...

— O quê? — perguntei num sussurro.

— Um pingo de humanidade. — Suas pestanas grossas baixaram mais uma vez, ocultando-lhe os olhos. — Pensei que poderia mudá-los, ensiná-los a serem mais empáticos, mais humanos. Aprendi que mesmo que a gente acredite que não existe causa perdida, existe sim. Às vezes, não há nada que possamos fazer para mudar o resultado.

— Não quero acreditar que existe gente por aí que não tem salvação — admiti. — Me parece derrotista demais.

Ele baixou os dedos, roçando de leve minha garganta. Um tipo diferente de calafrio percorreu meu corpo.

— Só estou sendo realista, Pesseguinho.

— Não me chame assim — retruquei, sentindo a pulsação a mil ao ver suas pupilas adquirirem um tom mais difuso de preto.

— O que eu perdi?

Nós dois nos viramos. Kent estava parado ao lado do palco. Luc recuou um passo, e senti como se pudesse respirar novamente.

— Infelizmente, preciso me despedir — disse Luc, correndo os dedos pelos cabelos bagunçados. — Vou cuidar para que você chegue sã e salva em casa.

— Espera um pouco. Por que eu não chegaria sã e salva?

— Os Luxen nascem em trios e, pelo que eu sei, Sean e Charity têm um irmão. Ele talvez já esteja morto, ou talvez passe por aquelas portas a qualquer instante à procura dos irmãos.

Puta merda, ele tinha razão. Os Luxen sempre nasciam em trios. Eu apenas nunca tinha visto três ao mesmo tempo.

ESTRELAS NEGRAS · **1** · A ESTRELA MAIS ESCURA

— Grayson foi verificar se não tem ninguém lá fora no momento, mas como seguro morreu de velho, prefiro que você não esteja aqui caso ocorra algum imprevisto.

Kent olhou para a gente.

— Me digam uma coisa, por que tem três Luxen mortos no chão? Melhor ainda, quem vai limpar essa bagunça? Eu é que não vou.

Luc o ignorou.

— Você vai ficar bem, mas não quero arriscar.

De repente, me lembrei do que o Sean tinha dito sobre mal-entendidos.

— Só mais uma coisa. Você acha que eles tiveram algo a ver com o que aconteceu com a Colleen e a Amanda?

Um olhar estranho cruzou o rosto do Original, um que não consegui identificar porque desapareceu antes que eu tivesse a chance de decifrar.

— Talvez — respondeu ele, mas por algum motivo, não achei que acreditasse nisso. Luc me pegou pela mão e me puxou de detrás do bar. — Se houver outro, Grayson irá descobrir.

— Tem certeza? Porque ele simplesmente ficou sentado o tempo todo — ressaltei. — A única coisa que ele me parece ser capaz de encontrar é pirulitos.

Kent bufou.

— Parece o Grayson que eu conheço.

— Vai dar tudo certo — disse Luc, correndo os olhos por mim enquanto me conduzia até o Kent. — Só prefiro que no momento você vá para casa.

Kent ergueu as sobrancelhas.

— Ah, uau! Acho que a noite hoje vai ser divertida. Mal posso esperar. Mas não vou limpar a bagunça.

— Mas... — Fiz uma pausa ao sentir o Kent dar um tapinha em meu ombro. Balançando a cabeça, virei-me de costas para ele. — Espera. A gente não...

— Teremos tempo — interveio Luc. — Pode ter certeza, Pesseguinho.

Pressionei os lábios numa linha fina.

— Não me chame assim.

— Eu te ligo — insistiu ele. — Prometo. Mas agora vá. — Luc apertou minha mão. Um segundo depois, me puxou para si, colando nossos corpos. Em seguida, abaixou a cabeça e roçou os lábios em minha têmpora. O contato me pegou de surpresa. — Faça isso por mim. Vá para casa. Por favor.

Desconcertada com o pedido, pois suspeitava que o Luc não dissesse aquelas palavras com frequência, fiz o que ele me pediu.

Fui embora.

cordei no meio da madrugada de domingo e me sentei imediatamente na cama, desesperada por ar. Levei a mão à garganta. Ela estava dolorida, tanto a pele quanto os frágeis ossos, como se alguém tivesse tentado me esganar.

Eu tinha sonhado.

Isso eu sabia, porque momentos antes me vira de novo na boate com os três Luxen. Luc, porém, não estava lá. No lugar dele havia um homem superparecido com o Sean, e ele estava me estrangulando.

— Jesus! — murmurei, forçando meu coração a desacelerar. — Foi só um pesadelo.

Meus braços, porém, estavam arrepiados, e minha garganta *doía*. Baixei a mão e corri os olhos pelo quarto escuro. O edredom estava embolado no pé da cama. Eu devia tê-lo chutado enquanto dormia. Tudo estava quieto. Reconheci as sombras familiares da cômoda e da escrivaninha. O relógio sobre a mesinha de cabeceira mostrava que eram 3:20 da manhã.

Cedo demais para levantar.

Empurrei-o para longe. Não devia ficar surpresa por estar tendo pesadelos depois de... bem, tudo o que acontecera. Quem podia me culpar? Especialmente levando em consideração que eu não acreditava de verdade que os Luxen que o Luc havia matado eram os responsáveis pelo que acontecera com a Colleen e a Amanda. Não fazia sentido, uma vez que eles estavam tentando fugir da cidade sem chamar a atenção.

ESTRELAS NEGRAS — A ESTRELA MAIS ESCURA

Pressionei os lábios, sentindo meu estômago se contorcer. E se houvesse outro irmão enfurecido lá fora, buscando vingança? Além de todo o resto? Não seria minha culpa? Se eu tivesse ficado no apartamento do Luc...

— Para com isso — repreendi a mim mesma.

Não podia ficar pensando nessas coisas se quisesse voltar a dormir. Estiquei o braço para pegar o edredom e senti uma forte fisgada na barriga.

— Iai. — Franzindo o cenho, empertiguei o corpo e apertei a barriga, encolhendo-me ao fazer isso. A área estava dolorida.

Com cuidado, virei de lado e acendi o abajur. A luz suave espalhou-se pelo aposento. Ajeitando-me de novo, fechei os dedos em volta da bainha da camiseta que eu usava para dormir e a suspendi.

— Puta merda! — Soltei num arquejo.

Havia três longos arranhões em minha pele, logo acima do umbigo, como se um gato... ou um demônio tivesse me atacado durante o sono. Os arranhões não estavam sangrando, nem pareciam ter sangrado em momento algum, mas sem dúvida as marcas estavam lá.

Que diabos?

Corri os olhos pelo quarto novamente, como que buscando respostas. Em seguida, toquei os arranhões. Encolhi-me ao sentir a fisgada de dor e puxei a mão. Soltando a camiseta, fui até o banheiro. Uma vez lá dentro, verifiquei meu corpo inteiro. Não vi nenhum outro arranhão, embora houvesse um hematoma em meu quadril direito, provavelmente de quando o Luc me derrubara.

Os arranhões deviam ter acontecido nessa hora, mas como? Não tinha ideia, embora fosse a única coisa que fizesse sentido, a não ser que eu mesma tivesse me arranhado enquanto dormia. O pesadelo tinha sido extremamente vívido, portanto, só Deus sabe o que eu podia ter feito.

Peguei o frasco de água oxigenada no armário sob a pia e, usando um chumaço de algodão, limpei os arranhões para me certificar de que eles não infeccionassem.

Voltei para o quarto, me meti debaixo das cobertas e desliguei a luz. Fechei os olhos e os apertei com força, tentando não pensar no Luc, na boate nem em nada do que vinha acontecendo, mas mesmo assim demorei um longo tempo para pegar no sono novamente.

✸ ✸ ✸

JENNIFER L. ARMENTROUT

Meu humor só piorou quando eu entrei na cantina na segunda-feira e vi que as únicas opções de almoço eram pizza e salada. Ambas pareciam ter ficado no balcão o fim de semana inteiro.

— Que raio de comida fresca é essa? — murmurei.

James riu ao passar por mim.

— Quer metade do meu sanduíche?

— Quero. — Fui atrás dele feito um cachorrinho perdido, agarrada em seus calcanhares. — Por favor, e obrigada.

Heidi já estava sentada à nossa mesa. Peguei uma cadeira ao lado dela e soltei a mochila no chão enquanto o James se sentava à minha frente.

Ele abriu a mochila e retirou um saquinho com um pedaço do paraíso de manteiga de amendoim.

— Eu devia te fazer trabalhar por um pedaço — brincou ele.

— Isso seria incrivelmente mesquinho e oportunista — retruquei, estendendo as mãos e balançando os dedos. — Comer, comer. É o melhor para poder crescer.

— Você sabe que esse refrão tem duplo sentido, não sabe? — comentou Heidi, abrindo sua embalagem de Lunchables.★ Não via ninguém comer aquilo desde o ensino fundamental, mas a Heidi adorava. — Esse lance de comer é o melhor para poder crescer?

James repartiu o sanduíche.

— Provavelmente algo sujo.

— E é. — Heidi pegou uma bolacha, colocou uma fatia de presunto e depois outra de queijo cheddar. — Apenas pense numa coisa que envolve estar com um cara e depois acabar crescendo.

— O quê? Credo! — Franzi o nariz. — Que horror!

— Verdade. Verifica depois. — Ela me ofereceu o sanduichinho de biscoito.

— Obrigada. — Coloquei-o ao lado da minha metade do sanduíche de manteiga de amendoim. — Olhem só, montando um almoço fantástico com partes do almoço dos meus amigos.

— Você precisa começar a trazer o seu de casa. — Zoe se sentou ao meu lado. Ela estava com um prato de salada, porque, claro, era a Zoe. — Ou tentar comer algo verde.

★ Lunchables é uma espécie de marmita descartável que vem com bolachas, presunto, queijo e, em geral, algum biscoitinho doce, quase sempre um cookie. (N. T.)

ESTRELAS NEGRAS · 1 · A ESTRELA MAIS ESCURA

Fiz um muxoxo.

— Então, estão sabendo que a festa do Coop foi remarcada para sexta à noite? — James tomou um gole de sua água. — Vocês vão, certo?

Heidi continuou montando suas delícias de bolacha enquanto eu tentava não pensar no quanto era estranho ter uma conversa normal.

— Acho que não.

— Ah, tá. Agora que você arrumou uma namorada mais velha, está se achando boa demais para nós e nossas festas adolescentes — brincou James.

— Por aí — retrucou ela.

Eu ri.

— Pelo menos você é honesta.

— Falando em honestidade... — Zoe estreitou os olhos. — Que diabos?

Acompanhei seu olhar ao mesmo tempo que o James virava na cadeira, e vi a April com um punhado de alunos. Ela estava marchando — literalmente marchando — pela cantina, o rabo de cavalo louro balançando de um jeito que me deixou com vontade de cortar meu próprio cabelo. April segurava algum tipo de cartaz, acompanhada de perto por seus minions.

— Estou com um péssimo pressentimento — observou Zoe com um suspiro.

Meu olhar se voltou para a mesa dos Luxen. Tencionei. Connor, o Luxen de cabelos escuros que eu tinha visto na boate quando voltara lá para pegar meu telefone foi o primeiro a reparar na April. Seus lábios se mexeram e os outros levantaram a cabeça.

Heidi esticou o pescoço para olhar por cima da mesa atrás da gente quando a April pegou uma cadeira livre e a arrastou pelo chão, produzindo um guincho tenebroso. Ela plantou a cadeira no meio da cantina e subiu nela com a ajuda de um de seus minions.

April, então, levantou o cartaz no alto para que todos pudessem ver. Meu queixo caiu.

No centro do cartaz havia um desenho típico de alienígena, daqueles com queixo pontudo e grandes olhos pretos. A figura estava até pintada de verde. Sobre ela, um círculo com uma barra invertida.

— Puta merda — murmurou James.

Um segundo depois, os minions ergueram seus cartazes. Eram todos iguais.

— Isso só pode ser brincadeira — falei, soltando meu sanduíche.

— Gostaria que fosse. — Zoe pressionou os lábios numa linha fina.

— Atenção, todos vocês! — gritou April, e foi como se um interruptor tivesse sido acionado. A cantina inteira ficou quieta, porque, vamos lá, tinha

· 207 ·

uma garota em cima de uma cadeira segurando um cartaz de "Proibido alienígenas". — Temos o direito de nos sentir seguros em nossos lares e escolas, e não temos essa segurança. Colleen não estava segura aqui... por causa deles! Nem a Amanda!

Meu olhar recaiu novamente sobre a mesa dos Luxen. Connor estava imóvel, o rosto destituído de qualquer emoção.

— Eles não deveriam ter permissão de frequentar nossas escolas. Eles não são humanos. São alienígenas! — continuou ela.

— Eles não deveriam estar aqui! — gritou um dos caras ao lado dela. Ele sacudiu o cartaz como se isso ajudasse a provar seu ponto de vista. — Eles não se encaixam aqui!

Uma das Luxen mais novas ficou vermelha de vergonha. Ela baixou o queixo, deixando o cabelo castanho encobrir o rosto.

Com os olhos brilhando, April sacudiu os braços.

— Chega de Luxen! Chega de medo! Vamos lá. Repitam comigo! Chega de Luxen! Chega de medo!

Os que estavam com ela entraram no coro. Alguém atrás de nós se levantou e começou a gritar também. Virei no assento ao mesmo tempo que a Heidi soltava uma maldição.

— Onde estão os professores? Deus do céu!

— Chega de Luxen! Chega de medo! — Várias outras mesas se juntaram ao coro. Os alunos se levantaram e subiram nas cadeiras. Seus punhos fechados socavam o ar, me fazendo lembrar as pessoas dançando na Foretoken.

Mas nem todo mundo aderiu.

Alguns permaneceram quietos, trocando olhares de perplexidade. Virei-me para a Zoe.

— Isso é tão errado.

Ela fez um muxoxo.

— Não posso acreditar que eu tentava ser bacana com ela.

— Nem eu. — Uma forte ansiedade brotou em meu estômago. A gente *precisava* fazer alguma coisa. Desviei os olhos do rosto pálido da Heidi e voltei a atenção novamente para a Zoe. — A gente precisa...

— Já chega! Todos vocês, desçam das cadeiras e fiquem quietos! — O treinador Saunders seguiu a passos duros até o meio da cantina. — Agora!

April projetou o queixo com teimosia.

— Você não pode me impedir. Eu tenho o direito de protestar. É o que significa ser humano.

James se virou lentamente.

ESTRELAS NEGRAS **1** A ESTRELA MAIS ESCURA

— Acho que a April não entende o que significa direito de protesto.

— Ele não pode nos impedir — disse April para os que estavam à sua volta. — Vamos lá! Chega de Luxen! Chega de medo! Chega...

— Seu direito de protestar não pode ser exercido no meio da cantina, srta. Collins. — O treinador arrancou um dos cartazes da mão de um garoto e o jogou de lado. — Desça daí agora! Todos vocês... para a sala do diretor Newman.

Alguns dos minions da April pararam no mesmo instante, mas ela continuou gritando até uma das professoras aparecer e praticamente a arrancar de cima da cadeira. Isso, porém, não a calou. Ela continuou berrando enquanto era escoltada para fora da cantina.

— Uau! — James se virou lentamente para nós. — Ela faz com que a gente se sinta feliz e confortável, não é mesmo?

Heidi bufou.

— Ela me faz sentir um monte de coisas, isso é certo. — Zoe fincou o garfo numa folha de alface. — Só que mais para puta e irritada.

A mesa dos Luxen agora estava vazia.

Olhei de relance por cima do ombro e vi que alguns dos alunos que tinham se juntado ao coro continuavam de pé, os olhos fixos nas portas, por onde ainda dava para ouvir os gritos distantes da April.

Eles pareciam... *despertos.*

Como se tivessem acabado de ter uma revelação e descoberto qual o caminho certo a seguir. Uma razão de vida. Uma causa. Um propósito. Eles meneavam a cabeça uns para os outros, trocando olhares de concordância, rostos que eu passara os últimos quatro anos vendo quase todos os dias. Garotas bacanas. Caras inteligentes. Gente esperta.

Vi meu ex, Brandon.

Ele estava parado ao lado das janelas, o cabelo castanho brilhando em tons dourados sob o sol. O sorriso caloroso e amigável desaparecera, substituído por uma linha dura e fina. Ele meneava a cabeça lentamente também, como se estivesse respondendo ao chamado da April.

De repente, Brandon puxou a cadeira e a usou para subir na mesa.

— Chega de Luxen! Chega de medo! — Fechando o punho, começou a socar o ar. — Chega de Luxen!

✳ ✳ ✳

· 209 ·

Soltei um sonoro bocejo enquanto trocava os livros no fim das aulas do dia. Precisava pegar o de química, pois suspeitava que pudesse haver um teste surpresa amanhã.

— Vai fazer alguma coisa mais tarde? — perguntou James, recostado no armário ao lado do meu, olhando para o corredor. Parte de mim ponderou se ele sabia que estava olhando para o banheiro feminino.

— Acho que vou para casa dormir. O dia hoje foi exaustivo. — Fiz menção de fechar meu armário. — Estou pensando em passar a tarde toda dormindo.

— Quer companhia?

Meu corpo inteiro se contraiu. Não foi o James quem fez a pergunta, e sim outra voz familiar. Prendendo a respiração, me virei lentamente para a esquerda.

Lá estava o Luc.

Usando um gorro cinza-escuro de tricô. Ele ficava bem de gorro. Bem mesmo, ainda que devesse estar uns 20° lá fora e ele estivesse com uma camiseta de mangas curtas.

Pisquei, imaginando que só podia ser uma miragem. Ele não podia estar ali. Mas estava, parado no meio do corredor da minha escola.

Seus lábios se repuxaram num dos cantos.

— Oi, Pesseguinho.

Forçando-me a sair do transe, terminei de fechar o armário.

— O que você está fazendo aqui?

— Reconhecimento. — Luc estava com aquelas malditas lentes.

— Reconhecimento?

— Exato. — O sorrisinho se abriu por completo. — Estou pensando em me matricular na boa e velha Centennial High.

Fitei-o, boquiaberta. Ele não podia estar falando sério.

— Quem é esse cara, Evie? — perguntou James.

— Sou o Luc — respondeu ele, postando-se ao meu lado e estendendo a mão antes que eu pudesse dizer qualquer coisa. — E você deve ser o James.

James olhou de relance para ele e seus ombros ficaram tensos, mas não aceitou a mão estendida.

Luc ergueu uma sobrancelha.

Ó céus!

ESTRELAS NEGRAS ❖ 1 ❖ A ESTRELA MAIS ESCURA

— Você é o amigo que a deixou perambular pela boate quando ela foi buscar o celular. — O Original inclinou a cabeça ligeiramente de lado. — É um bom amigo.

— Certo — falei, pegando o Luc pelo braço. Uma descarga de eletricidade bem mais leve que as anteriores atravessou minha palma. — Fico feliz que vocês tenham sido devidamente apresentados. — Pode nos dar licença? — pedi ao James. — Preciso falar com ele.

James trincou o maxilar.

— Vai ficar bem sozinha com ele?

Luc riu, e o som soou como um aviso.

— Pergunta interessante vinda de…

— Vou ficar ótima. — Apertei o braço do Luc com um pouco mais de força.

— Iai — murmurou ele, embora eu soubesse que não tinha machucado.

— Ele, por outro lado, talvez não — completei. — Sério. A gente se fala depois, tudo bem?

James não parecia disposto a ceder, mas após um momento, anuiu.

— Me manda uma mensagem.

— Prometo. — Com um sorriso, puxei o Luc pelo braço, levando-o para longe do James e do meu armário. Esperei até que estivéssemos na escada antes de soltá-lo. — Sério. O que está fazendo aqui, Luc?

— Gostei desse negócio de você segurar meu braço — retrucou ele, metendo as mãos nos bolsos. — Muito dominador da sua parte. Talvez eu faça o tipo submisso, você sabe, o…

— Cala a boca — rosnei. — Por que você está aqui?

— Como posso calar a boca e responder ao mesmo tempo?

Fuzilei-o com os olhos.

— Luc.

— Eu estava nas redondezas. — Ele abriu a porta e a segurou para que eu saísse. Tive quase certeza de que a deixou bater na cara de alguém. — Pensei em dar uma passadinha para te ver.

Sem saber como responder, simplesmente peguei meus óculos escuros e os coloquei.

— Não está pensando de verdade em se matricular aqui, está? — Nem sabia se isso era possível ou não.

Ele bufou e começou a andar do meu lado.

— Não. Eu ficaria tão entediado que provavelmente acabaria botando fogo na escola.

· 211 ·

— Uau.

— Só estou sendo honesto. — Apertando os olhos, olhou de relance para mim. — Nenhuma escola pode me ensinar nada que eu já não saiba.

— Jura? Quer dizer que você sabe tudo? — Senti as pedrinhas de cascalho sob meus sapatos aos nos aproximarmos do local onde o carro da Amanda fora deixado. Foquei a atenção no Luc, sem querer pensar nela dentro do carro.

— Basicamente.

O desejo de provar que ele estava errado foi mais forte do que eu.

— Certo. Quem foi o décimo segundo presidente dos Estados Unidos?

— Zachary Taylor — respondeu ele sem pestanejar. — E ele não foi presidente por muito tempo. Morreu de um problema no estômago. Ainda existem dúvidas sobre o que realmente causou a morte.

— Certo. O fato de você saber todos esses detalhes é estranho, mas deixa pra lá. Qual é a raiz quadrada de 538?

Luc riu, o que era completamente desnecessário porque ele já estava ganhando segundos olhares de quase todo mundo que passava pela gente.

— 23,19… Aposto que você não sabia a resposta para essa pergunta.

Verdade.

— Como você sabe? Talvez eu seja um gênio da matemática.

— Se fosse, não teria me perguntado isso.

Estreitei os olhos.

— Taft foi um dos últimos presidentes a criar um novo estado. Hoje em dia existem 88 constelações conhecidas. A barba cresce duas vezes mais rápido quando estamos dentro de um avião.

— O quê?

— É verdade. Outra coisa que também é verdade? O mel não estraga nunca. Pode verificar. Também é difícil acessar memórias sem mexer os olhos. Tenta fazer isso um dia — continuou ele. — A água pode ferver e congelar ao mesmo tempo. Os gatos sempre aterrissam nas quatro patas por uma questão de física. E o DNA de um ser humano é longo o suficiente para poder ser esticado do sol até Plutão 17 vezes.

— A escola *realmente* te deixaria entediado. — Parei ao lado do meu carro.

— Não se tivéssemos aulas juntos.

Ignorei o estranho bater de asinhas de borboleta em meu estômago.

— Ah-hã.

Ele sorriu de maneira brincalhona.

— Posso ir para casa com você?

ESTRELAS NEGRAS **1** A ESTRELA MAIS ESCURA

— Como?

— Bom, isso não soou muito bem. — Luc riu e deu um passo à frente, de modo que tive que inclinar a cabeça para trás a fim de olhá-lo nos olhos. — Quero ir com você para sua casa.

— Continua não soando muito bem, Luc.

— Soou do jeito que eu queria que soasse.

O bater de asinhas aumentou, e fiz tudo ao meu alcance para ignorá-lo.

— A gente vai terminar a conversa do fim de semana?

— Se você quiser.

— Por que outro motivo eu conversaria com você? — rebati.

Ele soltou outra risada por entre os dentes.

— Gosto de acreditar que existem muitos outros motivos para você conversar comigo, Pesseguinho.

— Não me chame assim. — Abri a porta do carro. — Minha mãe surtaria se chegasse em casa e te pegasse lá.

— Prometo ir embora antes que ela chegue.

Hesitei.

— Como você vai saber a hora certa?

— Sou rápido. Assim que ela encostar o carro, eu me mando. — Ele fez uma pausa. — Num piscar de olhos.

Ele era rápido, isso eu sabia, mas ainda assim…

— Não sei, não.

Luc ficou quieto por um momento.

— Você foi até o meu apartamento. Qual é a diferença?

Não parecia haver nenhuma, mas havia. Permiti-lo em minha casa era diferente.

— Tá com medo de mim? — perguntou Luc.

A pergunta me pegou de surpresa. Eu devia ter medo dele, especialmente depois de ver o que ele era capaz de fazer, mas não tinha.

— Não. — Inspirei fundo. — Você pode ir para casa comigo, mas vai me prometer que irá embora antes que minha mãe chegue.

— Juro.

Revirei os olhos.

— Entra aí.

Rindo, Luc foi até o lado do carona e se sentou enquanto eu ligava o carro. Olhei de relance para ele.

— Afinal, o que você fez durante o fim de semana?

— Patrulhei.

· 213 ·

Esperei duas garotas terminarem de passar diante do carro e o tirei da vaga.

— Como assim?

— Saí para verificar se não tinha nenhum outro Luxen psicopata à solta em busca de vingança. — Ele esticou as pernas compridas e apoiou o cotovelo na janela aberta. — A boa notícia é que não encontramos nenhum sinal de que o Sean e a Charity tenham outro irmão.

— Isso é bom. — Meu estômago roncou. — Certo?

— Certo.

Luc, porém, não soou como se achasse que fosse. Olhei de relance para ele de novo, mas o Original estava virado para a janela.

— O que você não está me dizendo?

Ele não respondeu.

Fui tomada por uma súbita ansiedade.

— Luc.

— Muita coisa. — Ele olhou para mim ao pararmos num sinal. — Ainda tenho muita coisa para te contar.

Luc não falou mais nada quando chegamos na minha casa. Assim que entramos, ele ligou a TV e começou a procurar por filmes sobre alienígenas.

Isso aí.

Filmes sobre alienígenas.

O Original passou três horas reclamando como os filmes hollywoodianos sobre invasões extraterrestres sempre mostravam tudo errado. E meio que estava certo. Alienígenas de verdade não se pareciam com insetos gigantes, mas quando citei *Os Invasores de Corpos*, ele ficou mudo.

Foi uma tarde estranha, ainda que... divertida. E me trouxe uma sensação de... normalidade. Como se eu já tivesse feito isso antes, embora, juro por Deus, jamais tivesse me sentado e discutido qual alienígena era mais assustador: os de *Independence Day* ou da franquia *Alien*.

Luc não só era um mestre em respostas evasivas como dominava a arte da distração. Tal como me prometera, ele foi embora antes que minha mãe chegasse, porém sem me dizer nada remotamente útil.

ESTRELAS NEGRAS • 1 • A ESTRELA MAIS ESCURA

E não apareceu ao lado do meu armário na terça.

O que foi bom, porque se tivesse aparecido, James provavelmente teria lhe dado um soco, o que teria terminado mal para... meu velho amigo.

Depois das aulas, saí para comer alguma coisa com a Zoe e a Heidi, e a Emery foi se encontrar com a gente. Estava com elas quando recebi uma mensagem de texto da minha mãe dizendo que chegaria tarde. As três acabaram indo para a minha casa e ficaram lá até escurecer. Mamãe chegou uns vinte minutos depois que elas foram embora.

Foi uma terça normal, como costumava ser antes do lance com a Colleen e a Amanda... e do Luc. Não tinha percebido até então o quanto eu precisava de um tempo com as minhas amigas. Um tempo comendo toneladas de besteiras e jogando conversa fora... sem falar de nada assustador.

Essa sensação de normalidade, porém, não durou.

Na quarta, April e seus minions fizeram outro protesto contra os Luxen na entrada da escola. Desde segunda, o grupo dela tinha dobrado de tamanho.

Não podia mais ficar quieta. April e eu não éramos tão próximas assim, e na maior parte do tempo eu sequer a considerava uma amiga de verdade, mas precisava tentar botar algum juízo em sua cabeça. Ela estava deixando todo mundo com os nervos à flor da pele.

Esperei por ela no corredor ao fim da terceira aula.

— Oi. — Pendurei a mochila no ombro. — Podemos ter uma conversinha rápida?

— Claro. — Ela estava guardando uma monstruosidade em forma de fichário em sua própria mochila. — O que houve?

Fechei os dedos na alça da minha.

— O que você está fazendo, April? Que protesto é esse?

Ela deu um passo à frente e me fitou no fundo dos olhos.

— Como assim?

— Por que está fazendo isso? Os Luxen que frequentam nossa escola não fizeram nada de errado, e você...

— Eu o quê, Evie? — interrompeu-me ela, com uma expressão contrariada. — Estou apenas expressando meu direito de me sentir segura em minha própria escola.

— Você está segura.

Ela riu e deu um passo para o lado, ainda tentando guardar o fichário na mochila.

— Você é idiota se acha que qualquer um de nós está seguro onde quer que seja. Viu o que aconteceu com a Amanda. E com a Colleen.

• 215 •

Enrijeci.

— Sei bem o que eu vi, mas isso não significa que todos os Luxen sejam perigosos. Ou que os que frequentam essa escola sejam responsáveis.

— Como você sabe? Perguntou para eles? — retrucou ela.

— Não preciso perguntar. Só não saio por aí presumindo que todo e qualquer Luxen seja um assassino.

— Bom, talvez devesse. — April fechou o zíper da mochila. — Achava que você, mais do que ninguém, ficaria do meu lado. Seu pai...

— Para de falar no meu pai, April. Você não o conheceu. — As pessoas estavam começando a olhar para a gente, mas não dei a mínima. — O que você está fazendo é errado e extremamente decepcionante.

— Decepcionante? — Ela riu e puxou o rabo de cavalo para a frente.

— É. Foi o que eu disse.

— Quer saber? Você é quem me decepcionou. — April girou nos calcanhares e saiu pisando duro, o rabo de cavalo balançando com cada passo.

Eu a tinha decepcionado? Quase ri, só que nada daquilo era engraçado.

Conversar com ela tinha sido tão proveitoso quanto eu esperava, mas pelo menos havia tentado. Talvez a Zoe pudesse tentar também. Ela a conhecia melhor do que eu.

A desastrosa conversa com a April me deixou incomodada pelo resto do dia. Só parei de pensar nisso quando fui pegar meu carro e vi o Luc esperando por mim. Ele estava recostado contra o veículo, as pernas cruzadas e as mãos apoiadas sobre o capô.

Um pequeno grupinho estava reunido do outro lado da pista, observando-o descaradamente. Luc sorriu feito um louco quando me aproximei e, de alguma forma, trinta minutos depois, ele estava de novo em minha casa.

— Quer beber algo? — perguntei, entrando na cozinha. — Não tenho Coca.

— Pode ser qualquer outra coisa. — Ele permaneceu ao lado da mesa de jantar enquanto eu pegava duas embalagens de suco em caixinha. Virando-me, joguei uma para ele. Luc a pegou no ar. — Posso te perguntar uma coisa?

— Claro. — Rasguei o plástico que envolvia o canudo.

— Está acontecendo alguma coisa na sua escola?

Finquei o canudo na caixinha e ergui os olhos.

— Tem havido protestos. Você sabia?

— Escutei algumas coisas.

— Como?

Seu sorriso tornou-se misterioso.

ESTRELAS NEGRAS — A ESTRELA MAIS ESCURA

— Por que você sempre faz isso?

— Faço o quê, Pesseguinho?

— Sério. *Isso.*

Luc mordeu o lábio inferior.

— Você vai ter que ser mais clara.

Tomei uma boa quantidade de suco de uma golada só.

— Você é sempre evasivo. Tipo, quando diz alguma coisa, é sempre pela metade. Você ainda não me contou tudo o que prometeu que contaria.

— Já te contei um monte de coisas. — Luc terminou de tomar o suco e, de onde estava, jogou a caixinha vazia na lixeira, acertando na mosca. Eu o odiava. — Na verdade, já te contei algo superimportante que não tem nada a ver com o que eu sou.

— Mentira.

Ele deu de ombros.

— Você é que não prestou atenção.

— Não é verdade. — Irritada, lutei contra a vontade de arremessar minha embalagem de suco na cabeça dele. — Sou superatenta.

Ele riu.

— Mentirosa.

— Quer saber? É melhor você ir embora. — Terminei de tomar o suco e joguei a embalagem vazia no lixo. Ela bateu na beirada da lixeira e caiu no chão. Suspirei. — Tenho dever pra fazer e você está me irritando.

— Se você realmente quisesse que eu fosse embora, eu não estaria aqui.

Peguei a maldita embalagem e a botei no lixo. Ao me empertigar, o movimento repuxou a pele ainda sensível em meu estômago, me fazendo soltar um arquejo.

— Você está bem?

Com cuidado, terminei de esticar o corpo e assenti.

— Estou.

Luc inclinou a cabeça ligeiramente de lado.

— Mentira. — Seguiu-se uma pausa. — O que aconteceu com a sua barriga?

Meu queixo caiu.

— Sai da minha cabeça, Luc.

Ele se moveu rápido demais. Num piscar de olhos, seus dedos tinham se fechado num punhado de tecido da blusa que eu estava usando e, antes que desse por mim, Luc a estava suspendendo.

· 217 ·

— Luc! — guinchei, agarrando seus pulsos, mas já era tarde.

Uma mecha de cabelos ondulados caiu-lhe sobre a testa quando ele abaixou a cabeça.

— Que diabos é isso, Pesseguinho? O que aconteceu com a sua barriga?

Tentei afastar as mãos dele, mas não adiantou.

— Não sei. É só…

— Acha que aconteceu na boate quando eu te derrubei no chão? — Seus olhos se fixaram nos meus. — Eu fiz isso?

— Luc! Sério. Sai da minha cabeça. Não é educado.

Seu maxilar endureceu.

— Não sabia que eu tinha te machucado.

— Nem eu. Só percebi depois. Não é nada. — Puxei-lhe os pulsos novamente. — São só arranhões.

— Arranhões? — Seu olhar se voltou para minha barriga. Inspirei fundo. — Pesseguinho, isso me parece marcas de queimadura.

— O quê? — Esqueci momentaneamente que ele estava olhando para minha barriga.

— Marcas de queimadura. Como se você tivesse tocado uma chama por tempo demais. Eu devo ter feito isso quando te agarrei. — Luc soltou a blusa. O alívio, porém, não durou muito porque, em seguida, ele encostou a palma logo abaixo dos arranhões.

Soltei outro arquejo.

O contato de pele com pele roubou o ar de meus pulmões. O toque era íntimo e inquietante. Fitei-o no fundo dos olhos, e tive a impressão de vê-los se arregalarem ligeiramente, como se o contato de sua pele contra a minha produzisse o mesmo efeito nele. A palma de sua mão era quente, quase quente demais.

Luc engoliu em seco e semicerrou os olhos.

— Sinto muito.

— Pelo quê?

— Por te machucar. — Sua voz soou rouca e áspera, e ele abaixou a cabeça. — Eu devia ter sido mais cuidadoso.

— Está tudo bem. — Estremeci ao sentir sua testa encostar na minha. Não foi um calafrio de medo. Foi algo mais. Expectativa? Sim. Só que algo ainda *maior*. Uma forte tensão se formou no espaço entre nós. Fechei os olhos. — Você só estava tentando impedir que eu fosse pelos ares.

— É. Teve esse detalhe. — Sua cabeça se inclinou ligeiramente, e pude sentir sua respiração contra… meus lábios. Será que ele ia me beijar de novo?

ESTRELAS NEGRAS — 1 — A ESTRELA MAIS ESCURA

Será que eu permitiria?

Luc me soltou e se afastou um longo passo, mas a tensão continuou lá, pairando entre nós. Lentamente, abri os olhos e pressionei os lábios, sem saber ao certo se devia me sentir grata ou decepcionada por ele não ter me beijado.

Seus lábios se curvaram nos cantos.

Ah, não!

— Você não está lendo minha mente, está?

— Eu jamais faria isso.

Sei. Até parece.

— Nem sei por que te deixei vir para casa comigo.

Aquele sorrisinho estava começando a me deixar preocupada.

— Ah, sabe, sim.

Luc se aproximou novamente, os olhos fixos no meu rosto. Fiquei tensa, dividida entre uma vontade súbita de fugir correndo e, ao mesmo tempo... correr para os braços dele. A última não fazia sentido. Ele parou e, franzindo as sobrancelhas, meteu a mão no bolso da calça e puxou o celular. Em seguida, olhou para a tela. O franzir de sobrancelhas se espalhou por toda a testa e ele ergueu os olhos.

— Se importa se eu ligar a TV?

— Ahn... claro que não.

Ele seguiu para a sala de estar, estendeu o braço e o controle remoto veio voando da mesinha de centro para sua mão.

Ergui as sobrancelhas.

— Isso é superlegal e ao mesmo tempo inacreditavelmente preguiçoso.

O Original deu uma piscadinha e, é claro, o simples gesto o deixou ainda mais atraente. A televisão ligou e ele rapidamente a colocou num dos canais de notícias locais. Assim que vi a repórter parada diante de um prédio de pedras amarronzadas, com uma expressão sombria, soube que não podia ser coisa boa.

Ela estava falando, mas levei alguns momentos para entender o que estava dizendo.

— Todas as quatro vítimas, a mais nova uma criança de três anos e a mais velha um homem de 32, viviam aqui. Segundo os vizinhos, eles eram uma família tranquila e batalhadora. Pelo que ouvi, a diferença de idade entre os filhos era pequena, e acredita-se que todos os quatro tenham sido mortos em algum momento na noite passada.

Tomada por uma sensação de horror, observei a cena mudar para o âncora.

· 219 ·

— Essa tragédia veio a ocorrer pouco após os assassinatos de Colleen Shultz e Amanda Kelly, duas alunas da Centennial High School. A srta. Shultz foi encontrada no banheiro da escola na última terça, e a srta. Kelly em seu carro, no estacionamento, na sexta — declarou o âncora. — As informações que obtivemos até o momento indicam que todas as quatro vítimas foram mortas da mesma maneira que a srta. Shultz e a srta. Kelly. Acredita-se também que esses hediondos assassinatos tenham sido cometidos por um Luxen não registrado. Pelo que ouvi, esses incidentes não se restringem à Columbia, ou mesmo a Maryland. No decorrer dos últimos dois meses, ocorreram outras mortes suspeitas na Virginia, na West Virginia, na Pensilvânia e no Tennessee. O número de ataques perpetrados por Luxen não registrados vem crescendo, e muitas pessoas têm perguntado o que será feito para detê-los. Como podemos garantir nossa segurança...

Luc desligou a TV e soltou uma maldição por entre os dentes. Um músculo pulsou em seu maxilar.

— Não pode ser.

Sentei na beirinha do sofá, horrorizada com a notícia e apavorada com suas implicações.

— Como assim?

Ao perceber que ele não me respondia, me virei. A sala de estar estava vazia. Levantei num pulo e corri os olhos em volta.

Luc se fora.

Não senti dor nenhuma na barriga apesar do movimento rápido e descuidado. Baixei os olhos e suspendi a blusa, expondo uma pele lisa, sem nenhuma marca.

— Não é possível. — Ergui os olhos.

Mas também não era impossível, era? Luc me dissera que, como Original, podia fazer esse tipo de coisa. Também tinha dito que os Luxen podiam curar os humanos. Arranhões. Galos. Hematomas. Cortes. Soltei a blusa.

Ele havia me curado.

ão gosto disso — disse James ao entrarmos na escola na quinta de manhã. — E não tem nada a ver com o que ele é.

Isso era bom, uma vez que o James não fazia a menor ideia do que o Luc realmente era.

— Ele não é bom em primeiras impressões.

— Não brinca! — James bufou enquanto nos aproximávamos do meu armário. — Sei que você disse que não está envolvida com ele...

— E não estou — repeti pela milionésima vez. Era a mais pura verdade. Mal dava para dizer que éramos amigos. O que provavelmente era bom... ótimo. *Excelente.* Algo a respeito do Luc me deixava... nervosa e confusa, e eu não gostava dessas sensações. Nem um pouco.

O Original era uma variável desconhecida, o que *me* deixava perdida. E eu não precisava de nada que me fizesse sentir assim no momento. Não quando o mundo parecia prestes a implodir novamente.

James me deu uma cutucada no braço.

— Entenda, só estou preocupado.

— Por quê? — Na minha opinião, havia muitas outras coisas mais importantes com as quais nos preocuparmos no momento. Tipo, quem havia dizimado uma família inteira ontem, e se isso tinha alguma relação com o que acontecera com a Colleen e a Amanda.

E a reação do Luc? Era como se ele soubesse de alguma coisa. O que, eu não fazia ideia. Não tinha tido notícias dele desde que o Original literalmente desaparecera da minha casa.

— Sei lá — respondeu James. Abri o armário e peguei meus livros. — Você está diferente desde que foi àquela boate com a Heidi. Não me pergunte como. É só uma sensação.

Era cedo demais para esse tipo de conversa profunda.

— Sou a mesma Evie de antes... e de antes. A mesma de sempre.

James ficou em silêncio por alguns instantes.

— Acho que vai rolar uma confusão.

A princípio, não entendi o que ele estava falando, mas então acompanhei seu olhar e vi que ele estava observando um dos Luxen mais jovens. O garoto estava diante do armário a alguns metros da gente. Acho que seu nome era David... ou Danny. Algo parecido. O bracelete de metal brilhou sob a luz quando ele abriu a porta do armário. O menino estava sozinho, mas não passara despercebido.

Dois caras mais velhos estavam parados do outro lado do corredor, próximo a uma das estantes de vidro repleta de tenebrosos projetos de arte do ano anterior. Reconheci os dois como parte da gangue da April, que estava mais uma vez protestando do lado de fora da escola.

Exceto por aqueles dois.

Eles fitavam o garoto como um bando de hienas famintas estudando um filhote de gazela. Péssimo sinal.

— Tentei falar com a April sobre o que ela está fazendo — comentei.

— Aposto que foi uma conversa bacana.

Mordi o lábio e fechei meu armário. O jovem Luxen estava nitidamente ciente de estar sendo observado. Os nós de seus dedos estavam brancos, e ele parecia estar se demorando diante do armário de propósito, provavelmente esperando que os caras se afastassem primeiro.

Pelo visto, os dois não pretendiam ir a lugar algum.

Um profundo nervosismo se espalhou por minhas veias. Eu podia simplesmente me virar e ir embora. Não conhecia o garoto. Uma voz terrível sussurrou em minha mente: *Por que se envolver?* Aquilo não tinha nada a ver comigo... mas será que não?

Ajeitei a alça da mochila, tomando uma decisão.

— Você conhece aqueles caras? — perguntei, apontando com o queixo na direção deles. — Eles são valentões idiotas?

James assentiu.

— São. São, sim.

— Então não devem estar olhando para o garoto porque gostaram da camiseta dele e querem saber onde ele comprou, certo?

— Não.

Inspirei fundo.

— Vou ver se ele quer que alguém o acompanhe até a sala de aula. Quero dizer, não vou falar assim, porque isso soaria estranho, mas você entendeu, só vou... me postar ao lado dele.

James descolou as costas do armário ao lado do meu.

— Vou com você.

Grata por não estar entrando nessa sozinha, andei em direção ao jovem Luxen. Ele ergueu a cabeça e a virou para mim antes que eu chegasse muito perto. Seus ombros ficaram tensos e uma expressão de cautela se insinuou naqueles olhos profundamente azuis.

— Oi — cumprimentei. — Acho que não nos conhecemos. Meu nome é Evie, e esse é o James.

O Luxen olhou de relance para o meu amigo, e, em seguida, voltou a focar aqueles fantásticos olhos azuis em mim.

— Daniel. Meu nome é Daniel.

A-há! Eu quase acertara.

— Você é do segundo ano, certo?

Ele anuiu. James mudou o corpo de posição, colocando-se entre o Luxen e os caras.

— Sou. E vocês? São do terceiro?

— Exato — respondi, num tom um pouco alegre demais. — Você tem aula no segundo andar? James e eu temos.

— Tenho. — Ele fechou o armário. Um momento se passou. — Por que vocês estão falando comigo?

Pisquei ao escutar a pergunta direta.

— Vocês nunca falaram comigo antes, e eu os vejo diariamente por aqui desde que entrei pra escola.

— Tem hora melhor para começarmos a nos falar do que agora? — James pousou uma das mãos sobre o ombro do garoto. — Já que vamos subir, que tal a gente ir junto?

— Ah-hã. — Daniel baixou os olhos para a mão do James e ergueu uma sobrancelha. Achei que ele ia nos mandar cair fora, o que seria péssimo, porque as duas hienas pareciam estar só criando coragem para dizer ou fazer alguma coisa. — Sei por que vocês estão fazendo isso.

Preparada para negar até a morte, abri a boca, porém James foi mais rápido.

— Então sabe que provavelmente é uma boa ideia deixar a gente te acompanhar. Aqueles dois parados ali são o Andy e o Lee. Vou te dar um rápido resumo da personalidade deles. Ambos jogam na defesa do time de futebol da escola. Eles têm uma tendência a *acidentalmente* derrubar os alunos, e juntos não chegam a ter nem meio cérebro.

Daniel torceu os lábios.

— E, me deixa adivinhar, eles não são fãs dos Luxen?

— Eu diria que essa é uma suposição razoável. — James lhe deu um tapinha no ombro e soltou a mão ao lado do corpo. — Então, que aula você tem agora?

— Literatura inglesa.

— Então vamos lá. — Coloquei-me do outro lado do garoto. — Não posso me atrasar. Tenho fobia de entrar em sala depois que o sinal tocou. Odeio sentir todo mundo me olhando enquanto me sento e o professor me fitar com uma expressão irritada e desapontada.

Daniel não respondeu, apenas pendurou a mochila no ombro e começou a andar. Seguimos com ele, James de um lado e eu do outro. Enquanto prosseguíamos em direção ao segundo andar, olhares nos acompanharam em silêncio, quebrado apenas por um sussurro aqui e ali. Um manto de tensão recaiu sobre a escada, tão sufocante quanto um cobertor pesado. James parecia imune a tudo isso, porque foi falando sem parar sobre um programa de investimentos que vinha assistindo todas as noites. Talvez estivesse apenas tentando distrair o Daniel ou a si mesmo.

Ou talvez estivesse tentando *me* distrair, porque eu podia sentir minhas orelhas queimando, e todas as vezes que olhava em volta, percebia olhares até então surpresos se tornarem nitidamente hostis.

— Ele não devia estar aqui — disse alguém num sussurro não tão baixo assim.

Outra pessoa respondeu.

— Vocês sabem, um deles matou a Colleen e a Amanda.

Alguém mais retrucou, mas não consegui entender o quê.

— Eles mataram aquela família — disse outra pessoa, mais alto.

O rosto do Daniel começou a ficar vermelho.

Meu estômago revirou ao sentir o peso daquelas palavras. Se já era difícil para mim escutar e ver tudo aquilo, não podia nem imaginar como devia ser para o jovem Luxen. Ainda que houvesse uma centena de pessoas como o James, dispostas a servir de barreira para o Daniel e os outros Luxen, não era possível estarem com eles todos os dias, em todas as aulas.

ESTRELAS NEGRAS A ESTRELA MAIS ESCURA

No fundo, sabia que aquelas palavras sussurradas acabariam se transformando em ações, e as coisas só piorariam. O medo se transformaria em ódio, e isso era uma combinação letal. A escola era um barril de pólvora, e a questão não era se esse barril explodiria.

Era quando.

✳ ✳ ✳

Enquanto seguia para o carro depois das aulas, fiquei esperando que o Luc aparecesse do nada. Olhei de relance por cima do ombro e corri os olhos pelo estacionamento, mas não o vi.

Pensei em mandar uma mensagem para a Zoe e ver o que ela pretendia fazer. Não estava com a mínima vontade de ir para casa. Mamãe provavelmente demoraria horas para chegar. Ela vinha trabalhando até tarde a semana inteira, algo a ver com uma visita de oficiais estrangeiros.

Uma lufada de vento açoitou meu cabelo. Afastei-o do rosto enquanto passava entre duas caminhonetes gigantescas, fazendo outra anotação mental para chegar à escola mais cedo. Andar tanto assim era uma *droga*, o que provavelmente significava que eu precisava andar mais. Tão logo terminei de passar pelas caminhonetes, alguém surgiu diante de mim.

— Caramba! — Parei de supetão um segundo antes de bater de cara contra um amplo peitoral. Dedos envolveram meu braço e me estabilizaram. Ergui a cabeça. Era um cara... *o cara*. Levei alguns momentos para reconhecê-lo por causa dos óculos escuros. Era o mesmo garoto que me ajudara a reunir os livros que haviam caído no chão. — Oi.

Ele sorriu e me soltou.

— Isso está se tornando um hábito... a gente se esbarrar no estacionamento.

— É mesmo. — Suspendi a alça da mochila e a ajeitei no ombro. — Eu devia prestar mais atenção no caminho. Desculpa.

— Tem razão, mas aí eu não poderia me beneficiar da sua falta de atenção. — Seu tom era suave, brincalhão.

Curvei os lábios num ligeiro sorriso, imaginando quem seria ele.

— Acho que não... nos conhecemos. Quero dizer, fora aquela vez em que derrubei todas as minhas coisas no chão.

Ele inclinou a cabeça ligeiramente de lado.

— Ah, mas a gente definitivamente já se encontrou outras vezes.

— Oh! — Senti as bochechas queimarem de vergonha. — A gente tem aula juntos? Sinto muito. Como pode ver, sou meio desatenta.

Se o Luc estivesse aqui para me ouvir admitir isso, se dobraria de tanto rir.

O sorriso do rapaz se ampliou ainda mais e ele fez que não.

— Não, não temos aulas juntos.

O meu ficou amarelo.

— Não frequento essa escola — continuou ele, apoiando uma das mãos no para-choque da caminhonete ao seu lado. — Não sou... daqui.

Confusa, olhei para ele.

— Então não sei como a gente pode ter se encontrado.

— Estou começando a perceber isso. A entender. — Ele fez uma pausa. — O que é muito interessante. Eu não entender alguma coisa.

Não fazia ideia sobre o que ele estava falando e, honestamente, não queria descobrir. Um calafrio desceu por minha espinha ao mesmo tempo que um instinto primitivo veio à tona. Alguma coisa em relação a essa conversa, ao cara, não batia direito.

— Bom, foi legal te ver de novo. — Dei um passo para o lado, decidindo que precisava dar ouvidos a esse instinto que me dizia que estava na hora de terminar o papo. — Mas preciso ir.

— Não vá ainda. — Ele levou a outra mão ao rosto e baixou os óculos. — Não antes de eu te dizer o que temos em comum.

Fiquei profundamente surpresa ao ver os olhos dele. Eles tinham o mesmo tom violeta surpreendente dos olhos do Luc, e tal como os do Original, a linha preta em torno das íris parecia um pouco borrada.

— Você é...

Os lábios dele se ergueram num dos cantos, fazendo surgir uma covinha na bochecha direita.

— Um Original? — Sua voz tornou-se mais baixa. — Sou. Isso mesmo.

Luc dera a entender que não havia muitos deles no planeta, mas eu estava definitivamente diante de um.

— Luc está certo. Não sobraram muitos de nós.

Soltei um arquejo ao perceber que ele tinha lido a minha mente.

— E, quer saber? Ele pode te dizer exatamente por que não restaram muitos de nós. — Uma mossa surgiu no metal sob a mão que estava apoiada na caminhonete. A tinta fumegou e se soltou. Arregalei os olhos. — Não

ESTRELAS NEGRAS · 1 · A ESTRELA MAIS ESCURA

— murmurou ele, ajeitando os óculos com a mão livre. — Não chame atenção para a gente, *Evie.*

Meu coração começou a martelar com força. Por que, ai meu Deus, por que a escola não tinha verificadores de retina na entrada do estacionamento? Por outro lado, Luc tinha aquelas lentes de contato especiais, e eu tinha a sensação de que o Original diante de mim teria encontrado um meio de contornar o problema também.

— Se você chamar a atenção pra gente, vou ter que criar uma cena — continuou ele. — E eu já criei cenas demais. Acho que você testemunhou pelo menos uma delas.

A respiração ficou presa em minha garganta ao me dar conta sobre o que ele estava falando.

— Você... você é o responsável pelo que aconteceu com a Amanda? A Colleen?

— Bom, não diria que sou cem por cento responsável. — O sorriso se manteve firme e forte.

Tentei inspirar para me acalmar, o que não aliviou em nada a pressão em meu peito. Corri os olhos em volta. Havia pessoas próximas aos carros, mas ninguém estava olhando para a gente. Por que olhariam? De longe, ele parecia um cara normal, especialmente com os óculos escuros.

— Evie — repetiu ele, bem baixinho. — Está prestando atenção em mim?

— Estou. — Voltei os olhos para ele novamente.

— Que bom! Agora me pergunta quem mais é responsável.

Com o coração martelando feito um louco, me forcei a proferir as palavras.

— Quem mais é responsável?

— Boa garota. — Ele deu um passo lento e calculado à frente, correndo a mão pelo para-choque. A tinta se desprendeu quase totalmente, ficando presa apenas por uma pontinha. — O Luc. A culpa é oitenta por cento dele.

— Como...?

— E sua — interrompeu o Original. — Afinal, naquela noite na boate, achei que fosse você. Quero dizer, eu só tinha visto você de longe conversando com ele, e a garota estava usando um vestido da mesma cor que o seu. Além disso, ela era loura também. Um erro compreensível, mas que acabou funcionando a meu favor, especialmente depois que peguei a outra loura. *Essa* foi de propósito. Você sabe, só por diversão.

A súbita compreensão trouxe à tona uma sensação de horror que congelou minhas entranhas. Lembrei o que a Heidi tinha dito sobre as duas serem louras. Era realmente um padrão, um tenebroso padrão.

· 227 ·

— Como a vi bem de perto aqui nesse mesmo estacionamento, sabia que a segunda garota não era você. — A voz dele continuou calma. — Mas ela conhecia você.

Uma buzina soou ao longe, me fazendo dar um pulo.

— Foi tão fácil te encontrar.

O aviso do Luc me veio à mente com uma sede de vingança. *Faz ideia de como foi fácil encontrá-la?* Jesus. Ele não estava brincando.

— Não entendo...

— Nem eu. Bom, pelo menos parte dessa história — disse ele. — Não entendo como você se encaixa. Ainda. Mas vou descobrir. Ir até sua casa ajudou.

Ai, meu Deus. Era ele quem tinha estado lá em casa naquela noite...

— Isso mesmo. — O Original leu meus aterrorizados pensamentos novamente. — Na verdade, mais de uma vez. Você não devia esquecer de ligar aquele sistema de alarme. Quero dizer, o que adianta ter um e não usar? Por outro lado... — Ele riu, um som tão fora de sintonia com o que estava dizendo. — Isso não teria me impedido. Cheguei tão perto! Mas deixei minha marca.

O horror foi substituído por um forte enjoo quando a ficha, enfim, caiu. Dei um passo titubeante para trás.

— Você me arranhou?

— Bem, sim, e te estrangulei. — O sorriso se ampliou ainda mais. — Só um pouquinho.

— Só um pouquinho? — Um gosto de fel me subiu à garganta. Um profundo terror gelou meu sangue e meu coração veio parar na boca. Cerrei o punho. Eu tinha chegado perto de...

— Morrer? É, mas não tão perto quanto já esteve antes. *Não...* — A voz dele se elevou e o tom tornou-se mais afiado. — Se aproxime.

A princípio, achei que ele estivesse falando comigo, só que eu não estava tentando me aproximar. Mas então meu olhar se fixou atrás dele. Parada ao lado da caçamba da caminhonete estava a Emery. E, atrás dela... o *Connor*. O que ela estava fazendo aqui? Não vi a Heidi em lugar algum. E por que ela estava com o Connor?

— Se vocês se aproximarem, serei obrigado a fazer algo, digamos assim, inapropriado — disse o Original, sem olhar para trás. Nem de relance. — Algo que deixaria o Luc muito chateado, e vocês não querem isso. Certo? Sabem o que acontece quando o Luc fica... desapontado.

• 228 •

ESTRELAS NEGRAS · 1 · A ESTRELA MAIS ESCURA

— Não sei quem você é e não dou a mínima, mas parece que você conhece o Luc e o que acontece quando ele fica zangado. Não vai querer que ele fique irritado com você — avisou Emery, ao mesmo tempo que uma lufada de vento soprava o cabelo diante do rosto dela. — Confie em mim.

O Original deu uma risadinha debochada.

— Ah, confie em mim, sei exatamente o que acontece quando o Luc fica zangado.

O ar ficou preso em minha garganta. Olhei para a Emery, olhei com atenção. Seus olhos não... não exibiam mais um tom embotado de verde. Eles brilhavam como esmeraldas, as pupilas... completamente brancas. Meu queixo caiu.

Emery não era humana.

Ela usara lentes de contato no dia em que havíamos tomado café juntas. A namorada da Heidi era uma Luxen!

— Você não faz ideia de quem são as pessoas que a cercam, faz? Acho que vai acabar descobrindo. — O Original atraiu minha atenção de volta para ele. — Mas, nesse meio-tempo, quero que pergunte uma coisa para o Luc. Você faria isso por mim? Por favor?

Ele me agarrou antes que eu sequer o visse se mover. Soltei um arquejo ao me sentir ser puxada para frente. Minha mochila escorregou do ombro e caiu no chão. Ele apertou meu braço com força, me fazendo soltar um grito.

— Pergunta pro Luc se ele vai brincar comigo.

— O quê? — murmurei.

Tudo aconteceu muito rápido.

Algo estalou *dentro* de mim. Uma dor excruciante que eu jamais sentira antes subiu pelo meu braço, roubando o ar dos meus pulmões. Sem nem mesmo conseguir gritar, minhas pernas cederam sob meu peso.

O Original me soltou, e meus joelhos bateram contra o asfalto. Dobrei-me ao meio, pressionando o braço contra a barriga. Alguém soltou uma maldição que mal escutei devido ao pulsar do sangue em meus ouvidos.

Ele tinha quebrado meu braço.

Puta merda, *ele tinha quebrado meu braço*.

O Original passou por mim enquanto eu tentava controlar a dor e me forçar a respirar, se afastando tranquilamente como se não tivesse acabado de partir meu osso com um simples torcer da mão.

Num piscar de olhos, Emery estava ajoelhada diante de mim, segurando meus ombros.

— Você está bem?

— Não — respondi num arquejo, balançando-me para frente e para trás ao sentir outra onda de dor angustiante atravessar meu corpo. — Ele quebrou meu braço. Tipo, pra valer.

— Merda. — Ela olhou por cima do ombro para o Connor e passou um braço em volta da minha cintura. — Eu nunca curei ninguém, e você está usando um Desativador. Liga pro Luc.

— Luc? — perguntei, soltando outro arquejo. Não estava conseguindo pensar direito. — Preciso de um hospital. Médicos. Analgésicos... analgésicos *fortes*.

— Temos algo muito melhor do que isso. — Emery me botou de pé com surpreendente facilidade. — Vamos lá.

Corri os olhos pelo estacionamento. Connor estava ao telefone, a boca se movendo rápido.

De repente, Heidi apareceu, o rosto pálido.

— O que aconteceu?

— Te mandei ficar longe. — Emery me conduziu por entre as caminhonetes. — Mas claro que você não me deu ouvidos.

— Você já devia saber que não ia adiantar. — Heidi se aproximou. — Puta merda, o que aconteceu com o seu braço?

— Um cara o quebrou — grunhi. — Preciso ir para o hospital.

— Um cara? — repetiu Heidi.

— Não sei quem era ele, mas isso não importa no momento — disse Emery. — Pega a mochila dela. A gente precisa ir.

— Para o hospital? — sugeri, soltando um assobio de dor. De repente, em algum recanto da mente, lembrei do lance de cura que os Originais e os Luxen podiam fazer. Diabos, Luc tinha curado aquelas marcas em minha barriga. Meu braço, porém, estava *quebrado*. Eu queria um médico. Analgésicos. Muitos analgésicos.

Connor se virou, guardando o telefone no bolso.

— Ele disse que vai se encontrar com você.

— Obrigada. — Emery passou comigo por um grupo de pessoas. Elas estavam começando a prestar atenção. — Heidi.

Ela veio correndo para o lado da gente, carregando minha mochila. O mundo girou. A porta de um carro se abriu diante de mim. Não era o meu, mas de repente me vi sentada no banco de trás, com a Heidi ao meu lado. Outra porta bateu.

ESTRELAS NEGRAS **1** A ESTRELA MAIS ESCURA

— Me deixa ver seu braço. — Heidi se aproximou um pouco mais enquanto o carro era ligado. Emery... Emery, *a Luxen*, estava dirigindo.

Olhei para ela, inspirando de maneira rápida e superficial.

— Tá muito ruim? Não consigo olhar.

— Hum. — Ela olhou de relance para o banco da frente. — O osso não está exposto, mas o braço está inchado e muito vermelho.

— Certo — murmurei. — Nenhum osso exposto é um bom sinal, mas acho que não consigo sentir meus dedos.

— Você vai ficar bem — retrucou ela, os olhos marejados. — Prometo.

Eu precisava acreditar que sim. Assenti com um menear de cabeça enquanto a Emery tirava o carro da vaga e acelerava. Engoli em seco, tentando me concentrar em qualquer outra coisa que não na dor excruciante.

— Foi ele... ele as matou. A Colleen e a Amanda.

Heidi piscou e afastou o cabelo do rosto.

— Ai, meu Deus.

— Ele não te disse quem era? — perguntou Emery.

— Não. Mas ele conhece o Luc. E sabia quem eu sou. Ele... estava na boate na noite da batida policial. Eu... — A dor estava piorando. Senti uma súbita vontade de vomitar. Talvez acabasse vomitando mesmo. Apertei os olhos com força e me afundei meio de lado no banco, encolhendo e esticando as pernas. Isso, porém, não ajudou em nada a aliviar a dor insuportável.

— Evie? — Heidi pousou uma das mãos em minha perna.

Minha testa estava molhada de suor.

— Acho que vou vomitar. Ó céus, i-isso dói demais.

— Eu sei. Sinto muito. — Com os dedos trêmulos, Heidi afastou o cabelo do meu rosto e o prendeu atrás da orelha. — A gente vai dar um jeito nisso. Prometo.

— Lá está ele. — O alívio foi evidente na voz da Emery. — Até que enfim.

De olhos fechados, senti o carro encostar e uma das portas se abrir. O som do trânsito invadiu o espaço, assim como um cheiro de escapamento e... *pinho*. Sempre-viva. Abri os olhos e virei a cabeça.

No lugar da Heidi estava o Luc. Ele soltou uma maldição.

A dor me deixara ofegante. O cabelo dele era uma confusão de ondas e cachos, como se ele tivesse saído de dentro de um moinho.

— C-como você chegou aqui?

· 231 ·

— Correndo. — Seu rosto se contraiu em preocupação, e os olhos escureceram. A porta do carona se abriu e, pouco depois, Heidi meteu a cabeça entre os dois bancos da frente. — Vamos para a boate — ordenou ele. — Agora.

— Preciso de um *hospital.*

Luc se debruçou sobre mim. Aqueles olhos violeta eram a única coisa que eu conseguia ver.

— Você precisa de mim.

— O qu...

— Vou tocar seu braço. — Foi o que ele fez, fechando os dedos em volta do cotovelo. — Isso vai doer, mas só por um segundo.

Em pânico, corri os olhos desesperadamente pelo carro, alternando entre o rosto preocupado da Heidi e do Luc. Ele trincou o maxilar e seus traços assumiram uma expressão de profunda concentração.

— Espera. Por favor. Sei que você pode me curar, mas quero...

Seus olhos tornaram-se brancos.

— Sinto muito.

Luc fechou a mão sobre o ponto mais dolorido, no antebraço, e meu braço pegou *fogo.* Arqueando as costas, joguei a cabeça para trás. Um grito escapou de meus lábios ao mesmo tempo que o teto do carro anuviou, para em seguida retornar com uma profunda nitidez. Minhas pernas se esticaram por conta própria, e não sei como não chutei o Luc para fora do carro, mas ele continuou ali, segurando meu braço.

— Para! — gritou Heidi. — Você disse que ele podia ajudá-la. Ele a está machucando...

— Ele a está curando — retrucou Emery. — Juro, Heidi. Espera só um segundo.

Isso não estava ajudando. Nem um pouco. Não era nada como o leve calor que eu sentira antes...

A dor pulsou e se espalhou por todo o meu corpo, obliterando todo e qualquer pensamento até desaparecer por completo e não restar nada... nada além de um calor escaldante.

21

Um suave calor se espalhou por todo o meu corpo, penetrando ossos e tecidos. Era como se eu estivesse flutuando, mergulhada nas águas tépidas do mar do sul. Pensei numa praia, mas não conseguia me lembrar da última vez em que tinha estado numa.

Lembranças me vieram à mente, de um sol brilhante e areias claras, de estar sentada com os dedos do pé tocando a espuma do mar. Escutei risos, e soube que não estava sozinha. Estava segura, *sempre* segura... Essas imagens, porém, se desfizeram antes que eu pudesse me agarrar a elas.

Sabia que jamais tinha ido a uma praia. Meus pais não eram do tipo de tirar férias. Não houvera tempo depois da invasão, e antes...

Por que não conseguia me lembrar do que acontecera antes?

Você sabe por que, murmurou uma voz. *Antes jamais existiu.*

Eu estava flutuando novamente. Pensar não era importante. O importante era a voz, aquela voz profundamente melódica que sussurrava em meu ouvido, dizendo para eu me entregar, uma voz que me transmitia calor e *segurança*. Assim sendo, me entreguei a esse calor que me envolvia. Deixei que ele me guiasse, que me conduzisse de volta para o abismo, onde permaneci por tempo indeterminado. Talvez minutos, talvez horas, até que *finalmente* abri os olhos.

Eu não estava mais no banco traseiro de um carro, me contorcendo de dor. Estava numa cama, uma cama superconfortável. Engoli em seco, sentindo a garganta arranhar, e corri os olhos em volta. Assim que reconheci as paredes nuas e os tijolos à mostra, meu coração parou.

O apartamento do Luc.

JENNIFER L. ARMENTROUT

Tudo o que acontecera retornou de supetão. Eu estava saindo da escola quando me deparei com o Original. Ele quebrou meu braço e o Luc fez alguma coisa. Algo sério, porque meu braço quase não doía mais.

Luc havia me curado, dessa vez de verdade, o que não era pouca coisa. Ele não precisava ter feito isso. Eles podiam ter me levado para o hospital. Espera um pouco. Ai, meu Deus! Eu ia me transformar numa mutante...

Mudei de posição e minha perna bateu em algo duro. Congelei. Eu não estava sozinha. Inspirei fundo, sentindo o coração falhar ao reconhecer o perfume amadeirado ao meu redor.

Ó céus!

Virei a cabeça para a esquerda, deparando-me com aqueles traços estonteantes. É, era o Luc mesmo, deitado ao meu lado. Não tinha ideia de como isso havia acontecido.

Arregalei os olhos diante de tamanha visão. Ele estava meio sentado, as costas recostadas contra a cabeceira de madeira, o queixo quase encostando no peito. Pestanas grossas roçavam a pele sob seus olhos. Os braços estavam cruzados sobre a barriga, e o peito subia e descia como se ele estivesse dormindo.

Que diabos?

Se eu estivesse com a minha câmera, tiraria uma foto dele assim. O que provavelmente seria bizarro, porque ele estava dormindo, mas, daquele jeito, Luc era um tremendo contraste de linhas duras e suaves.

Certo.

Eu precisava estabelecer minhas prioridades, e tirar fotos do Luc dormindo definitivamente não estava na lista de coisas que precisava fazer. Incapaz de evitar, olhei de novo para ele. Um par de olhos como ametistas polidas me fitou de volta. Meus músculos tencionaram, fazendo meu braço pulsar.

— Olá, Pesseguinho — murmurou ele.

— Oi — retruquei baixinho. Eu devia estar realmente fora de mim, pois sabia que havia um monte de coisas importantes sobre as quais precisávamos conversar, mas no momento esses problemas aterrorizantes pareciam a quilômetros de distância. — Por que eu estou aqui na sua cama... com você?

Seus lábios se repuxaram num dos cantos.

— Eu estava tirando um cochilo. — Ele baixou os olhos e mordeu o lábio inferior, erguendo as pestanas. — Que merda, Pesseguinho...

Minha respiração ficou presa na garganta ao me lembrar mais uma vez do que havia acontecido.

ESTRELAS NEGRAS — 1 — A ESTRELA MAIS ESCURA

— Jesus — murmurei, estremecendo. — Luc, aquele cara... ele é o responsável pelo que aconteceu com a Colleen e a Amanda. Talvez com a família também.

A sonolência desapareceu por completo.

— Prefiro esperar até me certificar de que você está bem antes da gente conversar sobre isso...

— Não dá para esperar. — Meu coração martelou dentro do peito ao sentir o medo se instaurar novamente. — Ele admitiu ter matado as duas. Disse que... — Minha voz falhou. Não conseguia me forçar a dizer o que precisava ser dito.

Luc pescou o restante. Seus lábios se apertaram numa linha fina.

— Ele achou que fosse você quando pegou a Colleen? Depois que a viu conversando comigo?

Dessa vez não fiquei furiosa por ele ler a minha mente.

— É. Meu Deus! — Fiquei enjoada. — Colleen morreu porque ele achou que ela era...

— Pode parar. — Com a ponta dos dedos, Luc ergueu meu queixo e me forçou a olhar para ele. — Ela não morreu por sua causa. O que aconteceu com ela não é culpa sua. Entendeu?

Inspirei de maneira superficial.

— Entendi.

— Tenho a sensação de que você não acredita nisso.

Era difícil acreditar quando a gente sabia que alguém tinha morrido porque fora confundida com você. Minha culpa, justificada ou não, não era importante no momento.

— Eu já tinha visto esse garoto antes. Quero dizer, no estacionamento da escola. Minhas coisas caíram da mochila e ele me ajudou a recolhê-las. No dia, ele não me deu a impressão de ser um serial killer. Foi apenas gentil, e achei que fosse um aluno, só que não era. Além disso, foi ele quem esteve na minha casa naquela noite e que deixou as marcas na segunda vez.

Seus olhos faiscaram com uma compreensão súbita.

— As marcas na sua barriga.

— Não foi você. Foi *ele*. — Um forte enjoo revirou meu estômago. — Ele esteve na minha casa. Duas vezes. — Desviei os olhos do Luc e os apertei com força. — Ele o conhece, Luc, e não é um Luxen. É um Original. Vi os olhos dele. São iguais aos seus.

Luc ficou quieto, mas pude sentir a fúria que emanava dele. Ela era palpável no ar à nossa volta.

— Ele não te disse um nome ou algo mais que possamos usar?

— Não. Achei que não tivessem sobrado muitos Originais.

— E não sobraram — grunhiu ele. — Como ele era?

— Mais ou menos da minha idade. — Abri os olhos e forcei meu coração a desacelerar. Não estava mais no estacionamento. Estava segura. Pelo menos, por ora. — Ele tinha cabelos castanhos e olhos da mesma cor que os seus.

— Algo mais?

— Ele ficou de óculos escuros o tempo quase todo, mas tinha... uma covinha na bochecha direita e... — Deixei a frase no ar ao me lembrar do que ele me dissera pouco antes de quebrar meu braço. — Ele me pediu para te perguntar uma coisa, mas acho que não ouvi direito.

As pupilas do Luc estavam começando a ficar brancas.

— O que ele disse?

Fiz que não, frustrada.

— Ele queria que eu perguntasse se você... brincaria com ele.

Luc mudou completamente no mesmo instante. Num piscar de olhos, estava fora da cama, os punhos cerrados ao lado do corpo.

— Que foi? — perguntei, sentindo uma fisgada de pânico. — Que foi, Luc?

— Quantos anos você disse que ele parecia ter?

— Mais ou menos a minha idade. Talvez um ano mais velho ou mais novo.

— Um adolescente? Isso é importante, Pesseguinho. Tem certeza de que ele era um adolescente?

— Tenho. — Fitei-o. — Tenho certeza. Por quê? Você sabe quem ele é?

Luc ergueu uma das mãos e correu os dedos pelos cabelos já bagunçados.

— Só consigo pensar numa pessoa, mas ele... Jesus, ele estaria com uns 10 anos agora.

Engasguei com uma súbita risada.

— Ele definitivamente não tem 10 anos.

Uma breve expressão de alívio cruzou o rosto do Luc.

— Não pode ser.

— O que você está escondendo? — Fiz menção de levantar, mas o quarto girou. — Iai.

— Qual é o problema?

— Só estou um pouco tonta. — Eu me sentia meio estranha. Como se tivesse acabado de acordar depois de um tempo de cama, gripada.

Num segundo, Luc estava na cama ao meu lado de novo, o braço estendido em minha direção. Encolhi-me, mas ele era rápido. Seus dedos roçaram minha

ESTRELAS NEGRAS **1** A ESTRELA MAIS ESCURA

bochecha e se entremearam em meu cabelo, fechando-se em meu crânio ao mesmo tempo que ele se transformava. Ele se ergueu no outro braço, pairando acima de mim. Soltei um arquejo ao sentir o calor que irradiava dele... de seus *dedos*. Era a mesma sensação de quando ele havia me tocado no carro.

O calor penetrou meu corpo.

— O-o que você está fazendo?

— Te curando.

— Tem certeza de que é prudente fazer isso de novo? — Uma espécie de formigamento desceu pela minha espinha e se espalhou por cada terminação nervosa. Mordi o lábio inferior e comecei a me remexer, puxando uma perna para junto do corpo. — Eu... não quero virar uma mutante.

Luc soltou uma risada áspera.

— Quer dizer uma híbrida? Você não vai virar uma.

— Como sabe?

— Eu sei. — Seguiu-se uma pausa. — Aquele filho da puta fez mais alguma coisa com você?

— Não. Só o braço.

— Só o braço? — A voz dele endureceu. — Ele quase o partiu em dois, Pesseguinho. Essa tontura pode ser resultado disso.

Fechei os olhos, lembrando-me da dor excruciante.

— Ainda está tonta? — perguntou Luc, a mão escorregando para minha nuca.

— Não.

— Ótimo. — Sua voz soou mais grave.

Pude sentir meu pulso acelerando.

— Sei que você me disse que pode curar, mas não entendo como isso funciona. Parece impossível.

— É a energia. Ela pode ser canalizada para remendar ossos, tecidos e músculos, até mesmo danos aos nervos. Ferimentos. — Ele fez uma pausa. — Como eu disse antes, podemos curar praticamente qualquer coisa que tenha sido causada por um fator externo, mas não podemos curar danos de origem interna.

— Como vírus ou câncer? — perguntei, lembrando-me de parte da nossa conversa anterior.

— Alguns tipos de câncer já foram curados com sucesso. — Sua voz tornou-se mais grossa. — Mas não todos, nem de perto.

Tudo isso soava insano, mas a verdade é que ele havia me curado, e seu toque parecia estar fazendo alguma coisa comigo nesse exato momento. Ainda de olhos fechados, senti um movimento na cama, e soube que ele tinha se aproximado um pouco mais. Tive vontade de bater em mim mesma. Eu devia mandá-lo parar com o que quer que estivesse fazendo, porque eu estava bem e isso parecia, de certa forma, perigoso, porém o calor preguiçoso que descia pelos meus braços e peito me deixava com os pensamentos e o bom senso embotados.

Luc ficou quieto por um longo tempo.

— Você me deu um baita susto hoje.

Meu coração pulou uma batida. Abri os olhos. Eu estava certa. Ele tinha se aproximado ainda mais. Nossas bocas estavam separadas por alguns míseros centímetros.

— Dei?

— Quando recebi a ligação do Connor dizendo que você estava machucada, eu... — Ele fechou os olhos, a expressão subitamente tensa. — Fiquei apavorado.

Não soube o que dizer. Achava que nada podia aterrorizá-lo.

A mão dele soltou minha nuca e começou a descer lentamente pela lateral do meu pescoço, provocando uma onda de fortes arrepios. O calor da cura evaporou de seus dedos, porém continuou lá, aquecendo minhas entranhas. Seu hálito roçou minha bochecha e ele reabriu os olhos.

— Tem certeza de que está melhor?

Entreabrindo os lábios, me afundei nos travesseiros.

— Estou. Obrigada.

— Você não devia me agradecer.

— Mas agradeço assim mesmo.

— Isso não podia ter acontecido com você. — Luc correu as pontas dos dedos pelo braço agora curado até a mão que repousava sobre a minha barriga. — Sinto muito.

O toque produziu uma descarga de eletricidade em minha pele. Minha respiração falhou ao sentir os dedos dele envolverem os meus.

— Não foi culpa sua.

Ele ergueu uma sobrancelha.

— Não? Essa... coisa veio atrás de você porque a viu conversando comigo, certo?

— Você acabou de dizer que o que aconteceu com a Colleen não foi culpa minha. Como pode se culpar por isso?

— Porque posso. — Luc moveu a mão ligeiramente e a repousou sobre a minha barriga, logo abaixo do umbigo. Um suave formigamento se espalhou pelo meu ventre.

— Você não quebrou meu braço nem mandou o cara quebrar. Você me curou. Fez com que eu ficasse bem.

ESTRELAS NEGRAS — ① A ESTRELA MAIS ESCURA

Ele me fitou, os olhos como fogo líquido... famintos. Eu já tinha visto esse tipo de olhar antes, no modo como a Emery olhava para a Heidi. De repente, me peguei pensando em como seria estarmos juntos numa cama em circunstâncias diferentes, com a mão dele no mesmo lugar e os olhos tão cheios de... expressão.

O meio sorriso desapareceu e uma certa intensidade se formou em torno dos seus lábios. Meu corpo inteiro se contraiu quando ele abaixou a cabeça e encostou a testa na minha.

— O que... o que você está fazendo agora? — perguntei.

— Não sei. — Luc inspirou fundo e soltou o ar de maneira ruidosa. — Para ser honesto, mentira. Sei exatamente o que estou fazendo.

Eu também tinha uma boa ideia do que ele estava fazendo. Meus dedos do pé se enroscaram em torno do cobertor macio, e minha mão pareceu adquirir vontade própria. Ela largou minha barriga e se colou ao peito dele. Luc se encolheu ao sentir o toque e, em seguida, estremeceu. Meus olhos arregalaram em resposta. As pupilas dele começaram a brilhar, e não de raiva. Ele, então, fechou os olhos e inclinou a cabeça ligeiramente de lado, alinhando nossas bocas. Eu não devia deixar isso acontecer. Sabia que não, por um abecedário inteiro de razões. Luc me deixava furiosa na metade do tempo, e eu tinha a sensação de que ainda escondia muita coisa de mim. O engraçado era que o motivo que deveria ser o mais importante, o fato de ele definitivamente não ser humano, sequer entrou na lista.

Eu queria aquele beijo — um beijo de verdade, que não fosse roubado. *Eu sempre quis.*

Esse pensamento me pegou de surpresa. *Sempre quis?* Não era possível. Eu não o conhecia há tanto tempo assim e, na maioria das vezes, tudo o que desejava era socá-lo. Na garganta.

Mas o desejo? Ele pulsava e me consumia, de maneira inegável e *nova.* Estiquei os dedos sobre o peito dele. Podia sentir o calor que emanava de seu corpo através da camiseta fina. Jamais experimentara algo desse tipo antes.

O que era um pouco assustador.

Empurrei-o.

— Luc, eu... — Não queria dizer em que estava pensando. Não sabia o que estava sentindo.

Ele mudou de posição, virando de lado.

— Não tem problema. É só... Espera um pouco. — Ele se sentou num movimento rápido, o olhar me percorrendo de cima a baixo como se estivesse procurando alguma coisa. Seus olhos, então, se arregalaram.

— Que foi? — Sentei também, aliviada ao perceber que o movimento não me deixou tonta. Olhei para o braço novamente, a fim de me certificar de que ele não havia se solidificado todo torto. Talvez por isso o Luc estivesse me olhando de maneira tão estranha.

Toquei-o de leve e me encolhi ao sentir a súbita fisgada de dor. Meu braço tinha sido quebrado, mas agora... não estava mais. A prova estava ali, no resultado. Algo. De. Dar. Nó. Na. Mente. Baixei o braço para o colo novamente.

— Sinto como se devesse te agradecer novamente.

— Não faça isso. — Um músculo pulsou em seu maxilar. — Sou a última pessoa a quem você deveria agradecer.

— Por quê?

Ele virou a cabeça para mim com uma expressão indecifrável.

— Tem algo errado aqui.

Minha mente se voltou para o que tínhamos chegado tão perto de fazer. A gente tinha quase se beijado. Será que era disso que ele estava falando? Escutei uma batida à porta.

Luc se virou.

— Pode entrar.

A porta se abriu e a Emery entrou, seguida da Heidi.

— A gente só queria ver como ela estava — disse Heidi.

Emery me fitou com a mesma expressão do Luc. Como se estivesse procurando por alguma coisa em mim que não estava ali.

Eu estava começando a ficar preocupada.

— Você também não consegue ver, consegue? — perguntou Luc.

Ela fez que não. Heidi deu um passo à frente.

— Ver o quê? — perguntou ela.

— Não sei. — Olhei para o Luc. — O que vocês estão procurando? E por que estão me olhando como se, de repente, eu tivesse duas cabeças?

— Eu sei o que houve! — exclamou Emery.

Heidi se virou para ela.

— Se importa de explicar? — pediu.

Emery olhou para o Luc.

— Por que você está olhando para ele em vez de me dizer?

Luc se levantou.

— Preciso ir.

— O quê? — Minha voz falhou. — O que quer que você precise fazer não pode esperar?

— Não. — Ele riu, porém a risada não foi nem um pouco parecida com a que eu escutara antes. Ela me deixou com os pelos arrepiados. — *Isso* não pode esperar.

— Aonde você acha que o Luc foi? — perguntei. — Será que ele foi procurar o cara?

Heidi e eu estávamos sentadas no sofá do apartamento. Dez minutos haviam se passado desde que ele saíra como se o prédio estivesse pegando fogo. Emery tinha saído atrás dele, mas dissera que voltaria logo.

— Acho que não — respondeu Heidi. — Quando você desmaiou no carro, escutei-os falando que o Connor ficou incumbido de tentar encontrar o cara.

Connor.

Tinha esquecido que ele presenciara tudo. Outra pessoa a quem eu precisava agradecer. Olhei de relance para meu braço, ainda incapaz de processar o fato de que restavam apenas alguns hematomas. Curar um osso quebrado em questão de minutos? Inacreditável, mas é o que tinha acontecido. Ao mesmo tempo incrível e assustador. Surpreendente.

Parte de mim podia entender por que uma coisa dessas atrairia a atenção de médicos e pesquisadores. Algo que normalmente demandaria uma cirurgia e o uso de gesso por um bom tempo, Luc tinha resolvido em minutos.

— Assim que a Emery voltar, a gente te leva até seu carro. — Heidi puxou as pernas para junto do corpo e as abraçou.

Soltei o braço sobre o colo.

— Tá doendo?

Fiz que não.

— Só um pouquinho, mas nada como antes. A sensação é de que eu apenas bati o braço numa parede em vez de quebrá-lo.

Emery chegou em seguida e se sentou ao lado da Heidi.

— Desculpa. Só queria avisar o Grayson o que estava acontecendo.

— Não tem problema — retrucou Heidi com um sorriso.

Ela era definitivamente uma Luxen. Como eu podia ter me deixado enganar por um par de lentes de contato? Balancei a cabeça mais uma vez, frustrada.

— Então, tenho algumas perguntas.

Emery abriu um sorriso meio sem graça.

— Já imaginava.

Minha mente parecia embotada enquanto tentava processar tudo o que havia acontecido.

— Por que você e o Luc me olharam de maneira tão estranha?

— É aí que as coisas ficam complicadas.

Olhei por cima do ombro e vi o Kent na porta. A camiseta que ele estava usando era a cara do Luc. A estampa mostrava um *Tiranossauro rex* tentando abraçar outro *Tiranossauro rex*, mas, com os bracinhos curtos, ficava difícil.

— Sério? — murmurei, imaginando o quanto o Luc adoraria ver todo mundo no apartamento dele. — Só agora as coisas ficaram complicadas?

Kent entrou no apartamento, segurando uma lata de Coca.

— Você sabe sobre o Daedalus e todo o resto, certo?

Fiz que sim e olhei para a Heidi. Aparentemente, isso também não era novidade para ela.

— O seu governo sabe muito bem que os Luxen podem curar os humanos, e sabe também que nem todos são igualmente habilidosos nesse quesito. Alguns são melhores do que outros, e esses são os que realmente os interessam. Foram esses que o seu governo capturou. — Ele se sentou no braço do sofá, ao meu lado. Em seguida, me ofereceu a Coca. Aceitei. — Não estou querendo falar mal do "seu" governo. Não tenho nada a ver com esse expresso de insanidades, mas esse não é o maior risco quando falamos de curar humanos.

Franzi o cenho, decidindo não acompanhá-lo nessa viagem pelo buraco do coelho no momento.

— Então qual é? Transformá-los?

— Alguém já te passou algumas informações. — Kent deu uma risadinha. — Mas obviamente não tudo.

Heidi olhou para mim e abaixou as pernas.

— Não sei todos os detalhes, mas o que eles estão prestes a te contar? Eu acredito.

A essa altura, eu seria capaz de acreditar no chupa-cabra.

ESTRELAS NEGRAS   **1**   A ESTRELA MAIS ESCURA

— Então, você já sabe que os Luxen estão aqui há décadas, se não mais. Eles não vieram para tomar o controle do planeta ou machucar as pessoas — explicou Emery enquanto eu apertava a lata de Coca em minha mão. — Eles vieram porque o planeta deles foi destruído numa guerra com... outra raça de alienígenas, e estavam apenas procurando por um novo lugar para viver. Meus ancestrais vieram basicamente para recolonizar.

Planetas alienígenas, plural? Guerras entre espécies diferentes? Recolonização? Essa história tinha acabado de entrar no território da ficção científica, mas eu estava aqui para isso. Abri a lata e tomei um longo e saudável gole da maravilha gasosa.

Eu precisava focar em uma coisa de cada vez.

— Planetas?

— Nós viemos de um planeta que fica a, digamos, um trilhão de anos-luz daqui. — Emery chegou o corpo para frente. — Mas não éramos o único planeta com formas de vida inteligente.

Essa tinha sido a grande pergunta após a invasão. Seriam os Luxen os únicos extraterrestres lá fora? Tinham nos garantido que sim.

— Vocês não são os únicos alienígenas?

Ela fez que não.

— O nosso planeta se chamava Lux, mas ele foi destruído por uma espécie conhecida como Arum.

Fiz menção de abrir a boca, mas o que diabos eu ia dizer? Assim sendo, permaneci quieta.

— Minha raça estava em guerra com eles havia muitas décadas. Séculos, para ser mais precisa. — Ela dobrou os joelhos, esticando a calça jeans com rasgos estilizados. — Achávamos que éramos os inocentes, mas numa guerra raramente um lado é totalmente inocente, e para encurtar a história, acabamos destruindo os planetas um do outro.

— Os Luxen vieram para cá primeiro. — Kent começou a bater o pé descalço no chão. — Os Arum vieram em seguida.

— Espera. — Levantei a mão livre. — Volta um pouco. Quem ou o quê são os Arum?

— Eles são como a gente em alguns aspectos. Só que não nascem em grupos de três, mas de quatro. Também conseguem assimilar o DNA humano, de modo que se misturam da mesma forma que nós. No entanto, enquanto a gente brilha em nossa forma verdadeira, eles se transformam em... sombras.

— Sombras? — repeti, chocada.

· 243 ·

— Sombras — confirmou Kent.

Olhei para o perfil dele.

— Você só pode estar brincando.

— Meu senso de humor é melhor do que isso — rebateu ele. — Para nós, eles parecem sombras, porque essa é a única forma como nosso cérebro consegue processar o que vemos: relacionando a forma deles com algo familiar. Mas eles não são exatamente sombras.

— Ah — murmurei.

— Eles se alimentam dos Luxen, absorvendo suas habilidades.

— Como eles se alimentam? Como vampiros?

Kent riu.

— Na verdade, não. Eles não mordem. Eles... bem, fazem isso tocando ou inalando.

— Inalando?

— Exatamente. Então tá. Você sabe que o organismo humano possui eletricidade... sinais elétricos que percorrem seus corpos, certo? Os Arum podem se alimentar disso, ainda que não produza nenhum efeito neles. Isso, porém, interfere nos sinais que o corpo emite, podendo provocar uma falência cardíaca maciça.

— Uau! — murmurei. — É... assustador.

— Pode ser mesmo — retrucou ele. — Os Arum são muito poderosos, embora tenham algumas fraquezas. Por exemplo, o quartzo-beta não só impede que os Luxen sejam reconhecidos, dispersando a energia que eles emitem naturalmente, como interfere com o campo visual dos Arum. Já a obsidiana é letal para eles.

— Essas coisas não são tipos de pedras?

Kent anuiu.

— Obsidiana é vidro vulcânico. Ela é letal para um Arum, pois dissolve sua configuração celular.

Bom, nada disso soava remotamente plausível, mas me lembrei de já ter escutado algo sobre o quartzo-beta antes, logo após a invasão, quando as pessoas estavam aprendendo sobre os Luxen.

— Tudo bem. — Tomei outro gole. — E os Arum... continuam aqui?

Heidi assentiu.

— Nós provavelmente já nos deparamos com alguns, Evie, só não conseguimos diferenciá-los da gente ou dos Luxen.

Não tinha certeza se acreditava, mas, de qualquer forma, continuava curiosa.

ESTRELAS NEGRAS · 1 · A ESTRELA MAIS ESCURA

— E eles são perigosos? Eles também usam Desativadores?

— Eles vivem discretamente, e os Desativadores não fazem efeito neles. No momento, estamos vivenciando uma estranha trégua entre os Luxen e os Arum, mas eles... bom, a necessidade de se alimentarem de Luxen é difícil de ser ignorada. — Kent correu os dedos pelo moicano. — Sem a alimentação, eles não são tão poderosos quanto os Luxen. Na verdade, são basicamente como os humanos. Ou um Luxen com um Desativador. Além disso, nem todos os Arum embarcaram nesse trem de paz e amor. Existe muita bagagem entre as duas raças. Nem todos conseguem deixar essa história para trás.

— Certo. — Cheguei mais para a beirada do sofá, ainda segurando a lata de Coca agora vazia. — Então, existem Luxen e Arum no planeta, e eles têm... feito coisas. Entendi. — Fiz uma pausa, virando-me para a Heidi. — O que isso tem a ver com o risco de curar um humano?

— Bom... — disse ela de maneira arrastada, torcendo os cabelos verme-lhos. — Acho que vou deixá-los explicar.

Emery inspirou fundo.

— Os Arum podem sentir a proximidade de um Luxen. A única coisa que os impede é se nós estivermos cercados por quartzo-beta. Estou falando de grandes depósitos, em geral depósitos naturais encontrados em montanhas por todo o planeta. A gente costumava viver em comunidades próximas a esses depósitos, mas isso mudou depois... bom, depois da invasão. A maioria das nossas antigas comunidades foi destruída.

Gostaria de ter outra lata de Coca.

— Certo.

A expressão da Emery me dizia que ela sabia que eu estava a poucos passos de uma sobrecarga sensorial.

— Quando curamos um humano, deixamos uma espécie de rastro nele. Para um Arum, é quase como se esse humano estivesse aceso. Envolto num brilho. Para eles, um humano com esse rastro é tão saboroso quanto um Luxen.

— O quê? — Empertiguei as costas. — Quer dizer que eu estou brilhando e uma criatura das sombras vai me comer?

Kent tossiu para abafar uma risada.

— Cara, acabei de imaginar besteira.

Emery revirou os olhos.

— Normalmente, eles a encontrariam... ou poderiam encontrar. Eles veriam seu rastro e, se estivessem com vontade de fazer uma boquinha, a usariam para encontrar o Luxen que a curou ou como petisco. Isso não colocaria apenas o Luxen em risco, mas também seus amigos e sua família.

· 245 ·

Veja bem, um estranho efeito colateral do Desativador é que ele torna os Luxen invisíveis para os Arum, de modo que... eles andam famintos. Não podem mais encontrar a maioria dos Luxen agora.

— Normalmente? — Eu me prendera a essa palavra.

— Normalmente — repetiu ela, correndo os olhos por mim. — Se um Luxen cura um humano, em geral permanece bem perto dele para se assegurar de que ele não se meta em nenhuma enrascada, mas você... você não tem nenhum rastro, Evie.

O alívio chegou a me deixar tonta.

— Graças a Deus! Achei que você fosse dizer que eu estava brilhando feito o sol ou algo do gênero. Isso é bom, certo? Estou segura. Minha mãe está segura. Pelo menos, de um ataque de Arum. Não vou me tornar um petisco de algum estranho alienígena de sombras. Tudo o que preciso me preocupar é com Originais quebradores de ossos.

— Bem... — Kent pegou a lata vazia. — Sou apenas um reles humano, mas pelo que sei, ela não conseguir ver um rastro em você talvez não seja uma boa coisa.

Voltei a atenção para a Emery.

— Por quê?

Ela ergueu as mãos.

— Porque *todos* os humanos que já foram curados ficam com algum rastro.

— Bom, eu sou humana, então... Espera aí, mas o Luc...

— Luc é um Original — confirmou Kent. — Ainda assim, a cura funciona da mesma forma. Os Originais também deixam um rastro.

Meus olhos se voltaram para ele.

— Então, o que isso quer dizer?

Kent deu de ombros e se levantou.

— Não faço ideia. De qualquer forma, preciso ir. — Ele me deu um tapinha na cabeça, saindo rapidamente do alcance quando tentei bater em sua mão. — Encontrar algumas pessoas. Coisas para fazer.

Fuzilei-o com os olhos, extremamente irritada.

— Isso ajudou pra caramba a esclarecer as coisas para mim.

Ele deu uma piscadinha.

— Não preciso nem dizer o quanto é importante manter isso entre nós. Se não...

— Sei, você irá atrás de todos que eu conheço e amo? — rebati.

Ele deu outra piscadinha.

— Essa é a minha garota! — Em seguida, saiu do apartamento, fazendo um sinal de paz e amor.

ESTRELAS NEGRAS · 1 · A ESTRELA MAIS ESCURA

Virei-me para a Emery.

— Jesus, por que todo mundo precisa ser tão irritante?

Ela me ofereceu um sorriso solidário.

— Sei que tudo isso parece maluquice.

Parecia mesmo.

— Mas é verdade — continuou ela. — Olha só, vou verificar algumas coisas. Sinto muito pelo que aconteceu com você hoje. Vamos nos certificar de que não aconteça de novo. — Fez menção de se levantar.

Emery, porém, não chegou longe.

Heidi a agarrou pela mão e a puxou de volta para um beijo. E não exatamente um beijinho rápido. Quando elas, enfim, se soltaram e Emery saiu do apartamento, as pontas das minhas orelhas estavam queimando.

— Você gosta dela de verdade, não gosta? — perguntei.

Heidi riu baixinho.

— Gosto. Eu já sabia o que ela era desde a primeira noite que nos encontramos. Isso nunca teve importância para mim. Nenhuma.

Havia muitas coisas sobre as quais eu queria conversar, mas me concentrei na mais importante.

— Por que você não me contou o que a Emery era?

Heidi esfregou as palmas nos joelhos e baixou os olhos para o carpete.

— Não achei que você... aprovaria.

— Sério?

Ela olhou de relance para mim.

— Sério. Você não...

Eu não o quê? Eu nunca tinha sido anti-Luxen. Por outro lado, jamais me posicionara de um jeito ou de outro. Simplesmente permanecera... na minha. E ficar na minha era tão ruim quanto ser contra eles. Precisava ser honesta comigo mesma e reconhecer por que a Heidi pensaria uma coisa dessas. Porque, no fundo, tinha dito coisas que a haviam levado a achar isso.

Mas quando olhava para o Luc ou para a Emery, era difícil vê-los de maneira diferente da que eles eram. Era difícil lembrar por que eu deveria ter medo deles, ainda que já tivesse visto o Luc acabar com três Luxen num estalar de dedos.

Aqui estava eu, obviamente sem um pingo de medo do Luc ou da Emery.

— Não dou a mínima que ela seja uma Luxen. — Era a mais pura verdade. Fitei-a no fundo dos olhos, trincando os dentes ao sentir a dor no braço aumentar. — Mas é arriscado.

— Eu sei — retrucou Heidi, falando baixo. — Mas vale o risco. *Ela* vale o risco.

— Você também. Sinto muito — falei, do fundo do coração. — Gosto muito dela, e não acho que a relação de vocês seja um erro. Juro que não. — Dizer isso em voz alta me fez perceber que era verdade. — Só fico preocupada que alguém descubra e...

— Como eu disse, é um risco que ambas estamos dispostas a correr. Somos cuidadosas. Em geral, quando a gente sai, ela usa lentes de contato. Poucas pessoas sabem o que a Emery é.

— Tudo bem. — Mas eu continuava preocupada.

Heidi abriu um ligeiro sorriso.

— E quanto a você e o Luc?

Franzi o cenho.

— O que tem ele?

Ela ergueu uma sobrancelha.

— Você desmaiou por alguns minutos, mas ele ficou supernervoso ao vê-la daquele jeito, tão machucada. E, pelo que a Emery disse, o Luc nunca perde a cabeça. Ele basicamente opera de duas maneiras: *calmo* e *mais calmo ainda*.

Não sabia como responder. Principalmente porque não fazia ideia do que pensar a respeito do Luc. Era tudo muito confuso.

Heidi se aproximou e passou um braço em volta dos meus ombros.

— As coisas estão meio bizarras no momento, não estão?

Soltei uma risada seca.

— Minha mente está um verdadeiro nó. — Bufei. — E agora tem esse lance de que eu não estou brilhando.

— Provavelmente é uma boa coisa.

— É. — Esfreguei os joelhos. Olhando de relance para ela, me perguntei por que a Heidi parecia mais nervosa por eu não ter um rastro do que por ter. Eu era humana. Então, por que não estava brilhando?

Cerca de uma hora depois, Emery e um relutante Grayson me levaram até meu carro. Em seguida, me seguiram até em casa. Emery ficou, e alguns minutos depois a Heidi apareceu. A essa altura, a dor em meu braço quase não incomodava mais.

Mamãe não estava em casa, e pela primeira vez achei uma bênção ela estar cada vez mais trabalhando até tarde. As garotas ficaram comigo até o

ESTRELAS NEGRAS · 1 · A ESTRELA MAIS ESCURA

sol se pôr. Nenhuma das duas disse nada, mas eu sabia que tinham ficado por causa do que acontecera.

Assim que saíram, fui para o quarto e me sentei diante do laptop. Fiz uma pesquisa por Arum no Google. O que descobri foi que *arum* era uma espécie de planta em forma de seta que de tempos em tempo produzia uma frutinha vermelha.

Definitivamente nada a respeito de alienígenas.

O que não ajudava em nada.

Pesquisei mais a fundo, mas as coisas só foram ficando mais estranhas. Não sabia o que esperava encontrar. Uma explicação minuciosa dos tipos diferentes de extraterrestres? Se os Arum realmente existissem e o governo não quisesse que a gente descobrisse sobre eles, eu não ia encontrar nada, portanto não fazia ideia do que estava procurando.

Fechei o computador, o empurrei para a beirada da cama e fiquei sentada ali, olhando para o quadro de cortiça com fotos sobre a escrivaninha. Havia imagens dos meus amigos e de mim. No Halloween. No Natal. Fotos aleatórias. Algumas recentes, tiradas no último verão, embora o verão parecesse ter sido há séculos.

Luc estava certo.

Tudo havia mudado.

E agora havia um cara lá fora — um Original superpoderoso com uma rixa séria com o Luc e que me usara para chegar a ele.

Quase não conseguia acreditar no que tinha acontecido, o que estava acontecendo. Um sujeito assustador tinha vindo atrás de mim, tinha matado porque...

Inspirei fundo e fechei os olhos, apoiando a cabeça entre as mãos. Será que ele ia voltar? Um calafrio desceu por minha espinha ao ser acometida por um mau presságio. Ele tinha estado na minha casa, no meu quarto, enquanto eu dormia — enquanto minha mãe dormia na outra extremidade do corredor.

Ele havia... me tocado sem que eu percebesse. Havia me *estrangulado*, e eu achara que era um sonho. O que o impedia de voltar? Sabia que, se ele quisesse me matar, mataria. Tinha visto o que o Luc era capaz de fazer, e se esse Original tivesse a metade do poder dele, eu não tinha a menor chance.

Um medo gélido se formou em meu estômago. E quanto ao Luc? Será que ele estava seguro? Ele era forte e rápido, mas...

Ergui a cabeça, abri os olhos e soltei o ar de maneira entrecortada. Eu podia ficar aqui a noite inteira me preocupando com o Original, mas essa

· 249 ·

não era a única preocupação. Minha garganta apertou. Eu sabia tanta coisa agora que precisava manter em segredo. Ficar quieta não ia ser fácil, mas, de qualquer forma, quem acreditaria em mim? Ninguém.

Meu olhar recaiu sobre a porta do quarto.

Será que minha mãe sabia sobre os Arum e o lance da cura?

Assim que essa pergunta se formou em minha mente, me remexi, incomodada. Claro que sim. Com certeza. Ela havia trabalhado para o Daedalus, mas deixara convenientemente de lado toda essa história de cura dos humanos e de outra raça alienígena quando me contara sobre eles.

O que mais estaria escondendo de mim?

Peguei um grampo na mesinha de cabeceira, enrolei o cabelo num coque e o prendi. Estava prestes a pegar o laptop de novo quando escutei a notificação de mensagem no celular.

Está acordada?

Era o número desconhecido de novo, e meus lábios se entreabriram com um suave suspiro. Luc. Talvez um dia desses eu acabasse adicionando-o aos meus contatos. Mandei um rápido sim de volta.

Chegando.

Dei um pulo. Chegando? Que diabos ele queria dizer com isso? Ergui a cabeça, apertando o celular...

Escutei uma batida na janela do quarto.

— Não pode ser — murmurei, arregalando os olhos.

A batida soou novamente.

Levantei da cama e olhei rapidamente para a porta fechada do quarto antes de seguir até a janela. Não podia ser o Luc lá fora. Era impossível alcançar meu quarto por ali. Não havia árvores em torno para escalar, só um pequeno telhadinho acima da janela saliente do primeiro andar. A única coisa que conseguiria chegar ali seria um pterodátilo... ou alguém que não fosse exatamente humano.

Tipo, o Luc.

Ou um Original psicopata.

Abri a cortina e soltei um arquejo.

O que vi agachado sobre o pequeno telhado definitivamente não era um pterodátilo.

Luc deu uma risadinha como se não estivesse empoleirado do lado de fora da janela do meu quarto e, ao falar, sua voz soou abafada pelo vidro grosso.

— Toc-toc.

lhei boquiaberta através da janela para o Luc, sem acreditar no que estava vendo. Só podia ser um sonho estranhíssimo induzido por alienígenas psicopatas e bizarras pesquisas na internet.

Luc ergueu uma das mãos.

— Trouxe uma Coca pra você. Gostosa e geladinha. — Ele estava segurando uma lata vermelha e branca. — Nada de Pepsi.

Meu coração acelerou. Que diabos?

O Original ficou esperando, o rosto iluminado pela luz da lua. Mamãe ia surtar se chegasse em casa e o encontrasse ali. Espera um pouco. Eu não estava pensando em deixá-lo entrar, estava?

Estava.

O que significava que tinha oficialmente me mudado para a cidade das Más Decisões, população: Evie. Soltando uma maldição por entre os dentes, destranquei a janela e a abri, uma vez que ainda não tinha ligado o sistema de alarme.

— Enlouqueceu, foi?

— Gosto de pensar que nunca fui são — retrucou ele. — Posso entrar?

Recuei um passo e abri o braço.

— Já que você está aqui.

Com um sorriso de orelha a orelha, ele pulou a janela, pousando com a graciosidade silenciosa de um felino. Eu, por outro lado, teria caído de cara no chão. Luc, então, se empertigou e me ofereceu a Coca.

— Sou seu entregador particular.

Peguei a lata com cuidado para que nossas mãos não se tocassem.

— Sei...

Parados assim, tão próximos, era difícil não reparar no quanto ele era alto, em como sua presença parecia tomar conta do lugar. Meu quarto não era pequeno, mas com o Luc ali dentro, a sensação era de que não havia espaço suficiente. Ele deu um giro lento, sua presença dominando todo o entorno.

Graças a Deus eu estava de legging e com uma camiseta bem larga, visto que não estava de sutiã.

Luc pegou minha mão esquerda e levantou meu braço.

— Como está?

— Quase bom. — Puxei a mão de volta e recuei um passo. — Sei que você disse que eu não precisava agradecer, mas obrigada por... consertar meu braço.

Ele não disse nada por alguns instantes.

— Podia ter sido pior.

Sabendo que era verdade, apertei o braço de encontro à barriga.

— Ele a machucou por causa... da sua relação comigo — continuou ele, um turbilhão de emoções visíveis em seus olhos. — Vai pagar caro por isso.

As palavras gelaram meu sangue. Sabia que era uma promessa.

Luc se virou e se afastou.

— O que você está fazendo? — murmurei ao vê-lo correr os dedos pelas lombadas dos livros arrumados de maneira desordenada sobre as prateleiras embutidas na parede, ao lado da cômoda e da TV. — Se minha mãe o pegar aqui, vai matá-lo. Tipo, literalmente puxar uma arma de dentro de uma fronha e *atirar* em você.

Ele deu uma risadinha.

— Ela seria bem capaz de fazer isso mesmo.

De queixo caído, joguei as mãos para o alto.

— E isso não te preocupa?

— Na verdade, não. — Ele tirou um livro velho e bastante manuseado da prateleira. Em seguida, ergueu as sobrancelhas ao ler o título. — *Possuída pelo Guerreiro?*

— Cala a boca. — Fui até ele, arranquei o livro de sua mão e o botei de volta na prateleira. — Minha mãe vai...

— Se você está tão preocupada com a sua mãe, não devia ter me deixado entrar. — Luc pegou outro livro, dessa vez um volume fino de capa dura sobre

ESTRELAS NEGRAS **1** A ESTRELA MAIS ESCURA

fotografia. Entediando-se rapidamente, o guardou de volta. — De qualquer forma, ela não está em casa.

— Como você sabe? — Fui atrás enquanto ele observava distraidamente minha cômoda e, em seguida, a escrivaninha entulhada.

— Sou onisciente. — Luc seguia tocando... tocando *tudo*. As canetas e os marcadores de texto, os pesados cadernos de cinco matérias empilhados um sobre o outro. Ele pegou o pequeno grampeador rosa-choque, o apertou uma vez e o colocou de volta. Seus dedos longos deslizaram sobre as folhas soltas.

— Lá vem você de novo!

— Ela tem trabalhado até tarde, não tem?

— Tem. E não é nem um pouco bizarro que você saiba disso.

Ele riu e olhou por cima do ombro para mim.

— Talvez ela não esteja trabalhando até tarde. Talvez esteja saindo com alguém.

— Eca! Ela não está... — Parei no meio da frase, sem querer sequer pensar em minha mãe saindo com alguém.

— Ela também tem desejos e necessidades, sabia? — Ele voltou a atenção novamente para a escrivaninha, pegando o livro de história mundial.

Fuzilei-o com os olhos.

— Para de falar sobre ela desse jeito. Você está me deixando de cabelo em pé.

— Sim, madame. — Luc se aproximou do quadro de cortiça e apertou os olhos para observar as fotos.

Meu coração acelerou sem motivo. Fiquei onde estava, colada na parede ao lado da janela.

— Como você chegou aqui em cima?

— Peguei impulso e pulei. — Ele tocou numa das fotos tiradas durante o Halloween do ano passado. Heidi e Zoe na casa do James. Elas estavam fantasiadas de Coringa, peruca verde e terninho roxo. Eu tinha ido como Arlequina, Harley Quinn, em sua primeira caracterização. Encontrar a roupa perfeita de bobo da corte não tinha sido fácil. Tampouco era uma fantasia bonita, motivo pelo qual todas as fotos em que eu aparecia tinham sido queimadas. — Sou bom assim mesmo.

Revirei os olhos.

Ele riu, um som... irritantemente agradável.

— Tantas fotos e nenhuma de você criança. Nenhuma do seu pai e da sua mãe?

· 253 ·

— Não é tão estranho assim. Não tivemos chance de pegar os álbuns depois da invasão. Todas essas coisas foram deixadas para trás.

— Todas as fotos? — Ele se virou para mim. Um momento se passou. — Onde você estava quando a invasão começou? O que estava fazendo?

Achei a pergunta um tanto estranha, mas respondi assim mesmo.

— Estava em casa. Era cedo, e eu estava dormindo. Mamãe me acordou e disse que tínhamos que sair.

— E?

— É tudo... um pouco confuso. Saímos enquanto ainda estava escuro. — Os detalhes daquele dia tinham se apagado com o tempo. Achava que tinha a ver com o medo e o pânico que haviam se seguido aos eventos. — A gente se mudou para um lugar na Pensilvânia e ficamos lá até o perigo passar.

Após uma longa pausa, Luc desviou os olhos.

— E quanto a você? — perguntei.

— Eu estava em Idaho.

— Idaho? Por essa eu não esperava.

— Sabia que tem uma teoria que diz que Idaho não existe? Muitas pessoas acreditam.

— Jura?

— Juro. É uma teoria da conspiração. Algo ligado a controle mental por parte do governo. Não que o governo não possua o poder e os meios para fazer uma coisa dessas, mas posso lhe garantir que Idaho existe e é um estado.

— Certo. — A curiosidade estava levando a melhor de mim, ainda que eu devesse estar pedindo a ele para ir embora. — Você estava sozinho quando tudo aconteceu?

Ele fez que não.

— Estava com gente que eu conhecia.

— Amigos?

Um sorriso estranho e um tanto nostálgico se desenhou em seus lábios.

— Depende do dia.

Ceeeerto.

— Na verdade, você conheceu dois deles.

Pensei por alguns segundos.

— Daemon e Archer?

Ele assentiu.

— Eles foram embora hoje. Mas tenho certeza de que os verá de novo. — Luc olhou de relance para mim. — Tem algum motivo para você estar pregada na parede? — perguntou, aqueles olhos deslumbrantes fixando-se nos meus. — Eu não mordo.

Um leve calor se espalhou por minhas bochechas.

— Por que você veio aqui, Luc?

— Porque eu queria te ver. — Ele recuou alguns passos e se sentou na cama, os olhos ainda fixos nos meus.

— Sinta-se em casa.

— Estou me sentindo.

Estreitei os olhos.

— Você... não devia estar aqui.

Ele baixou as pestanas.

— Você está certa. Mais do que imagina. — Antes que eu pudesse perguntar o que diabos isso significava, ele acrescentou: — Queria conversar sobre o que aconteceu hoje.

Desgrudei da parede e comecei a me aproximar lentamente da cama.

— Fala.

Com um sorrisinho irônico, Luc esfregou a mão no peito, logo acima do coração.

— Connor não encontrou o Original que a atacou, mas me deu a mesma descrição do cara, e ainda que isso seja impossível, o que ele disse para você me lembrou alguém que eu conhecia.

Sentei na cama também, mantendo uma distância saudável entre nós.

— Conhecia?

O Original assentiu, soltando a mão sobre o colo.

— Sinto que preciso lhe contar uma coisa. — Ele mordeu o lábio inferior. — Provavelmente não deveria, mas acho que você precisa saber. Não é algo que o Grayson ou o Kent saibam. Nem a Emery, que a essa altura você já descobriu ser uma Luxen.

— É, deu pra perceber. — Peguei a Coca que ele me trouxera e abri a lata. — O que você precisa me contar?

Seus ombros enrijeceram.

— Quando eu disse que não havia restado muitos Originais, é porque... eu sou o motivo.

— O quê? Como assim?

Luc ergueu os olhos lentamente.

— Porque eu... matei a maioria deles.

Entreabri os lábios num suave arquejo.

— Eu...

— Não sabe o que dizer? A maioria não saberia. — Ele se levantou. — Quando contei pra você que fui criado num laboratório, que todos os Originais foram, não estava exagerando. Nós fomos desenvolvidos através de engenharia genética desde o embrião até a idade adulta. O Daedalus criou inúmeros *lotes* de crianças até chegar ao ponto que eles queriam, e mesmo então não ficaram satisfeitos. Eles continuaram fazendo experimentos, mudando os soros e injeções. A maioria de nós nem sabe o que tomou.

O horror de quando ele me contara pela primeira vez sobre os Originais retornou com força total. Observei-o andar até a janela por onde entrara.

— Somente um pequeno percentual de Originais foi considerado estável. — Luc abriu a cortina, e a luz da lua entrou, iluminando-lhe o rosto. — Alguns não chegaram nem a completar um ano. Outros duraram mais, até que o que quer que eles tivessem tomado saiu pela culatra. Alguns se tornaram extremamente violentos, perigosos para tudo e todos à sua volta, e esses foram... "apagados" nos laboratórios, em geral através de injeções letais.

— Jesus! — Botei a Coca de lado e puxei as pernas para cima da cama. — Luc, eu...

— Essa não é a pior parte. — Com um ligeiro torcer dos lábios, ele soltou a cortina. — Pouco antes da invasão, descobri que o Daedalus tinha criado um novo lote de Originais, e que estavam bastante empolgados com ele. Eles estavam sendo mantidos numa base no Novo México. Então, quando o Daedalus se desfez, eu os libertei. Fiz isso porque sabia que, se não fizesse, eles seriam exterminados ou transferidos para algum outro lugar.

Ele se virou para mim.

— Entenda, achei que estava fazendo a coisa certa. Levei-os para um lugar onde imaginei que eles ficariam seguros. Eram apenas crianças, Pesseguinho. Não mais do que uns cinco anos de idade.

Meu coração apertou. Tinha a sensação de que a história ia terminar mal.

— Deixei-os com pessoas em quem confiava, gente que eu sabia que cuidaria deles, porque eu não podia ficar. Tinha outras coisas que precisava fazer, e essas pessoas realmente tomaram conta deles. Pelo menos, tentaram. — Luc andou de volta para a cama. — Mas essas crianças... eu devia tê-las deixado no laboratório.

— O que aconteceu?

Um músculo pulsou em seu maxilar.

— No começo foram pequenas coisas... coisas que seriam consideradas normais ao lidar com qualquer criança. Se eles quisessem alguma coisa e o

ESTRELAS NEGRAS   1   A ESTRELA MAIS ESCURA

pedido não fosse acatado, faziam manha. Exceto que a manha deles resultava em casas pegando fogo e pessoas sendo jogadas contra paredes.

Arregalei os olhos.

— Não sei por que achei que eles seriam crianças normais. Os Originais são extremamente inteligentes, e não estou dizendo isso para me vangloriar. Mesmo com cinco anos de idade, eles eram mais espertos do que qualquer adulto. Planejavam e trabalhavam juntos para conseguir o que queriam, quer fosse um pote de sorvete ou ficar acordado até mais tarde. As pessoas com quem os deixei perceberam logo que socializá-los ia ser um problema, especialmente quando sua inteligência se transformou em manipulação e a manipulação em violência.

Luc se sentou, mais perto do que antes. Perto o bastante para que eu sentisse seu perfume de natureza, um misto de pinho e folhas queimadas.

— Dois deles atacaram uma pessoa... alguém que se importava muito com todos eles... só porque ela não os deixou comer mais um cookie. Um cookie, Pesseguinho. Eles a arremessaram da janela do terceiro andar por causa de um cookie.

Chocada, permaneci quieta, escutando.

— Não aconteceu nada com ela, mas só porque ela é uma híbrida. Você sabe, uma humana que foi transformada. Se não fosse, eles a teriam matado. Foi quando eu voltei. — Ele fez uma pausa. — Achei que poderia, sei lá, fazê-los mudar, porque havia um entre eles que era... estável. Achei que ele era um bom sinal, e que como eles eram como eu, poderia ensiná-los a desenvolver paciência, empatia... você sabe, a serem mais humanos. Não queria aceitar que não havia jeito. Não podia aceitar isso. — Uma risada áspera ecoou pelo quarto. — Minha presença só piorou as coisas. Foi como colocar dois peixinhos beta de frente um para o outro. Nada do que eu fiz funcionou. Separá-los. Puni-los. Recompensá-los. Eu não podia trancá-los. Eles eram espertos e poderosos demais para isso.

Lembrei o que ele tinha dito sobre ser realista. Que algumas pessoas eram causas perdidas, e tinha a sensação de que estava prestes a descobrir por que ele acreditava nisso.

A expressão do Luc tornou-se afiada como uma lâmina.

— Foi então que eles atacaram de novo e, dessa vez, alguém morreu. Um Luxen, de modo que não podia mais deixá-los com aquelas pessoas. Depois disso, eles vieram para cima de mim, todos juntos, exceto por um. Foi quando me dei conta de que eles jamais poderiam viver em nenhuma sociedade. Por mais que odiasse admitir, percebi que libertá-los tinha sido um grande erro.

· 257 ·

JENNIFER L. ARMENTROUT

Ele apoiou a mão na cama, ao lado dos meus pés descalços, e se aproximou um pouco mais.

— Eu precisava dar um jeito neles, Pesseguinho. — Luc ergueu os olhos lentamente. Inspirei fundo. — Entende?

Senti o estômago revirar e desejei desviar os olhos, mas não consegui.

— Acho que sim. Você teve que... exterminá-los?

Um lampejo de dor se insinuou naqueles lindos olhos.

— Tive. Foi provavelmente a coisa mais terrível que eu já fiz na vida, mas não tive escolha, Pesseguinho. Eles estavam machucando as pessoas. Estavam matando, e eram apenas crianças. Não podia sequer imaginar o que se tornariam quando crescessem.

Balancei a cabeça lentamente.

— Isso é... Não sei o que dizer, Luc. Realmente não sei.

Ele me fitou por um longo tempo e, então, desviou os olhos.

— Daemon e Archer foram duas das pessoas com quem os deixei. — Luc trincou o maxilar, correndo os olhos pelo quadro de fotos. — Foi a esposa do Daemon que eles jogaram pela janela, e um dos amigos deles que morreu. Eles sabem o que eu fiz. Esse... esse é um dos motivos para eu não visitá-los. Não gosto de ser lembrado de nada disso.

Lembrei do Daemon perguntando para o Luc por que ele não os visitava mais. É claro que o Original tinha dado uma resposta totalmente vaga. Agora eu entendia por quê. Como ele poderia ter me explicado isso antes?

Como conseguia explicar agora?

— O que eu achei que fosse estável? Ele... fugiu. O nome dele era Micah. — Um sorrisinho irônico repuxou-lhe os lábios. — Aquela criança era como um irmão para mim. Não faço ideia de onde ele está agora. Provavelmente é uma boa coisa, mas o que esse Original disse para você hoje me fez lembrar do Micah. Ele vivia pedindo às pessoas para brincarem com ele. Era um garotinho desesperado por atenção.

Franzi as sobrancelhas.

— O Original que eu vi hoje é um adolescente.

— Eu sei. Não pode ser o Micah. Ele deve ter uns dez anos agora. Mas com certeza é um Original que sabe o que eu fiz. Talvez um que tenha cruzado com o Micah ou algo assim. Eu, porém... não estou surpreso. Quando o Chas foi atacado, imaginei que tivesse sido um Original. Só um conseguiria fazer aquilo com ele. Acho que foi por isso que ele a mandou ficar longe.

Puta merda.

— E eu comecei a suspeitar de que havia um à espreita. Podemos sentir uns aos outros, mas isso nem sempre funciona tão bem, especialmente quando há mais de um Original em volta.

— Tipo o Archer?

Luc ficou quieto por um momento e, então, assentiu.

— Não achei que o que aconteceu com as garotas tivesse algo a ver com o que aconteceu com o Chas. Pelo menos, não a princípio, mas quando te vi no parque senti que havia um na área.

Enrijeci. Acho que cheguei até a parar de respirar.

— Desde então, tenho tentado ficar de olho em você. Quando eu não posso, o Grayson fica por mim. — Ele não me fitou. — Ou a Emery. Sei que você provavelmente odeia escutar isso, mas fiquei preocupado com a possibilidade de quem quer que estivesse à espreita vir atrás de você. Eu estava certo, e obviamente não fiz um bom trabalho. Afinal, ele conseguiu. Mais de uma vez.

Observei o perfil do Luc, sem saber o que pensar. Ele tinha ficado de olho em mim? Mandara pessoas fazerem isso? Parte de mim queria ficar irritada. Uma grande parte, porque uma coisa dessas era simplesmente bizarra e assustadora.

— Algum de vocês já acionou o detector de movimentos sem querer?

Luc ergueu uma sobrancelha e olhou de relance para mim.

— Eu não, mas o Grayson provavelmente sim.

— Então é por isso que você tem se encontrado comigo? Pelo mesmo motivo que a Heidi e a Emery...

— Não. Não é por isso que tenho me encontrado com você. — Seus olhos se fixaram nos meus. — Eu podia apenas ficar de olho, e você jamais teria percebido.

— Bom, isso é assustador.

— Você está puta.

— Eu... não sei. Quero dizer, estou, claro. Acho que qualquer um ficaria puto em descobrir que vem sendo observado.

— Mas?

— Mas eu meio que entendo. Tudo bem, eu entendo. Ainda assim, é assustador. — Desviei os olhos. — Por outro lado, eu talvez seja um alvo de um Original psicopata, então tem isso.

— É, tem isso.

Um longo momento se passou antes que eu falasse novamente.

— Você acha que ele está em busca de vingança?

— Acho que é algo por aí. Mas acho também que por enquanto ele está só tentando mexer comigo.

— Por quê? Se ele o odeia por causa do que você fez com os Originais, então por que não vem atrás de você? — perguntei. — Por que ir atrás de outras pessoas?

— Como eu disse, para mexer comigo. — Luc engoliu em seco. — Acho que com um grande nível de inteligência vem também um grande nível de tendências sociopatas. Às vezes penso que com cada geração de Originais, eles estavam cada vez mais perto de criar o perfeito serial killer, em vez de um humano perfeito.

Fitei-o, boquiaberta.

— Uau!

Luc me lançou um olhar de esguelha.

— De qualquer forma, eu te trouxe uma coisa. Um presente.

Ergui as sobrancelhas ao vê-lo meter a mão no bolso e puxar um pequeno objeto preto, que me fez lembrar o ralador de pés que eu usava no banho.

— Espera um pouco. Isso é um Taser?

— É uma arma de choque.

Franzi o cenho, resistindo à tentação de estender a mão para pegar o objeto.

— Não é a mesma coisa?

— Na verdade, não. Um Taser pode ser usado tanto de perto quanto de longe. Esse tipo só pode ser usado de perto. Meio que me surpreende que os humanos não carreguem um desses com eles o tempo todo. — Ele deu de ombros. — Já coloquei as pilhas, portanto, está pronto para usar. Tudo o que você precisa fazer é encostar na pele e apertar o botão — explicou. — Ele é capaz de derrubar um humano por um certo tempo, e incapacitar um Luxen, híbrido ou Original por uns dois minutos. Até mais, se ele estiver fraco ou machucado. — Luc me ofereceu a arma. — Use com cuidado.

— Tipo, não em você? — Peguei-a, surpresa com o quanto era leve.

O Original deu uma risadinha.

— Está vendo esse botão? Quando você o desliza para cima, a luz fica vermelha. Significa que está pronto para usar. Aí, basta apertar esse outro aqui.

Como precisava ver com meus próprios olhos, fiz o que ele falou. A luzinha se acendeu e, em seguida, apertei o botão. Uma ligeira descarga de eletricidade faiscou entre os dois polos.

— Legal!

Luc inclinou o corpo para trás, assentindo com um lento menear de cabeça.

ESTRELAS NEGRAS · 1 · A ESTRELA MAIS ESCURA

Com uma risadinha, coloquei a arma sobre a mesinha de cabeceira.

— Obrigada.

Ele deu de ombros novamente.

— Espero que você jamais precise usá-la. Até que a gente encontre o Original que a atacou, um de nós estará sempre com você.

— Mas...

— Isso não está aberto a discussão, Pesseguinho.

— Não me chame assim — rebati. — Como você pode ficar de olho em mim o tempo todo? Não é viável.

Um ligeiro sorriso repuxou-lhe os lábios, mas não chegou aos olhos.

— Não vou deixar que ele a machuque novamente.

— Por quê?

Luc piscou.

— Tá falando sério?

— Estou. Por que você se importa? Quero dizer, você mal me conhece, Luc. Por que...

— Eu não quero te ver machucada ou morta? Sei lá. Talvez porque eu seja um Original decente?

— Quer dizer que você protege todos os humanos vulneráveis que cruzam o seu caminho?

— Não todos — respondeu ele lentamente. — Só os especiais.

— Luc...

Ele suspirou e olhou de novo para as fotos.

— Só você para perguntar uma coisa dessas.

— E só você para responder a pergunta de forma tão evasiva — retruquei.

— Porque eu sei o quanto você adora — comentou ele. — Imagino que a essa altura você deva ficar enojada só de me ver, mas vai ter que lidar com isso por mais um tempinho, quer goste ou não.

— Espera um pouco. Como assim? Por que está dizendo isso? — perguntei, genuinamente confusa. — Que você me enoja?

— Não? — Seu olhar se voltou para mim mais uma vez. — Eu acabei de te contar que matei um bando...

— Sei o que você me contou — interrompi, sem querer que ele tivesse que repetir tudo de novo. — E não sei o que dizer em relação a isso. A única coisa em que consigo pensar é que não é justo que essas crianças tenham sido criadas para se tornarem algo assim. Não é justo que as pessoas que tentaram tomar conta delas tenham se tornado vítimas. E definitivamente não é justo

· 261 ·

que você tenha sido obrigado a se colocar numa situação em que precisou fazer o que fez.

Ele arregalou os olhos, surpreso.

— Você acha isso mesmo? Que eu fui obrigado a matá-las?

— O que mais você poderia ter feito, Luc? Eu não estava lá. Não conheci essas crianças, e sei que não o conheço tão bem assim, mas acho que você só fez isso porque não havia outra opção.

— E não havia. — A voz dele soou baixa. Rouca.

— Sinto muito. — Ao vê-lo abrir a boca para replicar, acrescentei rapidamente: — Sinto muito por todos vocês. Pelas crianças e por você. Simplesmente sinto muito, e... — Uma poderosa onda de raiva percorreu meu corpo. — E odeio que minha mãe e meu pai tenham tido um papel nisso. Não faz ideia do quanto é difícil para mim ficar quieta. Tem tantas coisas que eu gostaria de dizer para ela.

Para variar, Luc não disse nada.

Querendo oferecer algum conforto, estendi a mão. Hesitei a alguns centímetros dele, mas então fechei os dedos em seu braço. Luc deu um pulo como se o toque o tivesse queimado, mas não puxou o braço.

Ele fechou os dedos em volta dos meus.

— Alguém que sem dúvida tem um problema comigo quebrou seu braço hoje, e você está tentando me fazer sentir melhor?

Dei de ombros e puxei a mão que estava sob a dele.

— Acho que sim.

Ele abriu a boca como se fosse dizer alguma coisa, mas apenas desviou os olhos.

Acompanhei seu olhar. De repente, algo me ocorreu.

— Você nunca teve nada disso, né?

— Tive o quê?

Aproximei-me dele um pouco mais.

— Ir a festas com amigos. Se fantasiar no Halloween. Dormir na casa de alguém sem motivo. Trocar três vezes a sua foto de perfil do Facebook em menos de uma hora só por trocar. Fotos? Lembranças?

— Lembranças? Eu tenho lembranças. Algumas delas na verdade são... muito bonitas — confessou ele. — Essas lembranças são do tempo depois do Daedalus.

Soube de cara sobre quem ele estava falando.

— Sua amiga? Qual era o nome dela mesmo? Nadia?

Ele enrijeceu.

— Você sente falta dela, não sente?

Luc riu, porém sem um pingo de humor.

— Com cada célula do meu corpo.

Uau! Senti o coração apertar ao mesmo tempo que fui tomada por uma profunda curiosidade.

— Vocês eram um casal? — A pergunta soou ridícula, porque se meu pai estivesse envolvido na morte dela, isso teria que ter acontecido há mais de quatro anos. Na época, Luc devia ter uns 14, e ela, 13. Por outro lado, eu já tinha visto garotos bem novinhos totalmente apaixonados.

— Casal, tipo, *namorados*? — Ele riu de novo, e mais uma vez, a risada soou seca. — Eu jamais teria tanta sorte.

Iai. Meus ombros penderam. Isso era doce e, ao mesmo tempo, um tanto triste, considerando tudo.

— Você... — Imaginando se não estaria indo longe de mais, umedeci os lábios. — Você a amava, Luc?

O Original fechou os olhos, e seus belos traços se contraíram. Uma dor profunda era visível em seus olhos quando ele os reabriu.

— Com cada suspiro que eu dou.

O nó em minha garganta ficou ainda maior, e, de repente, senti vontade de chorar. Luc tinha dito *dou*, e não *dava*. Mesmo que ela não estivesse mais entre nós, ele ainda a amava. Era algo tão belo quanto apenas um coração partido pode ser.

Luc desviou os olhos das fotos, porém seu olhar permaneceu envolto em sombras.

— Nada disso importa mais. Não podemos voltar no tempo. Passado é passado. A Nadia... ela não existe mais. Assim como o Daedalus e, em pouco tempo, teremos um Original a menos com o qual lidar.

Meu peito apertou.

— Tem que ser você?

— Tem. — Ele deixou a cabeça pender para trás. — De vez em quando me pergunto se tudo pelo que passamos mudou alguma coisa a longo prazo.

— Como assim?

Luc não respondeu, mas tampouco se afastou. Nossos rostos estavam separados por poucos centímetros. Nenhum de nós disse nada.

Um longo momento se passou, até que me afastei e corri as mãos pelo rosto. Recostando-me contra a cabeceira da cama, soltei um bocejo.

— Sinto como se meu cérebro fosse implodir.

— Não queremos que isso aconteça. Não seria muito legal.

JENNIFER L. ARMENTROUT

Olhei para ele através das frestas entre os dedos.

— Então, o que a gente vai fazer?

Ele alisou o edredom.

— A gente?

— Em relação ao Original psicopata?

Luc mordeu o lábio inferior e deu uma risadinha.

— A gente não vai fazer nada. Eu vou encontrá-lo. E darei um jeito nele.

— E você espera que eu fique sentada aqui olhando para o teto?

— Espero. — Ele fez uma pausa, parando de alisar o edredom. — Ou você pode ficar sentada e ler um livro sobre guerreiros possuindo alguma donzela.

— Cala a boca — grunhi. — Preciso fazer alguma coisa, Luc.

Ele se deitou de costas e apoiou as mãos sobre a barriga.

— O que você pode fazer, Pesseguinho? Não estou sendo babaca, mas você não tem como lutar contra um Original. Você tem... uma tremenda sorte de estar sentada aí.

Meu estômago revirou.

— Eu sei, mas tem que ter alguma coisa que eu possa fazer.

Ele virou a cabeça para mim.

— É por isso que eu te dei a arma de choque. Para qualquer eventualidade. Mas, fora isso, quero que se mantenha tão segura quanto possível.

Estreitei os olhos, sentindo uma nova onda de medo acelerar meu coração. Não queria pensar no Original, ainda que não pudesse evitar.

Seus lábios se repuxaram num dos cantos.

— Você precisa lidar com isso.

— Você é irritante.

— É um dom especial.

Pigarreei e olhei para ele novamente. Luc me observava, parecendo totalmente à vontade na *minha* cama.

— E esse negócio de brilho? É algo com que eu deva me preocupar?

Uma sombra cruzou-lhe o rosto.

— Honestamente?

Meu estômago se retorceu de novo.

— Honestamente.

— Não sei. Você é humana. Deveria ter ficado com um rastro. — Ele se virou de lado e apoiou o queixo no punho fechado. — Talvez você seja um anjo.

Pisquei.

· 264 ·

ESTRELAS NEGRAS **1** A ESTRELA MAIS ESCURA

— Como é que é?

Um sorrisinho iluminou-lhe o rosto.

— Porque tenho a sensação de que você caiu do céu.

As pontas das minhas orelhas arderam.

— Você realmente... disse isso em voz alta?

— Disse. — Ele riu. — E posso dizer mais.

— Sério?

— Sério. Prepare-se. Nenhuma mulher ou homem resiste a essa — continuou ele, mordendo o lábio de novo. Um momento se passou. — A vida sem você é como um lápis quebrado. Sem propósito.

Fiquei sem palavras.

— O gato comeu sua língua? Não posso culpá-la. E quanto a essa? Ainda bem que eu trouxe o cartão da biblioteca, porque definitivamente vou pesquisar você.

— Ai, meu Deus. — Eu ri. — Essa é horrível.

— Tão ruim quanto essa? Você gosta de Toddy?

Um sorriso se desenhou em meus lábios.

— Por quê?

— Se quiser, posso ser Toddynho seu.

Revirei os olhos.

— Você deve ter acabado de sair do forno — continuou ele.

— Ai, meu Deus!

— Porque você é quente.

— Por favor, chega.

— Bom, eu já estou aqui. Quais são seus outros dois desejos? — retrucou Luc.

Balancei a cabeça, frustrada.

— Estou perdido.

— Está mesmo — murmurei.

O Original apertou de leve minha panturrilha.

— Pode me indicar o caminho até o seu coração?

Fuzilei-o com os olhos.

— Você me faz pensar em pêssegos. Doce...

— Pode parar por aí. — Ergui a mão. — Acho que está na hora de você ir embora.

— Não posso.

— Como assim, não pode?

— Porque você me tirou o chão.

· 265 ·

JENNIFER L. ARMENTROUT

Soltando uma risada relutante, cutuquei-lhe a perna com a ponta do pé. Eu sabia o que ele estava fazendo. Tentando me distrair para eu não pensar nas coisas que sabia que iriam me assombrar durante o sono.

— É melhor você ir embora antes que eu pegue o grampeador e feche sua boca na marra.

— Tudo bem, eu paro. Mas vou ficar até sua mãe chegar. Não adianta reclamar.

Abri a boca para protestar, mas então pensei na Heidi e na Emery. Uma súbita ansiedade fez minha pele formigar.

— Você acha que ele vai aparecer aqui de novo?

— Não quero arriscar. — Seus olhos se fixaram nos meus. — Já corri o risco uma vez. Não vou correr de novo.

— Se minha mãe te pegar aqui...

— Vou embora assim que ela entrar em casa — assegurou-me ele. — Ela não vai perceber nada.

— Estou com a arma de choque — lembrei-lhe, apontando com a cabeça para a mesinha de cabeceira.

— Eu sei, mas prefiro que você não seja obrigada a usá-la.

Deixar o Luc ficar não era particularmente inteligente, mas tampouco seria ignorar uma ameaça real e, no fundo... eu não queria que ele fosse embora. Principalmente sabendo que o psicopata já tinha entrado na minha casa duas vezes.

O medo que tinha passado a noite inteira tentando suprimir retornou mais uma vez. Minha respiração falhou. *Acalme-se.* Eu estava segura. Pelo menos, por ora. E podia lidar com isso. Afinal, tinha lidado com a invasão e sobrevivera para contar.

Luc fechou a mão sobre a minha, me fazendo pular. Fitei-o.

— Ei — disse ele, os olhos perscrutando os meus. — É normal sentir medo.

Um nó se formou no fundo da minha garganta.

— É normal mesmo?

— O que você quer dizer?

— Não sei. — Dei de ombros. — O medo anuvia a mente. Faz com que a gente não pense direito. Nos deixa fracos.

— Às vezes. Em outras, clareia seus pensamentos e a torna mais forte e mais rápida. — Ele deslizou os dedos debaixo dos meus e, quando me dei conta, estava segurando a minha mão.

ESTRELAS NEGRAS · A ESTRELA MAIS ESCURA

Meu peito inflou como se houvesse uma miríade de borboletas batendo as asinhas dentro dele. Tentei ignorar a sensação, mas foi inútil. Desviei os olhos.

— Certo — falei por fim.

Luc me soltou, sentou e estendeu a mão. O controle da TV veio voando da escrivaninha até sua palma. Desejava com todas as forças ter esse tipo de poder.

Fiquei quieta enquanto ele se ajeitava, o que de alguma forma terminou com nós dois recostados, ombro com ombro, contra a cabeceira da cama. Ele, então, ligou a TV.

— Será que tá passando algum filme do Arnold Schwarzenegger?

Lentamente, virei a cabeça para ele.

— Que foi? — perguntou o Original.

— Nada, só fiquei surpresa.

— Ele é muito citável — argumentou ele, verificando os canais.

Não soube o que dizer. Não acreditava que estava sentada na cama, ao lado do Luc, enquanto ele procurava por algum filme antigo do Arnold Schwarzenegger.

A vida era estranha.

E tinha a sensação de que ia ficar ainda mais estranha.

cordei horas depois com a televisão ligada. Fiquei confusa. Estava passando algum tipo de infomercial, mas não consegui entender do que se tratava porque o volume estava baixo.

A luz bruxuleante da TV projetava sombras intermitentes por todo o quarto. Ainda estava escuro, e eu...

Ai, meu Deus.

Pela segunda vez em poucas horas, me dei conta de que não estava sozinha na cama. Eu estava deitada de costas, com um braço quente e pesado jogado sobre a minha cintura, e uma perna — uma perna masculina —, entrelaçada entre as minhas. Arregalando os olhos, desviei a atenção da TV para o teto, o coração martelando feito um louco.

Luc estava ao meu lado, tão perto que podia sentir sua respiração contra minha têmpora.

Permaneci quieta, quase sem respirar.

Como isso tinha acontecido? Lembrei-me do Luc listando todas as frases memoráveis do Arnold Schwarzenegger, que não eram poucas, antes de se decidir por uma série sobre crimes reais. Uma combinação bizarra para fazer alguém pegar no sono, mas eu tinha, e aqui estávamos nós, juntos. Pelos menos estávamos sobre o edredom, embora não achasse que isso fizesse grande diferença.

Graças a Deus mamãe não tinha vindo checar. Com certeza eu saberia se tivesse. Seus gritos furiosos teriam me acordado e...

Luc mudou de posição.

ESTRELAS NEGRAS — 1 A ESTRELA MAIS ESCURA

Não muito, talvez um ou dois centímetros, mas a diferença foi *colossal*. Sua coxa se enfiou *entre* as minhas, e o braço também se moveu. De alguma forma, não saberia dizer como, a mão dele ficou espalmada em minha barriga. Direto sobre a pele. Ele, então, começou a acariciar de leve, de maneira inconsciente, a área em torno do umbigo. Mordi o lábio e fechei os olhos com força.

Não sabia o que fazer. Levantar ou acordá-lo? Eu deveria fazer algo, mas estava paralisada. Fiquei ali deitada, enquanto um delicioso fogo se acendia em minha pele, fazendo com que fosse difícil lembrar exatamente por que aquilo era errado. Não parecia errado. Parecia *certo*.

Meu corpo estava totalmente ciente do dele, nos mínimos detalhes. A mão forte, a coxa musculosa, a respiração compassada. Estávamos deitados juntos como se já tivéssemos feito isso milhares de vezes.

Ó céus, eu estava completamente acordada agora.

Luc era um verdadeiro gato, e eu tinha passado por muita coisa. Além de ter tido o baço quebrado, muitas outras coisas haviam acontecido. Eu estava vulnerável, propensa a fazer e pensar besteira. Além disso, meus hormônios estavam a mil, fluindo enlouquecidos por minhas veias. É, era exatamente por isso que eu estava me deixando levar por aquele calor.

Eu devia acordá-lo.

E provavelmente sair correndo de casa brandindo os braços.

Mas não fiz nada disso.

Luc se mexeu de novo. Dessa vez, a mão deslizou pela minha barriga e envolveu minha cintura. Ele apertou e, então — *ai, meu Deus* —, pressionou o corpo no meu, puxando meu ombro para si, a perna...

Ó céus!

O som veio dele: um grunhido sonolento que me deixou toda arrepiada. Mantive os olhos fechados, engolindo um gemido que teria me deixado totalmente constrangida ao sentir seus dedos beijarem o cós da legging. Sua respiração e, em seguida, os lábios, roçaram minha têmpora.

Senti o momento exato em que ele acordou.

Luc enrijeceu. Acho que sequer respirou por cerca de meio minuto. Não me mexi, tentando manter a respiração o mais profunda e compassada possível. Não queria que ele percebesse que eu estava acordada... há algum tempo.

O que provavelmente era inútil, uma vez que ele podia ler meus pensamentos, se é que já não estava fazendo isso agora.

Ó Pai, rezei para que não.

Luc levantou primeiro a mão, um dedo de cada vez, e, em seguida, a perna. Ele permaneceu perto o bastante por uns dois minutos. Esperei, sentindo as pontas dos dedos formigarem. Sua respiração dançou sobre a minha bochecha. Ele pareceu hesitar e, então, pressionou os lábios em minha testa.

Parei de respirar, e meu coração... bem, meu coração meio que implodiu.

O colchão balançou ligeiramente quando ele se levantou. Continuei imóvel, os ouvidos aguçados, até escutar o deslizar da janela se abrindo. Uma lufada de ar frio penetrou o quarto, interrompida assim que a janela foi novamente fechada. Em seguida, escutei a tranca, mas permaneci imóvel por mais uns dois minutos.

Luc tinha beijado minha testa.

Um gesto tão... doce, que derreteu meu coração. O que era idiotice, porque ele continuava apaixonado por alguma garota morta, e eu sequer gostava realmente dele. Quero dizer, gostar até que gostava, um pouco. Ele vinha meio que me conquistando, ganhando espaço. Que nem mofo... se mofo fosse um garoto musculoso, gato e...

— Argh! — grunhi.

Certo. Precisava ser honesta comigo mesmo. Eu *gostava* dele.

Virando de lado, enterrei o rosto no travesseiro e inspirei fundo. Ó céus! O travesseiro estava com o cheiro dele. Virei de costas novamente e soltei um palavrão.

Eu precisava me tratar.

Sério.

Eu estava atrasada para a aula — superatrasada.

Tendo voltado a dormir somente quando o dia estava quase amanhecendo, não escutei o despertador tocar. Mal tive tempo de tomar um banho. Depois disso, tudo o que deu para fazer foi enrolar o cabelo ainda molhado num coque e pegar o par de jeans mais limpo que consegui encontrar.

O céu estava escuro e chuvoso, de modo que vesti uma camiseta preta de mangas compridas, peguei a mochila e saí. Enquanto descia as escadas, puxei a manga para dar uma olhada em meu braço esquerdo.

O hematoma praticamente desaparecera, restando apenas um leve azulado. Ainda assim, meu estômago revirou. O Original tinha...

Espera um pouco. Merda. Tinha esquecido a arma de choque.

ESTRELAS NEGRAS **1** A ESTRELA MAIS ESCURA

Soltando uma maldição por entre os dentes, corri de volta até o quarto, peguei minha nova melhor amiga na mesinha de cabeceira e a enfiei na mochila. Em seguida, desci novamente as escadas. Pretendia pegar apenas uma barrinha de cereais e, então, quebrar várias leis por excesso de velocidade.

Mamãe estava na cozinha, sentada diante da ilha. Ela segurava uma caneca, e sequer levantou os olhos quando passei feito um foguete em direção à despensa.

— Bom dia — falei. — Estou superatrasada. Só vou pegar...

— Sossega — retrucou ela. — Não precisa correr.

— Ah, preciso sim. — Abri a porta da despensa. — Vou chegar supertarde, o que significa que só vou arrumar uma vaga nos fundos do estacionamento. Sou preguiçosa demais para caminhar aquele percurso todo duas vezes.

— Querida, a gente precisa conversar.

Com a recente conversa com o Luc ainda tão fresca em minha memória, a última coisa que eu queria era falar com ela no momento. Espera um pouco. Será que mamãe sabia que ele estivera aqui na noite passada? Virei-me lentamente, sentindo como se o fato de o Luc ter estado na minha cama — ter me dado um beijo na testa — estivesse tatuado na minha cara.

— Sobre o quê?

Ela abaixou a caneca.

— Por que não solta essa mochila e se senta?

Sentindo uma súbita ansiedade brotar em meu estômago, deixei a mochila escorregar do ombro para o cotovelo.

— Por quê?

— Evie, senta.

Abri a boca para retrucar, mas então olhei para ela — olhei de verdade. Mamãe ainda não tinha tomado banho. Seus cabelos longos estavam presos com uma presilha, embora vários fiapos já houvessem se soltado. Com base na blusa amarrotada e nas calças escuras, me perguntei se ela havia dormido com a roupa da véspera — se é que dormira.

Minha boca ficou subitamente seca.

— O que está acontecendo, mãe?

Seus olhos castanhos se fixaram nos meus, e ela pareceu empalidecer.

— Senta.

Por algum motivo, não sabia se queria escutar o que mamãe tinha a dizer. Talvez fosse instinto.

— Tenho que ir para a aula.

— Evelyn, a gente precisa conversar agora.

· 271 ·

Suspendi a mochila e, sem pegar a barrinha de cereais na despensa, voltei até a ilha.

— Luc veio me visitar ontem no trabalho.

A mochila escorregou do meu braço e, dessa vez, caiu no chão.

— Como ele conseguiu entrar lá sem que ninguém o visse só Deus sabe. — Ela tomou um gole do café. Sua mão tremia, o que eu jamais vira acontecer. — Sei o que aconteceu ontem.

Parada do outro lado da ilha, não disse nada, simplesmente a fitei.

— Ele me contou que você foi atacada por um Original e que a curou — acrescentou ela.

Senti-me subitamente tonta. Bom, isso confirmava que ela sabia sobre os Originais, mas eu já imaginava, certo? Ainda assim, por que o Luc não me dissera nada sobre esse encontro ontem à noite? Ele tivera tempo mais que suficiente. Inúmeras oportunidades. Apoiei as mãos sobre a ilha, mas continuei me sentindo oscilar.

A caneca balançou de leve quando ela a colocou de volta sobre o porta-copos de cerâmica cinza. Aquele porta-copos fazia parte de um kit que eu lhe dera no último Dia das Mães.

— Acho que é melhor você se sentar.

Meu coração batia tão rápido que achei que fosse passar mal.

— Não quero sentar.

Ela fez uma careta e fechou os olhos por um breve instante.

— Esperava jamais ter que falar sobre isso com você. Vejo agora que foi tolice da minha parte. Eu devia ter percebido assim que o Luc passou por aquela porta que... que não tinha mais muito tempo. Devia ter lhe contado a verdade logo.

Meu peito apertou.

— É sobre o que o Daedalus realmente fazia?

Ela inspirou fundo, e seu corpo inteiro estremeceu.

— Vejo que tem conversado com o Luc. Eu já sabia que isso iria acontecer. Já imaginava. Afinal, ele disse que o acordo estava quebrado no dia em que trouxe sua identidade. Só fico surpresa por ele próprio ainda não ter contado... mas eu sabia. Pude perceber as pequenas mudanças. A Coca. Os filmes de terror. A gente não esperava algo assim. Por outro lado, jamais tínhamos feito o que...

— O que isso tem a ver com refrigerantes ou filmes? — Meus músculos ficaram tensos. — O que você precisa me contar? Vai ser cem por cento honesta agora?

Ela se encolheu como se eu a houvesse xingado.

— Preciso lhe contar quem você realmente é.

eus ouvidos começaram a zumbir. A única coisa que me mantinha firme no lugar era o granito frio sob minhas palmas.

— Como assim?

Mamãe prendeu uma mecha solta de cabelo atrás da orelha.

— Quero que saiba que, independentemente de qualquer coisa, eu te amo. Lembre-se disso.

— O quê? — Afastei-me ligeiramente da ilha. A raiva que eu sentira antes se transformou em preocupação. — Por que está dizendo isso? Você está doente?

— Não — respondeu ela, inspirando de maneira superficial. — Evie, não tem um jeito fácil de dizer isso, portanto vou ser direta. Sou sua mãe há apenas quatro anos. Até onde sei, sua mãe biológica morreu quando você era pequena. De overdose.

Ergui as sobrancelhas. Que diabos? Alguma coisa estava definitivamente errada com a mamãe.

— Antes de se tornar minha filha, você tinha outro nome, e uma vida completamente diferente — continuou ela, os olhos perscrutando meu rosto. — Seu nome verdadeiro não é Evelyn Dasher.

— Certo. — Eu me curvei e peguei a mochila, a preocupação formando um nó em meu estômago. Enfiei a mão no bolso da frente e pesquei o celular. — A gente precisa ligar para alguém. Não sei quem, mas tem que ter...

— Não precisamos ligar para ninguém — interrompeu-me ela. — Não tem nada errado comigo. Estou te contando a verdade, querida.

JENNIFER L. ARMENTROUT

— Mãe...

— Seu verdadeiro nome é Nadine Holliday.

Todos os meus músculos congelaram e o telefone escorregou da minha mão, caindo de volta no bolso da mochila. Olhei para ela.

— Esse era o seu nome... é o seu nome. — O lábio superior pareceu afinar. — Mas as pessoas a chamavam de Nadia.

— Não pode ser — murmurei. Meu cérebro entrou em curto. Por vários preciosos segundos, minha mente ficou completamente vazia. Não havia nada além do zumbido em meus ouvidos, agora mais alto e incessante.

— Era assim que o Luc te chamava. Nadia.

Uma descarga elétrica percorreu meu corpo.

— *Não.*

— Quando eu a conheci, você estava muito doente. Leucemia. Embora alguns dos tratamentos que havíamos desenvolvido tivessem obtido bastante sucesso com outros tipos de câncer, menos invasivos, o seu era agressivo demais. Você estava morrendo, e o Luc já havia tentado várias coisas — continuou ela, mesmo depois de me ver balançar a cabeça em negação. — Luc sabia que a gente... o Daedalus... havia produzido diferentes soros, mas nenhum dos que ele conseguira obter tinha funcionado.

Recuei até bater com as costas na pia. Não podia ser verdade. Eu estava sonhando. Só podia estar. Isso faria mais sentido, porque nada do que ela estava dizendo era possível.

— Luc foi atrás do Jason. Ele pretendia matá-lo pelas coisas que o Jason tinha feito... com todas aquelas pessoas inocentes, mas o Jason... sabia sobre você. Sabia que você estava morrendo, e era um homem oportunista. Ele negociou a vida dele pela sua. O Daedalus tinha acabado de desenvolver um novo soro, pouco antes da invasão. Nós... nós o batizamos de Andrômeda, e o Daedalus tinha obtido um tremendo sucesso com ele. Jason ofereceu o tratamento em troca de sua própria vida, e o Luc...

Ela soltou um suspiro ruidoso, os ombros tensos.

— Luc estava desesperado. Tinha que estar para permitir que o Jason continuasse vivo, porque ele havia... — Interrompeu-se com um balançar de cabeça. — Luc a trouxe para cá pouco depois que a guerra contra os Luxen invasores terminou. Eu o vi pela primeira vez bem aqui, nesta cozinha. Foi a primeira vez que vi *você* também. Jason já me dissera o que eu precisava trazer.

Nada do que ela estava dizendo fazia sentido. Antes da invasão, a gente morava em Hagerstown...

ESTRELAS NEGRAS · 1 · A ESTRELA MAIS ESCURA

Hagerstown.

Luc tinha me dito que a Nadia era de Hagerstown.

Um calafrio percorreu meu corpo.

— Você estava tão doente. Uma garotinha franzina lutando para respirar e manter o coração batendo, e o Luc era praticamente um cão raivoso no que se tratava de você. Ele teria sacrificado qualquer um para que você sobrevivesse, e foi o que ele fez. De certa forma, ele a sacrificou. Luc sabia o que poderia acontecer se o Andrômeda desse resultado...

— Para. — Ergui a mão como se pudesse apagar o que ela estava dizendo. — Só para. Isso é insano e impossível. — Contornei a ilha, sem saber para onde ir, apenas que precisava sair dali.

Não podia continuar escutando essas coisas.

Mamãe levantou do banco e se moveu mais rápido do que eu jamais a vira se mover. Tão rápido que dei um pulo para trás, surpresa. Ela envolveu meu rosto entre as mãos frias.

— Escuta, querida. Você tomou o Andrômeda. Uma vez dentro do corpo, esse soro agia como um vírus. Ele atacava as células cancerígenas ao mesmo tempo que reescrevia o material genético, o cerne do nosso ser. E como qualquer vírus, ele causava febre, uma febre altíssima. A maioria das pessoas nas quais testamos sequer sobreviveu à febre, mas eu cuidei de você pessoalmente. Fiquei do seu lado dia e noite...

— Para! — gritei, tentando me desvencilhar. — Por que você está me contando essas coisas? Por que está fazendo isso?

Mamãe deixou as mãos escorregarem do meu rosto para os ombros, mas me manteve firme no lugar com uma força surpreendente.

— Você perdeu a memória, tal como dissemos para o Luc que iria acontecer. Foi por causa da febre, mas você sobreviveu e... se tornou a Evelyn.

Consegui, enfim, me desvencilhar dela e fugi para um dos lados da cozinha.

— Faz ideia de como isso tudo soa louco?

— O Andrômeda continha DNA alienígena, e agora você possui traços desse DNA também — continuou ela. — Não o suficiente para ser detectado por um verificador de retina ou exame de sangue, a menos que seja feita uma busca detalhada. É por isso que você não ficou com nenhum rastro quando o Luc a curou. Por isso ele foi me procurar. Luc queria saber o que a gente... o que eu tinha feito com você quando curei seu câncer.

— Eu possuo DNA alienígena? — Eu ri.

Ela não riu.

— Possui.

· 275 ·

— Ai, meu Deus! — Outra risada escapou de mim, um som um tanto áspero. — Isso é completamente louco. Nem sei o que dizer.

— É a pura verdade.

— Não. É algum tipo de piada que não consigo captar. — Contornei a ilha de novo.

Você ainda é inacreditavelmente teimosa.

Um bolo se formou em minha garganta, ameaçando fechá-la. Tentei não pensar nas palavras do Luc.

— Por favor, para...

— Preciso que você me escute. — Ela se virou. — No momento em que você entrou na boate, tudo mudou. Luc a viu, e agora ele está de volta em sua vida. Era só uma questão de tempo até ele decidir contar a verdade, e as coisas estão prestes... — Ela inspirou fundo. — Você precisa escutar isso de mim. Não dele.

Girei nos calcanhares e a encarei, sentindo meu coração martelar contra as costelas.

— Isso não é possível. Você está me dizendo que eu não sou a Evie. Que sou uma garota que já morreu.

— A Nadia nunca morreu.

— Morreu, sim. Luc me disse que ela morreu.

— Ele usou exatamente essas palavras? — perguntou ela. — Ele alguma vez falou que a Nadia morreu?

— Ele... — Fechei a boca e esfreguei as mãos nos quadris. Luc nunca tinha dito que a Nadia havia morrido. Ele apenas dissera que ela... não existia mais. Sentindo a garganta seca e o estômago revirar, recuei ainda mais. — Não importa o que ele disse. Nada disso é possível. Eu tenho lembranças do meu passado. Sei quem eu sou. Como você explica isso?

— Você não se lembra, Evelyn. Só lembra o que eu quis que você se lembrasse — retrucou ela, baixinho. — Nós não podemos implantar memórias, não ainda, mas a mente é uma coisa incrível. Ela é suscetível a *sugestões*, e foi isso o que a gente fez... o que eu fiz. Quando você acordou, depois que o Jason partiu, ficamos só nós duas, e eu lhe dei as sugestões de como devia ter sido a vida da Evelyn.

— Jesus! — Esfreguei o rosto. Eu ia passar mal. — Não foram *sugestões*. Eu me lembro do papai e...

— Então me diz como era a voz dele — demandou ela, dando a volta na ilha.

ESTRELAS NEGRAS · 1 · A ESTRELA MAIS ESCURA

Abri a boca para responder, mas… não consegui. Já não conseguia desde… simplesmente não conseguia.

— Ele tinha uma voz bem masculina — respondi, piscando rápido.

— E como era a nossa casa em Hagerstown?

Eu sabia como a casa era. As lembranças estavam lá; só estava chocada demais para visualizá-la em minha mente. Eu tinha essas lembranças, claro que tinha. Precisava apenas me concentrar.

Os olhos dela ficaram marejados.

— O que foi que eu te disse na manhã da invasão, e para onde nós fomos?

— Você… você disse que tudo… — Fechei os olhos com força. O que ela dissera mesmo? As lembranças pareciam um borrão. — Eu estava em pânico. Não me lembro, mas isso não significa nada.

— Querida, significa o que tem que significar. Você não estava comigo quando os Luxen invadiram. Estava com o Luc. — Ela pressionou os lábios. — Você não pode me dizer nada sobre a escola que frequentou quando criança ou seu décimo aniversário. O que você pode me contar, a fonte da qual bebeu durante os últimos quatro anos, são histórias que eu contei durante a febre, enquanto a gente cuidava de você.

Uma onda de pânico começou a me dilacerar por dentro com suas garras afiadas.

— Como isso é possível? Como pode ficar aí e me dizer que eu não possuo lembranças, ou que as que possuo são falsas? É impossível. Você é minha mãe e eu sou a Evie. É quem eu sempre fui!

Mamãe fez que não.

Enquanto olhava para ela, um pensamento horrível e aterrorizante me ocorreu. E se… e se ela estivesse dizendo a verdade? Eu tinha tido uma estranha sensação de déjà vu quando vira o Luc na boate pela primeira vez. Além disso, várias vezes ele falara como se me conhecesse. E o acordo… ele volta e meia mencionava o tal acordo.

Mamãe parou diante da ilha e pressionou a mão contra o peito.

— Eu continuo sendo sua mãe. Eu…

— Para — mandei. — Para com isso. Por favor. Nada disso é verdade.

— É, sim. — Ela inspirou fundo e levou a outra mão aos olhos, puxando alguma coisa. Em seguida, baixou a mão e depositou o que quer que fosse sobre a ilha. Um par de lentes castanhas.

Olhei imediatamente para ela e soltei um arquejo.

· 277 ·

Os olhos da minha mãe não eram mais castanhos. Eram da cor do céu no verão, antes de uma tempestade. Um tom vibrante e extraordinário de azul.

— Não pode ser — murmurei, balançando a cabeça, incrédula.

Ela sorriu. Lágrimas escorriam por suas bochechas e desapareciam ao mesmo tempo que as veias sob a pele se acendiam com uma linda luz. O brilho foi se espalhando, substituindo o tecido. Em poucos segundos, ela estava totalmente envolta em luz.

De repente, me lembrei de quando o Luc tinha vindo em nossa casa e mamãe levantara a mão como se fosse fazer alguma coisa. Luc a desafiara a continuar. Na hora, não tinha entendido o que estava acontecendo, mas agora entendia.

Luc sabia...

Ele sabia que mamãe era uma Luxen.

Só que ela não era minha mãe. Pelo menos, não minha mãe biológica. A ficha, enfim, caiu. Por mais que eu quisesse negar o que ela havia me contado, conhecia o suficiente a respeito dos Luxen para saber que eles não podiam ter filhos humanos.

— Meu Deus! — A cozinha oscilou diante dos meus olhos. Estava me sentindo tonta, como se fosse desmaiar. Não podia mais lidar com isso. Não conseguia processar a verdade que *brilhava* diante de mim. Meus pés me carregaram para a sala antes que eu percebesse o que estava fazendo ou para onde estava indo. Voltando a mim, corri de novo até a cozinha, peguei a mochila que deixara sobre a ilha e segui para a porta da garagem.

— Querida! — chamou ela.

Parei e lancei um olhar por cima do ombro. Ela estava de volta ao normal. Bom, exceto pelos olhos. Eles continuavam sendo os olhos de uma Luxen.

— Por favor — pediu ela, os olhos cintilando. — Por favor, senta. Vamos conversar. Vamos...

— Não.

Ela deu um passo em minha direção.

— Não. — Minha voz falhou. — Não se aproxime.

Ela parou.

Meu corpo inteiro tremia.

— Fique longe de mim.

Abri a porta, entrei na garagem e apertei o botão na parede ao lado. Enquanto o portão se levantava com um rangido, abri a porta do carro e joguei a mochila no banco do carona. O dia continuava cinzento quando dei a volta pela frente do carro — do Lexus que havia pertencido ao meu pai.

ESTRELAS NEGRAS · 1 · A ESTRELA MAIS ESCURA

Só que ele não era meu pai.

Porque se mamãe não era minha mãe, então ele também não era meu pai.

Ela, porém, era a única mãe que eu conhecia, e amava. Eu a *conhecia*.

Com as mãos trêmulas, entrei no carro, liguei o motor e esperei o portão terminar de abrir. Minha mãe continuou lá, me chamando. Sem lhe dar ouvidos, passei a ré e, fazendo os pneus guincharem, tirei o carro da garagem. Ao chegar ao final da entrada de carros, captei um movimento pelo canto do olho.

Pisei no freio com força e olhei para a esquerda.

— Que diabos?

Um homem cruzava o jardim da frente, um sujeito alto, de cabelos escuros, que reconheci imediatamente. *Daemon*. O que ele estava fazendo aqui? Voltei os olhos para o portão ainda aberto da garagem e vi minha mãe.

Daemon surgiu ao lado da porta do motorista e bateu no vidro. Eu sequer o vira se mover. Num segundo ele estava no jardim e, no outro, bem ao meu lado.

Num estado de estupefata incredulidade, baixei o vidro.

Ele se inclinou e apoiou as mãos na janela aberta.

— Para onde você está indo? Duvido que seja para a escola.

Pisquei uma e, em seguida, outra vez. De repente, a ficha caiu. Daemon estava aqui a pedido do Luc, por causa do Original. Puta merda. Há quanto tempo ele estava aqui fora? Apertando o volante, olhei para aqueles olhos inacreditavelmente verdes.

Mamãe começou a vir em nossa direção, dizendo alguma coisa, mas não consegui desviar os olhos do Luxen. Lembrei de sua expressão quando me vira na boate pela primeira vez. Luc o mandara calar a boca, mas o Daemon me fitara com surpresa. Tinha presumido que era pelo fato de eu ser uma simples humana.

— Você sabe quem eu sou? — Minha voz soou rouca, estranha para meus próprios ouvidos.

Um sorriso se desenhou em seus lábios.

— Por que não desliga o carro e salta? Vamos entrar. Combinado?

— Qual é o meu nome? — perguntei, os dedos doendo de tanto apertar o volante.

Um lampejo de alguma coisa cruzou o rosto dele.

— Vamos entrar. Você não devia…

— Qual é o meu nome? — gritei, a voz falhando na última palavra.

— Merda — murmurou ele, olhando de relance para a garagem. — Liga pro Luc.

· 279 ·

Meu estômago foi parar nos pés. Não queria que eles ligassem para o Luc. Não queria que fizessem nada.

Tirei o pé do freio e apertei o acelerador. Com um palavrão, Daemon deu um pulo para trás. O carro saiu derrapando para a rua. Sentindo o coração a mil, passei a marcha e acelerei de novo. Vento e chuva fustigavam o interior do carro pela janela aberta enquanto eu atravessava o bairro a toda velocidade.

Nada disso era verdade. Era inacreditável demais, bizarro demais para sequer tentar levar em consideração.

Mas mamãe era uma Luxen.

E ela dissera que eu era a garota — a garota que o Luc dizia ter sido sua única e verdadeira amiga. A garota que menos de dez horas atrás ele admitira ainda ser apaixonado.

Esse era o acordo. Eu me manteria afastado se você se mantivesse longe.

Não.

De jeito nenhum.

Eu não era ela.

Meu nome era Evie.

Essa era eu.

Passei pela entrada do bairro inspirando fundo para me acalmar e peguei a rodovia deserta.

Meu nome é *Evelyn Dasher.*

Lágrimas embaçavam minha visão. Desacelerei. *O nome da minha mãe é Sylvia Dasher. Meu pai...*

Daemon surgiu subitamente no meio da rua, alguns metros adiante. Com um grito, pisei no freio. As rodas deslizaram no asfalto molhado. O carro derrapou, mas graças à boa vontade de Deus não perdi o controle. O Lexus desacelerou e parou.

Inspirei fundo várias vezes enquanto o Daemon vinha ao meu encontro. Soltei o volante, sentindo uma forte emoção borbulhar em meu âmago, como uma garrafa de refrigerante ao ser sacudida. Cobri o rosto com as mãos e abri a boca para gritar, mas não saiu som algum. Nada. Pressionei a testa no volante, enterrando os dedos nas palmas das mãos. Isso não podia estar acontecendo. Não podia ser verdade. Apertei os joelhos, sentindo o estômago revirar.

Eu ia passar mal.

— Isso foi divertido — disse ele. A porta do carro se abriu por vontade própria. — Mas preciso que você saia do carro.

Lentamente, ergui a cabeça e soltei o cinto de segurança. Com as pernas bambas, saltei do carro. A chuva fustigou meu rosto.

ESTRELAS NEGRAS 1 A ESTRELA MAIS ESCURA

— Vamos lá. — A voz dele soou calma. Num movimento delicado, ele fechou a mão em meu braço e me conduziu até o lado do carona. — Meu trabalho era fazer com que você chegasse à escola em segurança. Já fazia tempo que eu não atuava como guarda-costas. Acho que não estou fazendo um bom trabalho.

Entrei. Num piscar de olhos, Daemon estava no banco do motorista, fechando a porta e, em seguida, a janela. Ele, então, afastou do rosto o cabelo molhado pela chuva.

Minha respiração ficou presa na garganta.

— Não quero voltar para casa.

— Se não quer voltar, então vou te levar até o Luc. — Ele me fitou. — Essas são as opções.

Eu queria uma terceira… Na verdade, queria ver o Luc.

— A boate.

— Fechado. — Daemon ligou o carro e olhou de novo para mim. — Bota o cinto. A última coisa que preciso no momento é do Luc perdendo a cabeça porque você foi arremessada pelo para-brisa ou coisa parecida.

— Você se meteu na frente do carro. — Lembrei-o, prendendo o cinto. — Podia ter causado um acidente.

— Cuidei para que isso não acontecesse — retrucou ele.

Legal. Então não tinha sido minha habilidade como motorista que evitara um desastre. Olhei pela janela, mas sem prestar atenção em nada. Talvez aquela mulher não fosse a minha mãe. Talvez ela tivesse sido assimilada por uma Luxen que agora fingia ser minha mãe.

Para com isso.

Aquela era a minha mãe. Era a voz dela, o cheiro dela, o jeito de falar dela. Por mais que eu quisesse acreditar que não, era ela. Então isso significava que o que ela dissera era verdade? Que eu não era a Evelyn? Que era essa outra garota? Que tudo o que eu sabia e acreditava desde… bom, desde sempre, era mentira?

— Está tudo bem aí? — perguntou Daemon.

Fechei os olhos.

— Você… você já me conhecia antes de me ver aquela vez na boate?

Seguiu-se uma longa pausa, tão longa que achei que ele não fosse responder. Mas, quando respondeu, desejei que não tivesse.

— Já. Eu já te conhecia.

✸ ✸ ✸

Deixei o Daemon no corredor do primeiro andar e subi os seis malditos andares. Fui até a porta do apartamento do Luc e bati como uma policial prestes a entregar um mandato.

A porta se abriu e... lá estava ele, os cabelos molhados como se tivesse acabado de sair do banho. Uma visão dolorosamente deslumbrante.

Com uma expressão de surpresa, Luc recuou, me deixando entrar. Em seguida, fechou a porta.

— Você não devia estar na escola? — Ele estava diferente de quando eu o vira na véspera. A camiseta justa fora trocada por outra, preta. Imaginei que minha mãe ainda não tivesse conseguido falar com ele. — Aconteceu alguma coisa?

Eu nunca a mereci... nem sua amizade, aceitação ou lealdade.

Vê-lo ali depois de tudo o que eu havia descoberto hoje de manhã era como levar um tapa na cara e me dizerem que tinha sido um beijo. Se o que a mamãe dissera era verdade, ele... ele... Jesus, não sabia o que pensar. Mas era errado. Era mais do que errado.

Eu tinha perguntado ao Luc sobre a Nadia, se ele ainda a amava, e ele respondera...

Ele respondera: *Com cada suspiro que eu dou.*

Agi sem pensar.

Dei-lhe uma bofetada com toda a força. Como uma mola, a cabeça dele virou de lado e retornou à posição original. Horrorizada, observei-o arregalar os olhos.

Eu bati nele.

Jamais tinha batido em ninguém.

E não me sentia mal por isso.

O rosto dele ficou vermelho.

— Isso foi por causa de ontem à noite? Porque eu não fui embora antes da sua mãe chegar? — Ele fez uma pausa, os olhos brilhando. — Ou foi porque você ficou lá deitada, fingindo dormir e desejando que eu ficasse?

Tentei esbofeteá-lo de novo, mas dessa vez ele estava preparado. Luc agarrou meu pulso e me puxou. O ar escapou dos meus pulmões ao sentir nossos corpos pressionados.

— Bater não é legal — disse ele, a voz fria como aço. — Tenho certeza de que te ensinaram isso no jardim de infância, Evie.

— Evie? — Eu ri, e a risada soou totalmente errada. Não apenas áspera, mas histérica.

ESTRELAS NEGRAS · 1 · A ESTRELA MAIS ESCURA

Ele franziu as sobrancelhas, mas sua expressão voltou rapidamente ao normal. A ficha parecia ter caído. Sem dizer nada, Luc me soltou como se minha pele o queimasse.

Sentindo um turbilhão de palavras fervilhando dentro de mim, recuei até bater com as costas na porta.

— Por que você não me contou que viu minha m-mãe ontem? — Minha voz falhou nessa poderosa palavra. — Quando esteve comigo ontem, por que não me disse que conversou com ela?

Ele se aproximou, os passos longos devorando rapidamente a curta distância.

— Não — falei, a voz pouco mais que um sussurro. — Fica longe, Luc.

Ele parou, arregalando aqueles lindos olhos ametista.

— O que foi que ela te contou?

— Ah, deixe-me ver. Ela falou que eu não sou sua filha de verdade. Aparentemente, minha mãe biológica morreu de overdose, certo? Se eu tivesse sido simplesmente adotada, isso não seria um problema, porque para ser mãe não é preciso laços sanguíneos. — Corri a mão pelo cabelo, abaixando os fios rebeldes. O coque tinha se desfeito. — Mas, segundo ela, eu só sou sua filha há quatro anos, e isso meio que muda tudo.

Luc cerrou os punhos ao lado do corpo.

— E, quer saber? A princípio não acreditei nela, porque essa história soava totalmente louca, mas aí ela se transformou numa Luxen. Bem diante dos meus olhos.

Ele fechou os olhos.

Um nó se formou em minha garganta e desceu para o peito.

— Mas você já sabia disso, não sabia?

Luc não respondeu.

— Não sabia? — gritei, percebendo a irritação em minha própria voz.

Ele ergueu as pestanas.

— Sabia.

— Claro que sim. E sabe o que mais ela me contou? O motivo de eu não ter um rastro. Porque, ao que parece, eu tomei algum soro estranho — continuei, engolindo em seco. — Mas você também já sabia disso.

— Merda! — Soltando um forte suspiro, Luc voltou para o sofá e se sentou na beirinha. — Eu não sabia que ela ia te contar essas coisas. Se soubesse, teria estado lá.

· 283 ·

Uma série de nós se formou em meu estômago, revirando minhas entranhas. Ele disse isso como se estivesse falando sério, e uma parte distante de mim soube que era verdade.

— Estaria lá por que, Luc? Para segurar a minha mão enquanto ela me dizia que as lembranças que eu tenho não são minhas? Para tomar um café com a gente enquanto ela confessava que meu nome não é Evelyn Dasher?

Ele deu a impressão de que ia se levantar, mas ficou onde estava.

— Estaria lá para me certificar de que você ficasse bem. Para ajudá-la a entender quem você…

— Não diga que eu não sou a Evelyn. É quem eu sou. — Minha voz falhou. — Meu nome é Evie.

— Eu sei — respondeu ele num tom apaziguador. — Você é a Evie.

Meus músculos enrijeceram.

— Então vamos dizer que isso não é algum tipo de sonho e que é verdade. Por que você não me contou? Oportunidades não faltaram. Especialmente quando me contou sobre ela… sobre o que aconteceu. Você podia ter me dito isso.

— Podia. — Seus olhos perscrutaram os meus. — Mas você teria acreditado em mim? Honestamente? Se eu tivesse dito que você era a Nadia Holliday, mas que suas lembranças tinham sido apagadas, você teria me dado ouvidos ou se virado e ido embora?

Inspirei com força. A verdade é que eu não teria acreditado nele. Já estava sendo difícil acreditar… nela. Fechei os olhos e balancei a cabeça, frustrada.

— Se tudo isso é verdade, por que você me deixou lá… com eles? Eu era sua melhor amiga. Você disse que me ama… — Incapaz de terminar a frase, abri os olhos novamente. — Por que você me deixou com eles?

As pupilas dele ficaram brancas.

— Eu nunca te deixei de verdade.

26

Meu peito apertou. Negar era a melhor defesa contra a confusão e a dor que me rasgavam por dentro. Movi a boca por cerca de meio minuto sem conseguir dizer nada, até que por fim falei a única coisa cabível.

— Isso é alguma piada? Porque se for, não tem graça nenhuma.

— Não é piada. — A voz dele soou rouca. — Fiz um acordo com eles para salvar a sua vida. Foi a pior e a melhor decisão que já tomei. Pior porque sou inacreditavelmente egoísta. E melhor porque precisei fazer algo extraordinariamente altruísta.

— Eu não...

— Você não se lembra. Sei disso. Mas eu sim. Lembro dessa merda toda diariamente.

Encarei-o.

— Cala a boca.

Os olhos dele cintilaram.

— Você veio aqui esperando que eu mentisse? — Ele se levantou. — Estou cansado de mentir. Quer a verdade? Pois essa é a verdade. Nunca parei de pensar em você. Jamais esqueci. Nunca parei de cuidar de você. Você pode ter me esquecido, o que não tem problema, porque você não teve escolha, mas...

— Para! — gritei. — Sei quem eu sou. Meu nome é Evie. Esse *sempre* foi meu nome.

Luc se aproximou e me segurou pelos ombros.

— Escuta. Você pode ser Evie agora, mas só é essa Evelyn Dasher há 1.278 dias e oito horas. E, sim, posso dizer os segundos se quiser que eu seja mais específico.

Entreabri os lábios.

— Mas, antes disso, você foi Nadia por quase 13 anos.

— Para de repetir isso. — Desvencilhei os braços e recuei um passo. — Minhas lembranças não são falsas. — Cerrei os punhos. — Elas são reais...

— Você prefere Coca a Pepsi. Como acha que eu sabia disso?

A cara da minha mãe — sua reação quando eu pedira uma Coca — pipocou em minha mente, assim como o que ela dissera mais cedo. Eu sempre bebera Pepsi porque... era o que a gente sempre tivera em casa.

— Esse é o lance engraçado em relação ao que eles fizeram com você. Sua memória foi apagada, mas alguns traços de personalidade continuam aí. Partes de você perduraram. — Ele cruzou a distância que nos separava. — Sei que você gosta de filmes de terror e que odeia os que a fazem chorar.

— Você andou lendo meu perfil no Facebook? Parabéns! — rebati.

Luc deu uma risadinha, mas não se deixou abalar.

— Você sempre gostou de fotografia, mesmo antes. Costumava choramingar, pedindo ao Paris para levá-la até o rio Potomac a fim de tirar fotos.

— Eu nem conheço esse Paris.

— Mas conhecia. Ele era como um pai pra você. — Luc não parou por aí. — E você ainda tem o mesmo tique nervoso.

Recuei de novo, franzindo o cenho.

— Não tenho tique nervoso nenhum.

— Tem, sim. Você esfrega as mãos nos quadris e nos joelhos quando fica ansiosa. — Ele arqueou uma sobrancelha. — Está fazendo isso nesse exato momento.

Tirei as mãos dos quadris e cruzei os braços diante do peito.

— Quer que eu continue? Você vive mexendo no cabelo. É outra mania sua quando está nervosa ou não sabe o que fazer com as mãos. — Luc deu um passo à frente, inclinando a cabeça ligeiramente de lado. — Sei também que você não gosta de pizza.

Meu coração pulou uma batida. Encarei-o.

— Heidi te contou isso.

— Não. — Luc abaixou a cabeça e roçou o rosto no meu. — Mas estou certo, não estou?

Estava, mas eu não ia lhe dar a satisfação de reconhecer que sim.

Ele continuou perto, perto demais, o rosto encostado no meu.

· 286 ·

ESTRELAS NEGRAS 1 A ESTRELA MAIS ESCURA

— Tem uma coisa que você não lembra e que a Sylvia não sabe. — Um momento se passou. — Você foi meu primeiro beijo.

Soltei um arquejo.

— Reconheço, éramos apenas crianças, portanto não foi um beijo sério. — Ele se afastou ligeiramente, roçando o nariz na minha bochecha. — Mas foi meu beijo favorito.

Fechei os olhos com força.

A voz dele soou baixa.

— Eu me mantive longe, tal como prometi para a Sylvia, porque sabia que, se não fizesse isso, não conseguiria honrar o acordo. Permaneci na área, mas nunca cheguei perto de você. Nunca *procurei* você. Mas foi por sua causa que deixei os Originais com o Daemon e os outros. Não podia deixá-la aqui sozinha. Não por tantos anos — continuou ele. — Você sempre foi minha única prioridade.

Senti como se o chão estivesse se abrindo sob meus pés.

Lembrei de quando havíamos nos mudado para Columbia, da primeira vez em que dormira na casa de uma amiga, do primeiro garoto pelo qual sentira algum interesse, mas essas lembranças...

Essas lembranças eram vagas, borradas. Elas existiam apenas nos limites da minha consciência, mas, ao tentar resgatá-las, fugiam do alcance.

Será que tinha sido sempre assim?

Ai, meu Deus. A verdade é que eu não sabia. Jamais pensara nisso com afinco. Jamais me esforçara para lembrar de nada antes da invasão...

Dela, porém, eu me lembrava. Do medo, de como as coisas costumavam ser...

Tomada por um súbito pânico, me afastei do Luc.

— Você não tem lembranças claras porque elas não são reais — disse ele, baixinho. — E nunca se perguntou sobre isso porque não via motivo.

— Para — sibilei, virando-me para ele. — Fica fora da minha mente.

— É um pouco difícil no momento.

Esfreguei as mãos nos quadris, mas parei ao vê-lo me fitar com uma expressão de "não falei?". O que o Luc estava dizendo era inacreditável demais — perder uma vida inteira de lembranças, morrer e receber uma segunda identidade.

Ergui o queixo.

— Então eu sou a melhor amiga que você perdeu por causa de algum tipo de soro bombástico que não apenas me curou, mas que apagou minha memória, implantando outras falsas no lugar e, ainda assim, de alguma forma, isso não impede que meu rosto se encha de espinhas pelo menos uma vez por mês?

Ele franziu o cenho.

— Bom, sim e não. A febre apagou sua memória, não o soro.

— Mas por que você me abandonou? — gritei, surpresa com a dor por trás da pergunta.

— Você acha que eu queria? — gritou ele de volta, me pegando de surpresa. Seus traços tornaram-se afiados. — Nunca confiei na Sylvia ou no Jason, e eles tampouco confiavam em mim, mas eu... estava desesperado, e você concordou. "Uma última tentativa", foi o que você disse, porque eu já tinha lhe dado todos os outros soros e eles não haviam funcionado. Depois você me fez prometer que desistiria se isso não funcionasse. Me fez prometer que a deixaria morrer para que você pudesse partir em *paz*. — A voz dele falhou. — E eu concordei.

Escutá-lo dizer aquelas coisas, falar sobre decisões que eu supostamente havia tomado como... Nadia era absurdamente enervante.

— Jason sabia que eu estava indo atrás dele. Assim sendo, ele me procurou antes. E negociou comigo para que o deixasse viver. Ofereceu curar você se eu o poupasse. Eu tinha alguns problemas sérios com ele, assim como ele comigo, mas a coisa não ficou nisso. A cura veio com um preço, um acordo... — Um músculo pulsou em seu maxilar. — Eu teria que desistir de você. Me afastar da única amiga de verdade que já tivera, da única pessoa em quem confiava. A única que eu já... — Ele deixou a frase no ar, balançando a cabeça. — Topei o acordo. Eu me afastaria e me manteria longe se você ficasse segura. Você concordou também, embora não soubesse que não se lembraria de mim nem de nada do seu passado. Se eu tivesse dito alguma coisa, você não teria aceitado.

Recuei mais um pouco, negando tudo com um balançar de cabeça, sem querer escutar o que ele estava dizendo, mas sabendo que não podia impedi-lo.

— Concordei com os termos, mas me mantive perto o bastante para me certificar de que você ficaria bem e que nada estranho acontecesse com você.

— Ainda assim me deixou com pessoas em quem nem confiava?

Luc se encolheu... visivelmente.

— Como eu disse, estava desesperado, mas esse não era o acordo original.

— O que deveria acontecer comigo depois que eles me curassem e apagassem minha memória? — Soltei uma risada seca.

ESTRELAS NEGRAS · 1 · A ESTRELA MAIS ESCURA

— Você deveria ter sido entregue a uma família, mas no dia em que acordou da febre, quando eu fui embora, nosso estimado Jason Dasher tentou renegar o acordo. Ele tentou me matar.

Meu corpo inteiro começou a tremer, e minha respiração ficou presa na garganta.

— Você... você o matou?

Luc trincou o maxilar.

— É o que algumas pessoas pensam. Talvez eu tenha permitido que acreditassem nisso, mas, não, não o matei.

Não consegui desviar os olhos dele. Minha mente intuiu o desfecho.

— Está querendo dizer...?

— Sylvia o matou. Ela estava lá quando ele tentou me passar a perna. E deu um jeito nele. Foi por isso que a deixei ficar com ela.

Puta merda.

— Isso tudo é demais para a minha cabeça. — Fiz menção de levantar as mãos, mas parei a meio caminho, sem a menor ideia do que pretendia fazer com elas.

— Sylvia me prometeu que lhe daria uma boa vida, que independentemente do que acontecesse, a manteria segura, e manteve. Eu fiz o acordo e ela o honrou. Sei disso porque nunca me afastei de verdade. Sempre soube que você estava bem.

— Você... ficou de olho em mim?

Luc não negou.

— Jesus! — Soltei um arquejo, incapaz de digerir tanta coisa. — A história só piora.

Um músculo pulsou em seu maxilar. Um longo momento se passou.

— Se eu tivesse que fazer tudo de novo, faria. Sem sombra de dúvida, porque a alternativa seria não tê-la agora aqui diante de mim... furiosa, mas respirando. Viva e tão linda que parte de mim morre cada vez que olho para você.

Fitei-o. Mesmo querendo negar com todas as forças o que ele estava dizendo, o que tinha descoberto hoje, pude ver a verdade em sua expressão tensa. Na maneira como ele inspirou fundo. Vira também quando conversara com *ela*. Com minha *mãe*. A verdade estava em suas lágrimas.

Deixei-me cair contra a parede. Minha pele parecia esticada demais. Ó céus, era tudo verdade. Tudo, mas...

— Não sou mais ela. — Lágrimas fecharam minha garganta. — Não sou mais a Nadia. Meu nome é Evie.

· 289 ·

Luc me fitou no fundo dos olhos.

— Eu *sei*. Ela se foi — replicou ele. — E agora você está aqui.

Não... não podia mais lidar com isso.

Precisava dar o fora dali. Precisava de tempo. De espaço. Sentindo o corpo tremer, afastei-me da parede e segui para a porta.

— Aonde você vai? — perguntou ele, a voz rouca.

— Não sei, mas tenho certeza de que você vai descobrir, certo? — Olhei para ele por cima do ombro. — Não me importo se alguém me seguir, desde que não seja você. Só quero... que fique longe de mim. — Virei e abri a porta. — Gostaria de jamais ter posto os pés nessa boate.

ão fui para casa.

E nem para o parque.

Dirigi a esmo até não conseguir mais me concentrar. Ainda que minha vida parecesse um trem desgovernado no momento, não queria acabar acidentalmente matando uma família de quatro. Parei num shopping, desliguei o carro e soltei a cabeça no encosto do banco.

Ontem eu estava preocupada com a possibilidade de ser morta por um Original psicopata, e hoje minha vida inteira parecia ter implodido.

Fixei os olhos no teto.

— Como é possível?

Nada do que eu escutara parecia possível, mas por que *ela* mentiria? Por que o Luc mentiria? O que eles tinham a ganhar dizendo para mim que minha vida inteira não passava de uma maldita fachada?

Nada.

Uma grande parte de mim sabia que era verdade. Eles não tinham nada a ganhar mentindo. Nada.

Quando sentira que o mundo estava prestes a implodir, não tinha imaginado que era o *meu* mundo que estava a poucas horas de se autodestruir.

Fechei os olhos.

— Meu nome é Evelyn. Meu nome...

Não me lembrava de como eu era quando criança. Envolta em silêncio, vasculhei desesperadamente minhas memórias. Tive vislumbres de mim mesma correndo e rindo, do cheiro de terra molhada e do som de água correndo, mas nada concreto. Como eu nunca tinha reparado nisso? Seria tão simples quanto o Luc dissera? Que eu não tinha reparado simplesmente porque não pensara nisso?

Parecia surreal demais, mas não era como se eu tivesse gastado um tempo diariamente tentando me lembrar dos bons e velhos dias ou algo assim.

O celular tocou, quebrando o silêncio.

Peguei o aparelho no bolso da mochila. Era a Heidi. Fiz menção de atender, mas me detive. Luc podia ter contado para a Emery o que acontecera. Ou podia ser apenas porque a Heidi percebera que eu não tinha ido à aula e fugira para o corredor a fim de me ligar. De qualquer forma, ela estava envolvida demais com ele.

Envolvida com *tudo*.

Enquanto tirava o som do telefone, vi que tinha várias chamadas e mensagens perdidas. Uma *dela*. Várias da Zoe e da Heidi. Uma mensagem do James. Soltei o celular de volta na mochila. Será que a Heidi sabia o que o Luc tinha me contado? Talvez. Ele podia ter contado para a Emery e ela, por sua vez, para a Heidi.

Sentindo a garganta queimar, apoiei a testa no volante. Cerrei os punhos e, lutando para conter as lágrimas, enterrei os cotovelos na barriga. Meu braço sequer doeu com o movimento.

O braço que tinha sido quebrado menos de 24 horas antes.

Eu faria tudo de novo, porque a alternativa seria não tê-la agora aqui diante de mim.

— Ó céus! — murmurei, sentido um soluço sacudir meu corpo. Recusei-me, porém, a deixar qualquer lágrima cair.

O telefone tocou de novo. Com um palavrão, peguei-o e estava prestes a arremessá-lo pela janela quando vi que era a Zoe. Olhei para nossa foto. Ambas estávamos fazendo biquinho.

Ela não tinha nada a ver com isso ou com o Luc.

Atendi, a voz rouca.

— Oi!

— Evie! Graças a Deus! — A voz dela soou abafada. — Onde você está?

Dei uma olhada pela janela.

— Do lado de fora do Target. E você?

— Escondida no banheiro da escola pra poder ligar. Por que você não veio para a aula hoje? — perguntou ela. — Sua mãe ligou pra Heidi perguntando se você tinha aparecido.

Minha *mãe*.

— A gente esperou até a hora do almoço para ver se você aparecia, mas quando você não apareceu nem atendeu nenhuma das nossas ligações, começamos a ficar preocupadas — disse ela. — Você sabe, com esse lance de colegas desaparecendo a torto e a direito...

· 292 ·

ESTRELAS NEGRAS　　1　　A ESTRELA MAIS ESCURA

Eu devia ter pensado nisso.

— Ainda mais depois que escutei alguém dizer que um cara te atacou no estacionamento da escola. Heidi disse que não era verdade, mas não fiquei convencida.

— Não é verdade. — Não queria que ela ficasse preocupada. — Estou bem.

Seguiu-se um momento de silêncio.

— Se você está bem, por que não veio à aula?

Afastei o cabelo do rosto.

— Mamãe e eu... tivemos uma briga terrível hoje de manhã. Não consegui ir pra escola.

— Vocês brigaram por quê?

Pressionei os lábios e pisquei para conter as lágrimas.

— Nada, não. — Pigarreei. — Besteira. Olha só, eu ainda não comi. Vou pegar alguma coisa no Target.

— Espera... Eu posso sair daqui e ir te encontrar.

— Não precisa. Estou bem.

— Evie...

Encolhi-me ao escutar meu nome.

— Estou bem, sério. Volta pra aula. Eu te mando uma mensagem mais tarde.

Desliguei o telefone, sem dar a ela a chance de retrucar. Fiquei sentada mais alguns minutos e, de repente, um pensamento me ocorreu.

Quem diabos era Evelyn Dasher?

Ou melhor, será que ela algum dia existira?

Cheguei em casa meia hora depois. Tudo estava quieto e silencioso. O carro dela não estava na garagem. Não fiquei surpresa. Conhecendo minha mãe, ela estava no trabalho.

Parei no meio da sala. Na verdade, eu não a conhecia. Nem um pouco. Eu só sabia o que ela me mostrara, ou seja, mentiras.

Peguei o castiçal de madeira, o belo castiçal cinza e branco que eu ainda não fotografara, e fui até a porta do escritório. Usei a base pesada para quebrar o vidro ao lado da fechadura. Uma chuva de cacos caiu no chão.

O som foi assustadoramente satisfatório.

Metendo a mão pelo buraco, destranquei a porta e a abri, provocando uma rápida corrente de ar frio. Em seguida, entrei no aposento pela primeira vez.

Parecia um escritório normal, com prateleiras embutidas nas paredes apinhadas de livros de medicina. Um desktop e um calendário de mesa estavam cuidadosamente arrumados sobre uma escrivaninha de madeira de cerejeira. Havia também caixas — caixas organizadoras por todos os lados, nas prateleiras e sob o banco ao lado da janela.

Fui até a caixa mais próxima, uma de lona cinza sob o banco. Curvando-me, puxei-a e virei o conteúdo no chão. Recibos se espalharam. Centenas de recibos. Peguei a próxima, mais pesada. Ao virá-la de cabeça para baixo, caíram envelopes e uma pistola preta.

A arma quicou ao bater no chão.

— Jesus! — murmurei, deixando a arma onde ela caíra. Pulei por cima dela e continuei a vasculhar. Revirei todas as caixas, uma depois da outra, mas não encontrei nada, nenhuma maldita pista que me dissesse quem era Evelyn Dasher ou se ela sequer existira.

Não até abrir a última gaveta da escrivaninha, a qual precisei arrombar com um martelo que encontrei na garagem. O processo lançou uma chuva de farpas de madeira no ar, mas não dei a mínima.

Um álbum de fotos.

Peguei-me olhando para um maldito álbum de fotos.

Supostamente, nenhum sobrevivera à invasão. Pelo menos, era o que tinham me dito. E eu acreditara. Surpresa! Mais outra mentira.

Soltei o martelo no chão, peguei o álbum e o carreguei até a janela. Ao me sentar no banco, soltei um grito. Levantei de novo e puxei a almofada.

Outra espingarda.

— Isso só pode ser brincadeira! — Peguei a arma e a encostei na parede. Em seguida, voltei a me sentar. — Jesus!

Inspirando fundo, abri o álbum e lá estava, logo na primeira página: uma foto da minha *mãe* e de um homem que reconheci imediatamente como sendo Jason Dasher. Eles eram jovens, provavelmente por volta dos vinte. Ele usava um uniforme militar com medalhas e peças brilhantes sobre o peito e os ombros. Ela, um lindo vestido branco e com flores no cabelo.

Ela não estava de lentes de contato.

Seus olhos eram do mesmo tom de azul que eu vira hoje de manhã.

Com as mãos trêmulas, comecei a folhear o álbum. Havia outras fotos dos dois, em lugares aparentemente longe daqui. Lugares tropicais, a julgar

ESTRELAS NEGRAS · A ESTRELA MAIS ESCURA

pelas palmeiras. Havia também algumas dela no que me pareceu um uniforme verde do exército. Pelas fotos dos dois, ficou evidente que eles haviam tido algum tipo de relacionamento. Não sei por quantas passei até que, enfim, me deparei com ela.

Evelyn Dasher era real.

A foto mostrava os três juntos.

Sylvia e Jason Dasher atrás de uma garotinha de uns nove ou dez anos. Ambos estavam com as mãos nos ombros da menina. Puxei o plástico de proteção e tirei a foto.

A garotinha tinha um rosto angelical — redondo e bochechudo. Tinha também sardas, como eu. Cabelos louros compridos. E olhos castanhos.

— Jesus! — murmurei. Ela parecia comigo. Era como escalar o Monte Everest das bizarrices e fincar uma maldita bandeira no topo.

Não conseguia acreditar nos meus olhos.

Seria por isso que a porta do escritório vivia trancada?

Botei a foto de lado e continuei a verificar o álbum. Havia mais fotos — de uma festa de aniversário. Uma vela com o número 8 sobre o bolo. Outras do primeiro dia de aula — a garota com um vestido azul de babados e sapatos pretos. Algumas das páginas estavam vazias — as fotos sem dúvida haviam sido retiradas do álbum, porque quadrados brancos perfeitos se destacavam contra o entorno amarelado das folhas.

Deparei-me com outra festa de aniversário. Ela usava um pequeno chapéu em forma de cone e sorria abertamente para a câmera. O bolo também era diferente, e o homem agachado ao lado dela era ele: o homem cujo rosto eu não conseguia lembrar, cuja voz eu não conhecia. Mas não foi esse detalhe que fez meu coração sangrar.

Atrás dela, pendurada no teto, havia uma brilhante faixa, com unicórnios decorando ambos os lados dos dizeres — FELIZ ANIVERSÁRIO, EVELYN.

Evelyn.

Aquela não era eu.

Ela parecia comigo, como se fôssemos primas, mas não era eu.

Tantas fotos, e nenhuma de você criança.

Luc me dissera isso. Ele tinha dito tanta coisa! Minhas mãos tremeram e meus olhos embaçaram. Como eu ia... como eu ia processar tudo isso?

Como podia entender?

Eu estava segurando uma foto da Evelyn Dasher, e ela não era... eu.

· 295 ·

— Aqui. — James me entregou um copo vermelho. — Acho que isso vai te fazer bem.

Franzi o cenho ao sentir o forte cheiro de álcool.

— O que tem aqui dentro?

— Experimenta. — Ele se sentou numa espreguiçadeira e esticou as pernas. — Confia em mim. O que quer que esteja acontecendo agora que você não queira me contar, a bebida vai ajudar a esquecer.

Eu não estava pensando *nisso*. Simplesmente não queria lidar com nada agora. De jeito nenhum. No momento, eu era a Capitã Negação.

Tinha deixado o álbum e a foto dos três juntos sobre o banco ao lado da janela e saído de casa. A essa altura, as aulas do dia já haviam terminado, e liguei para a única pessoa a quem eu raramente confidenciava alguma coisa.

James.

Tinha me esquecido completamente da festa do Coop. James me falou para encontrá-lo lá.

Então ali estava eu, sentada ao lado da piscina como se minha vida inteira não tivesse desmoronado hoje de manhã, fingindo não ter visto o Grayson pelo retrovisor ao estacionar o carro. Ignorei-o, e ele a mim. Perfeito.

Não tinha ideia do que eu ia fazer, só não queria voltar para casa. Olhei de relance para o James. Ele provavelmente me deixaria ficar na casa dele, me colocaria sorrateiramente para dentro, bem debaixo do nariz dos pais.

Isso, porém, seria um tanto estranho.

ESTRELAS NEGRAS · 1 · A ESTRELA MAIS ESCURA

Depois de tudo o que acontecera, escutar os risos, os gritos e as batidas compassadas da música que vinham de dentro da casa também era estranho.

Tomei um gole da bebida e imediatamente me arrependi. Uma terrível queimação desceu pela minha garganta e se espalhou por meu estômago praticamente vazio.

— O que tem aqui? — perguntei de novo, abanando o rosto.

James riu. Uma chuva de respingos caiu subitamente no piso em torno da piscina. Não achava que estivesse quente o bastante para um mergulho, mas pelo visto ninguém parecia se importar com esse detalhe. Tampouco com a ausência de trajes de banho. Eu estava vendo muuuito mais do que jamais quisera ver.

Levantei e fui me sentar ao lado das pernas dele, fora do alcance da água gelada.

— Um pouco de cada coisa.

Franzi o cenho.

— Parece gasolina.

— Não é tão ruim assim.

Pressionando os lábios, balancei a cabeça e me inclinei sobre as pernas dele para colocar o copo na mesa.

— É horrível.

— Você é muito fraca pra álcool. — James cutucou meu quadril com a ponta do pé. — Bebe logo.

— Valeu, mas não. — Cruzei os braços sobre o colo. — Estou dirigindo.

— Você pode dormir aqui — sugeriu ele. — Metade das pessoas vai.

Fiz que não, voltando os olhos novamente para a piscina. Vi a April do outro lado, os braços cruzados diante do peito, a boca se movendo a cem por hora. Provavelmente despejando um monte de imbecilidades para o pequeno grupo de garotos que a cercava com uma expressão extasiada.

Olhei para as pessoas dentro da piscina. Tantos rostos sorridentes. Era quase como se a Colleen e a Amanda não tivessem morrido. Certo. Isso não era justo.

Talvez eles estivessem apenas se divertindo, tentando esfriar a cabeça e lembrar que estavam vivos. Meu olhar recaiu sobre o copo, mas qualquer mistura odiosa que houvesse ali não ia me fazer lembrar que eu estava viva — que eu era real, e não uma fraude. Beber provavelmente só pioraria as coisas.

O que eu ia fazer?

Será que podia ir para casa, me deitar e acordar amanhã fingindo que estava tudo bem? Se fosse possível...

— Posso te perguntar uma coisa?

— Claro — respondeu James.

Soltei o ar com força.

— O que você faria se descobrisse que você não é você, que não é o James?

— O quê? — Ele riu.

Era uma pergunta realmente idiota.

Ele me fitou por um momento e, então, se empertigou.

— Tipo, se eu descobrisse que fui adotado ou algo assim?

Não exatamente. Não era isso o que eu queria saber, porque o meu caso não tinha nada a ver com descobrir ter sido adotada. Se fosse, tudo bem. Eu ficaria chocada, mas tudo bem. Dei de ombros.

— Não é o que você está querendo saber. — Ele baixou os pés para o chão. — Está dizendo se eu descobrisse que eu não era *eu*?

— É — murmurei.

James franziu as sobrancelhas, o rosto iluminado pela luz crepitante de uma das tochas espalhadas pelo jardim.

— Por que está me perguntando isso?

— Sei lá. — Fingi indiferença. — É só uma coisa que eu li na internet. Você sabe, uma dessas histórias sobre sequestros. — Cara, fiquei orgulhosa de mim mesma por ter pensado em algo tão rápido. — Um garoto foi sequestrado quando era bem novinho e ganhou uma identidade completamente diferente.

— Ah! — Ele correu os dedos pelos cabelos. — Acho que ia querer descobrir quem eu era e por que fui sequestrado. Rezaria para que houvesse um bom motivo. E não algo assustador. — Ele fez uma pausa. — Embora duvide que exista algum motivo para sequestrar uma criança que não seja assustador.

Eu não tinha sido sequestrada.

Tinha sido entregue… para ser salva.

Engoli em seco e joguei a cabeça para trás. O céu estava apinhado de estrelas. Pensei nos Luxen. Eles tinham vindo de algum lugar lá fora. Muito louco!

— Evie?

Inspirei fundo e sacudi os ombros.

— Que foi?

— Você está bem?

— Estou. Só um pouco estranha. — Hora de dar o fora dali antes que acabasse fazendo alguma idiotice, tipo, contar tudo para ele. Levantei. Precisava usar o banheiro mesmo. — Já volto.

ESTRELAS NEGRAS **1** A ESTRELA MAIS ESCURA

— Não demora.

Descartando o comentário com um leve brandir da mão, virei e, contornando a piscina, atravessei o deque e entrei na casa pelos fundos. A cozinha estava lotada; o ar pesado, impregnado de perfume e cerveja derramada.

As festas do Coop eram famosas, de modo que havia gente por todos os lados. Não tinha a menor ideia do que os pais dele faziam para ganhar a vida, mas eles nunca estavam em casa nos fins de semana, e o lugar era enorme. Infelizmente, havia uma fila para o banheiro do primeiro andar, de modo que cruzei o que imaginei ser um piso de mármore e, segurando o corrimão, subi as escadas.

Não fiquei surpresa ao ver que o andar de cima não estava vazio. Passei por um casal que parecia estar a segundos de encomendar um bebê bem ali, e duas garotas com cara de que queriam chamar o Raul. Eca!

Espera um pouco.

Parei e olhei por cima do ombro. Aquele cara era o Coop? Pelo que eu conseguia ver do rosto e dos cabelos louros, tive quase certeza que sim. Era a casa dele. Por que ele não tinha, sei lá, levado a garota para o quarto? Por um momento, fui tomada por uma profunda inveja. Eu queria ser ele. Bom, não ele. Apenas alguém que não tivesse acabado de descobrir ser uma garota morta.

Bom, a Nadia não tinha morrido. Essa era a questão, certo? Balancei a cabeça e voltei a andar.

— Banheiro, banheiro — murmurei comigo mesma, mantendo os braços cruzados diante do peito. — Se eu fosse um banheiro, onde eu ficaria?

Provavelmente em algum lugar bem longe daqui.

Passei por algumas portas entreabertas até que vi uma fechada no fim do corredor. Aquela devia ser o banheiro. Apertei o passo, com medo de não aguentar. Graças a Deus aguentei, porque ali *era* o banheiro. Momentos depois, estava lavando as mãos.

Sequei-as numa toalha pendurada ao lado da pia e olhei para meu reflexo no espelho. Minhas bochechas estavam ligeiramente coradas. Mas era o meu rosto. Meu cabelo. Meus olhos. Minha boca. Eu era a Evie, porque... tinham me dito que eu era ela. Fechei os olhos.

O que eu ia fazer?

Não podia ficar parada ali a noite inteira. Pelo menos isso seria um plano. Abri os olhos novamente e, forçando-me a me afastar do espelho, voltei para o corredor. Coop e quem quer que ele estivesse praticamente engolindo continuavam no mesmo lugar, totalmente alheios à minha presença. As garotas esverdeadas, porém, tinham sumido. Comecei a atravessar o corredor quando escutei uma voz.

· 299 ·

Zoe.

— Você não devia estar aqui — dizia ela.

Que diabos? Parei. Zoe nunca vinha a essas festas. Nunca. O que ela estava fazendo aqui?

Apoiando uma das mãos na parede, agucei o ouvido para escutar o que ela estava falando e com quem estava falando.

— É melhor você se afastar — continuou ela. — Dá um tempo. Isso é sério, e a gente tem tudo sob controle.

Prendi a respiração, esperando para ouvir a resposta.

E ela veio num tom profundamente melódico e familiar — familiar demais.

— Tudo o que venho fazendo é dar um tempo.

O ar ficou preso em minha garganta e, por um breve segundo, meu cérebro deu branco. Era como se um interruptor tivesse sido desligado, apagando todos os pensamentos da minha mente. Eu conhecia aquela voz. Não fazia sentido, mas eu *conhecia* aquela voz.

Luc.

— Eu sei — replicou Zoe, baixinho.

Ai, meu Deus. Zoe estava conversando com o Luc.

Não sabia nem por onde começar. Luc jamais mencionara a Zoe, e vice e versa, e eu já conversara com ela sobre ele antes. Por que ela não tinha me dito que o conhecia?

Por que o Luc não...?

Sentindo um calafrio descer pela minha espinha, afastei-me da parede. Só havia um motivo para ela nunca ter dito nada. Parei diante da porta e dei um empurrão, escancarando-a.

— Olá! — falei numa voz falsamente alegre, entrando no quarto. — Que coincidência ver vocês aqui.

Luc me fitou com uma expressão de choque, o que teria sido engraçado em qualquer outra circunstância.

— Merda.

Sentindo o corpo tremer dos pés à cabeça, foquei a atenção na Zoe. Seus olhos estavam tão arregalados que pareciam prestes a pular para fora das órbitas.

— Imagino que essa não seja uma amizade recente, acertei?

Zoe deu um passo à frente.

— Evie...

— Tem certeza que esse é o nome que você quer usar?

ESTRELAS NEGRAS · **1** · A ESTRELA MAIS ESCURA

Seu belo rosto ficou tenso.

A porta bateu atrás de mim, e meus olhos estreitados se fixaram no Luc.

— Quero saber que merda está acontecendo, porque estou a meio segundo de surtar. E quando digo surtar, estou falando de fazer um escândalo que irá chamar muita atenção.

— A gente está aqui por sua causa — respondeu Zoe. — A situação está um tanto perigosa no momento, com esse Original…

— Não dou a mínima para ele. — Cerrei os punhos e continuei olhando para o Luc. — Não me importo com nada disso agora. Eu te falei…

— Sei muito bem o que você falou — retrucou ele, com uma expressão penetrante. — Mas não vou deixá-la desprotegida até saber que você está segura.

— Grayson me seguiu até aqui. Portanto, não estou desprotegida. Mas você não tem motivo algum para estar aqui. Ou tem?

Luc trincou o maxilar.

— A gente pode te explicar tudo, mas acho que devíamos ir para outro lugar.

Minha respiração estava pesada.

— Não vamos pra lugar nenhum. Quero saber por que os dois estão aqui, conversando!

— Porque eu sou como ele — respondeu Zoe. E, então, pela segunda vez no mesmo dia, vi alguém tirar as lentes de contato. Os olhos dela eram do mesmo tom violeta que os do Luc.

Meu queixo caiu.

Um minuto inteiro se passou antes que eu conseguisse falar.

— Só pode ser brincadeira! Será que eu não conheço ninguém que não tenha mentido para mim? Minha mãe. Heidi. Ele. — Apontei o dedo para os dois. — E agora você?

— Heidi? — perguntou Zoe, franzindo as sobrancelhas.

— Ela mentiu sobre o lance da Emery ser uma Luxen.

— Ah! — retrucou ela, piscando. — Ela também não me contou. Heidi não sabe o que eu sou nem que conheço a Emery.

Joguei as mãos para o alto.

— E isso deveria me fazer sentir melhor?

— Não. — Zoe se encolheu. — Mas não é como se todo mundo soubesse menos você.

Luc deu um passo à frente.

— Evie…

— Você. Fica calado.

· 301 ·

Ele ficou, mas não pareceu muito feliz com isso.

— E você? Você é uma Original? — Ao vê-la assentir, comecei a rir, um som assustador. — Achei que todos os Originais...

— Eu te falei que ainda restavam alguns. — Luc sabia o que eu ia dizer. — Falei que alguns eram estáveis.

Não queria entrar nesse assunto agora. Voltei a atenção novamente para a Zoe.

— Há quanto tempo você conhece o Luc?

— Pouco mais que você — respondeu ela, entrelaçando as mãos diante do corpo. — E não estou falando como Evie. Conheço vocês há quase o mesmo tempo.

Chocada, apenas a encarei.

— O quê?

— Acho que aqui não é o lugar para essa conversa. — A voz do Luc soou gentil. — Você já passou por muita coisa hoje.

Sentindo como se meus pulmões fossem explodir, virei-me para a Zoe.

— O que você está tentando dizer?

Ela me fitou com simpatia, e aquilo — *aquilo* me apavorou.

— Eu a conheci antes de você se tornar a Evie.

— O quê? — guinchei, abrindo as mãos.

Ela assentiu.

— Eu a vi umas três ou quatro vezes, sempre que ia falar com o Luc depois que ele... Bom, essa é uma longa história. Mas nós três? A gente costumava jogar Mario Bros juntos.

— Eu sempre ganhava. — Luc sentiu a necessidade de acrescentar.

— E quando você... se tornou a Evie e ficou com a Sylvia, eu vim para Columbia — explicou ela. — Luc não podia se aproximar. Esse era o acordo, mas o acordo não se estendia a mim.

Meu queixo caiu e minhas pernas quase cederam sob meu peso.

— Você está dizendo... que se tornou minha amiga para poder ficar de olho em mim? Isso é...

— Não — interveio ela. — A gente já se conhecia antes. Já éramos amigas. Não tão próximas, mas você gostava de mim.

Luc confirmou com um menear de cabeça.

— Você realmente gostava dela. Gostava de todo mundo. Até do Archer. Sei que não se lembra, mas você o conheceu assim que ele saiu da base e veio para o mundo real, um cara socialmente esquisitão. Você chegou até a comer palitinhos de alho com ele.

ESTRELAS NEGRAS · 1 · A ESTRELA MAIS ESCURA

Lembrava de ter conhecido o Archer na boate. Não esse Archer com quem eu... comera biscoito palitinho.

— Acho que você não está ajudando, Luc — comentou Zoe.

Por um longo momento, não soube se queria rir ou chorar. Ou gritar. Gritar até ficar rouca parecia um bom plano.

— Quando você me ligou hoje da escola, já... sabia o que tinha acontecido? — Minha voz tremeu.

— Luc ligou e me contou — admitiu ela. — Eu devia ter dito alguma coisa na hora. Eu pretendia, juro. Mas não queria fazer isso pelo telefone.

— É, porque fazer pessoalmente é mais fácil. — Inspirei fundo, o que não ajudou em nada a súbita tontura. — É por isso que você nunca foi lá em casa quando mamãe estava, não é?

Ela teve a decência de parecer envergonhada.

— Não podia arriscar que ela descobrisse o que eu sou.

— Porque você já sabia que ela era uma Luxen?

Zoe assentiu.

Olhei para eles, mas sem vê-los. Não mais.

— Eu... preciso de espaço.

— Entendo, mas...

— Você não entende nada — interrompi. — Como poderia entender... qualquer coisa?

Ela fez menção de replicar, mas eu não aguentava mais ficar ali. Não aguentava mais ficar perto deles. Aquela história tinha passado dos limites. Girei nos calcanhares e fiquei aliviada ao ver a porta aberta.

Bati no casal ao sair, separando-os. Murmurei um pedido de desculpas e parti em disparada pelo corredor. Meu coração batia tão rápido ao descer a escada em espiral que achei — ai, meu Deus — que ia passar mal. Tipo, vomitar mesmo.

Magoada, abri caminho pelos corpos ondulantes, seguindo direto para a porta. Não podia mais lidar com essa história. Era demais para minha cabeça. Uma profunda decepção se instalou em meu estômago e escorreu pelas veias como água lamacenta.

Zoe era minha amiga mais sensata. Era nela que eu confiava para me impedir de fazer qualquer besteira, a última pessoa que esperava que pudesse mentir para mim.

Contornei a piscina lotada e, sem dar atenção ao escutar meu nome sendo chamado, continuei andando. Abri o portão e desci a entrada de carros, cerrando os punhos mais uma vez. Ao chegar à rua, parei e olhei para as casas escuras do outro lado.

— Onde diabos estacionei o carro?

No final do quarteirão.

Não fazia ideia de para onde eu pretendia ir. Só sabia que queria dar o fora dali. Talvez pegar a interestadual, virar para oeste e seguir dirigindo até acabar a gasolina. Imaginava...

Evie...

Meus pelos se arrepiaram. Meu nome. Alguém tinha me chamado, mas não parecia... que meu nome tivesse sido dito em voz alta. Mais como um som em minha cabeça, o que não fazia sentido.

Certo.

Eu tinha passado por muita coisa nas últimas 24 horas. Fora atacada. Tivera o braço quebrado e depois curado. Descobrira que nem mesmo era Evie. Assim sendo, não era de surpreender que agora estivesse escutando vozes. A meu ver, uma coisa dessas já seria de se esperar.

Evie...

A voz de novo. Parei e franzi o cenho. Que diabos?

Girando lentamente, corri os olhos em volta. Cada célula do meu ser gritava para eu voltar correndo para a festa, mas não foi o que fiz. Pulei para a calçada.

— Tem alguém aí?

Verifiquei a rua e a calçada, mas não vi nada além de carros. Fui até a esquina, mantendo-me próxima ao muro. Ao chegar lá, olhei em volta de novo. Nada. Absolutamente nada que... Baixei os olhos para o chão.

Havia alguma coisa ali. Tipo, um amontoado de roupas. Aproximei-me, apertando os olhos. A luz dos postes era fraca, de modo que me ajoelhei para ver melhor. As roupas pareciam amarrotadas, mas tinham uma forma. Inspirei fundo e captei um cheiro de... carne queimada.

Levantei num pulo e cambaleei para o lado. Não eram apenas roupas. Ai, meu Deus, não eram apenas roupas. Um par de pernas estava esticado num ângulo estranho. O torso torcido de lado, a boca aberta, com a pele queimada nos cantos. Dois buracos enegrecidos no lugar onde deviam ficar os olhos. O rosto inteiro estava chamuscado.

Recuei alguns passos, horrorizada, inspirando aquele cheiro de carne carbonizada. Ai meu Deus, havia um corpo ali — um corpo como o da Colleen e da Amanda, e daquela outra família. Girei nos calcanhares, tateando às cegas em busca do celular e da arma de choque, mas tinha deixado ambos no carro.

Porque eu era uma *idiota* no meio de um profundo colapso nervoso...

· 304 ·

ESTRELAS NEGRAS · 1 · A ESTRELA MAIS ESCURA

A luz do poste piscou e explodiu numa chuva de fagulhas. Virei ao ver a do outro lado da rua explodir também. Uma depois da outra, todas as luzes ao longo da rua foram explodindo, mergulhando o quarteirão inteiro em escuridão.

Com a boca seca, fui andando de costas até que, por fim, me virei. A calçada inteira estava imersa em escuridão, assim como os carros estacionados ao longo da rua. Estava tão escuro que tive a sensação de ter ficado subitamente cega. Soltei o ar com força, a respiração saindo numa nuvem diante da minha boca. Meus pelos se eriçaram. A impressão era de que a temperatura havia caído uns dez graus.

Ele tinha voltado. Ai, meu Deus, eu era uma verdadeira idiota, e agora ia morrer por causa disso.

A escuridão pareceu se mexer subitamente e... *pulsar*, expandindo-se e ganhando densidade, estendendo seus tentáculos em minha direção. Uma lufada de ar gelado levantou meu cabelo e o soprou diante do meu rosto. Soltei um grito ao ver a escuridão ganhar forma diante dos meus olhos.

Ah, merda!

Aquilo não era uma simples escuridão ou sombra. Acho que tampouco era o Original psicopata. Era algo saído de um pesadelo. Seria um Arum? Emery e Kent tinham dito que eles se pareciam com sombras, mas ouvir falar sobre eles e vê-los eram duas coisas completamente diferentes.

Meu instinto de sobrevivência veio à tona com força total e, dessa vez, dei ouvidos a ele. Girei nos calcanhares e parti em disparada, correndo o mais rápido que conseguia, atravessando às cegas as trevas que me envolviam. Fui tomada por um súbito pânico, mas continuei prosseguindo...

Minhas pernas e quadris bateram em algo duro — algo de metal. O impacto roubou o ar dos meus pulmões e o chão sob meus pés. Soltei um grito ao perder o equilíbrio e cair para trás. Estendi os braços, tentando me agarrar a alguma coisa, mas não havia nada, exceto o ar gelado.

Despenquei com tudo, batendo as costas e os ombros na calçada um segundo antes de sentir a parte de trás da cabeça colidir contra o asfalto. Uma dor surda explodiu em meu cérebro e escorreu para todos os meus membros. Luzes pipocaram por trás das minhas pálpebras e, então... o mundo se apagou.

ela segunda vez em não sei quantas horas, acordei sem a menor ideia de como eu havia chegado onde estava. Reconheci imediatamente as malditas paredes de tijolos.

O apartamento do Luc.

Sentei e corri os olhos pelo aposento fracamente iluminado. Por um momento, achei que estivesse sozinha, até que o Luc se levantou do sofá como uma aparição.

— Você acordou — disse ele, a voz sem entonação. Distante.

Arrastei-me até a beirada da cama.

— Por que estou aqui?

— Bom... — Ele contornou o sofá e parou diante da plataforma. — Acho que você desmaiou... depois de bater num dos carros estacionados na rua.

— Desmaiei? — Tive um rápido vislumbre de mim mesma correndo em pânico em meio à escuridão. Suspirei. — É, desmaiei.

— E bateu feio com a cabeça. — Luc se recostou nas costas do sofá, o corpo obscurecido pelas sombras do aposento. — Não se machucou de verdade, mas eu... dei um jeito.

— Com seus dedinhos mágicos?

— Por aí.

Afastei o cabelo do rosto. Não conseguia acreditar que tinha colidido contra um carro e nocauteado a mim mesma. Deus definitivamente me odiava.

ESTRELAS NEGRAS 1 A ESTRELA MAIS ESCURA

— Conheci uma garota que certa vez se meteu na frente de um caminhão que vinha em alta velocidade — disse ele. — Pelo menos, essa é a história que escutei.

Se meter na frente de um caminhão soava bem melhor do que desmaiar por bater num carro estacionado.

— Isso deveria me fazer sentir melhor?

— Na verdade, não. — Um momento se passou. — A gente estava pouco atrás de você. Zoe queria lhe dar espaço. Ou melhor, a ilusão de espaço. Eu não devia ter dado ouvidos a ela. Se tivesse ido atrás de você logo, você não teria visto aquilo.

Olhei para ele, sentindo o estômago revirar.

— O corpo...

— A polícia foi chamada. Acho que eles ainda estão lá. A festa acabou na hora.

Um calafrio percorreu meu corpo.

— Você... sabe quem foi?

— Sei.

Luc parou por aí. Tomada por um súbito medo, fechei as mãos nos joelhos.

— Quem?

— Um garoto da escola de vocês. Acho que o nome dele era Andy. Pelo menos foi o que a Zoe disse.

— Jesus! — murmurei, desviando os olhos. Andy era um dos caras que tinha olhado feio para o jovem Luxen. Até onde eu sabia, ele não era um cara legal, o que não significava que merecia morrer daquele jeito. Nem ele nem ninguém. Aquilo era simplesmente horrível!

Cruzei os braços sobre o colo.

— Isso só vai piorar as coisas na escola.

— Provavelmente — concordou ele. — O Original deve tê-la seguido até a festa.

Franzi o cenho.

— Não acho que tenha sido ele. Eu vi uma coisa lá. Acho que foi... Não, tenho quase certeza que foi um Arum.

— O quê? — Ele se afastou do sofá e se aproximou da plataforma de novo.

Apertei os joelhos.

— Foi exatamente como a descrição que o Kent e a Emery me deram. A princípio, achei que fosse apenas uma sombra, mas aí a sombra se moveu e

· 307 ·

ficou mais densa. A temperatura caiu e... tinha alguma coisa lá. — Estremeci. — Foi por isso que corri.

— Um Arum não mata um humano assim. Eles podem assimilar alguns dos poderes dos Luxen quando se alimentam, mas quando matam um humano a vítima não fica daquele jeito. Só pode ter sido um Luxen ou um Original. — Luc fez uma pausa. — Ou talvez um híbrido, mas eu diria que os dois primeiros são os suspeitos mais prováveis. E a gente já sabe que tem um Original louco à solta matando as pessoas.

— Sei o que eu vi. Não foi minha imaginação. E, antes de ver o corpo, escutei alguém chamando meu nome, mas...

— A voz soou na sua cabeça? — interrompeu-me ele. — Os Arum, quando assumem a forma verdadeira, falam numa onda sonora diferente. É como se a voz soasse na sua cabeça, mas é porque é assim que os humanos processam o som. Isso, porém, não explica como um Arum sabia o seu nome.

— Tem razão, não explica. — Dei de ombros. — Por outro lado, um dos meus amigos pode ser um Arum. Talvez o James.

Luc bufou.

— Os Arum não interagem com os humanos nesse nível. Eles só convivem entre si. Em geral, em lugares escuros e úmidos.

— Vou ter que acreditar em você. — Assim que disse isso, fiquei imediatamente tensa. Eu não podia simplesmente acreditar nas coisas que ele dizia. Não mais.

Luc soltou o ar com força.

— O Arum pode ter sentido a presença do Original e ido atrás dele, mas em vez de encontrá-lo, deparou-se com você.

— E eu corri.

— Até bater de cara num carro estacionado.

Fuzilei-o com os olhos.

— Correr foi a coisa mais inteligente que você fez. É a atitude a tomar sempre que se vir cara a cara com um Arum ou um Luxen disposto a machucá-la — declarou ele. — Você não tem como lutar contra eles. Nenhum treinamento no mundo pode preparar um humano para lutar contra um deles. Você só está viva porque correu.

— Essa conversa está me fazendo sentir muito melhor.

— É apenas a verdade. Não estou tentando te fazer sentir melhor.

Certo. Olhei de relance para o relógio sobre a mesinha de cabeceira e vi que não era nem meia-noite ainda.

ESTRELAS NEGRAS **1** A ESTRELA MAIS ESCURA

— Cadê... cadê a Zoe?

— Ela está aqui. Não lá embaixo, porque a boate já abriu, mas ela está aqui. — Os ombros dele pareceram tencionar. — Quer que eu vá chamá-la?

— Não — retruquei, levantando. — Não quero vê-la.

Luc cruzou os braços diante do peito.

— Não seja tão dura com ela.

— O quê? — Virei-me para ele lentamente.

— Não seja tão dura com a Zoe. Ela se importa com você...

— Ela mentiu para mim! Tá falando sério?

— Zoe mentiu porque não tinha opção. O que ela poderia ter dito, Pesseguinho? Não havia nada que ela pudesse fazer sem que você achasse que ela era louca. Você jamais deveria ter descoberto a verdade.

— Mas descobri, certo? — A raiva veio novamente à tona. — E não me chame assim.

— Zoe ser uma Original e saber a verdade sobre quem você realmente é não muda o fato de que ela é sua amiga.

Bem colocado. Lá no fundo, sabia que ele tinha razão, mas não estava pronta para encarar isso.

— O problema é descobrir que todo mundo que você conhece e com quem se importa mentiu pra você. Não é algo que a gente consiga perdoar com facilidade.

— Mas você pode tentar entender.

Pressionei os lábios e fiz que não.

— Deixa pra lá.

— Deixa pra lá? Tá bom. Vamos mudar de assunto, falar de outra coisa importante.

— Ah, fantástico — rebati. — Mal posso esperar.

Ele me ignorou e subiu na plataforma.

— O que diabos você estava pensando? Tem um Original psicopata à solta por aí e o que você faz? Passa o dia inteiro dirigindo, praticamente ostentando um cartaz em neon com os dizeres "venha quebrar meu outro braço".

— Eu...

— Aí vai para casa e faz uma verdadeira bagunça, deixando a Sylvia apavorada, achando que algo aconteceu com você.

Arregalei os olhos.

— Como você sabe disso?

— Porque eu estava lá, de olho em você para me certificar de que não acabasse morta.

— Ai, meu Deus! Isso não é legal. Eu disse que não queria que você fizesse isso. Você podia ter mandado o Grayson ou o Daemon...

— Tenho certeza de que o susto que você deu no Daemon hoje de manhã já foi punição suficiente para ele — rebateu Luc, os olhos brilhando. — E depois você foi a uma festa. Uma *festa*, sabendo que tem um Original que aparentemente quer usá-la como isca num plano clichê de vingança! Enlouqueceu, foi?

Eu estava a cinco segundos de surtar.

— E por que estou aqui agora? Eu disse que não queria te ver mais.

Os lábios dele se curvaram num sorrisinho debochado.

— Quer que eu te leve para casa então, para a Sylvia?

— Não.

— Então, parabéns, você está presa aqui comigo.

Virei-me para ele, cerrando os punhos.

— O que não significa que tenho que ficar escutando essas coisas.

— Tem, sim. O que você fez hoje à noite, ir àquela festa, foi absolutamente, fundamentalmente...

— Quer mais advérbios?

— Quero. — Os olhos dele se fixaram nos meus. — Que tal irresponsavelmente, inacreditavelmente, descuidadamente *imaturo*?

Inspirei com força.

— Você está agindo como se eu tivesse acabado de descobrir que meus pais estão se divorciando e estivesse tendo uma reação exagerada.

— Não acho que está exagerando. Não consigo nem imaginar o que você está pensando ou sentindo, o que não significa que suas escolhas de hoje tenham sido boas. — Luc pressionou os lábios numa linha fina e dura. — Não passei metade da minha maldita vida tentando mantê-la viva para você jogar todo o meu esforço pela janela!

Inspirei fundo de novo, e algo explodiu dentro de mim, tal como um tiro de escopeta. Aproximei-me, ficando cara a cara com ele, e plantei as mãos em seu peito. Luc envolveu meus pulsos.

— Eu não pertenço a você, Luc! Minha vida não pertence a você! Não importa o que tenha feito por mim.

Ele se afastou como se eu o tivesse esbofeteado.

— Eu nunca disse isso.

Meu corpo inteiro tremia.

— Quero deixar tudo bem claro. Meu nome é Evelyn. Pode me chamar de Evie se quiser. Essa é quem eu sou... Não importa quem eu tenha sido antes.

ESTRELAS NEGRAS · 1 · A ESTRELA MAIS ESCURA

— Eu sei — respondeu ele de maneira solene, os olhos fixos nos meus. — Nadia não existe. Não mais.

Não sei exatamente o que aconteceu em seguida. Talvez ele tivesse me puxado, ou talvez tivesse sido eu, mas, de repente, minhas mãos estavam espalmadas no peito dele. Luc estava de camiseta, porém o calor de seu corpo parecia atravessar o tecido, queimando minhas palmas.

Nenhum de nós se moveu.

Ficamos os dois assim, congelados, até que ele se moveu. Erguendo uma das mãos, fechou-a sobre a minha — sobre a que estava bem em cima de seu coração.

Olhei para ele, incapaz de respirar. O bater de asas de borboleta em meu peito voltou com força, sobrepujando o desespero que ameaçava me sugar e jamais me soltar novamente. Essa suave sensação rapidamente se tornou algo mais, uma espécie de queimação e formigamento que se espalhou por todo o meu baixo-ventre.

Meus dedos se fecharam no tecido da camiseta. O que eu estava fazendo?

Luc era, bem, era o Luc. Ele nem mesmo era humano. Enquanto o fitava, tive que admitir para mim mesma que parara de me importar com esse lance de ele não ser humano desde a primeira vez que o vira sem camisa.

Eu era uma idiota fútil.

Reconhecia que sim.

Fazer o quê?

Mas o que eu estava pensando?

Estava pensando em ficar na ponta dos pés e beijá-lo. Era nisso que estava pensando. E não queria mais pensar — pensar em quem eu realmente era e em todas as mentiras que cercavam minha vida.

Só queria sentir — sentir o que jamais sentira quando estava com o Brandon. Sentir que era... *real*. Uma pessoa de carne e osso com um passado e um futuro.

Os olhos do Luc faiscaram num tom violeta ainda mais profundo e envolvente. Seu olhar baixou para minha boca. Uma intensa emoção cruzou-lhe o rosto. Luc soltou minha mão e recuou um passo, mas, pela primeira vez, fui mais rápida do que ele. Erguendo-me na ponta dos pés, apoiei as mãos em seus ombros e aproximei nossas bocas.

Eu o beijei.

O primeiro toque dos nossos lábios foi como encostar num fio desencapado. Pequenas centelhas de prazer se espalharam por minhas veias ao mesmo tempo que o bater de asas de borboleta em meu peito ficou ainda mais forte.

· 311 ·

Meus lábios começaram a formigar e minha pele corou, e o Luc... ele continuou ali, imóvel como uma estátua.

Ele não estava retribuindo o beijo.

Não estava fazendo nada.

Ah, Deus do céu, o que eu estava fazendo? Tinha beijado o Original, e ele sequer me tocara de volta. Suas mãos pendiam ao lado do corpo, enquanto eu estava pendurada nele como um polvo desesperado.

Eu precisava me tratar.

Sério.

Soltei-o e recuei primeiro um, depois outro passo. Minhas pernas bateram na cama. Eu estava sufocada por um calor que não deveria estar sentindo — escaldante, inebriante —, enquanto ele me fitava como se eu tivesse enlouquecido. Talvez tivesse.

Definitivamente tinha.

O peito dele subiu e desceu visivelmente.

Mortificada, balbuciei:

— Eu não devia ter feito isso. Nem sei por que fiz. Vamos fingir que nada aconteceu, combinado? Talvez não tenha mesmo. Talvez isso seja só um sonho estranho e a gente...

Luc eliminou a pequena distância que nos separava num piscar de olhos. Em seguida, envolveu minha cintura com um dos braços e enterrou a outra mão em meu cabelo.

Sua boca buscou a minha, esmagou a minha, e acho que parei de respirar. Ele, então, me puxou para si até me deixar somente com a ponta dos pés tocando o carpete e as partes mais interessantes de nossos corpos praticamente alinhadas: peito com peito, quadril com quadril.

Luc me beijou, e um som profundo escapou de sua garganta. Os pequenos arrepios de prazer ficaram ainda mais intensos. Meu cérebro desligou; todos os meus sentidos estavam à flor da pele.

Ele estremeceu de encontro a mim. Em resposta, eu o envolvi em meus braços, enterrando os dedos em seus cabelos macios e sedosos. Luc, então, aprofundou o beijo, e a ponta de sua língua roçou a minha.

Soltei *faíscas*.

A mão dele escorregou pelas minhas costas, provocando uma onda de sensações enlouquecedoras. Tive uma vaga impressão de que a luz do teto se acendeu e, em seguida, apagou de novo, mas não tinha certeza e, na verdade, não dava a mínima. Não com as mãos dele se fechando em meus quadris, me suspendendo e ahhhh...

ESTRELAS NEGRAS — 1 — A ESTRELA MAIS ESCURA

Era impossível pensar direito.

Luc me devorava, me beijando como se a qualquer instante algo pudesse nos separar e ele quisesse aproveitar ao máximo aqueles preciosos segundos. Ele, então, se moveu e, quando dei por mim, estávamos caindo juntos na cama. Ao sentir o colchão em minhas costas, abri os olhos.

Os olhos dele...

Eles ostentavam um lindo tom violeta, as pupilas brancas e brilhantes como neve recém-caída.

Com uma das mãos plantadas ao lado da minha cabeça e o joelho junto à minha perna, Luc segurava o próprio peso, pairando acima de mim.

— Esse beijo... — disse ele. — Esse também foi lindo.

Meu peito apertou. Sabia que ele estava comparando esse beijo ao primeiro, o que eu não me lembrava. O que jamais conseguiria me lembrar. Um beijo que fazia parte de suas boas lembranças. Lembranças que eu jamais...

— Não faça isso. — Ele acariciou meu rosto. — Não entra nessa, Pesseguinho. Fique aqui comigo.

A sufocante pressão abrandou, substituída por um tipo diferente de urgência. Eu queria mais do que apenas beijos. Queria...

— O que você quer? — perguntou ele, os olhos fixos nos meus.

— Você — murmurei, sentindo as bochechas queimarem.

— Eu sou seu. — O polegar deslizou por meu lábio inferior. — Sempre fui. Sempre.

O ar ficou preso num nó em minha garganta. Lágrimas arderam no fundo dos meus olhos, o brotar de uma feroz emoção que ameaçava me consumir por inteira. Fechei as mãos na camiseta dele e o puxei para mim. Luc abaixou a cabeça e deixou que eu a tirasse. Meu olhar, então, vagou por seu peito, barriga, pélvis...

Toquei-o, a mão trêmula. Meus dedos passearam pelos altos e baixos daquele abdômen de tanquinho, descendo para o botão da calça jeans. O sangue pulsava em meus ouvidos.

Luc capturou minha mão e a apertou contra o colchão, baixando o corpo. Posicionando os quadris entre as minhas pernas, voltou a sorver meus lábios, me beijando de um jeito como eu jamais fora beijada.

Ele, então, soltou minha mão e correu os dedos pelo meu braço até deslizá-los por baixo da camiseta. Ao sentir o roçar daqueles dedos em minha pele, arqueei as costas. Sua boca abandonou a minha e começou um passeio escaldante pela linha do meu maxilar, descendo lentamente.

· 313 ·

JENNIFER L. ARMENTROUT

Um ruído gutural escapou de sua garganta quando ele roçou o nariz na lateral do meu pescoço.

— Pesseguinho.

Estremeci.

— Jesus! — Luc mordiscou minha pele, me fazendo gemer. Eu nunca tinha gemido antes. — Eu adoro pêssegos.

A partir daí, as coisas foram ficando cada vez mais quentes. Minha camiseta desapareceu e, de repente, estávamos pele com pele, minhas pernas envolvendo-lhe os quadris, que se remexiam sem parar. Um som de algo estourando ecoou pelo quarto, seguido de um cheiro de plástico queimado. Em algum lugar no fundo da mente, imaginei que deveria me preocupar com aquilo, mas eu estava me afogando nele, na gente, e sua pele... ela *vibrava*. Podia sentir a vibração sob meus dedos, contra minha própria pele. Era a sensação mais incrível e estranha que eu já sentira na vida.

Não havia espaço para receios e preocupações no momento. Não com a boca dele colada na minha mais uma vez, com meu arfar contra seus lábios inchados. Sabia que estava na beira do precipício de algo grande, algo lindo e desconhecido. E, então, o derradeiro passo, caindo, girando. Eu estava *vibrando*.

— Luc — falei com um arquejo.

De repente, ele parou de se mover, a respiração dançando sobre meus lábios. Fiquei esperando — desejando que ele continuasse, fizesse mais. Luc soltou uma maldição por entre os dentes e se afastou, deitando de costas na cama ao meu lado.

De olhos arregalados, me peguei mais uma vez olhando para o teto, o corpo inteiro tremendo enquanto aquele calor agradável e abrasivo cedia pouco a pouco. Lentamente, virei a cabeça para olhar para ele.

Soltei outro arquejo.

Um suave brilho esbranquiçado o envolvia da cabeça aos pés. Um dos braços cobria-lhe o rosto. A outra mão estava crispada, repousada sobre o peito arfante. Baixei os olhos. A calça estava desabotoada, pendendo baixo sobre os quadris estreitos. Será que eu tinha feito isso?

Tinha.

— Luc — repeti.

— Só um segundo. — A voz dele soou áspera, como lixa.

Esperei.

— *Luc*.

Os nós de seus dedos estavam totalmente brancos.

· 314 ·

— Não posso.

Todo o calor que invadira meus músculos desapareceu no mesmo instante. Subitamente gelada, cruzei os braços sobre meu peito nu e sentei. Meu cabelo pendeu para frente, cobrindo os ombros. Estremeci de novo, só que por um motivo completamente diferente.

— Não pode o quê?

Luc tirou o braço de cima do rosto. Seus olhos estavam fechados.

— Não posso fazer isso com você.

Uma sensação horrível e nauseante se insinuou em meu âmago.

— Não entendo. Você me passou a impressão de que podia. De que a gente iria.

Ele soltou o que me pareceu um gemido de frustração.

— Você está abalada demais no momento. Eu me sentiria como se estivesse tirando proveito da situação. Amanhã você ia ficar puta comigo de novo — argumentou ele, trincando o maxilar.

Odiava sequer pensar nisso, mas ele meio que tinha razão.

Luc levantou da cama numa velocidade surpreendente. Em seguida, parou diante de mim, os cabelos bagunçados, o tórax nu, os jeans desabotoados.

— Não posso fazer o que eu quero fazer com você quando você sequer sabe quem realmente é.

uc estava certo. E, ao mesmo tempo, errado.

Dei-me conta disso uns 15 minutos depois de ele ter saído do apartamento. Sem camisa.

Deitei de costas novamente e fiquei olhando para as vigas expostas do teto, imaginando o que diabos tinha acabado de acontecer entre a gente. Não conseguia acreditar que o beijara. E que ele me beijara de volta. Que havíamos terminado ali, na cama, tão perto de...

Cobri o rosto com as mãos e gemi. Se ele não tivesse parado, eu não teria. Teria ido até o fim. Mergulhado de cabeça sem pensar nas inúmeras consequências.

Tipo, eu não tinha camisinhas, uma vez que minha vida sexual era absolutamente inexistente. Será que ele tinha? Havia risco de engravidar? Contrair alguma doença sexualmente transmissível? Como se eu precisasse de quaisquer dessas coisas no momento.

E, por que estava pensando nisso agora, tendo em vista que nada acontecera?

Porque eu era uma idiota.

Larguei as mãos sobre a cama.

Meu corpo inteiro se contraiu. Com tudo o que vinha acontecendo nos últimos tempos, minha cabeça estava definitivamente fora do lugar. Isso eu podia entender. De verdade. Mas ele perceber, e dizer em voz alta, era algo absolutamente mortificante e enfurecedor.

Eu tinha todo o direito de cometer meus próprios erros.

O que soava ridículo mesmo para mim.

Fazer o que eu quero fazer com você...

ESTRELAS NEGRAS ❶ A ESTRELA MAIS ESCURA

Inspirei fundo e estremeci. O que diabos isso queria dizer? Quem eu estava tentando enganar? Sabia exatamente o quê, sabia muito bem o significado daquelas palavras. Mas qual a importância disso? Nenhuma. O que importava era o fato de que mais cedo ou mais tarde teria que encará-lo sabendo que ele tinha me visto sem camisa.

Argh.

Virei de lado. A cama cheirava a ele.

Argh de novo.

Não tenho ideia de quanto tempo fiquei deitada ali, os joelhos dobrados junto ao peito, a pele gelada pelo ar frio. Acho que por várias horas, até que, em determinado momento, dei-me conta de outra coisa que o Luc dissera e que tinha razão.

Eu não sabia quem eu realmente era. Não fazia ideia. Sabia que não era a Nadia que ele conhecera. E quem eu imaginava ser era uma mentira. Precisava lidar com isso. Não podia passar outro dia inteiro dirigindo a esmo sem encarar a verdade. Eu era a Nadia. E também era a Evie. Mas não tinha ideia do que isso significava para mim.

O que sabia era que precisava ir para casa e *encará-la*, e tentar descobrir quem eu era.

✳ ✳ ✳

Já passava muito da meia-noite quando, enfim, recaí num sono inquieto, acordando com o soar de um trovão que estremeceu o prédio inteiro. Assustada, virei de lado e abri os olhos.

Zoe estava parada ao lado da cama.

Sentei num pulo, soltando um arquejo.

— Puta merda, Zoe. Que diabos?!

— Desculpa. — Ela sorriu, entrelaçando as mãos. Desviei os olhos por um segundo e, em seguida, encarei-a de novo. Zoe usava um macacão rosa--choque, o mesmo que estava usando quando a April a zoara, dizendo que ela parecia uma criança de pijamas. Não poderia estar mais errada. — Não estava aqui olhando para você, juro.

— Jura? — Puxei as pernas para junto do corpo e pisquei algumas vezes. Uma luz mortiça penetrava o apartamento através das janelas, e a chuva fustigava o vidro.

· 317 ·

— Na verdade, entrei aqui ainda agora para te acordar, mas aí trovejou e, bem... péssima hora. — Ela mordeu o lábio inferior e, em seguida, riu. — Mas a sua cara foi impagável.

— Argh. — Esfreguei as têmporas para aliviar a insinuante dor de cabeça. — O que você quer?

Não perguntei onde estava o Luc. Não o vira desde que ele deixara o apartamento e não tinha ideia se ele havia voltado depois que eu pegara no sono. Era possível.

Ela afastou uma mecha de cabelos cacheados do rosto.

— Queria conversar com você.

Olhei de relance para o relógio. Era cedo demais para esse tipo de conversa, mas não disse nada. Pensei no que o Luc tinha falado na véspera. Sobre quem ela era e que o fato de saber a verdade a respeito de mim não mudava em nada nossa amizade.

Queria muito que isso fosse verdade.

Recostei na cabeceira da cama e soltei o ar com força.

— Eu... não te conheço.

Ela fez um muxoxo.

— Conhece, sim, Evie. Sei que pode parecer que não no momento, mas para você sou a mesma pessoa que sempre fui. Nada mudou.

— Tem certeza? — Corri os olhos rapidamente pelo apartamento, focando a atenção na linda guitarra acústica ao lado da cômoda. Uma palheta preta estava enfiada entre as cordas, como se alguém tivesse tocado recentemente.

Será que o Luc havia voltado e eu não percebera? Balancei a cabeça. Isso não era importante. Procurei me concentrar.

— Seu tio?

Ela pegou um elástico de cabelo preso ao pulso.

— Ele não é meu tio de verdade.

Era o que eu imaginava.

— Ele é como você?

— Ele é um Luxen mais velho. Não teve nada a ver com... Bom, ele só quer viver uma vida normal. Só isso.

Cobri as pernas com o edredom.

— E seus pais? Imagino que eles não tenham morrido num acidente de avião. Você não conheceu seus pais, certo? Que nem o Luc.

Zoe prendeu o cabelo num rabo de cavalo baixo.

— Não, não conheci.

· 318 ·

ESTRELAS NEGRAS **1** A ESTRELA MAIS ESCURA

— E o Luc… — Fiz que não. — Como você o conheceu? Com certeza você não era uma daquelas crianças que ele resgatou.

— Não. Eu o conheci alguns anos antes da invasão. — Com um olhar distante, Zoe correu os dedos pelo tampo da cômoda. — Eu estava sendo mantida numa das bases do governo, juntamente com um punhado de outros Originais. Luc simplesmente apareceu uma noite e nos libertou. Foi assim que o conheci.

Meu estômago se contraiu numa série de nós.

— Você vivia numa base?

Ela assentiu e pegou o que me pareceu um pequeno camelo de madeira.

— Desde que nasci até mais ou menos meus dez anos.

Apesar de continuar irritada com ela, com tudo, fui tomada por uma súbita sensação de horror e empatia.

— E como era?

Zoe deu de ombros e botou o camelo de volta no lugar.

— A gente estudava e treinava, aulas focadas no controle de nossas habilidades e outras normais, você sabe… matemática, literatura etc. Para mim, era tudo normal. Para todos nós, porque a gente não conhecia o mundo fora dali. Diabos, a gente sequer sabia *onde* ficava a base. Quando você cresce num lugar desses, não cria o hábito de questionar nada. As coisas eram do jeito que eram, simples assim. Entende? Não éramos maltratados. Pelo menos, achávamos que não.

Zoe andou até a janela grande que dava para a rua.

— A coisa toda ainda me surpreende. Tipo, como todos os direitos humanos básicos podem ser arrancados de você, mas como você tem uma cama, um quarto e comida no prato, sequer percebe que não tem direito algum. Essa era a verdade. Éramos apenas cobaias… experimentos. Nenhum de nós tinha qualquer direito. Não podíamos ir embora se quiséssemos. As… *cobaias* mais velhas não podiam se relacionar. O acesso à internet era restrito e monitorado. A gente comia o que nos era oferecido, mesmo que não gostássemos. Acordávamos quando eles diziam que era hora de acordar. O mesmo valia para a hora de dormir.

— Jesus! — murmurei.

Um cativante sorriso se insinuou nos lábios dela.

— Éramos propriedade dos Estados Unidos, mas não tínhamos a menor ideia disso. Não até a parede inteira da ala oeste ir pelos ares.

Dei um pulo.

— O quê?

— Luc derrubou a parede inteira... e quase toda a equipe que trabalhava lá. Sozinho, sem a ajuda de ninguém, e ele só tinha uns 11 anos.

De queixo caído, imaginei o Luc com 11 anos de idade correndo de um lado para outro, explodindo um prédio com seus dedinhos mágicos.

— Como isso é possível?

Zoe olhava para o mundo lá fora.

— Luc é diferente.

— Isso é verdade — murmurei.

Ela se virou para mim com uma expressão séria.

— Ele não é como o resto de nós, como a maioria de nós. Ouvi dizer... Bom, sei que havia outros como ele. Aquelas crianças? Mas o Luc é... Deus do céu, não gosto nem de dizer isso em voz alta, mas ele é o mais poderoso de todos os Originais.

Arregalei os olhos? O mais poderoso? Isso era ao mesmo tempo impressionante e assustador. Especialmente levando em conta que eu ameaçara bater nele inúmeras vezes.

Na verdade, tinha batido uma vez.

— De qualquer forma, ele nos libertou. E ajudou a arrumar lares para a gente com Luxen que sabiam o que nós éramos. Foi assim que conheci meu *tio* — completou ela. — O resto, como dizem, é história.

Tinha a impressão de que grande parte dessa história tinha sido deixada de fora.

— Então você vir para Columbia foi coincidência?

Ela inclinou a cabeça ligeiramente de lado.

— Nada a respeito do Luc é coincidência. Ele me queria aqui, e eu lhe devia um grande favor.

— Parece que muita gente deve favores a ele.

— Verdade, e ele gosta de cobrá-los. — Zoe se aproximou. — Eu devia minha vida a ele. Nenhum favor que ele me pedisse seria grande o bastante para pagar uma dívida dessas.

— Tenho a impressão de que dever um favor é quase como passar a pertencer a alguém.

— Você diz isso porque nunca foi propriedade de ninguém.

Encolhi-me. Sabia que não tinha como argumentar. Não podia imaginar como era ser propriedade de alguém.

— Sei que é estranho para você escutar que eu já a conhecia, mas quando o Luc me pediu para vir para cá e ficar de olho em você porque ele não podia concordei de cara. Não apenas porque devia um favor a ele, mas porque eu sempre gostei de você. Fiquei feliz em poder fazer isso.

Quando o Luc me dissera que nunca tinha me deixado de verdade, não era mentira. Ele colocara a Zoe em seu lugar. Ainda assim, não sabia o que pensar a respeito disso.

— Eu não fingi ser sua amiga. Eu era sua amiga. E ainda sou. — Um momento se passou. — Posso ser uma Original, mas continuo sendo a Zoe. Continuo sendo a mesma pessoa obcecada com HGTV.

Fiz uma careta e olhei de relance para ela. Nós duas dissemos "Jonathan" ao mesmo tempo, nos referindo a um dos gêmeos escoceses.

Um lampejo de esperança cintilou naqueles lindos olhos, tão estranhos de observar agora.

— Meu prato predileto continua sendo frango empanado... extra-crocante. E continuo achando que a April é o protótipo do filho que vive desapontando os pais.

Eu ri. Em seguida, perguntei sem pensar.

— Você pode ter filhos? — Fiquei imediatamente envergonhada. — Desculpa. Foi uma pergunta grosseira.

— Seria se você não me conhecesse. — Ela se sentou ao meu lado e cutucou meu pé com a ponta do dela. — A gente pode ter filhos... se for com outro Original. Acho que com um humano não. Pelo menos, nunca soube de nenhum caso. Por outro lado, a maioria de nós não está há tanto tempo assim em liberdade para que possamos ter certeza.

Olhei de relance para ela. Zoe era... bem, era a Zoe. Não havia nada de diferente nela.

— Não acredito que nunca percebi nada. Devo ser muito desatenta mesmo.

— Bom...

Esfreguei os braços, cansada, e ergui o queixo. Para ser honesta, não sabia o que pensar a respeito de nada disso. Era como se meu cérebro estivesse em curto, só conseguindo processar de pouco em pouco tudo o que estava acontecendo. Soltei um sonoro suspiro e corri os olhos pelo apartamento.

— Evie? — chamou ela. Fitei-a novamente. Seus olhos marejados perscrutaram os meus. — Você... você me odeia?

Minha respiração ficou presa na garganta.

— Não, eu não odeio você. — E era verdade. — Acho que nem estou mais zangada. Estava. Muito. Eu só... não sei. Minha cabeça está um nó.

Num segundo, estou superirritada e, no outro, confusa. — Fiz uma pausa. — Mas não odeio você.

Os ombros dela relaxaram.

— Graças a Deus. Estava disposta a, sei lá, preparar um jantar para você só para implorar o seu perdão.

Franzi o nariz.

— Não acho que isso iria funcionar. Você não consegue preparar nem pipoca.

Ela riu, o som agora mais leve.

— Verdade. Ia pedir ao Luc para preparar por mim.

A resposta me pegou de surpresa.

— Luc sabe cozinhar?

Ela assentiu.

— Tem algo que ele não saiba fazer?

O suave sorriso ressurgiu de novo.

— Poucas coisas.

— Uau! — murmurei. — Você vai contar a verdade para a Heidi?

Zoe fez que sim de novo.

— Acho que sim. Não faz mais sentido esconder o que eu sou. Mas acho que não devemos contar para o James. Quero dizer, a gente teria que explicar exatamente o que é um Original, e como tenho certeza que o Luc já te falou, os Originais não são muito conhecidos.

— É, ele falou. — Não achava que o James se incomodaria nem contaria para ninguém, mas a decisão era dela. — A Emery sabe... sobre mim?

— Sabe — respondeu ela. — Não sei se ela conhece todos os detalhes, mas sabe que você é importante pro Luc.

Constrangida com aquela declaração, desviei os olhos.

Zoe ficou em silêncio por alguns instantes.

— Está tudo bem entre vocês?

Bufei.

— Não sei o que responder. — Num piscar de olhos, senti a boca dele contra a minha novamente, seu peito pressionando o meu, os quadris... Ó céus, eu precisava me tratar, tipo, fazer-terapia-até-os-30, pelo menos. — Luc e eu não temos nada um com o outro.

— Ah-hã. — Zoe se curvou e pegou alguma coisa no chão. — Então imagino que a camiseta dele veio parar no chão por magia negra.

Congelei. Ela estava definitivamente segurando a camiseta que ele tinha usado.

ESTRELAS NEGRAS · **1** · A ESTRELA MAIS ESCURA

— Eu... — Pisquei. — Esse é o apartamento dele. É normal ter roupas espalhadas por aí.

Ela arregalou os olhos e inclinou a cabeça de lado.

— Quer dizer que ele voltou para cá ontem com esta camiseta, ficou aqui com você, a tirou sem *motivo* algum e depois saiu feito um tufão sem vesti-la de novo. — Ela esperou um momento. — Porque eu o vi sem camisa... e com a calça desabotoada. E, por mais que tenha sido uma visão admirável, não era exatamente o que esperava ver.

— Eu... não sei o que dizer — retruquei, sem graça.

Ela soltou a camiseta sobre a cama e cruzou as pernas compridas.

— Eu escutei vocês.

Meu rosto pegou fogo. Dava para sentir. Eu estava queimando como se tivesse ficado tempo demais debaixo do sol. Zoe tinha nos *escutado*?

Ela ergueu as sobrancelhas.

— Escutei vocês discutindo, mas presumo que você achou que eu estivesse me referindo a outra coisa. Algo bem mais interessante do que o pouco que consegui captar *lá* do corredor. O que aconteceu ontem?

Desejei que a cama se abrisse e me engolisse inteira.

— Imagino que se eu disser "nada", você não vai acreditar, certo?

— A menos que nada envolva o Luc pelado.

— Ai, meu Deus — gemi, virando de lado. — Luc não ficou pelado. Não completamente. Ele só ficou sem camisa e eu... — Virei de novo, enfiando a cara no colchão. — Eu fiquei sem camisa e...

Ela não disse nada por um longo tempo e, então:

— Vocês...?

— Transamos? — Minha voz soou abafada. Meus braços pendiam flacidamente ao lado do corpo. — Não, a gente não transou. Ele parou. Disse que não podia.

— Não podia...?

— Poder ele visivelmente podia, mas que seria um erro. Sério. — Abri e fechei meus braços flácidos. — Fui eu quem começou. Estava com a cabeça cheia, pensando em tanta coisa e... simplesmente não queria mais pensar.

— E como dar uns amassos no Luc entrou nessa história?

Abri e fechei os braços de novo.

— Porque eu não estava pensando...

— Ah! — Zoe ficou quieta.

— Isso foi péssimo, não foi?

Ela me deu uma cutucada no braço.

— Bom… quero dizer, se esse foi o único motivo para você ter começado… Não estou julgando, mas se ele estava… hum, mais envolvido, então provavelmente não quis, você sabe, se sentir usado.

— Luc se sentir usado? Por mim? — Levantei a cabeça. — Ele mais envolvido? Ele parou, Zoe. E saiu daqui como se o apartamento estivesse pegando fogo.

— Talvez porque ele seja um cara decente?

Olhei para ela.

— Tá falando sério?

Zoe fez um muxoxo.

— Luc é… diferente. Ele não é o tipo de pessoa que a gente queira ver irritado, mas é… um cara bacana.

— Argh. — Abri e fechei os braços mais uma vez.

— Você parece uma foca — comentou ela.

— Cala a boca. — Meu pescoço estava começando a doer. Virei de barriga para cima.

— Você gosta…

— Não me pergunte isso. Por favor! Porque não sei e não tenho capacidade de pensar nisso agora. — Nem colhões para responder com honestidade. — O que aconteceu ontem à noite, bem, aconteceu. Mas não vai acontecer de novo. Pra mim, deu.

— Ah-hã — repetiu ela.

Fitei-a.

— Que foi?

Ela deu de ombros.

— Nada. — Seguiu-se uma pausa. — Então, o que você pretende fazer?

Olhei para o teto de cara feia.

— Vou para casa.

31

No sábado de manhã, logo após encontrar meu carro parado na frente da Foretoken, fui para casa em companhia da Zoe.

— Como você vai embora? — perguntei ao parar na entrada da garagem. E, então, me dei conta. — Correndo, certo?

— Posso correr *realmente* rápido — respondeu ela.

— Não foi o que pareceu nas aulas de educação física no ano passado — comentei. Ela sempre ficava para trás quando tínhamos que apostar corrida ou outros exercícios irritantes logo na primeira aula do dia.

Zoe riu.

— Para mim, demanda mais energia e esforço diminuir a velocidade do que o contrário. — Ela me fitou. As lentes estavam de volta. — Está pronta para entrar?

— Sim? Não? — Olhei de relance para minha casa e me obriguei a soltar o volante. — Não sei o que vou dizer para ela.

Zoe acompanhou meu olhar.

— Ela deve estar pensando a mesma coisa.

— Você... nunca conversou com ela sobre mim? — Eu sabia que a Zoe sempre evitara encontrar com ela, o que não significava que elas nunca tivessem conversado.

Zoe fez que não.

— Sylvia não sabe o que eu sou. Se soubesse, tenho certeza de que não aprovaria nossa amizade.

— Por que ela ficaria preocupada que você me dissesse a verdade ou que eu descobrisse sem querer? — A raiva ressurgiu novamente.

JENNIFER L. ARMENTROUT

— É, mas tenho certeza que não seria com má intenção, Evie. O que aconteceu com você, o que você passou, não é normal.

Bufei.

— Não brinca!

Ela ignorou o sarcasmo.

— De vez em quando, a verdade é omitida como uma forma de proteção.

Mesmo que esse fosse o motivo para alguém esconder a verdade, não tornava mais fácil lidar com as consequências. No entanto, eu não podia ficar sentada ali para sempre.

— Vou entrar.

— Boa decisão — concordou ela. — Eu te mando uma mensagem mais tarde, ok? Grayson vai assumir a vigilância.

Ergui as sobrancelhas.

— Você quer dizer que ele vai ficar de olho em mim?

Ela assentiu.

— O Original continua à solta por aí. Não queremos correr nenhum risco. Eu ficaria, mas o Luc não acha que seja uma boa ideia.

— Por que não? — Franzi o cenho.

— Porque ele tem medo de que, se algo acontecer, você acabe se metendo no meio para me proteger — explicou ela. — Ele não acha que você faria a mesma coisa pelo Grayson.

Quase ri, mas, diabos, Luc tinha razão. Estava começando a odiá-lo por isso.

— Por que ele próprio não fica de olho em mim?

— Bom, talvez pelo fato de você ter dito para ele ficar longe — retrucou Zoe. — Por outro lado, ele com certeza não se manteve longe ontem à noite, não com aquela camiseta...

— Pode parar — resmunguei, balançando a cabeça de maneira frustrada.

— Acho que ele sabe que precisa te dar espaço. Espaço de verdade.

— Isso... seria inteligente. — Suspirei. Olhei para ela, e admiti algo importante. — Eu... eu não o odeio.

Um suave sorriso se desenhou em seus lábios.

— Eu sei. — Ela olhou para a porta. — É melhor você entrar.

— Tem razão. — Não adiantava adiar o inevitável.

— Boa sorte.

Nós nos despedimos. Estava na hora de sair do carro e encarar, bem, o que tivesse que encarar. Pendurei a mochila no ombro e segui para a porta. Encontrei-a destrancada. Inspirando fundo, entrei.

· 326 ·

ESTRELAS NEGRAS · 1 · A ESTRELA MAIS ESCURA

Deparei-me com ela imediatamente.

Ela se levantou do sofá, o rosto pálido e abatido. Reparei na hora as lentes de contato. Seus olhos estavam novamente iguais aos meus.

Isso, porém, era uma ilusão. Os olhos dela não eram iguais aos meus.

Ela não era igual a mim.

Com os ombros tensos, ela me fitou de cima a baixo como que para se certificar de que eu estava bem, sem nenhum pedaço faltando.

— Eu estava morrendo de preocupação.

Uma semana antes, ela provavelmente teria me estrangulado por sair de casa e só voltar no dia seguinte. Agora? Dava para ver que estava se segurando, o que me deu coragem para fincar o pé e não começar a pedir desculpas de cara, implorando perdão, como eu normalmente faria.

Assim sendo, fiquei onde estava, segurando a mochila.

Ela desviou os olhos e se sentou de novo. Inclinando-se, pegou alguma coisa na mesinha de centro.

— Sei que você viu as fotos.

Olhei de relance para o escritório. Os cacos de vidro tinham sido varridos e as portas estavam fechadas. Aproximando-me, soltei a mochila na outra ponta do sofá e me sentei. Eu tinha tantas perguntas, mas optei pela que me parecia mais importante.

— Quem era ela?

Ela baixou os olhos para a foto, a que mostrava os três juntos. Um longo momento se passou.

— Evelyn era filha do Jason, de um relacionamento anterior.

Uma onda de choque percorreu meu corpo. Parte de mim aceitava que era tudo verdade. Que meu verdadeiro nome era Nadia e que minha vida era a dela... mas escutar isso agora, que Evelyn Dasher tinha sido outra pessoa, fez com que me sentisse como se estivesse ouvindo tudo de novo pela primeira vez.

— Jason e eu jamais poderíamos ter filhos biológicos. Eu sou... uma Luxen e ele era humano — continuou ela. — A mãe da Evelyn havia morrido. Problemas cardíacos. Em retrospecto, vejo agora que esse foi um dos motivos que levou o Jason a se tornar tão obcecado em encontrar tratamentos para doenças desse tipo, e para o câncer. Ele continuou apaixonado por ela mesmo depois de sua morte. A princípio, não me dei conta disso. — Ela pressionou os lábios numa linha fina. — Evelyn morreu num acidente de carro três anos antes da invasão. Jason estava dirigindo. Foi um acidente bizarro. Ele só teve pequenos ferimentos, mas ela... morreu na hora.

· 327 ·

Fechei as mãos nos joelhos e apertei com força.

— E vocês me usaram para substituí-la?

— Não era nossa intenção. — Ela soltou a foto sobre o pufe com a imagem voltada para baixo como se, de alguma forma, isso pudesse apagá-la. — Mas não vou mentir. Foi o que aconteceu. A responsabilidade é toda minha...

— Porque você o matou.

Se ela ficou surpresa por eu saber, não demonstrou.

— Luc honrou o acordo. Ele estava indo embora, mas o Jason não podia permitir que isso acontecesse. Ele sempre precisava *ganhar*. — Seus lábios pareceram afinar ainda mais. — Ele puxou uma arma, e ia atirar no Luc pelas costas. Não era uma arma normal. O tiro o teria matado.

— E você decidiu matar seu marido para proteger alguém de quem nem gosta?

Os olhos dela se fixaram nos meus.

— Luc te contou sobre o Daedalus?

Fiz que sim.

— Tudo o que ele contou é verdade... mas tem mais, coisas ainda piores que nem mesmo ele sabe. Você pode não acreditar em mim, mas juro que nunca tomei parte nas atrocidades que eles cometiam lá.

Eu queria acreditar, mas como?

— Eu vivo como uma humana, mas sou uma Luxen. Jamais conseguiria tomar parte naquelas experiências pavorosas e... — Ela parou no meio da frase, balançando a cabeça. — Mesmo antes de a Evelyn morrer, nosso casamento já estava abalado, mas quando descobri sobre os Originais e os híbridos ele basicamente acabou. — Seus olhos tornaram-se duros. — Matá-lo não foi difícil.

Inspirei com força. Merda.

— Isso pode soar insensível, mas você não o conheceu.

Sabia que ela não tinha a intenção, mas escutar aquilo doeu. Fechei os olhos. Não sabia o que responder. Levei alguns instantes para encontrar minha voz de novo.

— Por que você me deu o nome dela?

— Eu me fiz essa mesma pergunta um milhão de vezes. — Sua voz soou rouca. Ao reabrir os olhos novamente, percebi que os dela estavam marejados. — Acho... acho que eu simplesmente sentia falta dela.

Fiz menção de me levantar, mas descobri que não conseguia. O que eu deveria pensar? Como deveria me sentir?

ESTRELAS NEGRAS · 1 · A ESTRELA MAIS ESCURA

Será que eu era real, uma pessoa de verdade?

Não me sentia como se fosse.

— Sei que é muita coisa para processar. Entendo, mas tem algo que você precisa saber, e esse é o ponto mais importante. — Ela chegou um pouco para frente. — Seu nome é Evie. Essa é quem você é. Posso entender que precise descobrir mais sobre o seu passado, quem você foi, e eu apoio. Mas você é Evie agora, e eu a amo. Isso não é mentira. Os últimos quatro anos não foram uma mentira. Você é minha filha. Eu sou sua mãe.

Uma profunda emoção fechou minha garganta. Só então percebi o quanto eu precisava escutar aquilo, mas... que diferença fazia? Nada mais parecia real.

Palavras não mudavam nada.

Palavras não tornavam mais fácil aceitar.

Ela, porém, era a única mãe que eu jamais conhecera.

— Eu... — Pigarreei. — Não sei o que...

Um barulho de vidro quebrado ecoou no andar de cima. Virei para minha mãe ao mesmo tempo que ela se levantava num pulo.

— O que foi isso? — perguntei.

— Não sei. — Sua expressão tornou-se afiada. — Fique atrás de mim.

Levantei, pronta para acatar a ordem, mas alguma coisa — *alguém* — desceu voando pelas escadas, um borrão de luz que colidiu contra a parede ao lado da porta, chacoalhando as janelas. A luz com formato humano caiu para frente, estatelando-se no chão. Em seguida, se apagou. Cabelos louros. Maçãs salientes.

— Grayson — constatei com um arquejo, indo em sua direção enquanto ele alternava entre a forma humana e a alienígena.

— Evie! — gritou minha mãe.

Parei, mas não rápido o bastante. O terror veio à tona.

O Original estava na minha frente. Ele sorriu, e uma covinha surgiu em sua bochecha direita.

— Olá.

Mamãe reagiu sem pestanejar.

Vi pelo canto do olho. Uma luz ofuscante envolveu seu braço direito. Mesmo sabendo o que ela era, não estava preparada para o que veio a seguir. O ar carregou-se de estática e uma bola de luz emergiu de sua palma.

O Original, porém, era rápido.

Ele se desviou, e a bola de energia explodiu contra as portas do escritório, despedaçando várias das pequenas janelas. Em seguida, girou e estendeu o

· 329 ·

braço. O raio de luz acertou minha mãe no ombro, levantando-a do chão e a arremessando por cima da poltrona.

— Mãe! — gritei, correndo ao encontro dela.

O Original apareceu de novo na minha frente. Sem óculos escuros. *Ele.* Cabelos castanhos. Rosto atraente. Um estranho.

— Mãe? Agora eu sei que isso é impossível.

Recuei um passo, soltando uma maldição por entre os dentes.

— Ah-hã. Bem-vindo à minha vida.

— O meu mundo com certeza é mais maluco que o seu. — O pufe levitou e atravessou voando a sala, colidindo contra a TV. A tela rachou. — Você passou a mensagem que eu pedi pro Luc?

Recuei ainda mais, tentando contornar o sofá. Minha perna bateu na mochila.

— Passei.

— E o que ele disse? — perguntou ele educadamente.

A raiva fervilhou como um vulcão em erupção.

— Ele disse que você devia ser louco.

— Mentirosa — retrucou ele, rindo e dando um passo em minha direção. — Eu conheço o Luc. Ele não disse isso. O recado deveria despertar a memória dele. É uma lembrança importante.

E tinha, mas eu não ia dar a ele essa satisfação.

— Não estou com humor para isso.

Ele parou e ergueu as sobrancelhas.

— Não está com humor?

— Exato. — Dava para ver as pernas da mamãe por trás dele. Uma delas começou a se mexer. Eu precisava ganhar tempo. — Minha vida virou do avesso. Tipo, completamente. Você sabia que eu sequer existo?

Ele piscou.

— O quê?

— Verdade. Meu nome não é Evie. Eu sou uma garota morta. Assim sendo, tenho muito com o que lidar no momento, e você anda por aí matando pessoas inocentes.

Nunca tinha visto alguém tão homicida parecer tão confuso.

— Eu sei quem você é. A gente já se encontrou antes.

Uma sensação incômoda desceu pela minha espinha. Ele tinha dito a mesma coisa da outra vez, e eu esquecera.

ESTRELAS NEGRAS ❖ 1 ❖ A ESTRELA MAIS ESCURA

— Você simplesmente não se lembra de mim. — Ele fez uma pausa. — Mas eu me lembro de você. A gente se encontrou rapidamente, pouco depois de eu ter sido libertado. Você estava muito doente.

Uma sensação estranha brotou no fundo do meu estômago ao ver minha mãe puxar a perna.

— Você fedia a morte. — Ele inclinou a cabeça ligeiramente de lado. — O que eles fizeram com você? Acho que vamos descobrir já, já.

O soco veio rápido, sem nenhum aviso. O impacto me fez cair estatelada no chão. A dor súbita me deixou sem reação, e um gosto de ferro preencheu minha boca.

— Não gosto de fazer isso — disse ele. — Juro que não.

Virei de lado e cuspi um punhado de sangue. Meus dentes haviam cortado minha bochecha por dentro. Com o coração martelando, ergui a cabeça e estendi a mão, sentindo a mochila.

A *mochila*.

A arma de choque estava dentro dela!

Abri o bolso da frente e tateei em volta até sentir meus dedos deslizarem sobre o delgado aparelho.

— Gostaria de poder dizer que não é pessoal. — Ele agarrou a parte de trás da minha blusa e me suspendeu com um braço só. — Mas é. Ele escolheu você em detrimento da gente… de mim.

Não tive tempo de processar a informação. Bati no sofá e rolei ao mesmo tempo que ligava a arma. Ao senti-lo se aproximar, apertei o botão. A arma emitiu uma descarga de eletricidade semelhante a mil pequenos fogos de artifício estourando ao mesmo tempo. Ele arregalou os olhos um segundo antes de eu enfiar o dispositivo em seu peito.

O Original despencou no chão como se todos os ossos e músculos tivessem sido sugados de seu corpo, e ficou ali, se contorcendo.

Levantei do sofá e fui tropeçando até onde estava minha mãe, ainda deitada no chão, gemendo. A sala pareceu girar de forma estranha quando me ajoelhei ao lado dela.

— Mãe! — Estendi a mão para tocá-la, mas a parte da blusa que cobria o ombro estava chamuscada, fumegando. — Vamos lá, mãe. Eu preciso de você. Por favor, acorda.

Suas pestanas tremularam, mas os olhos permaneceram fechados. Ai, meu Deus, eu não sabia o que fazer. Olhei para a porta. Grayson estava em sua forma alienígena, imóvel. Acho que ele ainda estava vivo, porque sua aparência não era como a dos Luxen que eu vira na boate.

Sentindo a cabeça pulsar, inclinei-me e espiei por cima do encosto da poltrona. O Original continuava no chão, porém parara de se contorcer.

— Mãe! — Corri os olhos marejados pelo aposento. Lembrei da espingarda que eu tinha visto no escritório, mas não tinha certeza se chegaria lá a tempo. Não fazia ideia de quanto tempo a arma de choque manteria o Original fora de combate. Não conseguia lembrar o que o Luc dissera. Minutos? Mais? Menos?

Meus dedos se fecharam com força na arma. Eu podia usá-la de novo. Mal não faria.

Eu ia eletrocutá-lo até descarregar a arma se fosse preciso. Coloquei-me de pé, gemendo ao sentir a dor em meu maxilar. Meu estômago foi parar no chão.

— Ah, merda — murmurei.

O Original sumira.

Um calafrio desceu pela minha espinha. Recuei um passo. Com os pelos dos braços arrepiados, virei-me lentamente.

Ele estava bem *ali*.

— *Isso* não foi legal, Nadia.

A surpresa me deixou momentaneamente sem reação. Ele sabia meu nome — meu *antigo* nome. Empunhando a arma de choque, soltei um grito de guerra que teria deixado Coração Valente orgulhoso e arremeti.

Esses poucos segundos me custaram caro.

O Original agarrou meu pulso e o torceu. Meus dedos se abriram e a arma escorregou da minha mão. Arregalei os olhos. Ele deu uma piscadinha.

— Essa façanha não vai se repetir.

Saquei na hora que dessa vez ele não ia apenas quebrar meu braço. Ele não pararia por aí. Todos os meus ossos seriam esmagados até que a vida escapasse de mim. O medo me deixou engasgada. Eu não queria morrer. Não assim. Não agora.

Sequer sabia quem eu era ou quem me tornaria um dia. Estava começando a aprender sobre mim — sobre meus amigos e, ai meu Deus, sobre o Luc.

E, quando o Original terminasse comigo, partiria para minha mãe. De forma alguma ele a deixaria viver, e o Luc... iria se culpar. Não tinha ideia do que realmente rolava entre a gente, mas não queria isso para ele.

Não queria esse destino para nenhum de nós.

Sem treinamento algum, reagi por puro instinto de sobrevivência. Chutei, acertando-lhe a perna. O movimento o pegou de surpresa, e ele recuou um passo. Mergulhei, tentando desesperadamente pegar a arma de novo.

ESTRELAS NEGRAS 1 A ESTRELA MAIS ESCURA

A mão dele se fechou no meu cabelo e puxou minha cabeça para trás. Gritei. O Original começou a me arrastar em direção à cozinha. Uma dor aguda irradiou pelo meu pescoço enquanto meus pés deslizavam pelo piso de madeira.

Ele me suspendeu pelo cabelo e, então, me soltou. O breve momento de alívio terminou antes mesmo de começar. Seus dedos se fecharam na minha garganta e, de repente, eu estava balançando no ar.

Já não podia mais respirar. Era o fim. Todas as células do meu corpo estavam em choque, gritando pela ausência de oxigênio. Meu coração começou a bater descompassado, e o pânico só piorou tudo.

— Solta a minha filha.

O Original inclinou a cabeça ligeiramente de lado. Minha visão escureceu.

— Tudo bem.

Voando. Eu estava subitamente voando, e respirando. Respirar, porém, não ajudou. Tão logo consegui encher os pulmões o suficiente, minhas costas colidiram contra a mesa de jantar. O impacto me chacoalhou da cabeça aos pés. Minha cabeça bateu na luminária pendurada no teto, fazendo-a balançar. Caí para frente, arrebentando os joelhos no chão. Dobrei-me, lutando para respirar em meio às ondas de dor.

Enquanto um fio de sangue escorria pela lateral da minha cabeça, escutei o grito de puro ódio que irrompeu de minha mãe. Ergui o queixo e a vi, totalmente transformada. Ela estava imersa numa luz branca linda e ofuscante.

O ar impregnou-se de energia. Podia senti-la em meus ossos e músculos. Mamãe atacou, liberando...

O Original foi mais rápido.

Ele avançou, estendendo o braço e agarrando-a pelo ombro. A bola de energia explodiu contra a parede. Uma nuvem de poeira elevou-se no ar ao mesmo tempo que mamãe era lançada sobre o sofá, fazendo-o voar com o impacto.

Soltei um grito ao vê-la cair no chão. O sofá girou algumas vezes e despencou sobre ela. Ai, meu Deus, isso não podia ser bom. Eu precisava me levantar. Tinha que...

Lá estava ele, fechando os dedos na minha garganta novamente. O Original levantou minha cabeça, me forçando a fitá-lo. Pronto. Agora eu ia...

— Não. Eu não vou te matar. — O charmoso sorriso apareceu mais uma vez. — Mas, infelizmente, vou te machucar.

· 333 ·

remi sob o ar gelado e forcei meus olhos a permanecerem abertos. Não podia fechá-los. Ele ficava... impaciente quando eu os fechava. Achava que eu não estava prestando atenção e... tinha problemas com isso. Problemas sérios. Aquele garoto tinha muitos... problemas.

O Original estava sentado de pernas cruzadas uns dois metros à minha frente, enquanto eu continuava onde ele me depositara, recostada numa árvore. Ele havia me arrastado para fora de casa, movendo-se tão inacreditavelmente rápido que a coisa toda passara feito um borrão. Achava, porém, que não tínhamos ido muito longe. Tinha quase certeza de que estávamos no bosque que circundava o bairro.

Eu havia perdido meus sapatos em algum momento. Acho que na rua diante de casa. Uma das pernas da calça tinha agarrado num galho e estava rasgada até a coxa. Parte da pele ficara com o tecido. Mas isso não o detivera. Tampouco o momento em que a ponta da minha blusa ficara agarrada também. Com as mãos trêmulas, tentava manter o tecido arruinado no lugar.

Procurava não pensar em minha mãe e como ela devia estar, porque, se pensasse, perderia o pouco de controle que ainda tinha, e não podia me dar ao luxo disso agora se quisesse sobreviver.

— Ele realmente não faz ideia de quem eu sou? — perguntou ele, franzindo o nariz. — Nenhuma?

— Não — murmurei, encolhendo-me. Falar fazia meu rosto doer.

O Original soltou o ar com força.

ESTRELAS NEGRAS · 1 · A ESTRELA MAIS ESCURA

— Bom, isso é uma porrada no ego. Mas eu não devia ficar surpreso. — Ele inclinou a cabeça para trás e olhou para as estrelas que despontavam por entre os galhos nus. — Ele se esqueceu da gente mais de uma vez, mas não irá esquecer de novo.

Eu havia tomado algumas pancadas na cabeça. Provavelmente, mais do que poderia aguentar, porque volta e meia sentia como se o chão estivesse oscilando debaixo de mim. Ainda assim, estava começando a juntar as peças do quebra-cabeça.

— Por que… você está fazendo isso? — Ignorei a dor lancinante em meu maxilar. — Por que matou aquelas pessoas?

— Já te expliquei por quê.

— Mas a família… e o Andy…

Ele franziu o cenho.

— Eu não os matei. Fico um tanto ofendido por você achar que saio por aí matando gente a esmo.

Abri a boca para retrucar, mas não soube o que dizer. Por que ele mentiria? Ele havia admitido sem pestanejar ter matado a Colleen e a Amanda.

— A propósito, como devo te chamar? Evie? Nadia? Evelyn? — Fez uma pausa, e vi as pupilas de seus olhos ficarem brancas. — Pesseguinho?

Engoli em seco e grunhi:

— Evie.

— Hum, interessante.

Uma tremedeira desceu pelos meus braços.

— Você me conheceu quando eu era…

— Uma garotinha, morrendo por conta de uma doença? Exato. Foi um encontro rápido. Você entrou no quarto em que eu estava, em que nós todos estávamos, e leu para a gente.

— Eu não…

— Se lembra? Sei. — Ele se inclinou para frente, me deixando imediatamente tensa. O cara podia falar de um jeito manso e amigável, até charmoso, mas era como uma cobra pronta para dar o bote. — Vou refrescar sua memória. Você leu *Onde Vivem os Monstros* pouco depois de o mundo começar a desmoronar. A gente gostou de você.

— Isso… não faz sentido.

Ele pousou uma das mãos no chão ao lado do meu pé.

— O que não faz sentido, Evie?

— Você é… um deles. Uma das crianças… — Soltei um arquejo ao senti-lo envolver meu tornozelo.

— Então ele te contou sobre a gente? — Sua voz soou mais interessada. Ele apertou meu tornozelo com força. — Evie?

— Contou — respondi, ofegante, sentindo minhas mãos espasmarem em torno do tecido arruinado da blusa.

Ele, então, deslizou os dedos e os enterrou na carne machucada em minha panturrilha.

— Me diz o que ele te contou!

— Não é possível — repeti, tremendo ao sentir a dor se espalhar por toda a perna. — Você não pode ser uma daquelas crianças.

— Por que não? Porque ele matou todos nós? — Ele riu. — Ou porque eu não pareço um garoto de dez anos?

Encarei-o.

O sorriso não esmoreceu.

— Nós éramos como estrelas negras, mas o Luc... ele era a estrela mais escura. Entende o que eu quero dizer?

Não.

De repente, ele olhou para o lado e entreabriu os lábios.

— Até que enfim! — Seus olhos se voltaram novamente para mim. — Eu disse que ele nos encontraria. Luc acabaria percebendo que aquele Luxen louro ficou muito tempo sem entrar em contato, e ele... bom, ele não é burro.

Num movimento lento, ele soltou minha perna e se levantou com uma graça fluida assustadoramente familiar. Em seguida, se virou e parou na minha frente.

Uma parte estranha de mim soube o exato momento em que o Luc se aproximou. Não tinha ideia de como eu sabia, mas sabia. Senti ao mesmo tempo alívio e pavor.

Eu o vi se aproximar sorrateiramente por entre o emaranhado de árvores um segundo antes de o Original diante de mim mudar de posição e bloquear minha visão. Com o coração martelando, corri os olhos em volta em busca de algo que pudesse usar como arma. Só vi pedras. Elas não fariam um grande estrago, mas já era alguma coisa.

O Original deixou as mãos penderem ao lado do corpo, e pude jurar que ele estremeceu.

— Quero vê-la — exigiu Luc, numa voz quase irreconhecível de tão gelada e furiosa.

O Original enrijeceu como se alguém tivesse despejado aço em sua espinha.

ESTRELAS NEGRAS **1** A ESTRELA MAIS ESCURA

— Ela. Sempre ela. Algumas coisas nunca mudam. Tudo bem. — Ele deu um passo para o lado. — Tanto faz. Ela ainda está viva.

Não saberia como explicar a emoção que senti assim que pus os olhos nele. Tinha imaginado muitas vezes que jamais o veria de novo. Ou minha mãe. Ou meus amigos. Mas ali estava ele, os ombros retos e as pernas afastadas como se fosse uma espécie de anjo vingador prestes a despejar sua fúria sobre um mundo de santos e pecadores.

Os olhos do Luc me percorreram de cima a baixo, do meu rosto machucado até meus pés cobertos de terra. Seu maxilar endureceu, assim como os olhos. Ele deu um passo em minha direção.

— Não — avisou o Original. — Não me obrigue a fazer algo do qual irá se arrepender.

Luc parou, mas não tirou os olhos de mim.

—Já me arrependo de muitas coisas. — A camiseta preta esticou-se sobre os ombros. — Eu devia saber.

— E não sabia? — perguntou o Original, virando de lado. Uma expressão maravilhada e, ao mesmo tempo, satisfeita, insinuou-se em seu rosto.

— Parte de mim, sim, eu acho. Só não conseguia acreditar. — O olhar dele se manteve fixo no meu. — Pelo visto, vocês não tomaram o mesmo soro que eu. Você não está envelhecendo normalmente. O que o Daedalus deu pra vocês?

— O que eles não nos deram? Talvez se você tivesse ficado por perto tempo o bastante, teria percebido que éramos diferentes de você, do Archer e do resto. Que o que eles nos deram nos fazia envelhecer mais rápido — explicou o Original. — Uma versão bombada que incluía mais do que apenas uma dose de hormônios de crescimento. Afinal, se a gente crescesse mais rápido, seríamos mais úteis, não é? Imagine passar por anos de puberdade em questão de meses. Isso pode deixá-lo mais propenso a mudanças de humor.

— E totalmente maluco? Essa é a sua desculpa? É por isso que todos vocês viraram serial killers miniatura em treinamento?

— Imagino que parte seja definitivamente por causa disso. Você nos libertou e depois nos abandonou. — Ele olhou por cima do ombro. — Por ela. Depois retornou para se livrar da gente.

Luc se encolheu.

— Eu não me livrei de você. Eu o deixei ir. Deixei que escapasse, porque achei que estava fazendo a coisa certa.

· 337 ·

— Você matou todos os outros e me deixou ir embora. — O Original se afastou um passo de mim, a atenção totalmente focada no Luc. — Você não me procurou. Não perdeu um segundo tentando me encontrar. Voltou correndo para cá, para ela.

Luc não disse nada por um longo momento, apenas continuou me fitando.

— Eu procurei, sim. Você tinha sumido.

— Procurou mesmo? Talvez você pense que sim. Assim como pensa que destruiu o Daedalus.

Minha respiração ficou presa na garganta.

— Onde acha que eu estive esse tempo todo? — perguntou ele. Luc não demonstrou a menor reação à insinuação de que o Daedalus continuava operacional. — Levei muito tempo para chegar aqui, mas isso você não sabe. Você tinha outras prioridades. Mas cheguei faz um tempo. Fiquei espreitando. Observando. Permaneci por perto, tentando descobrir como você pôde... — Ele olhou para o céu e deu de ombros. — Me deixar ir. Até que eu a vi na boate e entendi.

— Eu o deixei escapar porque acreditava que você não era um sociopata. Que de todas aquelas pequenas aberrações, você era o único com capacidade de se tornar uma pessoa normal. Obviamente, eu estava errado. Você é tão surtado quanto elas.

Arregalei os olhos ligeiramente.

— Então, qual é o propósito de tudo isso? Você veio para cá, me encontrou e ficou esperando. E agora? Estamos aqui. Você e eu. Era isso o que você queria — continuou Luc. — Deixe-a ir, e aí podemos resolver esse assunto.

— Se eu a deixar ir, não acho que ela conseguirá chegar muito longe — retrucou ele. — E não estou falando das coisas que fiz com ela. Estou falando das que você permitiu que eles fizessem.

Estremeci.

Luc virou a cabeça ligeiramente.

— O que isso quer dizer?

— Eu vi algumas coisas. Aprendi um pouco — disse ele, e pude perceber a provocação em sua voz. — Você não faz ideia do que está para acontecer, Luc.

Luc ergueu uma sobrancelha.

— Uau! Isso é inacreditavelmente vago.

— Na verdade, não. — Ele fez uma pausa. — A propósito, dei uma espiada na mente dela. Ela acha que eu matei aquela família e o tal sujeito da festa. Não fui eu.

ESTRELAS NEGRAS · 1 · A ESTRELA MAIS ESCURA

— E eu deveria acreditar nisso? Porque você obviamente é um cara equilibrado e confiável.

— Talvez eu fosse equilibrado e confiável se você tivesse prestado atenção. Se tivesse tentado cuidar de mim como...

— Tem razão. — Luc pareceu verdadeiramente arrependido. — Talvez se eu tivesse feito as coisas de forma diferente, você não teria acabado assim.

— Talvez — concordou o Original. Mas, então, ele abaixou o queixo e sorriu. — Por outro lado, sempre fui mais esperto do que os outros, não é mesmo? Eu conseguia *esconder* melhor. Até mesmo de você, o grande e poderoso Luc. O Original mais poderoso jamais criado. O maior tesouro e decepção do Daedalus.

— Você está começando a soar como um fã — observou Luc num tom entediado.

— Mas eu sei a verdade. — O Original começou a andar em volta do Luc, que não tirou os olhos de mim nem quando ele passou pelas suas costas. — O Daedalus cometeu um erro fatal com você.

— Ah, é? — murmurou Luc, baixando os olhos para minhas mãos.

— Sua humanidade — continuou ele. — Eles não a erradicaram. Foi por isso que você me deixou escapar.

Luc ficou quieto enquanto o Original se postava ao seu lado, a menos de um metro de distância.

— Quero que diga. — Ele inclinou a cabeça de lado, sua atenção totalmente focada no Luc. — Diga meu nome.

Soltei uma das pontas da blusa e estendi a mão, pousando-a sobre o solo pedregoso. Em seguida, cavei até encontrar uma pedra com um tamanho decente.

— Seu nome não importa. — Luc, então, olhou para o Original. — E você está errado sobre a minha humanidade. Ela vem e vai. Eu só consigo disfarçar melhor.

Soltei um arquejo ao ver o súbito ataque.

Luc girou, agarrando o Original pela gola da camiseta. Por um segundo, eles ficaram olho com olho, e então o Original voou. Ele bateu contra uma das árvores, o impacto fazendo com que vários galhos se soltassem. Em seguida caiu, chacoalhando o chão.

Em um piscar de olhos, Luc estava diante de mim, as mãos envolvendo meu rosto.

— Ai, meu Deus! Pesseguinho! — Ele inclinou minha cabeça para trás ao mesmo tempo que eu finalmente conseguia soltar a pedra. Um suave calor irradiou de seus dedos, aliviando a dor em meu maxilar.

Ele estava me curando.

— Preciso que se levante e dê o fora daqui — disse, enquanto eu sentia o calor descer por minhas costas. — Sei que vai doer, que não vai ser fácil, mas preciso que corra o mais rápido que conseguir...

De repente, Luc mudou de posição, me cobrindo com o próprio corpo para me proteger de algo quente e brilhante que estourou em suas costas. Ele estremeceu, e um cheiro de tecido e carne queimada invadiu meu nariz. Ao ver seu lindo rosto se contrair de dor, larguei a pedra.

— Luc — murmurei, percebendo que ele havia sido seriamente atingido. Tomada por um súbito pânico, estendi a mão e fechei os dedos em sua camiseta.

Ele soltou um rugido de ódio que teria feito qualquer um fugir correndo e, então, se virou, erguendo os braços. Um tremor terrível sacudiu o chão, me fazendo cair de lado. Pequeninas pedras e punhados de terra suspenderam-se no ar. As árvores à nossa volta balançaram com força enquanto o que restava de suas copas se desprendia e caía numa chuva de folhas. Um estalo alto reverberou por entre elas.

O Original estava parado a alguns metros dele.

— Agora, sim. O grande e poderoso Original conhecido como Luc. Ai, que medo!

Ao falar, a voz do Luc soou tão grave e retumbante que pude senti-la em minhas costelas.

— Ah, você devia ficar mesmo.

Sem que ninguém me tocasse, comecei a deslizar para trás.

Luc partiu para cima do Original, parando quando as árvores começaram a se sacudir furiosamente. Algumas se partiram enquanto outras foram arrancadas do chão, as raízes nodosas soltando torrões de terra e impregnando o ar com um aroma rico de húmus.

Ai, meu Deus...

Coloquei-me de joelhos no exato instante em que uma das árvores foi arrancada do chão. Eu não conseguia ver o Original. Não fazia ideia se ela o tinha acertado ou não, mas logo outra passou voando. As árvores continuaram vindo em sequência, formando uma pilha ao caírem umas sobre as outras, o baque da queda chacoalhando o chão.

Luc abaixou os braços e fez menção de se virar.

ESTRELAS NEGRAS • 1 • A ESTRELA MAIS ESCURA

As árvores explodiram, lançando pedras e pedaços de tronco em todas as direções. Nem vi o Luc se mover. De repente, estava com as costas coladas no chão e o corpo dele sobre o meu enquanto uma chuva de pedaços afiados de madeira despencava à nossa volta. Ele, então, estremeceu e caiu para o lado, as mãos escorregando dos meus ombros.

— Luc. Luc! — A confusão foi substituída por uma sensação de horror ao ver as manchas escuras que se espalhavam por seu torso numa velocidade surpreendente. — Não. Não!

Ele estava imóvel, os olhos fechados. Não conseguia sentir o movimento de seu peito sob minhas mãos. Fui tomada por um súbito pânico.

— Luc!

— Ah, acho que eu o feri. — O Original riu baixinho. — Só um pouquinho.

Envolvi-lhe o rosto entre as mãos trêmulas. Um fio de sangue escorria pelo canto de seus lábios.

— Não, por favor. Meu Deus, não! — O horror era tanto que me fez engasgar. — Não. Não. *Por favor.*

— Não acho que Deus esteja escutando. — Ele se aproximou. O ar à minha volta ficou mais quente. — Acho que Deus parou de ouvir há muito tempo.

A pele do Luc aqueceu sob minhas palmas. Leves linhas brancas começaram a aparecer, um brilho suave em meio à escuridão. Gritei, lembrando a aparência dos Luxen pouco antes de morrer. Será que com os Originais era igual? Não sabia.

Enquanto olhava para o rosto do Luc, senti meu sangue ferver com um ódio tão profundo e feroz quanto a estrela mais brilhante do céu. *Não.* Isso não era certo. Não era justo. Anos atrás, ele tinha me salvado, e agora ia morrer porque eu não podia revidar. Ia morrer tentando me proteger — levando consigo todas as lembranças de nós dois. Lembranças que, de repente, sentia uma necessidade desesperada de conhecer, de saber se as boas sobre as quais ele falara me incluíam.

— Isso acabaria acontecendo mais cedo ou mais tarde — disse o Original. — Você vai ver.

Meu rosto estava molhado. Lágrimas escorriam por minhas faces. Minhas mãos escorregaram do peito do Luc para o chão. Senti vários pedaços de tronco sob as palmas. Pedaços afiados. Os mesmos que o haviam perfurado inúmeras vezes, provavelmente o matando. Meus dedos se fecharam em torno de um deles.

• 341 •

— Eu não queria fazer nada disso. — A voz do Original soou como um relâmpago. — Juro.

Nunca pensei que fosse capaz de matar alguém.

Talvez a pessoa que eu era antes fosse. Não sabia, mas era algo que jamais imaginara ser capaz de fazer de propósito.

Não até agora.

Virei e ergui os olhos. O Original continuava ali, aquela coisa que era uma espécie de criação que havia saído totalmente pela culatra.

— Você não precisava ter feito.

Ele inclinou a cabeça ligeiramente de lado e franziu o cenho.

— Como sabe? Você não se lembra de nada.

Ele tinha razão. Eu não me lembrava de nada, mas sabia o suficiente.

Não me dei tempo para pensar no que estava fazendo. Levantei num pulo e puxei o braço para trás. Um lampejo de surpresa cruzou-lhe o rosto, mas isso foi tudo que meu cérebro conseguiu processar enquanto eu arremetia com toda a força e enfiava o pedaço de tronco no olho do desgraçado.

Seu grito de dor foi interrompido quando puxei o braço novamente e, ignorando o som e a sensação, enfiei o tronco no outro olho. Ele caiu de joelhos, e eu o imitei, tentando puxar o pedaço de madeira mais uma vez. Ele, porém, se partiu.

O Original se contorceu a meus pés, uma massa quente e sólida. Uma luz branca ofuscante me envolveu e, em seguida, me *atravessou*. Joguei a cabeça para trás e gritei ao sentir a dor intensa que explodiu no centro do meu peito. Não conseguia respirar. Nem pensar. A dor e a luz pareciam me engolir.

De repente, me vi voando, girando em pleno ar. Tive um breve vislumbre do céu e das árvores. O impacto ao cair no chão chacoalhou todos os meus ossos, mas eu mal... mal senti.

Tentei me sentar, mas tudo o que consegui foi mexer a cabeça, que simplesmente pendeu de lado.

Uma sensação de algo... molhado se espalhou por *dentro* de mim, como se eu estivesse me afogando em minhas próprias entranhas.

O céu explodiu numa luz forte e intensa, e tive a impressão de escutar o Original gritar. O ar crepitou e pegou fogo. Sombras ganharam forma, mas imediatamente perderam definição. Pisquei, tentando clarear a vista, mas ela continuou turva, esbranquiçada nos cantos. O dia se transformou em noite. Escutei um rugido ensurdecedor ao mesmo tempo que o mundo inteiro pareceu se curvar a esse poder que energizava cada centímetro quadrado do espaço. A luz pulsou e piscou. O ar... o ar impregnou-se com um cheiro estranho.

E, então, vi o Luc.

Ele foi com tudo para cima do Original, derrubando-o no chão com tanta força que o solo cedeu. Uma nuvem grossa de terra elevou-se no ar, desprendendo um leve cheiro de bolor. Luc o suspendeu de novo e o arremessou com mais força ainda no solo duro.

— Por quê? — perguntou ele, agarrando o Original pelo pescoço e o arrancando do buraco que seu corpo havia formado. Seus braços pendiam flácidos ao lado do corpo. — Por que tudo isso, Micah?

Aquele nome. Lembrei que o Luc havia mencionado o nome dele quando me contara sobre as crianças.

Micah soltou uma risada engasgada e cuspiu um punhado de sangue.

— Porque eu sabia que não conseguiria vencer. Que você faria o que não fui capaz de fazer.

Um tenebroso momento se passou e, então, Luc o soltou como se o Original o tivesse queimado.

— Como assim?

Micah gemeu, o corpo parcialmente escondido pelo buraco.

— Você não faz ideia do que está para acontecer. Tudo irá acabar. Tudo. E eu não estarei aqui para ver. Quando a hora chegar, você... — Sua voz ficou tão baixa que não consegui escutar o que o Original disse, até que ele a elevou novamente. — Eles já estão aqui.

Vi a resposta do Luc.

Ele olhou para o Micah, pasmo. Um segundo se passou e, então, seu braço desapareceu no buraco onde o Original caíra. Seguiu-se um espocar de luz intensa e eu soube... soube que o Micah se fora.

Alívio... um doce e amargo alívio invadiu meu corpo. Fechei os olhos. Meu coração parecia lento demais, e um frio de gelar os ossos se insinuou em meu âmago.

— Pesseguinho. Abra os olhos. — Mãos envolveram meu rosto. Mãos fortes. Quentes. Vivas. Obedeci, abrindo-os.

— Como... como você ainda está vivo? — Eu o vira... vira o sangue. Como ele podia estar ali, ajoelhado ao meu lado? — Como?

— Não era a minha hora. — Seus olhos me percorreram de cima a baixo e ele me puxou para seus braços, apertando-me de encontro ao peito. — Pesseguinho, o que você fez? Olha só pra você!

— Eu... furei os olhos dele.

Luc emitiu um som engasgado e passou um dos braços em volta da minha cintura.

— Eu vi. Vou levar muito tempo para esquecer essa cena.

Minha boca parecia estranha, como se a língua estivesse inchada.

— Não... não estou me sentindo muito bem.

Luc encostou a testa na minha e, tirando a mão do meu rosto, pousou-a no centro do meu peito.

— Vou fazer com que se sinta melhor, tá?

Acho que concordei. Não sabia. O mundo era um caleidoscópio de dor, calor... e Luc. Tive a distinta sensação de já ter estado nessa posição antes, com ele me abraçando enquanto meu corpo esmorecia, mas a sensação desapareceu rápido.

— Eu falei para você correr. — A voz dele soou rouca. Um suave calor desprendeu-se de sua palma. Reconheci a sensação, e agradeci por ela estar espantando o frio. O calor se espalhou, abrindo caminho por entre ossos e tecidos. — Por que você não correu? Pesseguinho? Fala comigo.

Foi preciso um grande esforço para me concentrar nele.

— Achei... achei que você estivesse morrendo. Não podia deixar que isso acontecesse. Queria...

Lágrimas escorreram por meu rosto, mas não soube dizer se eram minhas ou dele.

— Queria o quê?

Minha cabeça estava pesada.

— Queria saber se... se eu era parte... das suas boas lembranças.

Luc estremeceu e se curvou, fechando o corpo em volta do meu. Seu calor me envolveu por completo, preenchendo cada célula, cada pedacinho de mim.

— Sim — respondeu ele, os lábios roçando os meus ao falar. — Todas as minhas boas lembranças são de você.

 manhã de domingo já ia pela metade e eu continuava deitada na cama. Respondi uma mensagem da Heidi, dizendo que não iria encontrar com ela e a Emery. Não estava com vontade de ver ninguém, ainda mais sabendo que ela ia me atropelar com perguntas.

Não que eu pudesse culpá-la, mas não sabia se estava preparada para conversar sobre tudo o que acontecera.

Não me lembrava direito de como havia voltado para casa na véspera. Sabia que o Luc tinha me curado lá no bosque, consertando quaisquer danos que o Micah houvesse causado. Tinha uma vaga lembrança dele me carregando de volta, da casa cheia de... bem, alienígenas e pessoas que não eram exatamente pessoas. Da mamãe sentada, com a Zoe ao seu lado. Do Daemon. Acho que o Archer também estava lá, juntamente com um pálido e silencioso Grayson.

No entanto, lembrava claramente de ter acordado no meio da noite e visto o Luc na minha cama, deitado de frente para mim, dormindo. Ele segurava minha mão. Ou eu a dele. Não sabia.

Não tinha a menor ideia se mamãe vira o Luc comigo, mas quando acordei de manhã, ainda confusa, ele já não estava mais.

Eu estava preocupada. Por mais que o Luc dissesse que era incrível, sabia que ele tinha ficado mal ontem. Luc era poderoso — provavelmente o ser mais poderoso que eu já vira, mas o Micah o machucara para valer.

Ele quase o matara.

Quase me matara também.

JENNIFER L. ARMENTROUT

Eu ainda estava dolorida — tipo, se me virasse rápido demais, sentia uma fisgada de dor —, porém a exaustão que sentira ao acordar estava finalmente melhorando. Era como se estivesse me recuperando de um resfriado. Não tinha ideia de por que isso acontecia depois de ser curada. Segundo o Luc, os humanos geralmente se recuperavam rápido, sentindo-se melhor do que antes depois de uma cura.

Imaginei se teria algo a ver com o que eles tinham me dado antes de... me tornar a Evie. Se aquilo de alguma forma afetava a maneira como me sentia após ser curada ou se impediria que me transformasse numa híbrida, porque na noite anterior eu tinha ficado realmente muito machucada.

As perguntas eram muitas.

Olhei de relance para a porta fechada do quarto e me perguntei o que... mamãe estaria fazendo. Em vez de vir me checar hoje de manhã, ela estava me dando espaço. Sabia que já tinha chamado alguém para consertar a janela que o Grayson quebrara ao ser arremessado. A do corredor do segundo andar. Mas outras coisas precisavam ser consertadas no primeiro andar também.

Uma leve batida na janela do quarto chamou minha atenção, e meu coração deu uma estranha cambalhota. Apenas uma pessoa poderia estar batendo ali.

Mas em plena luz do dia?

Imaginando que era melhor deixá-lo entrar antes que os vizinhos vissem, levantei da cama e fui até a janela. Fui tomada por um misto de ansiedade e algo... bem mais profundo e poderoso. Abri as cortinas e lá estava ele, empoleirado no telhado com aqueles fantásticos óculos prateados de aviador.

Luc segurava uma Coca.

Segurando-me para não sorrir, destranquei a janela e a abri.

— Por que você não entrou pela porta da frente?

Ele deu de ombros.

— Prefiro bater na janela.

— Ah-hã. — Dei um passo para o lado, dando-lhe espaço para entrar. Luc aterrissou diante de mim. Fechei a janela, ignorando o formigar de expectativa que se instalou o fundo do meu estômago.

Ele tirou os óculos e os soltou sobre a cômoda. Em seguida, me entregou a Coca.

— Obrigada. — Estava geladinha. Botei-a sobre a cômoda também. Abri a boca para dizer alguma coisa, mas assim que os nossos olhos se encontraram, a habilidade de falar se esvaiu pela janela que ele usara para entrar.

ESTRELAS NEGRAS **1** A ESTRELA MAIS ESCURA

Era a maneira como ele me fitava, as feições sérias e o olhar intenso. Como se conseguisse enxergar através de mim.

Luc se aproximou um passo e, então, parou. Ao falar, a voz soou rouca.

— Posso? Posso te tocar?

Sentindo a respiração presa na garganta, fiz que sim.

Ele se moveu de forma lenta e cuidadosa, tocando meu rosto com a ponta dos dedos. Em seguida, encostou as palmas e deixou-as escorregar pelas laterais do meu pescoço, provocando um forte arrepio por todo o meu corpo. Aquelas mãos continuaram seu passeio até os ombros, e ele se aproximou um pouco mais, a coxa roçando a minha. Inspirei o perfume dele e fechei os olhos ao sentir uma das mãos deslizar para minhas costas. Luc, então, fechou o outro braço em torno dos meus ombros e me apertou de encontro a si. Com sua respiração dançando sobre a minha têmpora, ficamos ali, peito com peito, minhas mãos fechadas em sua cintura. Estávamos tão colados que pude sentir quando ele estremeceu. Nenhum de nós se moveu nem falou por vários minutos. Ficamos apenas abraçados, até que os lábios dele pressionaram um beijo em minha têmpora e ele se afastou.

— Como você está? — perguntou ele, recuando um passo e metendo as mãos nos bolsos da calça jeans.

— Bem. — Pigarreei, sentindo-me um pouco tonta. — E você?

Luc desviou os olhos. Fiquei olhando para seu perfil, para a maneira como o músculo flexionou quando ele trincou o maxilar.

— Estou cem por cento.

Ainda não conseguia acreditar que ele estava ali, que estava bem. Pressionei os lábios, me perguntando por que ele saíra de manhã sem se despedir. Depois de tudo o que acontecera, tinha imaginado que ele fosse ficar.

Seus olhos se fixaram novamente nos meus.

— Basta perguntar, Pesseguinho.

Estreitei os olhos.

— Para de ler a minha mente.

— É difícil.

Recuei e me sentei na cama, enrubescendo.

— Achei... só queria saber se você estava realmente bem.

— Ficou preocupada?

Ia mentir, mas me detive.

— Fiquei.

— Não precisa se preocupar comigo. — Ele se sentou ao meu lado. — Fui embora porque não sabia se você me queria aqui.

· 347 ·

Meu estômago revirou. Não podia culpá-lo por pensar assim. Não tínhamos tido chance de conversar depois... bem, depois do que rolara entre a gente.

— Não é o que você quer? — perguntou ele.

Quando se tratava do Luc, muitas vezes eu não sabia o que queria, mas estaria mentindo se dissesse que não queria vê-lo.

Fitei-o no fundo dos olhos.

— Eu... não preciso de espaço — murmurei, sentindo as bochechas queimarem ainda mais. — Pelo menos, não que você me dê espaço.

Seus olhos perscrutaram os meus daquele jeito tão intenso e, então, os lábios se curvaram nos cantos.

— Que bom!

— É?

— É.

Mudando de posição, entrelacei as mãos e desviei os olhos.

— Obrigado — disse ele baixinho.

— Pelo quê? — Voltei a olhar para ele. — Por que está me agradecendo?

Luc inclinou a cabeça ligeiramente de lado.

— Se não fosse você, eu provavelmente não estaria sentado aqui agora, Pesseguinho. Se você tivesse fugido como eu mandei, acho... que as coisas não teriam terminado como terminaram. Quando você o atacou, me deu o tempo que eu precisava para me recuperar. — Ele fez uma pausa. — Você salvou a minha vida.

Sem saber direito como responder, lutei para encontrar as palavras certas.

— Acho que eu estava te devendo uma, certo?

Um ligeiro sorriso insinuou-se em seus lábios.

— Fico feliz por você não ter me escutado.

— Disponha. — Nossos olhos se encontraram, e um longo momento se passou. Um arrepio desceu pela base do meu pescoço. — Então, hum, a gente não teve chance de conversar depois do que aconteceu, mas o Micah... Ele era uma daquelas crianças, não era? Sinto muito. Não consigo nem imaginar o que você deve estar...

— Pensando? — interveio ele. — Não sei, mas sei que tentei... esquecê-los. Esquecer o Micah. Isso foi errado, não foi?

Franzindo as sobrancelhas, fiz que não.

— Não acho que tenha sido.

— Jura? — Ele pareceu surpreso.

— Juro.

ESTRELAS NEGRAS 1 A ESTRELA MAIS ESCURA

Luc suspirou.

— Não consigo… não sei o que dizer sobre isso, sobre ele. Cheguei a pensar nele quando você me contou o que o cara tinha dito no estacionamento da escola, mas eu não sabia sobre o lance dos hormônios de crescimento. Agora algumas coisas fazem sentido. Você sabe, as estranhas variações de humor, a violência. Mas não sei se saber que eles não tinham culpa por serem tão perigosos teria mudado alguma coisa.

— Não entendo por que ele fez isso — admiti baixinho. — O que ele falou não faz o menor sentido. Por que tudo aquilo, qual o propósito? Desafiar você? Provocar? Obrigá-lo a prestar atenção nele? Você entendeu alguma coisa?

— Sim e não. — Luc deitou de costas e esticou os braços. A bainha da camiseta subiu um pouco, deixando à mostra uma faixa tentadora de pele. — Quero dizer, nem sei se ele sabia o que estava fazendo. Que nem os sociopatas. Será que eles sabem por que são do jeito que são? Obviamente, ele tinha…

— Problemas? Uma porrada de problemas?

Luc sorriu, mas o sorriso desapareceu rápido.

— Eu o deixei escapar porque, como disse antes… achava que ele era bacana. Que, de todos eles, ele se tornaria uma pessoa normal. Eu estava errado. Fui enganado. Pensando agora, me pergunto se ele sempre não esteve por trás dos outros, manipulando, entende? Talvez. — Ele fez uma pausa. — Mas eu procurei por ele, Pesseguinho. Procurei mesmo. Não foi como se eu o tivesse abandonado.

— Eu sei — murmurei, pensando nas acusações do Micah. — Eu jamais acharia que você o abandonou.

Luc fechou os olhos e não disse nada por alguns instantes.

— Você escutou o que ele disse? No final? Micah falou que sabia que não conseguiria me vencer. Era como se… — Erguendo as mãos, esfregou o rosto. — Jesus!

Pensei no que o Micah tinha dito para mim a respeito do Luc. Que precisava que o Luc fizesse uma coisa por ele. Será que queria que o Luc o matasse? Se queria, por que lutar e não deixar que ele simplesmente o matasse? Nada daquilo fazia sentido.

Mas eu não precisava ser capaz de ler mentes para saber que essa história estava corroendo o Luc por dentro. Com o coração apertado, estendi a mão e toquei o braço dele. O toque produziu uma espécie de choque. Luc abriu os olhos e me fitou.

· 349 ·

JENNIFER L. ARMENTROUT

— Qualquer que tenha sido o motivo dele, não foi culpa sua, Luc.

— Eu sei — murmurou ele.

— Estou falando sério. Você fez tudo...

— Será que fiz? — Ele riu, mas sem muita vontade. — O que eu devia ter feito é me certificado de que ele jamais saísse daquela base.

— Luc...

— Se tivesse feito isso, aquelas garotas ainda estariam vivas. A família...

— Ele disse que não matou a família, nem o Andy.

Ele franziu as sobrancelhas.

— E você acreditou?

— Por que ele mentiria? Quero dizer, ele foi muito franco em relação a todas as outras coisas. — Não consegui impedir as lembranças que se insinuaram em minha mente. Fiz menção de me afastar.

Luc segurou minha mão.

— Sinto muito pelo que aconteceu com você. — Sua voz ficou mais áspera. — Quando a vi recostada contra aquela árvore, vi o que ele tinha feito com você, senti vontade de... Bom, acabei fazendo o que queria fazer. Não quero que você passe por algo assim de novo, nunca mais.

Encolhi-me, apertando os olhos com força. Quase podia sentir o gosto do medo e da dor. Desde que acordara de manhã, sentia o medo como uma sombra, algo constantemente me assombrando. Não estava preparada para conversar sobre isso nem mesmo com o Luc, que estivera lá e vira tudo o que acontecera.

— Sei que não quer falar sobre isso — disse ele baixinho, apertando minha mão. — Mas estarei aqui quando precisar.

Inspirei fundo e reabri os olhos. Luc entrelaçou os dedos nos meus. Afastei as lembranças da mente, lidaria com elas depois. Sabia que elas retornariam assim que ficasse sozinha.

— O que o Micah te falou? Ele murmurou alguma coisa, mas não consegui escutar.

Luc baixou os olhos para nossas mãos entrelaçadas, e um momento se passou.

— Apenas besteiras, Pesseguinho. Só isso.

Apenas besteiras? Mentira. Tinha visto o modo como o Luc reagira. Micah tinha dito algo para ele. Puxei a mão.

Ele se sentou.

— Pesseguinho...?

Fechei os dedos em volta dos joelhos.

ESTRELAS NEGRAS **1** A ESTRELA MAIS ESCURA

— O que a gente vai fazer agora?

Seus olhos se fixaram nos meus.

— Acho que está passando uma maratona de *O Poderoso Chefão* na TV. A gente pode assistir.

— Não é disso que estou falando.

— Eu sei. — Ele se aproximou. — Mas não há nada que a gente possa fazer a não ser viver em função da promessa de um amanhã, mesmo sabendo que ele pode não vir. É o melhor que você pode fazer. Que a gente pode fazer.

Olhei para ele.

— De vez em quando você fala com… sabedoria.

— O que foi que eu te disse? Sou onisciente.

— Você tinha que estragar o momento!

Ele riu.

— A gente faz o que normalmente fazemos. Você não pode deixar que o que aconteceu regule a sua vida, controle todos os seus passos. Se deixar isso acontecer, então qual é o sentido de viver?

Olhei para ele. Luc estava certo. De novo. Merda!

O meio sorriso já familiar ressurgiu.

— Não vai ser fácil, mas tenho muita experiência em fazer coisas estúpidas, loucas e importantes ao mesmo tempo.

— Certo. — Em seguida, concordei com um menear de cabeça. Muitas coisas ainda estavam no ar, mas teria que encará-las no estilo um dia de cada vez.

— Tenho pensado em tudo — disse ele após alguns instantes.

Fiquei tensa.

— Isso engloba muita coisa.

— Verdade. — Seguiu-se uma pausa. — Você não?

Sabia sobre o que ele estava falando. Quem eu realmente era. O que eu costumava significar para ele. O que provavelmente *ainda* significava. Sexta à noite. Ele. Eu. Seminus.

— Também — admiti.

Luc pousou a mão na cama ao meu lado e se inclinou.

— Quero deixar uma coisa bem clara entre nós, tudo bem?

— Tudo.

— Sei que agora você é Evie. Soube no instante em que entrou na Foretoken. Você parecia a Nadia, falava como ela, mas eu sempre soube que não era ela. Não mais — declarou ele baixinho, os olhos fixos nos meus. — Nadia é quem você foi no passado. Evie é quem você é agora.

· 351 ·

Engoli em seco.

— Você sabe quem foi a verdadeira Evie? Ela existiu, Luc. Eu recebi o nome dela. Ela era filha do Jason. Morreu num acidente de carro. Eu não...

— Você não é essa Evie. Você é *você*. — Ele ergueu a mão livre e capturou uma mecha de cabelo que havia se soltado. Em seguida, a prendeu atrás da minha orelha. Seus dedos demoraram-se ali por um breve instante. — E você se conhece como Evie. Isso é tudo o que importa.

Meu lábio inferior tremeu. Apertei os olhos para conter a súbita vontade de chorar.

— Você acha que é tão simples assim?

— Pode ser.

Mas não era, porque tornar aquilo uma coisa simples significava fingir que tudo estava de volta ao normal. Reabri os olhos.

— Não posso esquecer o que eu já sei e... — Foi um grande passo admitir, difícil. — Quero saber mais sobre mim mesma, sobre quem eu fui.

Ele arregalou os olhos ligeiramente.

— Tem certeza?

Fiz que sim.

— Tenho.

— Podemos fazer isso — disse Luc, numa voz tão suave quanto a minha. — Você. Eu. Zoe. Nós três podemos fazer isso, mas quero que saiba que você é real.

Uma nova onda de emoção fechou minha garganta, mas assenti novamente. Movendo-me sem pensar, passei os braços em volta do Luc. O gesto o pegou de surpresa, e ele congelou. A reação, porém, durou apenas um segundo e, então, ele me abraçou e me apertou de encontro a si.

Meu rosto estava colado no peito dele.

— Obrigada.

— Pelo quê, Pesseguinho?

Soltei uma risada amargurada.

— A lista é longa.

Uma de suas mãos começou a acariciar minhas costas até se fechar em torno da minha nuca.

— Você não precisa me agradecer por nada.

Precisava sim, e, com base no modo como minha garganta queimava, a lista era realmente longa.

Luc se afastou, parecendo sentir que eu precisava de um pouco de espaço, e precisava mesmo. A verdade a respeito de quem eu costumava ser continuava

ESTRELAS NEGRAS · 1 · A ESTRELA MAIS ESCURA

sendo uma bola de emoções. Uma que eu só conseguiria desfazer com o tempo, e talvez nunca completamente.

Uma batida soou à porta e, um segundo depois, ela se abriu. Ao ver minha mãe meter a cabeça para dentro do quarto, fiquei imediatamente tensa, esperando que ela puxasse uma arma. Seus olhos se fixaram em mim e, em seguida, nele.

— Você podia ter simplesmente usado a porta da frente, não é mesmo, Luc?

— É, podia — retrucou ele, calmamente. — Mas qual seria a graça?

— Hum. — Ela inspirou fundo, parecendo se preparar para o que diria a seguir. — Por que vocês não descem? Estou preparando o almoço.

Meus olhos quase pularam para fora das órbitas. Mamãe estava preparando o almoço e havia convidado o Luc? Como assim?

A expressão dele tornou-se interessada.

— Esse almoço inclui queijo quente?

— Na verdade, sim.

Meu queixo caiu.

Luc chegou o corpo mais para a beirada da cama.

— E sopa de tomate?

— Luc. — Ela suspirou.

— Inclui? Porque se você disser que sim, vai se tornar a minha nova melhor amiga, e… é, isso seria estranho, considerando a diferença de idade e tudo o mais, mas a gente supera. Eu sei.

Ela fez um muxoxo.

— Acabei de botar a sopa no fogo.

— Maravilha! — murmurou ele.

Mamãe olhou para mim.

— Cinco minutos.

Ainda chocada, assenti com um menear de cabeça.

— A gente já vai descer.

Ela foi embora, deixando a porta do quarto entreaberta. Por algum motivo, aquilo me deixou com vontade de rir. Era uma atitude tão típica de mães!

O que fazia sentido.

Porque ela é minha mãe.

Meu peito ficou um pouco mais leve, menos apertado.

Olhei de relance para o Luc, e não fiquei nem um pouco surpresa ao ver que ele me observava com atenção.

— Acho que ela está começando a gostar de você.

· 353 ·

— Como ela poderia não gostar? — retrucou ele. — Sou irresistível.

— Eu não chegaria tão longe.

— Ah, aposto que chegaria.

Fiz uma careta.

— Sabe o que mais eu sei?

Suspirei, imaginando que essa seria outra de suas terríveis pérolas.

— O quê?

Aqueles lindos e tentadores olhos ametista se fixaram nos meus.

— Acho que você também está começando a gostar de mim.

Levando em consideração o que tinha rolado entre a gente na sexta à noite, esse negócio de começando-a-gostar-dele era bastante óbvio.

Tudo bem, no dia eu estava superabalada e o beijara pelas razões erradas, mas não havia como negar a atração e o *desejo*... ou a curiosidade cada vez maior no que dizia respeito a ele, a nós.

Não tinha ideia do que o futuro reservava para a gente, se é que reservava alguma coisa. Luc conhecera a Nadia. Se apaixonara por ela. Ele não me conhecia de verdade, mas, de alguma forma, estávamos juntos de novo, e quando eu via aquele meio sorriso, meu peito inflava e minhas entranhas se retorciam de um jeito ao mesmo tempo delicioso e assustador.

Seus lábios se curvaram nos cantos.

— Você está lendo a minha mente? — perguntei.

— Nunca, Pesseguinho.

Minhas bochechas queimaram.

— Certo. Você precisa começar a fazer duas coisas. Para de me chamar de Pesseguinho e fica fora da minha mente.

Luc baixou as pestanas e, em seguida, ergueu-as novamente.

— Vamos descer?

— Vamos. — Arrastei-me até a beirada da cama. — Não quero que você perca seu queijo quente.

— Ou a sopa de tomate. Não se esqueça.

— Que horror!

Luc se levantou num pulo, virou-se para mim e estendeu a mão. Baixei os olhos para ela. Ele balançou os dedos. Eu não precisava dar a mão a ele. Podia me levantar sozinha, mas dei mesmo assim, apreciando a descarga de eletricidade que pulsou entre nós.

Uma mecha de cabelos cor de bronze caiu sobre sua testa quando ele fechou os dedos em volta dos meus. Ele, então, sorriu, um sorriso que chegou-lhe aos olhos e que mexeu com algo dentro de mim. Luc se virou.

ESTRELAS NEGRAS · 1 · A ESTRELA MAIS ESCURA

Assim que ele ficou de costas, sorri também, um sorriso de orelha a orelha que refletia todos os estranhos, confusos, excitantes e desconhecidos sentimentos que borbulhavam dentro de mim. Sorri como não sorria há dias. Talvez semanas.

— Eu sabia — murmurou ele.

Soltei a mão e dei-lhe um tapa nas costas, com *força*.

— Que merda, Luc!

Ele riu.

— Fica fora da minha mente.

Luc olhou para mim por cima do ombro. Seus olhos se fixaram nos meus, e os lábios se curvaram num sorrisinho provocante.

— Você é quem manda, Pesseguinho. Você é quem manda.

Papel: Pólen Soft 70g
Tipo: Bembo

www.editoravalentina.com.br